DE LA MÊME AUTEURE

LA MONTAGNE AUX NUAGES, Albin Michel, 1998, Le livre de poche, 2000

LE GARÇON MAGNIFIQUE

Aimee Liu

LE GARÇON MAGNIFIQUE

ROMAN

Traduit de l'anglais
par Johan-Frédérik Hel Guedj

MERCVRE DE FRANCE

BIBLIOTHÈQUE ÉTRANGÈRE
Collection dirigée
par Marie-Pierre Bay

Titre original :

GLORIOUS BOY

À mes garçons magnifiques :
Marty, Dan, Graham

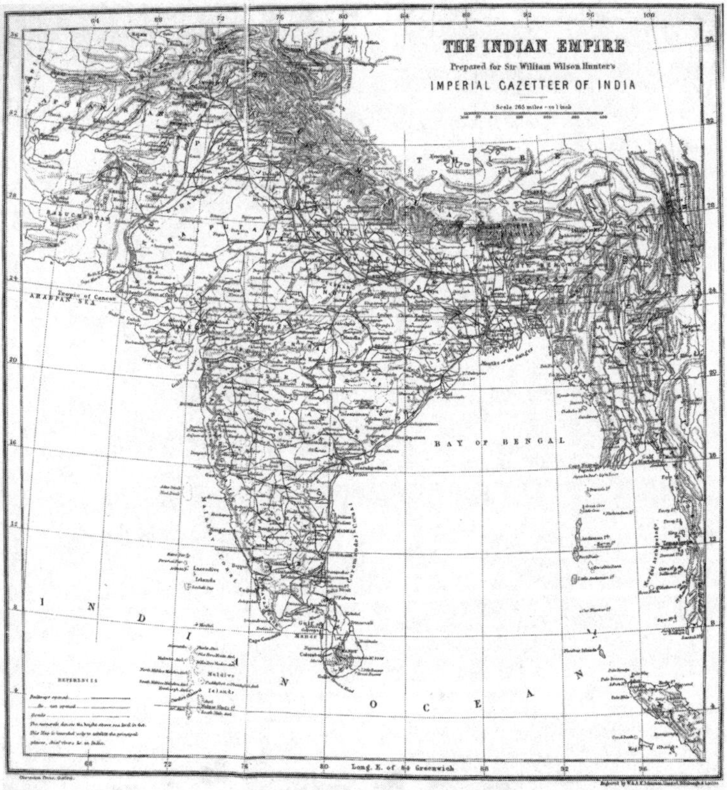

Les îles Andaman se situent dans le golfe du Bengale, entre les 10e et 14e parallèles de latitude nord, et entre les 92e et les 94e méridiens de longitude est. […]

[…] En 1788-1789, le gouvernement du Bengale chercha à établir dans [ces] îles une colonie pénitentiaire assortie d'un port refuge […] qui s'appelle maintenant Port Blair.

MAURICE VIDAL PORTMAN, 1899,
A History of Our Relations With the Andamanese

Dans l'eau, le poisson est silencieux.
Sur la terre, l'animal est bruyant.
Dans le ciel, l'oiseau chante.
L'homme porte en lui le silence de la mer,
le tumulte de la terre
et la musique des cieux.

RABINDRANATH TAGORE, *Stray Birds*

Il examina sa propre identité, chose qu'il n'avait jamais faite auparavant, jusqu'à ce que la tête lui tournât. Qu'était-il ? Rien qu'un insignifiant individu dans ce tourbillon rugissant de l'Inde, s'en allant vers le sud, qui sait à quelles destinées ?

RUDYARD KIPLING, *Kim*

PREMIÈRE PARTIE

1
13 mars 1942

Shep relève les stores du black-out, et un léger voile gris envahit la chambre, révélant son air contrarié. Il dramatise, se dit Claire. L'horaire limite pour l'embarquement est fixé à deux heures de l'après-midi. C'est juste qu'il doit descendre à l'embarcadère superviser le transfert de ses patients et du matériel hospitalier à bord du *Norilla*, et hier soir encore, il supposait qu'ils l'accompagneraient, Ty et elle. Shep est incapable de comprendre comment sa femme peut encore avoir besoin de temps pour s'occuper de ses spécimens alors qu'il a terminé la veille la mise en caisse des siens.

Au lieu de revenir sur le sujet, ils s'habillent en silence. Claire a bien rassemblé leurs livres, les affaires de Ty et les quelques objets essentiels de la famille, mais elle a la mauvaise habitude de garder les tâches les plus laborieuses pour la fin, et son bureau est encombré de piles de cahiers de terrain, d'objets ainsi que de ses essais de déchiffrement de la langue de la tribu forestière qui est devenue sa seconde famille, ces cinq dernières années. Une famille qu'elle a été forcée de quitter sans même un au revoir.

Et ce n'est pas que cela. Régler le sort de leur personnel de maison, en particulier celui de Naila, lui pèse aussi davantage qu'elle ne le laisse paraître. En montant par l'escalier extérieur, Shep et elle passent devant la chambre de Ty, et elle repense au visage impassible de la jeune fille, hier soir, quand elle lui a annoncé qu'elle ne pourrait venir avec eux, ce qui la fait grimacer. Leur gentil Leyo va sûrement bien veiller sur elle, mais Naila a déjà subi tant d'épreuves. Elle ne mérite pas cela.

« Tu ne crois vraiment pas que nous pourrions la faire embarquer en douce ? » demande-t-elle alors qu'ils traversent la terrasse.

Shep soupire et frappe du pied. C'est une sommation avant d'entrouvrir la porte de la cuisine. Les vipères et les scorpions sont toujours un motif de crainte lorsqu'on accède aux annexes.

« Et puis après, Claire ? »

Il fouille, en quête de thé et de biscuits. Le cuisinier est parti depuis plusieurs jours. Il est inutile de lui rappeler à quel point leur propre avenir est chargé de menaces. Qui sait où on l'enverra, de Calcutta, qui sait où ils débarqueront, Ty et elle, ou même ce que la guerre leur réserve d'autre, maintenant qu'elle a fini par les rattraper.

Elle le suit à l'intérieur, gratte une allumette sous la bouilloire, et se sent tenaillée par le remords. Naila a treize ans, c'est une orpheline, mais ce n'est pas leur enfant, et sa place est ici. Port Blair est le seul endroit du monde qu'elle connaisse. Et puis elle n'est pas exposée aux mêmes risques qu'eux. Même si les Japonais devaient débarquer dans les îles Andaman, la plupart des autochtones se sont si fermement engagés dans la résistance contre le Raj britannique qu'ils accueilleraient les ennemis de la Grande-Bretagne en libérateurs – « l'Asie aux Asiates » est un vieux refrain plein de ferveur parmi ces anciens combattants de la liberté.

Rien de tout cela n'aurait empêché Shep d'emmener Naila avec eux, s'il n'y avait le décret d'évacuation du haut-commissaire : *Européens et personnel officiel uniquement. Tous les natifs doivent rester.*

Les règles coloniales. La tyrannie de l'injustice, pour ne pas dire de l'incompétence. Pendant des années, tous les officiels de Port Blair avaient affirmé qu'en aucun cas l'ennemi ne réussirait à pousser aussi loin vers l'ouest. La nouvelle de Pearl Harbor elle-même n'avait pas suffi à ébranler cette conviction. Le mois dernier, trois chasseurs monoplaces couleur vert d'eau frappés d'un petit soleil rouge sur leur fuselage avaient arrosé l'aérodrome de quelques rafales, et malgré cela les Britanniques avaient encore nié le danger. Personne n'avait récolté la moindre égratignure, selon le haut-commissaire. Et Shep était présent sur les lieux à ses côtés. De retour à la maison après l'inspection des dégâts (quelques petits cratères, quelques arbrisseaux fauchés), il avait expliqué à Claire que les pilotes devaient être aveugles. Trois semaines plus tard, Rangoon tombait. Maintenant tout le monde avait changé de discours, et la pauvre Naila devrait en payer le prix.

« Nous avons veillé sur elle du mieux que nous… »

Il s'interrompit brusquement en voyant Ty pieds nus, en pyjama bleu, venir vers eux d'un pas ensommeillé dans la brume matinale.

« Coucou, mon bonhomme ! » Il fait basculer l'enfant dans le creux de son coude replié et lui colle un baiser sur la joue, que Ty essuie aussitôt que Shep le redépose par terre.

« Un biscuit ? » Claire s'efforce de sourire et lui tend l'un de leurs derniers McVitie's, mais Ty plisse les lèvres et fait la moue. Comme d'habitude, le mutisme inexplicable de leur petit garçon de quatre ans les met au défi de lire dans ses pensées.

Elle essaie encore.

« Un toast ?

— Aujourd'hui, grand tour en bateau ! »

Shep préfère tenter la distraction, mais ce matin Ty résiste aussi à son père. Claire s'imagine la suite, eux trois, seuls, s'embarquant vers le futur, et le nœud de la frustration ordinaire se hérisse d'effroi.

« Où est Naila ? » demande-t-elle.

Ty se déride, se retourne pour désigner du doigt la jeune fille qui arrive en haut de l'escalier et entre d'un coup dans leur champ de vision. Elle s'est habillée à la hâte, sa jupe verte est à l'envers, les pans de son chemisier rose flottent, sa coiffe de fines boucles rebelles et noires encadre la peur perceptible dans ses yeux.

Dès qu'elle les voit, le soulagement envahit son visage et Claire se sent à nouveau le ventre noué. Avant que Shep n'impose son autorité, la veille, elle avait plaidé pour qu'ils laissent la jeune fille dans l'ignorance. S'ils avaient attendu jusqu'au moment de l'arrivée à l'embarcadère, c'eût été déjà assez dur, mais Shep estimait que Naila méritait d'avoir un peu de temps pour se préparer. Il avait raison, naturellement. Et Naila avait accueilli leurs projets avec une égalité d'âme à laquelle Claire ne se serait jamais attendue. Pourtant, cette égalité d'âme s'est maintenant effacée, elle a cédé la place aux tremblements persistants de la frayeur d'un enfant. Elle devait penser qu'ils l'avaient déjà abandonnée.

Naila adresse un *salaam* à Shep et Claire, et Ty se précipite vers elle en faisant un petit saut à cloche-pied.

« Je suis désolée, dit-elle d'une voix timide et essoufflée. Je suis encore endormie quand Ty Babu…

— Ça va très bien », fait Claire.

D'un geste, Shep l'invite à les rejoindre dans la cuisine.

« Ty essayait de nous dire ce qui lui faisait envie pour le petit déjeuner. »

Naila se penche vers lui, le regarde dans les yeux. Ils entrent quelques secondes en conciliabule, dans le langage silencieux qui n'appartient qu'à eux.

« Toast, s'il vous plaît », traduit-elle en s'approchant.

Ty hoche la tête et lui prend la main, et Claire refoule un flot d'émotions qui ne leur ferait aucun bien, aux uns et aux autres.

Le silence de son mari, à l'inverse de celui de son fils, est facile à interpréter : il faudra continuer, sans Naila, mais comment ?

« Très bien, fait Claire. Le pain est un peu rassis, mais grillé il devrait être mangeable. »

Les enfants s'installent sur la terrasse où ils dessinent à la craie pendant qu'elle s'occupe de leur petit déjeuner et que Shep avale le sien. Ensuite elle l'accompagne jusqu'à la cour devant la maison, où son chauffeur, Narinder, attend debout à côté de la Morris.

L'air bleuté est encore tout odorant de jasmin nocturne. Shep hume ce parfum.

« Pourrons-nous emporter tout cela avec nous ? »

Elle entend là du chagrin et de la résignation, à maints égards la fin d'une époque. Elle lui retire son casque colonial, lisse la mèche rousse et humide de son front et lui remet son couvre-chef, simplement plus d'aplomb.

« Nous reviendrons », lui dit-elle.

Il referme sa main autour de la sienne, un geste pas tout à fait rassurant.

« Nous serons en bas sur le quai pour midi.

— Avant, rectifie-t-il d'une voix plus ferme.

— Tu ne vas pas leur permettre d'appareiller sans nous.

— Je ne devrais pas te permettre de rester ici.

— Je sais, je sais. Les ordres du haut-commissaire. Pas d'exceptions. Nous serons là, Shep. »

Il a un mouvement de tête et le voilà parti sans un baiser.

Pourtant, à peine s'en est-il allé que la matinée part à la

dérive. Ty grimpe dans les caisses vides. Il vide celles qui sont pleines. Il casse un verre, ramasse quelques éclats qu'il fait miroiter au soleil. La chaleur du jour monte.

Tout cela est bien normal, ne cesse de se répéter Claire. Comment attendre d'un enfant de quatre ans qu'il comprenne la menace de la guerre ? Il s'imagine que c'est un jeu, rien de plus. Et pourquoi gâcherait-elle ces dernières heures avec Naila en se disputant avec Ty, pourquoi briser ce dernier reste de paix ?

Elle les envoie en bas aider Leyo à remonter les spécimens de Shep de la serre pendant qu'elle finit d'emballer le contenu de son bureau. À dix heures, Narinder reviendra les chercher, Ty et elle, ainsi que ses dernières caisses et les plantes de Shep. *Presse-toi*, se réprimande-t-elle, mais alors qu'elle se concentre enfin sur ses dernières pièces de terrain, le temps devient vitreux et lent.

Chacun de ces bols en coquillage, de ces paniers de roseau, de ces nattes en feuilles de pandanus et de ces pointes de flèches alignés au sol raconte une histoire, la relie à une âme différente, à un moment unique de découverte et de transformation au fond d'elle-même. La coiffe en paille que portait le chef Kuli pour les recevoir, Shep et elle, lors de leur toute première visite au camp de Biya. Le pagne tissé dans lequel on portait la petite Artam bébé, tout juste sept mois avant la naissance de Ty. La conque dans laquelle Kuli l'invitait à écouter la voix de Biliku, la déesse Biya, qui au long de ces années lui avait souvent semblé plus sage et plus bienveillante que son Dieu.

Ce que les Biya ont pu être patients et tolérants avec elle. Surtout au début, en supportant son immaturité, son arrogance présomptueuse teintée de naïveté. Le simple fait de repenser à sa vision initiale de cette tribu, quand elle n'était encore qu'un banal sujet anthropologique, la fait maintenant frémir. Elle était arrivée dans les îles Andaman en considérant son ambition juvénile comme une vertu, et il lui avait fallu beaucoup de temps avant de se rendre compte que l'ambition ne vaut rien si elle n'est pas enracinée dans la compréhension de l'être humain. Si elle avait su se montrer plus perspicace, Ty et elle auraient peut-être acquis cette compréhension désormais, comme Naila et lui, qui la possèdent de façon si instinctive. Elle communique mieux avec les Biya – même lorsqu'ils s'expriment en silence, eux aussi – qu'avec son propre fils, ce qui lui fait l'effet d'une cuisante ironie.

Pourtant, Ty et elle ont devant eux un long avenir pour réparer le lien qui les unit. Ces objets pourraient être bientôt tout ce qui lui reste de ses amis et mentors les Biya. Alors que personne dans cette île ne peut plus être sûr de son destin, le nombre des Biya avait déjà commencé à décliner plusieurs dizaines d'années avant le début de la guerre.

Et si elle ne revenait jamais ? C'est cette pensée qui la trouble quand Naila et Ty font leur apparition dans l'encadrement de la porte. Ty se dirige tout droit vers les pointes de flèches, qui sont assez acérées pour le blesser.

Elle a le réflexe d'attraper son fils par le bras. Il réagit en la frappant violemment du poing en pleine poitrine.

Claire recule mais elle tient bon, ainsi qu'elle a appris à le faire en de pareils moments, attendant que Naila se glisse entre eux et déploie ses mystérieux pouvoirs pour apaiser la blessure de Ty, celle que lui aurait infligée sa mère, se figure-t-il. Au lieu de cela, Naila laisse échapper un petit soupir. Claire baisse brièvement les yeux, elle remarque un cercle ensanglanté là où la pierre que Ty serrait dans son poing a troué sa chemise.

Dans les bras protecteurs de Naila, son fils observe la scène de ses yeux verts qui brillent d'attention. La blessure se met peu à peu à la lancer.

« *Memsaab*…, commence Naila, mais Claire la repousse d'un geste.

— Ce n'est rien. Vraiment. » Elle croise le regard de Ty. Il l'examine avec un détachement encore bien plus blessant que cette égratignure. Elle se force à sourire, et il hausse les épaules comme s'il acceptait de conclure une trêve.

« S'il te plaît, dit-elle à Naila, puis elle s'entend l'implorer. Fais juste en sorte qu'il ne s'approche pas. »

La jeune fille prend la main de Ty, il se serre contre elle, en silence maintenant, ses cheveux formant une auréole sombre et ondoyante sur son chemisier fripé, et le visage de l'enfant est du même brun chaud que les bras de la jeune fille. Ils grimacent en chœur, et ensuite, pour une raison qui échappe à Claire, ils échangent un grand sourire.

Des garnements, ces deux-là, songe-t-elle. Comme frère et sœur. Contrairement aux parents de Ty, Naila sait toujours ce qui lui fait le plus envie : mémoriser les rayons du soleil et suivre les nuages à la trace, apparier chaque oiseau à son chant, retrouver les noms botaniques des plantes, alors qu'il est incapable de prononcer le sien.

Elle redoute de les arracher l'un à l'autre presque autant qu'elle désire partager l'étroitesse de ce qui les lie.

« Dix minutes, dit-elle. Il me faut juste dix minutes de plus. »

Naila trace un cercle autour de son menton et plie un petit doigt, un signal qui illumine tout le petit être du garçon. Ensuite, ils tournent les talons. Se prenant par la main, ils s'éclipsent ensemble en sautillant dans le soleil.

*

Shep se soumet si complètement à l'emprise du devoir qu'à l'instant où la sirène du *Norilla* retentit, il en perd l'équilibre. Il se rattrape à une bitte d'amarrage en bois, vérifie qu'on monte bien son dernier lot de caisses par la passerelle. Il a bien veillé à tout cela. Ce qu'il n'a pas remarqué, c'est le désordre qui submerge le quai derrière lui. C'est une scène de frénésie, des Birmans, des Indiens, des fonctionnaires eurasiens et leur famille, ceux qui sont autorisés à partir tentant à tout prix de monter à bord avec leurs effets, tandis que les autochtones qui restent là mettent au défi les soldats et les policiers indiens qu'on laissera ici avec eux « de maintenir l'ordre ».

Il jette un œil à sa montre – midi et demi – et scrute de nouveau au loin, par-delà la cohue. Claire et Ty auraient dû le rejoindre depuis au moins une heure, mais il résiste à l'inquiétude qui perce sous ces calculs. La foule a dû les bloquer sur la place.

Il lui faut pratiquement se battre au corps-à-corps pour la retraverser. À chaque pas ou presque, des couples harassés lui bloquent le passage en se querellant à cause de monceaux de bagages qui excèdent les limites fixées par les restrictions d'urgence, et les natifs à la main chapardeuse qui leur tournent autour n'arrangent rien. Tout à l'heure, l'un des porteurs de Shep a fait tomber une boîte de matériel chirurgical dans la flotte, sans aucun doute avec l'intention de plonger la récupérer dès que le *Norilla* aura appareillé. Si les Japonais débarquent un jour ici, ces microscopes et ces scalpels vaudront plus cher que de l'or. La fin possible de la domination britannique sur ces îles transforme toute chose en proie légitime pour ceux qui restent.

Il respire un bon coup et continue d'avancer, mais la terreur que cette sirène a suscitée ne cesse de monter en lui. Pourquoi Claire ne peut-elle jamais respecter les règles ?

« Sur le prochain bateau, alors ! vocifère une matrone indienne courtaude au policier militaire qui menaçait de lui confisquer ses malles si elle ne les redescendait pas sur le quai.

— Si Dieu le veut », lâche le jeune sikh de guerre lasse.

Shep la dépasse en jouant des coudes. La seule vraie question est celle-ci : que font-ils encore ici ?

Orgueil. Illusion. Chimère. Croyaient-ils franchement, Claire et lui, que la guerre ne les débusquerait pas, que leurs ambitions respectives justifiaient de mettre leurs existences, et celle de Ty, en danger ? Peut-être, mais c'était sa propre lâcheté qui avait eu le dessus. La perspective d'abandonner sa femme et son fils le terrorise encore plus qu'un inévitable appel sous les drapeaux.

Un tiraillement soudain le force à vérifier que la passerelle est encore abaissée, et à cet instant le *Norilla* paraît se dresser comme un Gulliver de grisaille assailli par des Lilliputiens. Les câbles d'amarrage grincent contre les pilotis de l'embarcadère, et la chaleur de midi semble faire trembler la coque.

Il cligne des yeux. Ou était-ce que l'équilibre qu'ils avaient atteint ensemble, Claire et lui, serait trop fragile pour survivre ailleurs, quelque part loin du « paradis » ?

Enfin, il a surmonté le plus dur. Il s'arrête sur le trottoir de la route de l'estran et balaie du regard le front de mer noir de monde, mais la seule voiture visible au milieu de l'embouteillage de rickshaws et de camions est la jeep du commissaire de police qui fonce vers le quai et débarque deux directeurs de plantation : ils descendent apparemment non sans réticence et semblent incarner toute la culpabilité de Shep.

Brûlés par le soleil et pas rasés, encore en tenue de jungle, les deux hommes ont l'air d'arriver tout droit du boui-boui de la plantation. Shep reconnaît l'un d'eux, un veuf : accompagné de sa femme, plus âgée que lui, il avait effectué la traversée depuis Calcutta avec Claire et lui, lorsqu'ils étaient venus dans ce trou perdu des tropiques. Peu de temps après, l'épouse avait succombé à la dengue, et ce salopard n'avait même pas jugé bon de notifier le décès aux autorités.

« Docteur Durant ! » Alfred Baird, le haut-commissaire adjoint, lui fait signe en agitant une liasse de ses listes inépuisables. « Vos spécimens sont bien à bord ?

— Spécimens… » Il faut à Shep un moment pour comprendre que ce major bien intentionné fait allusion à ses échantillons botaniques. « Oui, mais… » De sa main en visière, il s'abrite les yeux du soleil et désigne la route de Middle Point. « J'attends encore Claire et Ty. »

La voix de Baird se fait perçante.

« Enfin au nom du ciel pourquoi… »

Juste à cet instant, Shep repère le gros point rouge de la Morris qui descend la route en lacet de la colline. Il désigne la voiture d'une main tremblante.

« Tout va bien. »

Le temps que le véhicule atteigne la cohorte de fourgons et de charrettes à l'entrée de la place, son pouls est revenu à la normale. La voiture s'immobilise. Claire en descend d'un bond et poursuit sa progression à pied. Même à cette distance, sa hâte convulsive et sa rudesse – elle écarte sans les voir les humains et les animaux de son chemin – trahissent son désespoir.

Il ne l'a jamais vue se comporter ainsi. Et pourquoi est-elle seule ?

*

À l'intérieur d'une plantation de banyans géants sur l'autre versant de la colline, les seuls bruits audibles sont ceux des cigales. La première fois qu'il lui avait montré cette cachette, le père de Naila lui avait expliqué que les cigales mesuraient le temps pour les dieux, mais elle pense maintenant que pour avoir besoin de tels garde-temps les dieux doivent être sourds.

Son père la guide : *Écoute, beti, et regarde les formes, la taille et la couleur de ces bruits. Ne sois pas si pressée de juger, et ainsi même le crissement des cigales pourra souffler de la musique à tes oreilles.*

Elle fait non de la tête. *Les dieux sont sourds*. Et son père est mort. Lui glisserait-il le même conseil s'il avait entendu *memsaab* et le docteur Shep hier soir ?

Tu sais que nous t'emmènerions si nous le pouvions.

Cette évacuation est une simple précaution. Nous serons de retour plus vite que tu ne le penses.

Leyo a promis de veiller sur toi.

Quand le docteur lui a remis cette liasse de roupies, elle l'a tenue dans sa main comme un poisson mort. Ensuite, il a tendu à Leyo une liasse encore plus épaisse et lui a conseillé de la dépenser en s'achetant ce qu'il pourrait ensuite le plus facilement troquer parce que, après le départ des Britanniques, l'argent risquait de perdre sa valeur.

À côté d'elle maintenant, Ty s'agite, puis subitement réveillé il se redresse en position assise et va se lever.

« Pas encore, *beta*, le calme-t-elle. D'abord, on va trouver les images dans l'arbre. »

Obéissant comme chaque fois que le jeu lui plaît, Ty se laisse retomber sur leur couverture. Elle lui désigne la broderie au point coupé de branches et de feuilles tout là-haut, au-dessus de la moustiquaire, et ils tracent ensemble les formes sombres de deux enfants se tenant par la main, un duo de papillons. Ils plissent les yeux, les formes changent de place, et soudain des bribes de ciel impriment des éléphants et des lézards bleus dans le lacis du banyan. Ty adore brouiller les contours et faire exploser la lumière, faire trembloter les images et les modifier, rien qu'en plissant les paupières. Une fois que son esprit s'allume, Ty est comme un moteur qui tournera à l'infini.

Naila s'assure qu'il ait atteint cette zone, puis elle fait de nouveau appel à ses parents. Ils s'invitent dans son souvenir par la porte bleue de leurs appartements d'avant l'époque de *memsaab* et du docteur Shep. Son père a un visage large et carré, le menton fin, et la moustache dessine un balai sous une barbe broussailleuse. Quel que soit le poids de ses soucis, son sourire semble ne jamais s'effacer de son visage et, dans l'épaisseur de ses cheveux noirs, un croissant blanc dessine une virgule au-dessus de l'œil gauche.

Sa maman aimait dire que son papa portait la lune à sa tempe. Elle prenait son visage dans ses mains et le tenait sous son regard.

Naila sent leurs lèvres contre son front, tandis qu'une brise chaude brasse le feuillage. *Va avec l'amour, ma fille.*

« Mais aller où ? » s'exclame-t-elle, suppliante.

Ty se met à fredonner, si doucement qu'elle l'entend à peine au milieu des cigales. Au bout de quelques secondes, elle reconnaît la même berceuse bengali que sa mère chantait toujours, qu'elle fredonnait elle-même souvent à Ty quand il était bébé.

Tu m'es si cher,
Comment pourrais-je jamais te laisser t'éloigner ?
Tu m'es si cher,
Personne d'autre ne doit jamais le deviner…

2

1936

« Si tu veux être la prochaine Margaret Mead, avait acquiescé Shep, les îles Andaman semblent tout indiquées. »

Ils étaient assis dans l'herbe de Central Park, à New York, durant l'été 36, et s'étaient rencontrés depuis moins d'une semaine. Les cheveux coupés court, Claire avait l'air d'une Louise Brooks sans mascara, lui confierait-il plus tard. Pour sa part, il avait vingt-huit ans, plus des airs de Ronald Colman que de Gary Cooper, mais né à Shanghai, formé à Londres, et maintenant en partance pour sa première affectation de chirurgien civil dans l'endroit le plus obsédant dont elle ait jamais entendu parler : un archipel à peine civilisé du golfe du Bengale.

« Je pourrais sauter toutes les étapes, imaginait-elle, avec un culot auquel elle ne croyait pas elle-même. Sans bourse de recherche, sans validation du département. »

Il laissa échapper un sifflement.

« Tu peux imaginer l'accueil que tu recevrais à Columbia ? Ou à Oxford, tant qu'on y est, si tu franchissais la porte après avoir déjà mené ta recherche de terrain, un travail original ! »

Si elle se l'imaginait… Elle lui tendit la main par-dessus le panier du pique-nique et prit la sienne. Cet Anglais rougeaud et désarmant l'avait embrassée pour la première fois quatre soirs auparavant, et dans son esprit elle était déjà à l'autre bout du monde, avec lui, plongée en territoire inconnu. C'était de la folie. Mais il s'était révélé un complice on ne peut plus consentant. Depuis ce baiser, ils avaient passé toutes les heures possibles à échafauder leur plan.

Il se pencha sur elle et l'embrassa encore, puis il tomba sa veste en velours et remonta ses manches de chemise. Sa manière de la regarder, avec ses yeux vert d'eau légèrement décalés par rapport à la bouche et cette lueur d'inquiétude, mit Claire en garde : il n'était pas seulement épris d'elle. Il était sérieux, à l'inverse de ses autres prétendants de la faculté. Il était aussi digne de confiance et protecteur. Et vulnérable. Il lui faudrait veiller à ne pas en profiter indument, mais ne l'invitait-il pas à en profiter pleinement ?

À dire vrai, elle se sentait perdre pied. Lors de leur rencontre au Club 21, la semaine précédente, elle avait initialement pris cet étranger efflanqué pour un globe-trotter. L'Asie, l'Angleterre, et maintenant l'Amérique dans le cadre d'une bourse d'études au Johns Hopkins qu'il venait de terminer. Ses collègues médecins l'avaient fait venir à Manhattan pour fêter sa nomination ; c'était récent à ce point. « Un port colonial sur une île tropicale », c'était en ces termes qu'il lui avait d'abord décrit sa destination. Épatant pour vous, s'était-elle dit, et elle tournait déjà les talons quand l'un de ses camarades de chambrée un rien fouineur avait ouvert le bec : « Claire ici présente se figure qu'elle va devenir la prochaine Margaret Mead. Elle va se retrouver chasseuse de têtes à Borneo avant que tu aies eu le temps de dire ouf. »

L'atmosphère chatoyante passablement imbibée de gin s'était soudain embrasée, et Claire avait changé de sujet. Ses amis adoraient la taquiner, avait-elle expliqué à Shep. Elle était attirée par l'ethnographie depuis qu'à treize ans elle avait lu *Adoles-*

cence à Samoa, et elle s'était inscrite à Barnard justement pour pouvoir étudier avec les professeurs de Mme Mead, sans pour autant avoir jamais poussé plus à l'ouest que Chicago, ou plus à l'est que Long Island. Telle était la triste vérité. Elle avait obtenu son diplôme moins d'un mois plus tôt, elle n'avait que vingt et un ans, était à peine assez qualifiée pour intégrer un service de sténo, sans parler de rallier Bornéo. Le seul moyen qu'elle avait de vivre à New York était de partager une chambre au Barbizon avec trois autres filles. Sa seule solution de rechange aurait été de repartir vivre avec sa famille dans le Connecticut, unique raison qui l'incitait à rester à New York. Avec une économie qui menaçait encore ruine, ses parents n'avaient pas les moyens de l'envoyer à la faculté, et la recommandation du professeur Benedict n'avait elle-même pas suffi à lui décrocher une bourse.

« J'ai entendu dire, était intervenu Shep, que là où je vais les tribus remontent à l'âge de pierre. Il avait souri. Cependant, je ne peux promettre qu'il s'agisse de chasseurs de têtes. »

Il flirtait. Rien de plus. Mais il avait su retenir son attention.

« Mais alors, que chassent-ils ? » lui avait-elle demandé.

La question avait semblé le prendre au dépourvu.

« Pour être franc, je n'en ai aucune idée. » Il avait baissé les yeux sur son martini comme s'il n'était pas sûr de savoir par quelle ruse ce verre s'était faufilé dans sa main. « Je n'avais jamais entendu parler de cet endroit avant de recevoir mon ordre de mission, ce matin. »

Elle s'était sentie rougir.

« Alors vous avez tout inventé. »

Une fois encore, elle s'apprêtait à fuir.

« Non ! » Quelques gouttes de son verre avaient éclaboussé l'avant-bras de Claire. « Oh. Désolé », s'était-il étranglé.

Elle avait vu un kaléidoscope d'émotions traverser le visage de cet inconnu. Malgré ses mimiques coincées de Britannique, il émanait de lui une certaine candeur.

« Ce n'est rien ». D'un coup de langue, elle avait effacé les dégâts et lui avait fait un grand sourire, mais Shep restait aussi penaud qu'un cancre pris sur le fait. Ce fut à son tour de rougir ou, plus précisément, aux bouts de ses oreilles de virer au rose vif. « Sérieusement, avait-elle dit. Je sais que les temps sont durs, mais renverser quelques gouttes de gin ne constitue guère un délit fédéral. »

Il avait reculé d'un demi-pas, mais la salle bondée lui laissait peu de champ. Leurs amis avaient disparu.

« Je n'ai rien inventé, s'était-il défendu. Simplement, je n'en sais pas beaucoup plus que ce que je vous ai dit. »

Ils étaient donc tous deux des novices. Elle avait étudié la couleur de ses yeux limpides et lumineux. À l'inverse, son regard sombre devait lui paraître insaisissable, mais cela ne semblait pas le gêner.

« Que voulez-vous ? » lui avait-elle demandé à voix basse.

Une fossette inédite avait ravivé le sourire de Shep, un sourire à la fois audacieux et vainqueur.

« Tout, lui avait-il répondu. Pas vous ? »

Au lieu de rentrer à Baltimore avec ses « potes », il était resté à New York, et il s'étaient vus tous les jours depuis lors. Et maintenant, en plein Central Park, passant aux choses sérieuses, il déplia leur couverture sous un érable protecteur, déballa leur pique-nique – deux sandwiches emballés, deux gobelets et une bouteille de Coca – puis il lui tendit le volume relié plein cuir qu'ils avaient trouvé à la bibliothèque ce matin : *Les insulaires des îles Andaman*, par Alfred Radcliffe-Brown.

Il appelait cela leur « phase de recherche ». Comme il en savait presque aussi peu qu'elle sur sa destination, il lui avait suggéré d'en apprendre ensemble le plus possible avant de passer « aux étapes suivantes éventuelles ». Ce faisant, il n'avait pas besoin de le préciser, ils se sonderaient aussi l'un l'autre. Première révélation : ce rouquin dégingandé était aussi méthodique que Claire était impatiente. Sans aucun doute une bonne chose, au vu des circonstances.

« Je me souviens que le professeur Benedict parlait de Radcliffe-Brown, fit-elle en parcourant la jaquette. Elle disait de lui qu'il était de ces hommes qui voyaient l'ethnographie en grand, sans jamais me définir son champ de recherche. » Claire regrettait que le professeur Benedict soit elle-même déjà partie en mission de terrain pour tout l'été. Ses conseils auraient valu de l'or.

Elle ouvrit le livre à la page de l'introduction et le rendit à Shep.

« Vous d'abord. »

Il hésita, comme s'il s'exposait à une sorte d'examen.

« Je pourrai mieux me représenter la chose si vous me le lisez, lui dit-elle.

— Ah. » Il étira ses longues jambes et s'adossa contre le tronc de l'érable. Il s'éclaircit la gorge et entama sa lecture avec l'intonation énergique d'un présentateur de radio. « Vues de la mer, les îles ressemblent à une succession de collines, ne culminant jamais très haut, couvertes de leur faîte jusqu'à la limite des hautes eaux par une forêt épaisse et majestueuse. [...] La côte est ponctuée d'un grand nombre de rades magnifiques. Les rivages sont bordés de larges bancs de récifs coralliens... »

Claire se rembrunit.

« Ça ressemble au paradis.

— Qu'y a-t-il de mal à cela ?

— Je ne cherche pas un lieu de vacances ! laissa-t-elle échapper sans songer que cela pourrait le choquer.

— Non, lui répondit-il posément. Je peux vous assurer,

Claire, vous n'avez rien à craindre à cet égard. » Il semblait sur le point d'ajouter autre chose de tout à fait différent, au lieu de quoi il reprit sa lecture. « Les Andamanais appartiennent à cette branche de l'espèce humaine que les anthropologues appellent la race Négrito. Ils sont de petite taille, ils ont la peau noire et les cheveux frisés… »

— Un instant, l'interrompit-elle. Laissez-moi voir. » Jusqu'à cet instant, elle avait cru que les habitants des Andaman devaient ressembler aux Polynésiens, comme les Samoans de Margaret Mead et leur pagne d'herbes. L'image qui se formait à cet instant dans sa tête l'incita à rechercher dans les planches photographiques de l'ouvrage. Quoique grainées et passées, ces images lui confirmèrent son erreur. Photo après photo, des hommes, des femmes et des enfants la dévisageaient avec une méfiance hostile. Ils avaient l'air plus africains qu'asiatiques, et bien plus sauvages à ses yeux que les insulaires souriants de Mead. Les Andamanais portaient des colliers, des pagnes, et pas grand-chose d'autre. Ils avait la poitrine et le dos striés de motifs de scarifications, et leur chevelure ressemblait à de la laine noire tondue rase sur le crâne. Certains arboraient des tatouages d'argile. Deux hommes brandissaient des arcs et des flèches qui dépassaient la taille de ces chasseurs. Une jeune fille portait un crâne attaché dans le dos.

Claire se demandait ce qui lui avait pris de se croire assez qualifiée pour communiquer avec ces gens, pour se lancer dans ce voyage ridicule. En même temps, son désir d'accomplir tout cela la laissait sans voix.

Revenue quelques pages en arrière, elle lut que les Andamanais étaient sans doute liés aux populations aborigènes de l'intérieur des terres, aux Philippines et dans la péninsule malaise. Ils étaient restés des milliers d'années isolés sur ces îles au large des côtes birmanes. Alors que les Européens avaient commencé à les explorer au XVIIIe siècle, à l'époque de Radcliffe-Brown, nombre de tribus andamanaises n'avaient encore jamais rencontré d'Occidental, et il était le dernier ethnographe en date à les avoir étudiés.

C'était cela, se dit-elle. Ce serait l'enjeu. Rencontrer ce peuple serait comme de pénétrer dans une capsule temporelle. Comme de reprendre la vie depuis le début. D'effacer tout ce qui précédait.

« Claire ? »

Elle releva les yeux avec l'impression d'avoir changé de focale, et elle vit Shep qui la scrutait comme le faisait son père quand elle était petite, quand ils sortaient à la recherche de fossiles ou de plumes de héron, rien que tous les deux. Avec une expression de curiosité. D'espoir. D'indulgence.

Elle laissa retomber son regard.

« Il est dit ici que Radcliff-Browne était le seul anthropologue diplômé qui ait jamais étudié les Andamanais. Bon nombre de ces tribus étaient déjà en voie d'extinction, et c'était il y a trente ans. »

Un crieur de journaux s'arrêta devant eux en beuglant les gros titres du soir : « Louis Meyer remporte Indianapolis, page 4 ! Mussolini déclare que l'Italie est un empire ! Grève Remington-Rand, cinquième jour ! » Il semblait à Claire qu'il faisait sonner un gong. *Boxe ! Boxe ! Boxe !*

Shep finit par acheter un journal rien que pour se débarrasser du gamin. Ensuite il secoua la tête, comme s'il entrait en conversation silencieuse avec lui-même. Sans croiser le regard de Claire, il reprit le livre, revint aux pages de l'introduction et le lui tendit pour qu'elle l'examine.

« Il y a une autre chose à laquelle vous devez réfléchir, Claire. »

Perplexe devant tant de gravité soudaine, elle lut le passage qu'il lui désignait : « Les îles, excepté les clairières de la… » Elle leva les yeux vers lui. « De la colonie pénitentiaire ? »

Il referma le volume et le posa sur ses genoux.

« Port Blair… la ville où j'ai été affecté… a été fondée pour qu'on y envoie les prisonniers politiques indiens. C'est la seule colonie de peuplement moderne des îles, et dans la pratique c'est une colonie pénitentiaire. »

La perplexité de Claire devait être perceptible.

« J'imagine que vous, les Américains, vous qualifieriez ces bagnards de révolutionnaires. Les nationalistes indiens les appellent des combattants de la liberté. »

Après la mutinerie de Sepoy en 1857, lui expliqua-t-il, le gouvernement britannique de l'Inde décida d'éloigner les chefs de l'insurrection de leur partisans.

« Je suppose qu'à cette fin, l'isolement des îles Andaman était un atout. À l'époque, l'endroit souffrait d'une réputation assez sordide.

— Mais c'était…

— Il y a quatre-vingts ans.

— C'est donc de l'histoire ancienne.

— Pas tout à fait. » L'inquiétude dans la voix de Shep lui souffla que c'était véritablement l'épreuve qu'il redoutait. « Quand les détenus eurent terminé de construire la colonie de peuplement, les Britanniques les firent travailler au chantier d'une prison où pourraient être enfermés les criminels violents tandis qu'on envoyait leur congénères plus pacifiques travailler dans les plantations de teck et les scieries. À l'arrivée de M. Radcliffe-Brown, la prison était terminée.

— Je ne comprends pas. Vous présentez cela comme une sorte de camp de concentration tropical.

— Eh bien, en un sens, je pense que c'était cela. À l'époque, en tout cas. Dès qu'on a pu boucler les plus coriaces dans la prison, l'atmosphère est devenue plus pacifique et le port s'est mis à prospérer. »

Désormais, poursuivit-il, la ville de Port Blair était peuplée de condamnés birmans et indiens qui avaient été libérés pour bonne conduite. Ces anciens prisonniers devaient rester dans les Andaman mais à part cela ils étaient libres de se marier ou de faire venir femmes et enfants. Ils avaient construit des colonies de peuplement le long de la côte, créé des fermes et des commerces. Beaucoup avaient choisi de travailler comme fonctionnaires des administrations civile et militaire. « Les fonctionnaires vivent sur une île qui est aménagée en cantonnement de l'autre côté du port, en face de la ville. C'est là que se situe le grand hôpital… là que je serai installé. Les Britanniques l'appellent le Paris de l'Orient… mais j'imagine que c'est un peu pour plaisanter.

— Le Paris de l'Orient », reprit Claire, impassible. Shep semblait s'attendre à ce que l'idée de s'installer dans une colonie pénitentiaire lui répugne, mais Port Blair lui semblait plus bizarre que repoussant. L'ennui, c'était qu'elle n'en savait pas encore assez pour comprendre comment réagir. Dans son expérience, l'histoire du Raj britannique, de la mutinerie de Sepoy, du Mouvement pour l'indépendance de l'Inde, même celle de ce fameux petit personnage, Gandhi, se résumait à des images de bandes d'actualités exotiques et rien d'autre. Si elle devait choisir son camp, Shep avait raison, elle devrait sans doute se rallier aux combattants de la liberté, mais il ne lui semblait pas devoir en arriver là. Quoi qu'il en soit, sa destination première n'était pas ce port, cette colonie pénitentiaire ou autre, mais ces « forêts épaisses et majestueuses » où elle envisageait de passer le plus clair de son temps parmi les vrais et légitimes habitants de cette île.

Dès lors, pourquoi Shep avait-il cet air si déconfit ?

« Suis-je censée avoir peur ? s'enquit-elle.

— Ce n'est pas cela. » Il se mordilla l'intérieur de la joue.

« Mais il y aura forcément des tensions… C'est différent de la Chine, bien sûr, pourtant je m'attends à ce qu'il y ait des parallèles. Les attitudes coloniales ont la vie dure, en Asie, et les Angliches ne sont pas toujours aussi bienveillants qu'ils le prétendent envers leurs "loyaux sujets". » Il se renfrogna, se remémorant peut-être son enfance à Shanghai. Ses taches de rousseur et son épi de rouquin lui rappelaient parfois tellement son frère, Robin, que Claire se sentait obligée de détourner le regard.

Quelles que fussent les tensions coloniales qui les attendaient, elle sentait bien que ce n'était pas ce qui inquiétait le plus Shep. Non, il se souciait davantage d'elle, il craignait qu'elle puisse ne pas se révéler la fonceuse risque-tout qu'il s'imaginait, la partenaire qu'il lui fallait au moment où il retournait dans un monde qui, à l'évidence, lui inspirait la plus grande ambivalence. Et elle était plutôt mal équipée pour le rassurer.

Elle se pencha plus près et posa la paume sur *Les insulaires des îles Andaman*.

« Si Radcliffe-Brown a su trouver sa place dans ce coin de paradis, je devrais en être capable moi aussi. »

Elle attendit qu'il réponde à son regard, puis elle attrapa la bouteille de Coca, l'ouvrit et, sans du tout tenir compte des gobelets qu'il avait si soigneusement disposés sur la couverture, elle en but une gorgée et lui passa la bouteille.

Il réagit à son geste avec un sourire alors qu'un tramway passait dans un fracas sur la Cinquième Avenue. Ils regardèrent deux voiliers miniatures entrer en collision sur le bassin devant eux, un groupe d'enfants en pleine partie de colin-maillard sur la colline un peu plus loin. Claire songeait à demander à Shep pourquoi il avait fait semblant de ne presque rien savoir de Port Blair, alors qu'il en savait manifestement beaucoup, mais elle n'insista pas.

Enfin, il lui prit les mains.

« Je vais t'aider, tu le sais. Je veux dire, dans toute la mesure de mes capacités… qu'en penses-tu ? »

Elle resta tout à fait immobile.

« Suggères-tu que nous franchissions la prochaine étape ? »

Une bouffée de soulagement, ou plutôt, non, c'était plus de l'exaltation, électrisa son sourire.

« Comment disent les Américains, déjà ?

— Quoi ?

— Une expression du genre "*j'en suis*".

— *Je veux* ? »

Il lui secoua les bras comme si c'était une paire de rênes.

« Je veux ! »

*

Quatre semaines plus tard, ils s'étaient mariés au terme d'une petite cérémonie oppressante, chez Claire, dans le Connecticut. Son père avait pleuré et sa mère, une Yankee hiératique pur jus, était restée assise, dans sa posture habituelle, raide et l'œil sec. La sœur de Shep, Vivian, avait envoyé un amusant topiaire en forme d'éléphant et ses meilleurs vœux de Sydney, où elle occupait un poste de correspondante étrangère. Depuis le village du pays de Galles où ils avaient pris leur retraite, les parents de Shep avaient envoyé leurs vœux à distance sous la forme d'une tour funéraire de glaïeuls. Après tout, la mariée et le marié partaient pour une colonie pénitentiaire.

Innocents, tous les deux. Deux naïfs transformant sciemment quelques présages en curiosités romantiques.

Au cours de leur première nuit en mer, Shep récita du Kipling. Ils étaient allongés nus, vidés, deux transfuges à la fois surpris et ravis de s'abandonner sur le pont supérieur du *SS Ormonde*. Des chaises longues montaient la garde comme des sentinelles fantômes par cette torpeur d'août qui avait suivi le navire depuis la côte.

« "Nous avons peint les îles en vermillon" », chantait-il d'une voix feutrée et pleine d'allégresse, tandis que Claire repérait les Pléiades afin de s'orienter.

« Nous avons peint les îles en vermillon,

Nous avons partagé nos pêches de perles

Nous avons payé nos tournées en pépites de sept onces

Nous avons crevé de faim avec la maigre paie d'un soutier africain

Nous avons ri du monde tel que nous l'avons trouvé

De ses femmes, de ses villes et de ses hommes

De Sayyid Burgash sultan de Zanzibar et de ses crises de rage

De Lobengula, chef des Matabele, et de ses yeux rougis et enfumés. »

L'aube rougissait l'horizon vers l'est. Elle posa son oreille contre le cœur de son tout nouveau mari et s'émerveilla de ce bruissement.

La géographie de Shep était pâle et anguleuse, comparée à ses chairs à elle et à leur douceur de miel, et son exubérance laissa bientôt place à une intériorité plus studieuse. De retour dans la lumière rosée de leur cabine luxueuse, il avait exploré la courbe de sa joue, les creux poplités des genoux, les grains de beauté qui dessinaient la silhouette d'une souris sous son sein gauche.

Claire se tortillait sous cette cartographie minutieuse. Un soir, elle lui prit la main.

« Tu me touches comme si j'étais bien plus précieuse que je ne le suis réellement. »

Elle avait de nouveau cette voix trompeuse. Elle avait la sensation d'essayer de marcher au sommet d'une balle géante. Y arriverait-elle, et devait-elle y arriver ? Sa désinvolture de façade devait bien receler une part de vérité.

Cette désinvolture masquait aussi une part de nécessité. Elle ne se sentait pas le cran de l'admettre sans devoir se dissimuler derrière cet apparent badinage. Elle se renfonça donc dans le tourbillon des draps, tendit un bras au-dessus de sa tête et plissa les lèvres en une moue bien digne d'une poule.

« J'aurais peut-être dû te l'avouer immédiatement, mais ensuite je me suis dit que tu étais un homme qui avait vécu. »

Shep eut un beau sourire un peu trop désarmé. Il fit le signe de la croix au-dessus de son corps dénudé avant de lui effleurer les hanches, les coudes, les côtes.

« *Semilunar fascia*, *serratus magnus*, *brachialus anticus*, *latissimus dorsi.* »

Ces termes anatomiques superbes flottaient comme une absolution incantatoire.

« Tu n'es pas un catholique qui se cache.

— Non, juste un pieux docteur. »

Il était inutile d'essayer de le brusquer. Il embrassa la cicatrice aussi fine qu'un cheveu qui lui barrait le sternum, les cuticules mordillés de sa main droite. Il effleura la corolle de cheveux noirs, chaque imperfection de ses lèvres, de ses dents.

« Dis-moi une chose que je ne sais pas de toi. »

Il soupira et se rallongea, fixa le plafond du regard comme si c'était un écran de cinéma. Enfin, il lui répondit.

« À Shanghai, aux étalages des apothicaires, je me conduisais comme un sacré casse-pieds. Je m'imaginais que c'étaient des fumeries d'opium, et moi le roi des démons.

— Tu veux dire que j'ai épousé un mauvais garçon ? »

Il sourit à belles dents.

« L'idée a l'air de te plaire !

— En quoi au juste étais-tu casse-pieds ?

— Je voulais tout essayer. Je poussais les marchands à bout. Jamais ils n'auraient osé envoyer paître les petits jeunots blancs : ils n'avaient aucun moyen de savoir qui était mon père. Par contre, si j'avais été malade à cause de leurs herbes et de leurs potions, ils auraient forcément passé un sale quart d'heure.

— Qu'est-ce qui t'attirait tant ?

— Ah. Ces endroits-là représentaient tout ce qui m'était interdit. Sombres, odorants, humides. Des lieux indigènes et effrayants. Les racines de ginseng avaient l'air de testicules rabougris.

— Et cela te séduisait, n'est-ce pas ?

— Quand j'avais neuf ans, lui confia-t-il en lui caressant la cuisse, je ne mesurais pas encore toute l'importance d'avoir de robustes testicules. »

Elle lui flanqua une tape sur la main.

« Il y a bien une histoire derrière tout ça ?

— Bon. Ils avaient ces espèces de boutons botaniques qui ressemblaient à des étoiles et qui avaient le goût de la réglisse. J'en ai chipé un et dès mon retour à la maison je l'ai avalé. Il s'est avéré que cela soignait la constipation en trente-quatre minutes recta. Vivvy a chronométré. Tu aurais dû voir la tête de mon père quand je lui ai tout avoué.

— Mais enfin pourquoi lui as-tu avoué ?

— Nigaud que j'étais, j'ai cru que cela l'intéresserait. Il a menacé de congédier le cuisinier parce qu'il m'avait emmené dans le quartier des indigènes, et j'ai reçu des coups de ceinture, mais cela m'a juste appris à garder mes expériences secrètes. Et pourtant, quelle surprise, il y en a eu d'autres, de ces traitements barbares, qui marchaient mieux que tous les dosages possibles de Kaputine, de Piso ou de Cheracol de mon père. »

Enfin, elle saisit.

« Tu as gagné. »

Il ne répondit rien, mais ensuite il ajouta :

« En réalité, c'est ce travail que je veux mener lorsque nous arriverons dans les Andaman, Claire. Ces forêts sont une immense échoppe d'apothicaire inexplorée. Elles pourraient très bien contenir le prochain médicament miracle.

— C'est ta chasse au trésor à toi. » Elle fit un baiser à son mari. « Eh bien, nous serons deux, j'imagine. »

Il se redressa pour mieux la regarder.

« Et toi, maintenant.

— Et moi maintenant, quoi ?

— Dis-moi ce que tu aurais dû m'avouer d'entrée de jeu. »

Et bien qu'elle se soit répété ces phrases-là une bonne centaine de fois, elle n'en tâtonna pas moins dans son entrée en matière. Elle rabattit les draps sur sa nudité.

« Mes parents. Ce n'est pas ce que tu crois.

— Ce que je crois… ?

— Je veux dire, ils sont tristes de me voir partir, et ils t'en veulent peut-être de m'avoir emmenée, de m'avoir éloignée d'eux, mais il n'y a pas que ça. Enfin, ce n'est pas que toi. Tu vois, j'avais un petit frère. Il est mort quand j'avais onze ans. Noyé dans l'étang derrière notre maison. »

Elle n'avait jamais parlé de Robin comme cela. Elle n'en avait jamais éprouvé le besoin. À la maison, il n'était plus jamais fait mention de son frère, et ses autres prétendants n'avaient tous eu qu'une envie, faire comme si l'existence n'était qu'une partie de rigolade. La Grande Dépression avait fait cet effet à certains, mais peut-être pas en Chine. Et Shep n'était plus un prétendant.

Et donc, avant qu'il ait eu le temps de réagir, elle continua. Robin avait huit ans. Il voulait jouer avec elle et avec une fille qui était rentrée à la maison avec elle après les cours, mais Claire était jalouse parce que cette amitié était toute nouvelle et son maladroit de petit frère la gênait, alors elle l'avait prié de sortir de sa chambre. L'étang paraissait gelé mais ne l'était pas. Robin était sorti et n'était jamais revenu. Ses parents avaient affirmé que ce n'était pas sa faute, mais elle n'était pas dupe. Après l'accident, la fille qui était présente ce jour-là et Claire étaient incapables d'échanger un regard.

« Pendant des mois, je n'ai même pas pu me regarder dans le miroir, et encore moins parler de Robin. » C'était il y a dix ans, ou cent vingt-sept mois. « Je me souviens, en sortant, il nous avait tiré la langue. La réglisse était sa friandise favorite. Il en avait la langue noircie. »

Shep n'esquissa pas un geste.

« Tu l'aimais », dit-il.

Ce n'était pas une disculpation, et pas une question non plus. Une proposition.

Elle crut qu'il allait ensuite lui raconter qu'une vie sans risque ne valait pas la peine d'être vécue, que son frère n'avait jamais eu l'intention de l'accabler de culpabilité, lui expliquer quelle erreur ce serait de s'accuser indéfiniment. Ces vieilles exhortations inutiles que seul son père avait eu le cœur de tenter.

« Tu as envie de me parler de lui ? »

La réponse qui lui vint la désarçonna.

« Un jour. »

Il lui prit la main et la retint dans la sienne, la paume ouverte, comme il le ferait d'un oiseau qu'il voudrait inciter à s'envoler, et elle savait qu'elle se souviendrait pour toujours de cette sensation, de l'architecture sèche de ses os, aussi solide que celle d'un pont. Une main de docteur, songea-t-elle alors. Chirurgicale. Confiante. Elle ne savait pas encore la vérité de son être, que son cœur était son boulet. À Londres, il avait presque perdu une enfant sur la table d'opération parce qu'il ne pouvait se résoudre à amputer la jambe de la fillette lorsqu'il y aurait eu encore une chance de la sauver. Âgée de cinq ans, sa famille étant trop pauvre, la peau trop foncée pour justifier le recours à un spécialiste, c'était comme si cette enfant méritait juste qu'on s'exerce sur elle. Shep, qui n'était qu'un jeune interne, se figea, incapable de pratiquer la première incision, et omit d'identifier la septicémie qui courait dans les vaisseaux sanguins de sa patiente. Le chirurgien-chef avait dû intervenir, et cela aurait pu mettre un terme à sa carrière débutante, sans l'influence de son père médecin militaire. La « bourse » de Shep en Amérique était une forme d'exil, son affectation dans les îles Andaman n'avait rien d'une sinécure, c'était plutôt un lot de consolation dont il s'efforçait de tirer pleinement quelque chose.

Cette nuit-là, dans la luxueuse cabine de l'*Ormonde*, Claire ne savait encore rien de tout cela. S'il lui avait révélé la chose, s'il avait tenté de la rassurer ou de l'exonérer en lui faisant des aveux à l'égal des siens, ou de simplement se confier en toute franchise, aurait-elle jugé qu'il était faible ? Ou lui en aurait-elle voulu de la survie de « son » enfant et de sa propre rédemption ? Cela aurait-il suffit à rompre le sortilège, ou son humanité sacrilège l'aurait-elle d'autant plus incitée à l'aimer ? Il avait raison de ne pas se fier à elle, de ne pas prendre ce risque. S'il la voulait vraiment.

Or il tenait à elle. Elle le sentait bien, dès cet instant, sans aucun doute, rien qu'à sa manière de la tenir, comme si elle était l'être le plus léger qui se puisse imaginer. C'était son véritable défi.

Elle retourna donc sa paume et lui effleura le poignet, le canevas des veines bleutées sur les tiges pâles de ses os, la trame de fines ridules sous un duvet presque imperceptible de fins poils dorés. Le pouls sous la surface, preuve de vie sous sa peau. Il la regardait, il attendait.

*

Quel cran, avait chuchoté son père. C'était un autre été, quatre ans plus tôt.

Ils étaient devant *La Orana Maria* de Gauguin. Je vous salue Marie. La Polynésie, venue se poser à New York. Claire était alors en première année à Barnard, procurant à son père une excuse toute trouvée pour s'échapper de son cabinet d'avocats de Stamford submergé par la Grande Dépression et s'offrir un répit illusoire dans Manhattan. Tous les deux, ils avaient exploré les musées comme ils avaient ratissé jadis les plages et les bois du Connecticut à la recherche de Robin. Pour se remonter le moral, aurait-il dit. Ce qui était une bonne description de la réaction de Claire aux lignes sinueuses, aux couleurs galbées et aux gestes pleins d'adoration de Gauguin, la sérénité du garçon nu juché sur l'épaule de sa mère et les auréoles d'une madone et d'un enfant des mers du Sud à la révérence moqueuse et silencieuse. Les autres visiteurs du musée se raclaient la gorge et marmonnaient que c'était honteux, mais Claire, elle, mourait d'envie de plonger dans cette chaleur et cette volupté et de s'y perdre.

Aux yeux de son père, le cran du peintre évoquait autre chose. Petit garçon, Tyler March tressait des paniers en osier, comme les Indiens algonquins. Livré à lui-même, il serait sans doute devenu naturaliste, *Comme Thoreau, ou Muir, ou, Dieu m'en préserve, comme M. Darwin*. À la place, il était devenu avocat spécialisé dans les successions, comme son père avant lui. Il avouait souvent à Claire que sa faiblesse avait été de compter sur une main secourable. Elle ne l'avait jamais cru jusqu'à ce qu'elle le voie devant ce tableau, des rivières perlant dans ses yeux gris et tristes, la voix enrouée de jalousie.

Elle avait de nouveau entendu l'ardente aspiration de son père au creux de son oreille à l'instant où elle avait répété ce mot, le jour de son mariage : *oui*. Mais sa première vision des îles Andaman avait réduit le cran de sa fille à l'état de chimère.

Il y eut d'abord l'apparition d'une petite pelote d'épingles de palmier sur une mer turquoise. Ce fut ensuite un monolithe vert et imposant qui se dressa derrière cette pelote, tel un dinosaure au réveil. Le manteau vaste et épais, couleur vert forêt, du colosse ondoyait comme une créature à part entière – une créature fermement décidée à refouler dans l'océan le mince serpent immaculé de la plage. C'était l'Andaman du Nord, à la pointe de cette chaîne d'îles qui pour eux s'achèverait au sud de Port Blair.

« Il n'y a personne là-bas, fit-elle, stupéfaite de ce chatoiement confondant de beauté, d'humidité et de chaleur primitive qui semblait palpiter depuis le rivage.

— Pas un arabis en vue », ironisa-t-il, mais le cœur n'y était pas.

Claire s'agrippa au bastingage, réprimant un accès de nausée. Le bras de Shep lui entoura la taille comme un point d'interrogation. Cela ne l'aida en rien.

Qui croyaient-ils abuser ? Ils n'étaient que deux imposteurs.

Au cours des six heures suivantes, le rivage resta d'une inlassable sauvagerie. Ils repérèrent deux villages côtiers isolés, mais qui paraissaient eux aussi désertés. Ensuite, un phare clignota au loin. Au sommet d'un escarpement en retrait, la masse en béton rose d'un casernement, piquetée d'antennes scintillantes.

« Là ».

Il leva les yeux de l'index géographique étalé dans sa paume. L'espoir et le soulagement percèrent dans sa voix lorsqu'il pointa le doigt vers la rive opposée de l'île de Ross, leur nouveau domicile.

Un long mamelon s'étirait comme une vague déferlante à l'entrée d'un port subitement hérissé de bateaux. Un mirage, c'était ainsi que Claire se remémorerait cette première impression. La réplique en miniature d'un monde qu'elle croyait avoir laissé derrière elle. Une sombre église gothique à la flèche élancée. Un semblant de place et de terrain de parade. Des maisons victoriennes le long de la crête, avec leurs toits à double versant, de larges vérandas et des boiseries couleur pain d'épice clair. Les coloniaux eux-mêmes étaient rares, mais de petites silhouettes vertes en uniforme blanc étaient vaguement visibles entre des arbres d'ombrage imposants. Vers l'extrémité sud de l'île, là où l'architecture occidentale cédait la place à un entrelacs d'ateliers-boutiques et à toute l'humanité d'un bazar, ces silhouettes se multipliaient. Le temple hindou sur le front de mer ressemblait à un empilement multicolore de Life Savers, ces bonbons en forme d'anneau.

La caserne de Ross était le siège du pouvoir britannique pour l'ensemble de l'archipel des Andaman, mais avant de l'atteindre, il leur fallait d'abord continuer leur route et traverser la rade, débarquer sur le « continent » où Port Blair proprement dit s'étirait telle la patte d'un lézard surgie de l'intérieur de la forêt. Là, des bungalows blanchis à la chaux comme ceux que l'on trouve partout en Inde étaient alignés sur les pentes, et au sommet de la dernière phalange du lézard se dressait une imposante forteresse au crénelage teinté de rose.

« La prison », fit Shep.

Claire leva les yeux vers les murailles roses du château. À l'intérieur, disait-on, les condamnés les plus endurcis du Raj étouffaient sous la chaleur. Le port tout entier était conçu comme un vaste camp de concentration, mais le crime principal de ces détenus n'était que leur volonté de se battre pour l'indépendance, et elle éprouvait bien plus de répugnance envers leurs seigneurs et maîtres britanniques que ces prisonniers ne lui inspiraient de peur. Lisant l'angoisse sur le visage de Shep, elle comprit qu'il redoutait ce moment de vérité autant qu'elle avait elle-même refusé d'y penser. Après tout, il travaillait pour ces seigneurs et maîtres, et elle était leur sujette par mariage.

« C'est étrangement pittoresque, suggéra-t-elle. Cela ne se passera peut-être pas si mal. »

Comme pour confirmer cette impression, ils furent accueillis sur le quai de Phœnix Bay par des palmes d'arbre du voyageur qui flottaient comme des mains géantes. Ici, l'humeur semblait franchement festive. Des Européens, des Indiens et tout ce qui pouvait exister entre les deux – des soldats, des civils, des *pukka sahibs*, des Indiens pieds nus et des femmes birmanes vêtues d'écarlate, de turquoise et de jaune canari – faisaient des signes aux passagers qui débarquaient. Des enfants et des chiens parias cavalaient en tous sens autour des rickshaws en attente. Des cris – *Jao ! Boy !* – fusaient de toute part dans le port.

Subitement, le pont s'inclina, l'ancre souleva une gerbe d'eau, et le regard de Claire bascula vers le bas, vers la poupe où une dizaine de condamnés menottés qui avaient dû effectuer la traversée dans les entrailles du navire attendaient en rang qu'un canot les conduise à terre. Une voix solitaire venait d'entamer une litanie : « *Inquilab Zindabad ! Inquilab Zindabad !* » Les autres l'entonnèrent à leur tour. *Vive la révolution !*

Au cours de leur halte d'une semaine à Calcutta, Claire et Shep avaient entendu ce slogan et d'autres s'élever dans le lointain ou derrière des portes closes, mais à la minute présente cette litanie était cadencée par le claquement insoutenable du bois sur les chairs et les os. Les victimes poussaient des cris et d'autres retombaient dans le silence. Une passerelle s'abaissa à la poupe. Les prisonniers s'avancèrent d'un pas traînant et, poussés sans ménagement par leurs gardes armés, embarquèrent dans le canot qui dansait sur le flot.

Shep prit Claire par le bras. Elle entendit sa voix s'élever.

« Doucement, ma chérie. Pas d'excuses, pas de regrets. »
C'était dit sur le ton de la supplique.

Ils regagnèrent l'île de Ross à bord d'un petit bac en bois et, en marchant vers la crête, tentèrent de reléguer derrière eux les plaintes des prisonniers. Ils arrivèrent devant le petit portail rouge du bungalow du chirurgien civil.

Shep leva le loquet et ils pénétrèrent sur une pelouse d'un vert éclatant ceinte de cocotiers, de paradisiers, d'héliconies flamboyantes et de diverses variétés d'orchidées. Le bungalow proprement dit avait des murs fraîchement chaulés sous un large toit triangulaire en tôle rouge terminé par un pignon à chaque extrémité. Une large véranda soutenue par des colonnes courait sur toute la longueur de la maison et donnait sur la mer.

C'était la fin de l'après-midi. D'épais bandeaux d'un océan vert jade formaient un escalier qui rejoignait le ciel. L'air possédait une étrange vitalité dorée, pareille à une musique de jazz rendue visible.

« Nous sommes chez nous, fit Shep, comme s'il narguait les dieux.

— Nous sommes chez nous, répondit Claire en lui prenant la main.

— Bienvenue au paradis, mon amour. »

*

Le lendemain matin, une heure environ après que Shep s'était aventuré de l'autre côté de la cour pour prendre son service à l'hôpital, les serviteurs arrivèrent, pointant un œil timide à la porte d'entrée. Som était un homme entre deux âges, l'air accablé, la moustache poivre et sel impeccablement taillée et le cheveu plaqué agrémenté d'une zébrure blanche à la tempe. Il semblait aussi effacé que son épouse, bien plus jeune que lui, Jina, était sûre d'elle, pleine d'un aplomb chaleureux comme souligné par ses dents tachées de rouge. Shep avait engagé le couple les yeux fermés, sur la recommandation de son prédécesseur qui les avait décrits l'un et l'autre comme des insulaires qui se disaient chrétiens, descendants de forçats sans être eux-mêmes des criminels, et par conséquent dignes de confiance.

Claire les invita à entrer, Som dodelina de la tête à la manière indienne – elle avait appris que cela pouvait signifier *Oui*, *Bien*, *Je comprends*, *Je fais mine de comprendre*, *Si vous voulez*, *Si je suis obligé* ou encore *Nous verrons*. Le généreux sourire de Jina lui parlait davantage. Elle tenait son sari de mousseline au-dessus de sa tête et chuchotait à son mari en urdu, la langue véhiculaire de Port Blair.

D'emblée, elle apprécia leur douceur mutuelle, leur curiosité envers Shep et elle. Il fut décidé que Jina pourrait se charger de la maison et de la cuisine. Som, dont l'anglais était à peu près inexistant, s'occuperait du jardinage et de l'entretien. Ils habiteraient dans l'appartement de deux pièces réservé aux domestiques, derrière la cuisine.

Ce fut seulement après que tout cela eut été convenu entre eux que Som fit signe à sa fille de sortir de l'ombre où elle attendait, de l'autre côté du jardin. Le confrère qui les leur avait recommandés, Jina et lui, n'avait pas mentionné d'enfant, mais après la surprise initiale Claire en fut enchantée.

Naila était une fillette de huit ans très menue, aux yeux foncés presque trop grands pour le visage délicat qui les encadrait. En découvrant le short plissé, les bagages ouverts et les bibelots de sa nouvelle *memsaab*, elle lui parut à la fois timide et précoce, amusée, attentive, et l'œil critique.

« Mais comment va-t-elle faire pour l'école ? » demanda Claire. C'était la première question qui venait à l'esprit. Pour les jeunes filles et fillettes indiennes, l'éducation n'allait pas de soi, et il n'y avait pas école sur l'île de Ross, car tous les enfants européens de l'île avaient été envoyés depuis longtemps « au pays », mais elle ne pouvait guère accepter que cette intelligente petite fille placée sous sa responsabilité ne reçoive aucune instruction.

Jina pria l'enfant de reculer d'un pas et lui fit signe de baisser les yeux.

« L'école d'Aberdeen sur le continent, *memsaab*.

— Par bateau, tous les jours ?

— Certainement, *memsaab*.

— Mais qui la conduira ?

— Elle toute seule, *memsaab*. »

À la fois soulagée et impressionnée par cet arrangement, Claire sourit à Naila, qui comprenait manifestement chaque mot. Elle paraissait moins indienne que ses parents, plus birmane, ou peut-être andamanaise. Elle avait des cheveux souples d'un noir luisant, coupés presque aussi court que les siens. Le nez était large, épaté, un peu disgracieux, mais la silhouette aussi frêle que celle de sa mère était ronde, les yeux ourlés de longs cils aussi vifs que ceux de son père, la peau d'une ravissante nuance orange pekoe. Elle n'était pas exactement jolie, mais à l'évidence perspicace.

Claire joignit les paumes en un *salaam* un peu maladroit, et Naila lui répondit par une révérence.

Au cours des journées suivantes, Claire invita Naila à l'aider à garnir la bibliothèque et fut heureuse de voir la fillette feuilleter avidement chaque livre avant de le ranger à sa place. Elle semblait particulièrement captivée par les planches photographiques des *Insulaires andamanais*. Apparemment, elle n'avait elle-même jamais rencontré d'indigène, bien qu'une photo ressemblât, disait-elle, à ce fainéant de Porubi, sur le bazar d'Aberdeen. « Mais au moins, ajouta-t-elle, Porubi garde ses vêtements. »

Claire remarqua une pointe de dénigrement dans sa voix. Elle se demandait d'où cela provenait.

« Quel est ce livre, *memsaab* ?

— C'est l'histoire du peuple qui vivait dans ces îles avant que toi, moi ou même tes parents ne soient nés, Naila. Le peuple dont les ancêtres sont arrivés ici les premiers. Ils y vivent encore, tu sais, à l'intérieur des terres. As-tu déjà vu l'un d'eux ?

— Le peuple des nus. »

Il y eut cette même désapprobation, mais exprimée cette fois avec froideur et détachement.

« On t'a appris à les appeler ainsi ? » demanda Claire.

Naila oscilla de la tête comme son père. Elle répondit que tout le monde à Port Blair, les Européens comme les autochtones, considéraient le peuple des nus comme une nuisance, parce qu'ils étaient étranges, et sales, et vilains à voir, et pas civilisés. Quand les Britanniques avaient entamé la construction de Port Blair, ils avaient combattu la plus grande des tribus lors de la bataille d'Aberdeen, et presque entièrement anéanti les Grands Andamanais. Sen, son instituteur, disait que le peuple de la forêt qui avait survécu lançait encore des attaques contre les colonies de peuplement et les plantations du Nord, et que certaines des îles les plus reculées abritaient toujours des tribus réputées cannibales. Pour la plupart, le peuple des nus maniait encore la lance et les flèches, et n'était donc pas de taille face aux fusils anglais. La fillette fronça le nez devant l'image d'un couple aborigène assis dans une posture à la raideur peut-être rituelle, dos à dos, le regard fixé dans deux directions opposées.

« Ils n'ont pas l'air réels. »

Par la suite, Claire comprendrait que le père de Naila avait lui-même une grand-mère originaire de la forêt, mais elle était morte avant qu'il ne soit venu au monde, et que Jina et lui ne parlaient jamais d'elle, ayant au contraire appris à Naila à dire qu'elle avait des ancêtres tamouls, ce peuple à la peau sombre originaires d'Inde du Sud étant préférable, au plan ethnique, aux indigènes andamanais. En l'occurrence, les individus « nés sur place » formaient une catégorie très différente de celle des « natifs ». Dans les Indes britanniques, Claire l'apprendrait, le préjugé se transmettait activement et tous y adhéraient.

Elle persévéra avec Naila.

« Les tribus andamanaises vivent ici depuis des milliers d'années. Elles ont survécu dans la forêt sans écoles, sans fermes, sans automobiles. Sans hôpitaux… et sans prisons non plus. »

Elle tapotait sur l'ouvrage que la fillette tenait encore dans ses mains.

« L'homme qui a écrit ceci est un anthropologue. C'est son travail d'apprendre comment ils ont survécu.

— Vous êtes antha-ro-po…

— Pas encore. Mais j'essaie de comprendre comment le devenir, et j'espère que les Andamanais pourront m'aider. » Elle leva brièvement les yeux. « Et toi, Naila ? Que veux-tu faire quand tu seras grande ? »

La question prit la petite fille au dépourvu. Son grand-père avait fait des études de chimie, avant son arrestation, mais en tant que fils de condamné, son père avait eu interdiction de recevoir une éducation digne de ce nom. Il répétait souvent à Naila qu'elle était différente, et que l'Inde serait elle aussi différente, bientôt. De grands dirigeants comme Gandhi travaillaient à convaincre les Britanniques de renvoyer les combattants de la liberté dans leur État d'origine, et dès que ce serait fait, leurs enfants et petits-enfants nés sur place seraient aussi autorisés à quitter ces îles et à se forger un autre avenir.

À Calcutta, il y a une rue qui s'appelle College Street. Un jour, ma fille, tu iras là-bas étudier et tu nous rendras fiers. Et sa mère avait acquiescé : *Tu iras à l'école, tu apprendras de toutes tes forces, et un jour tu traverseras les eaux.* Jina avait eu un grand geste du bras vers l'horizon, comme si elle semait des graines. *Ma fille, tu…*

Naila n'avait pas laissé sa mère terminer. Elle était attirée par les cartes et les livres sur le monde qui existait au-delà de la mer, mais elle n'avait jamais passé ne fût-ce qu'une nuit loin de Port Blair ou séparée de ses parents. Elle n'avait pas envie de devenir quelqu'un de différent de celle qu'elle était, surtout pas si cela lui imposait de quitter ceux qu'elle aimait.

« Eh bien, je ne suis pas sûre de savoir ce que je vais devenir moi non plus, alors essayons de nous aider l'une l'autre à le comprendre. »

Claire lui tendit la main.

D'un geste hésitant, Naila glissa le bout des doigts dans sa paume ouverte.

Claire saisit les doigts de la fillette.

« Amies ? »

L'enfant regarda fixement leurs mains jointes et répondit d'une voix si grave qu'au moment où elle retentit, elle semblait s'excuser.

« Amies. »

*

La semaine suivante, Shep découvrit que le *chowkidar* de l'hôpital était membre d'une des tribus de la forêt de l'île. Quoique encore adolescent, le garçon parlait un excellent anglais de missionnaire et connaissait aussi les usages indigènes de toute la flore locale. Le jeune Leyo se gâchait en occupant un poste de veilleur de nuit, aussi Shep l'engagea-t-il pour aider Som à planter un jardin médicinal. Ensuite, il l'envoya voir Claire qui apprécierait peut-être qu'il l'instruise.

Et comment !

« Mon peuple, lui expliqua Leyo. Le peuple biya. »

Ses traits ressemblaient à ceux des sujets de Radcliffe-Brown, mais il avait manifestement adopté les habitudes vestimentaires occidentales. Il portait un sac en toile, un débardeur blanc et un sarong rouge corail, mais sans chaussures aux pieds. Ses cheveux étaient taillés ras et divisés par une large raie droite rasée de la tempe gauche jusque dans la nuque. Il arrivait à peine à l'épaule de Claire.

Il avait des masses de choses à lui apprendre.

« *Aka* biya, lui déclara-t-il tout sourire. *Aka* veut dire parler de la bouche. Ensemble, nous *aka* biya. »

Ravie d'avoir cette chance, elle lui demanda de passer une heure avec elle tous les matins. Il la confronta néanmoins à deux obstacles auxquels elle ne s'était pas attendue.

D'abord, il avait passé assez de temps à Port Blair pour que sa maîtrise de sa langue se soit diluée dans l'urdu. En fait, lui apprit-il, le seul à parler encore un biya pur était son chef, Kuli, qui vivait avec le reste de son clan dans la forêt, au nord.

Le second obstacle concernait la langue entièrement non verbale des Biya. Pour lui expliquer la chose, il eut un geste de la paume, qu'il posa sur son crâne, puis sur sa poitrine.

« La parole de l'esprit est pour la tête, pour le cœur ; dans le silence, encore nous l'entendons. »

Au sein du peuple biya, si Claire avait correctement compris son explication, cette parole silencieuse de l'esprit possédait plus de valeur que le langage des mots. La langue de l'esprit était leur langue commune, empathique. C'était aussi la langue de la nature. Leyo lui dit avoir remarqué qu'à Port Blair ni les Européens ni les Indiens n'étaient capables de parler cette langue de l'esprit, mais dans sa tribu, les nouveau-nés apprenaient naturellement à communiquer en silence avec le monde autour d'eux. Ces gestes et ces expressions de l'esprit transmettaient les avertissements, les exhortations et les inquiétudes des Biya à la déesse Biliku, ainsi que les sentiments qu'ils partageaient, issus de leur cœur.

À l'inverse, la parole était transactionnelle, servait au commerce, à la planification ou à la résolution des problèmes. Elle était surtout nécessaire quand un membre de la tribu devait s'en aller ou quand le lien qui les unissait était menacé par un conflit, par exemple lorsqu'ils avaient affaire à des étrangers.

Au cours des années à venir, cette leçon aurait tour à tour pour effet de consoler et de tourmenter Claire, mais à ce stade l'idée de parler sans recourir aux mots lui semblait attrayante. Et c'était cette idée qui lui occupait l'esprit en ce même après-midi, lorsqu'elle traversa le port pour aller faire une course à Aberdeen.

Dans le bazar, les langues formaient un flot. Ses semblables, les étrangers – surtout des Anglais, mais aussi des Français et des Hollandais, ainsi que divers individus plus mélangés –, semblaient tous incapables de se comprendre sans élever la voix. Pareillement, la plupart des Indiens et des Birmans nés sur le continent, qui étaient bien plus nombreux, bavardaient en un flot ininterrompu, en urdu, en karen, en hindi et en marathi. Au sein des deux groupes, le silence semblait synonyme d'isolement ou de détachement, de peur ou de honte. Pour preuve le vagabond du bourg rôdant à l'entrée d'une ruelle proche du bazar.

Elle le repéra assis en tailleur de l'autre côté de la rue. Il avait la peau si sombre qu'il se serait fondu dans la pénombre, invisible sans une chemise rouge sale, un short kaki en lambeaux et des yeux injectés de sang, qui brillaient d'une lueur folle au milieu de ce visage hagard. C'était sûrement le pauvre diable que

Naila appelait Porubi. À part Leyo, c'était le seul Biya connu en dehors de la forêt, et selon toute apparence il était à la fois hors d'atteinte et muet. Se souvenant des descriptions courroucées que lui avait faites le docteur Benedict des fonctionnaires du gouvernement abreuvant les Amérindiens de whisky, Claire se sentit forcée de détourner le regard quand ce Porubi porta à ses lèvres son carafon de gnôle en terre cuite. L'isolement. La peur. La honte. Le simple fait de voir cet homme suffit à l'emplir de tout cela.

Elle monta les marches blanchies à la chaux du Kobayashi Kodak Shoppe, et là, elle trouva enfin un peu de paix. La devanture du magasin était vide. Un ventilateur électrique vrombissait au plafond. Elle fit tinter la cloche en cuivre du comptoir.

Les lames du plancher grincèrent derrière un rideau noir. Un homme et une femme, petits et minces, portant des lunettes à monture cerclée en acier et vêtus de vestes en coton blanc identiques franchirent ce rideau et, derrière le comptoir, la saluèrent en s'inclinant. Claire répondit en les saluant à son tour timidement.

« En quoi pouvons-nous vous aider ? » L'homme s'exprimait en anglais comme si cette langue lui blessait la bouche.

« Je suis Mme Durant, fit-elle. L'épouse du nouveau chirurgien civil. »

La femme laissa échapper un petit soupir, puis s'inclina de nouveau brièvement. Elle s'approcha en lissant le chignon noir noué au creux de sa nuque et sourit aimablement à la visiteuse.

« Bienvenue à Port Blair, fit l'homme. Nous sommes les Kobayashi. Monsieur et madame. »

Après un silence gêné où ils semblaient tous trois à court de conversation, Claire plongea la main dans son sac à main pour en sortir les pellicules des photos qu'elle avait prises à bord du bateau et sur l'île de Ross. Le mari et son épouse ouvrirent et refermèrent des tiroirs, s'échangèrent les pochettes des films qu'ils marquèrent sans prononcer un mot. Un jeune policier militaire sikh entra. Toujours muette, Mme Kobayashi lui montra le tirage qu'il avait commandé puis elle compta l'argent de son paiement avant de s'incliner pour lui signifier qu'ils en avaient terminé.

Claire s'enquit de savoir depuis combien de temps ils vivaient à Port Blair, et M. Kobayashi chuchota à Mme Kobayashi, qui sourit à leur visiteuse en se masquant à moitié la bouche de sa paume en conque. La réponse ne semblait pas compliquée, mais apparemment la question requérait un conciliabule.

« Cinq ans, lui répondit enfin Monsieur, et il lui remit les reçus pour le retrait de ses tirages. C'est un endroit très bien. Nous sommes heureux de venir. »

Elle avait envie de leur serrer la main, au lieu de quoi elle se prit à les saluer d'un *salaam*. Ils s'inclinèrent pour prendre congé, et Mme Kobayashi lui adressa un clin d'œil. Claire eut l'impression qu'ils lui jouaient une obscure comédie de gestes. Cette aimable pantomime ne pouvait cependant rivaliser avec le langage du silence que lui avait décrit Leyo. Ce que tous les non-natifs avaient en commun, c'était la dépendance à la pensée verbale ; sans les mots, aucune raison, aucun entendement n'était accessible. Au sein du peuple de Leyo, il en allait autrement.

« Nous appellerions cela lire dans les pensées, fit-elle lorsqu'ils se retrouvèrent pour leur leçon suivante. Un pouvoir que beaucoup assimilent à la magie, si tant est qu'ils croient à l'existence d'une telle magie.

— Magie. » Leyo sourit en contemplant les paumes pâles de ses mains sombres.

« J'imagine que je n'ai pas le moindre espoir. »

Il eut l'air perplexe.

« Je veux dire, d'apprendre ta langue du silence. »

Il la conduisit vers le perron, à l'extérieur, il lui désigna la mer de la main, une étendue mate sous un ciel métallique, sous la chaleur du jour qui en écrasait la surface comme un buvard.

« Vous entendez ?

— J'entends les vagues. »

Un doux fracas en provenance de la plage.

Leyo secoua la tête et piqua l'air de son doigt pointé. Elle vit la vilaine tache brune qu'il lui indiquait, très loin vers l'est, comme une motte tombée du ciel.

« Là-bas grosse tempête.

— Et tu es capable de l'entendre dans les vagues ? »

Il sourit à belles dents.

« Grande eau, grande bouche.

— Dans ton campement, tout le monde sait parler la langue de l'eau, alors ?

— Oui.

— Même les petits enfants ?

— Oui.

— Et la forêt, elle a une grande bouche, elle aussi ? »

Il se plaqua les mains sur les oreilles, en riant. Ensuite, il dessina une ligne gestuelle partant de ses yeux vers la tempête en mer avant de revenir aux vagues les plus proches, et enfin jusqu'à Claire. Il ne prononça pas un mot : ce soir, il y aurait de la pluie.

Cette langue tacite n'était pas du tout silencieuse, songea-t-elle. Ce devait être une franche cacophonie, une fois que vous aviez appris à l'entendre. Elle se remémora le professeur Benedict citant la requête du chef Seattle au quatorzième président américain, Franklin Pierce : *Mes mots sont comme les étoiles qui ne changent jamais… Même les pierres, qui semblent aussi muettes et mortes que la chaleur étouffante sous le soleil le long du rivage silencieux, frémissent de souvenirs d'événements exaltants liés aux vies de mon peuple, et la poussière même sur laquelle tu marches à l'instant réagit avec plus d'amour à leurs pas qu'aux tiens, parce qu'elle est riche du sang de nos ancêtres, et nos pieds nus ont conscience de ce contact bienveillant… Nulle part sur la terre il n'est de lieu dédié à la solitude.*

« Je suis sourde et muette », dit-elle.

1937

Bottes anti-moustiques. Pantalons de brousse. Casque colonial avec moustiquaire. Tente de terrain. Jumelles. Insectifuge. Trousse anti-venin. Sulfamides, en comprimés et en poudre. « Et R-B, qu'est-ce qu'il prenait ? » demanda Shep.

Claire n'en avait aucune idée. Il n'existait pas de manuel de terrain pour ethnographes. D'un autre côté, leur première exploration du week-end ne pouvait guère être qualifiée d'étude de terrain sérieuse.

Ils s'étaient procuré une chaloupe à moteur pour se faire conduire plus au nord sur la côte. Depuis l'endroit où ils accosteraient, et avec Leyo pour guide, cela réduirait les deux jours de marche à deux ou trois heures. C'était si facile, cela leur faisait l'effet d'une tricherie.

« Impatiente ? » lui demanda Shep alors qu'ils traversaient l'esplanade déserte en direction de la jetée. C'était à cette heure lugubre d'avant l'aube lorsque les arbres paraissaient noirs et l'eau rouge, et que le ciel avait l'air en guerre contre lui-même.

« Je suis heureuse qu'on se lance dans cela ensemble, lui répondit-elle.

— Est-ce que ça va ? »

Il l'observait, l'air soucieux.

Le temps d'un instant, elle se demanda s'il lisait en elle. Elle avait perdu du poids et se plaignait souvent de ce que l'Atabrine qu'ils prenaient tous deux contre la malaria, sur son insistance, les rende tous les deux bel et bien aussi malades qu'ils en avaient l'air. Tous les signaux d'alarme avaient retenti, pourtant elle n'avait rien voulu admettre, et il lui avait promis de la soutenir dans ce travail. Maintenant, janvier était le mois le plus froid, le plus sûr et le plus supportable pour ce type d'expédition à pied. Ce qui l'inquiétait, c'était surtout sa durée.

Trois jours, ce n'était rien, se morigéna-t-elle, et elle fit un geste vers le ciel.

« Ça va être la fournaise. »

Reynold, le lieutenant de marine responsable du bateau, avait un accent cockney, des cheveux décolorés par le soleil et un hâle que lui envierait Cesar Romero, le latin lover de *La femme et le pantin*. Il avait exploré le moindre arpent de la côte des Andaman, leur avait-il dit. Personne ne connaissait mieux les îles. Ensuite, tandis que Leyo assurait leurs bagages, il marmonnait avec un regard de travers qu'il avait vu assez de Noirs au nord pour savoir qu'il ne fallait jamais se fier à aucun de ces gaillards.

Claire battit rapidement en retraite avec Leyo à la proue sous le taud, tandis que Shep restait à la poupe, histoire d'occuper Reynold. Heureusement, le lieutenant était un homme précis qui obéissait à chacun de ses ordres, et dès qu'ils eurent appareillé le bruit du moteur hors-bord étouffa toutes ses remarques suivantes.

Le soleil perça au moment où le bateau filant au nord doublait le saillant en forme de tricorne de Mount Harriet – comme disait Shep, un drumlin rocheux que seuls des Européens qui avaient le mal du pays songeraient à élever au rang de montagne – et en quelques minutes les phares de Ross et de North Point furent derrière eux. Le relief côtier épaississait, envahi par les mangroves et les figuiers majestueux, l'eau virait du vert céladon au bleu cobalt et le sable était d'un blanc si brûlant qu'il semblait suinter sous le ciel maussade.

Des cocotiers s'alignaient sur la plage comme des sentinelles et leur pilote indien débita une succession de noms en anglais : Kyd Island. Napier Bay. Neil. Havelock. L'Union Jack claquait dans les embruns.

Une heure plus tard, ils pénétraient dans la forêt, et Leyo se trouvait dans son élément. Même sous le poids de leur plus gros paquetage, ses pieds nus sautaient des lianes de la taille de pythons, ses épaules plongeaient sous des troncs abattus. Ses cheveux coupés ras échappaient aux orties, aux brindilles, aux épines et aux plantes grimpantes qui empoisonnaient la vie de Claire et Shep : ils le suivaient en file indienne, mais ils trébuchaient, ils avaient du mal à garder leur équilibre sur cette éponge sans fond qui passait pour de la terre ferme et non moins de mal à respirer dans la chaleur gazeuse et putréfiée qui leur faisait l'effet de les envelopper.

Un calao planait sous la canopée tel un aviateur préhistorique. Un ruisseau fit son apparition sur leur droite. Des varans vert émeraude suivaient leur progression, et des crapauds de la taille de lapins détalaient entre les frondes des fougères.

Peu à peu, alors que leurs yeux s'adaptaient à la lumière poisseuse, ils finirent par remarquer les orchidées accrochées en hauteur dans les branches ou agrippées aux troncs, qui laissaient traîner leur aigrette ou tiraient de menues salves de couleur. Dès que Shep et Claire eurent pris le coup, pareils à deux enfants maîtrisant peu à peu l'un de ces jeux où l'on doit repérer des images cachées, ils en repérèrent partout.

Un guide de terrain trouvé à la bibliothèque de la colonie servait d'abécédaire à Shep, et il réussissait même de loin à identifier les contours élémentaires des sabots de Vénus, des Dendrobium, des Vanda géantes et la grâce ailée, délicate de la Phalaenopsis, l'orchidée papillon. Pourtant, c'étaient là des variétés complètement différentes de celles qui poussaient aux alentours du port. Ici, certaines corolles de fleur avaient la taille de casques. D'autres étaient aussi translucides que des fantômes. Quelques-unes bougeaient, comme si elles respiraient, mais ils finirent par se rendre compte que c'était à cause de leurs tiges couvertes de fourmis. D'autres encore exhalaient leurs fragrances puissantes ou leur puanteur à plusieurs mètres de distance. Et nombre d'entre elles, suspendues à leur arbre-hôte par des fils presque invisibles, semblaient flotter à mi-hauteur.

Claire était tellement subjuguée que, par distraction, elle trébucha et s'étala au sol. Dans l'instant, Shep fut auprès d'elle, mais elle l'éloigna d'un geste.

« Ça va. Ces foutues godasses ! »

Elle huma le changement avant d'en comprendre la nature. Encore à plat ventre sur les feuilles en décomposition, elle renifla un relent d'huile et de sueur, un déplacement dans le rythme atmosphérique. À la limite de son champ de vision, elle eut l'impression que les pieds de Leyo s'étaient multipliés et elle se demandait si elle n'hallucinait pas. Ensuite, quatre mains l'attrapèrent par les bras, la soulevèrent et elle découvrit que ces nouveaux pieds appartenaient à deux petits hommes – ou à des garçons – qui ressemblaient exactement à ceux des photos de Radcliffe-Brown, à ceci près que leurs mouvements étaient tout à fait pleins de vie. L'un des deux avait le crâne tonsuré. L'autre arborait deux touffes coniques, comme des cornes faites de cheveux, dressées sur son crâne rasé. Leurs yeux semblaient immenses, humides et noirs au milieu de leurs visages maigres.

Les nouveaux venus s'esclaffèrent, échangèrent avec Leyo des plaisanteries dans la langue que ce dernier avait commencé d'enseigner à Claire, à ceci près que dans leur gorge les phrases semblaient plus saccadées. Ils tirèrent sur ses mèches et sur l'étoffe de ses vêtements. Shep et elle restèrent muets. Fascinés. Stupéfaits. Ce fut seulement lorsque les deux chiens jaunes des Biya les trouvèrent et, la langue écumante, bondirent en direction de Claire que Shep reprit soudain ses esprits. Il s'avança pour faire barrage et la protéger en l'attirant derrière lui, à distance des autres.

« Attends un peu, ma grande », lui chuchota-t-il, et cette fois elle obéit.

Le camp des Biya consistait en une étroite clairière où des constructions semblables à des hangars à toit de chaume abritaient moins d'une dizaine d'habitants, pour la plupart simplement vêtus d'une ceinture de feuilles ou de coquillages. Les Biya se peignaient la peau avec de l'argile jaune desséchée. Quelques-uns portaient des colliers de cordelettes, les femmes étaient seins nus et, à l'exception des plus jeunes, ils présentaient tous des scarifications formant des motifs caractéristiques sur l'ensemble du torse. Aucun d'eux ne dépassait le mètre cinquante.

Claire lança un regard à Shep, dont l'expression ravie reflétait exactement ses propres sensations. Ils avaient réussi. Ils avaient pénétré dans une capsule temporelle, abandonné derrière eux presque tout ce qui leur était familier et découvert une réalité si étrange et si nouvelle, et pourtant si ancienne, qu'elle en faisait frémir toutes les terminaisons nerveuses de son corps. Sauf qu'en réalité, à l'évidence, ils n'avaient rien découvert du tout. Les Biya vivaient ici depuis toujours. Shep et elle rattrapaient simplement le temps perdu.

Ils devaient paraître à l'aise. Elle avait l'obligation de tout retenir dans sa tête et de ne rien oublier jusqu'à ce qu'elle puisse récupérer son journal de terrain. Il lui fallait devenir ce que le professeur Benedict appelait une observatrice qui passe inaperçue. Certes, mais comment faire ?

« Sois naturelle, lui souffla Shep alors qu'ils suivaient Leyo au centre de la clairière.

— Naturelle pour qui ? » Elle posait sincèrement la question. Qu'il s'agisse de leurs tenues de terrain, des moustiquaires de leurs casques coloniaux ou de leurs bottes anti-moustiques, aux yeux des Biya, tout cet accoutrement devait paraître grotesque. Tout comme le serait son désir d'étudier ce clan.

Ensuite, quelque chose se libéra en elle. Comment se sentirait-elle si un étranger arrivé d'un monde inconnu lui demandait de surveiller ses moindres mouvements ? Les Biya n'étaient pas différents. Pas différents. Traite-les avec respect et compassion, et non avec condescendance. Dis-toi bien qu'ils savent ce qu'ils font, même si toi tu n'en sais rien. Manifeste-leur l'intérêt authentique d'un ami, pas le caractère intrusif d'une voyeuse.

Une vieille femme au frisottis de cheveux gris, une cravate d'homme de couleur bleue nouée autour de son large ventre, sortit d'une des huttes. Leyo s'étreignit le torse, puis serra la femme dans ses bras. Elle réagit en lui tapotant le visage et en tirant sur son maillot de corps avec une mimique désapprobatrice et amusée. Il leur avait expliqué qu'il n'avait plus qu'un parent survivant, une tante nommée Mam Golat. « *Umimi* », comme il l'appelait à cet instant. Une tante, une grand-tante ou une tante adoptive – Claire n'en était pas sûre, au juste, et Leyo ne les présenta pas tout de suite.

Au lieu de quoi, il leur désigna un homme âgé aux lèvres et aux yeux saillants. Kuli était le plus petit des adultes, aux membres graciles, la poitrine striée d'une succession de cicatrices horizontales formant une échelle fantomatique de part et d'autre du torse. Il portait une coiffe d'herbe évoquant une perruque blonde et un collier assorti qui lui recouvrait les clavicules. Les pommettes hautes et saillantes, il était d'un maintien royal, d'un calme absolu.

Le chef Kuli fronça les lèvres, toisa ces étrangers d'un regard solennel, puis il eut un grand sourire et croisa les bras.

Claire eut le même geste, avec un léger salut de la tête en signe de déférence. Shep l'imita, puis plongea la main dans sa poche pour en ressortir les présents que Leyo lui avait recommandés. Une paire de lacets. Deux cuillers en fer-blanc. Une bougie et une boîte d'allumettes. Rien à manger, à priser ou à boire.

Kuli prit les cadeaux dans ses mains aussi tannées que du cuir, puis il les porta à hauteur de son menton et les tendit à Mam Golat. Il avait une attitude si posée, si mesurée, que Claire ne put s'empêcher de demander à Leyo : « Tu l'avais prévenu de notre arrivée ? »

Leyo agita la paume et le poignet comme pour une molle poignée de main à l'indienne et reprit son conciliabule avec le notable.

« Comment aurait-il pu ? glissa Shep à Claire. Il n'est pas parti de Ross assez longtemps pour effectuer le trajet jusqu'ici, et il n'y a pas franchement de desserte postale.

— C'est vrai, admit-elle. Kuli a peut-être naturellement le sens de l'hospitalité. »

Ou alors, songea-t-elle, c'était la langue silencieuse des Biya qui voyageait.

À cet instant, une conversation animée éclata autour d'eux alors que le reste du clan repartait vaquer à ses besognes. La parole, se remémora Claire, était réservée aux problèmes et aux projets. Étaient-ils considérés comme un problème, Shep et elle ? Elle écouta les phonèmes gutturaux que Leyo avait eu tant de mal à lui apprendre. Seize voyelles, seize consonnes. Au milieu des claquements de langue, des percussives et des borborygmes uvulaires, elle ne réussit à discerner que les mots correspondant à cheveu, peau, mains, blanc et serpent.

Quant à ce dernier, qui figurait au menu du déjeuner, c'était un énorme python réticulé que l'on découpait à côté du feu de camp.

Claire préféra regarder ailleurs pour refouler la nausée qui montait en elle et elle remarqua un bambin affligé d'un pied-bot qui s'approchait en claudiquant d'une démarche penchée. Il avait un ventre rond, un sourire avenant et ne semblait pas percevoir que sa difformité était un handicap.

Shep s'agenouilla devant cet enfant, lui tendit son casque colonial, comme si c'était un jouet. Tout content, le petit garçon se planta le casque sur la tête, les yeux pointés comme ceux d'une tortue sous sa carapace. Ensuite, Shep s'amusa à lui faire signe tandis que Claire cherchait autour d'elle la mère de l'enfant.

Il y avait deux candidates possibles. Une jeune femme corpulente aux sourcils rasés qui rit et gourmanda l'enfant. L'autre, dont les dents de lapin donnaient à sa mine renfrognée un air de rictus, attira brutalement le petit loin de Shep, envoya le casque rouler au sol, et le garçonnet repartit en chancelant en direction des chiens. Le rôle de parent semblait être une affaire collective.

Claire attrapa son Kodak. Des photographies seraient utiles. Grâce à ces images, Leyo et elle pourraient discuter des rôles et des relations de chacun au sein du clan.

Une fillette, peut-être âgée de neuf ou dix ans, se tenait devant elle et lui offrait une noix de coco évidée. À Port Blair, les vendeurs le long de la plage vendaient des noix de coco à peine tranchées sur l'arbre, dont l'eau était désaltérante, quoique insipide. Pourtant, ce liquide était sombre et vaseux, et Claire fit seulement mine d'en avaler une gorgée avant de rendre la coquille à la fillette, en la remerciant.

La petite resta là, interdite. La poitrine encore plate, elle avait les membres dodus d'une enfant, bien qu'elle ait été scarifiée. Les marques en forme de plumes lui couvraient le ventre. Elle portait noué autour du front un bandeau blanc sale qui ressemblait à de la gaze chirurgicale, et ses cheveux tondus étaient séparés en deux au milieu par une ligne rasée toute droite, comme les hémisphères d'un cerveau. Elle étudiait Claire de ses yeux lumineux, avec hardiesse et intensité.

Claire se désigna du doigt, prononça son nom, puis pointa la petite et leva son Kodak. La fillette s'en saisit.

« Ekko ! » s'écria Leyo et il lui retira l'appareil des mains.

Claire proposa à Ekko son poudrier en guise de lot de consolation. Elle lui montra le miroir à l'intérieur, et l'enfant fut médusée. Aussitôt, le clan tout entier fit cercle autour d'eux. Claire demanda à Leyo de lui expliquer que le Kodak fonctionnait comme un miroir dans une boîte. Il emprunterait les reflets du clan, et lors de sa prochaine visite à Behalla, elle leur restituerait leurs reflets sur papier.

Les adultes avaient entendu parler des appareils photo. Certains de leurs ancêtres qui s'étaient échappés du très ancien Foyer des Andaman avaient rapporté des photographies de leur séjour sur l'île de Ross. Leyo lui précisa que Kuli se souvenait bien de Radcliffe-Brown, qui avait passé plusieurs mois dans cette région lorsque le chef était jeune. Les autres ne comprenaient pas pourquoi les Blancs voulaient voir le peuple biya, mais eux ils comprenaient que cela leur arrivait parfois, et tout le monde ne tarda pas à retourner se mettre à la tâche, excepté le bambin au pied-bot.

Shep sifflota, pour attirer l'attention de l'enfant, et il étudia ses mouvements.

« Il s'appelle Jojo, fit Leyo.

— Où sont ses parents ?

— Son frère Tika. » Leyo désigna le plus jeune du groupe d'amis qui les avaient accueillis dans la forêt. Tika paraissait avoir à peu près l'âge de Leyo. Il s'était accroupi à côté de la fillette, Ekko.

« Mère Obeyo » continua Leyo, ce qui incita la femme aux dents de lapin, la mine toujours renfrognée, à lever le nez des racines qu'elle pilait.

Shep pria Leyo de lui traduire sa requête.

« Jodo est assez jeune. Si nous l'emmenions en ville, je serais en mesure d'opérer son pied. Je pourrais faire en sorte qu'il aille mieux, assez pour marcher. »

Claire, qui photographiait ce conciliabule, perçut la réticence de Leyo quand elle déclencha l'obturateur. Avait-il tressailli ? Esquissé une moue ? Rien d'aussi évident qu'un mot de refus ou même un froncement de sourcil. Jamais il ne signifierait frontalement son opposition au chirurgien de Port Blair. Pourtant, elle voyait bien qu'il pesait soigneusement ses mots en faisant le relais à la mère du garçon, et non sans raisons, à en juger d'après la tête qu'elle faisait.

La réponse d'Obeyo fut brève, sèche, et ne requérait aucune traduction.

Le frère, Tika, arracha subitement le poudrier des mains de la jeune Ekko et détala en courant avec sa sœur à ses trousses. Leyo dit à Shep : « Venez. Je vous montre la fleur scorpion. »

Claire pensait que son mari allait défendre son idée en faveur du petit garçon qui maintenant suivait laborieusement les deux autres enfants. Avec sa façon de marcher, Jodo avançait en crabe et se recevait sur sa cheville comme si c'était son talon. Elle savait qu'une opération relativement simple suffirait à le soulager de cette infirmité, mais la simplicité était en soi un terme relatif, dépendant de la culture.

Shep se leva, se détourna du regard noir d'Obeyo pour

demander à Claire si elle voulait venir avec lui. Elle le repoussa d'un geste. Devenez invisible, lui conseillerait le professeur Benedict, ou tout au moins discrète. Séparément, Shep et elle étaient moins intrusifs.

Elle trouva un endroit plus ombragé à l'angle de la longue hutte et s'y blottit, en refoulant une autre remontée de nausée. Tout près, la jeune femme sans sourcils soulevait un lourd pilon qu'elle laissait retomber dans une jatte pleine de graines.

Elle s'appelait Imulu. Elle pouvait avoir quinze ans, ou trente, Claire aurait été incapable de le deviner. Elle avait l'arrière de la tête rasé, de sorte que le reste de ses cheveux évoquait la calotte luisante d'un karakul. Elle était solidement charpentée et portait une bandoulière d'écorce de bouleau tressée sur ses seins ronds et lourds. De temps à autre, lorsque son pilon retombait, elle lançait vers Claire un regard impénétrable. Toum.

Claire releva son appareil et, comme la femme n'émettait aucune protestation, elle était sur le point de déclencher l'obturateur quand le battement rythmé s'interrompit et son sujet s'enfonça dans la pénombre, en retrait de sa jatte de graines. Un instant plus tard, Imulu se penchait sur un enfant en bas âge et le soulevait d'un lit de feuilles de pandanus.

Dès que Claire vit le bébé niché dans sa bandoulière et accroché au sein de sa mère, son pouls accéléra. Cette fois, quand Imulu regarda dans sa direction, elle se sentit mise à nu, comme si cette étrangère était capable de lire dans chacune de ses peurs, dans chacun des prétextes qui l'avaient amenée ici et, plus clairement que tout, dans son état primal, qui finirait forcément par contrecarrer ses ambitions ridicules. Loin des regards courroucés et hostiles des Andamanais de Radcliffe-Brown, il émanait du visage d'Imulu une sorte de dérision bon enfant.

Toutefois, avant qu'elle ait pu réagir, Shep refit son apparition avec une brassée de spécimens blancs en fleur. Il émanait de lui une jeunesse et un bonheur exaltants.

« *Eria kurzii !* » s'écria-t-il.

*

Notes de terrain

20 janvier 1937

À tous égards, le voyage a été un succès. Ce matin j'ai entendu Leyo se vanter devant Som et Jina que memsaab *avait goûté du serpent dans la forêt. L'histoire de notre formidable aventure a l'air de l'amuser énormément. Le simple fait d'y être allés nous a valu une médaille. Et le fait d'avoir abrégé cette sortie ne nous vaut de mauvaises notes qu'à mes propres yeux.*

J'ai survécu à ma première bouchée de serpent et à ma première nuit sur le terrain, mais le sanglier du lendemain m'a achevée. Quand je suis revenue en rampant vers le feu après avoir rendu mon déjeuner, Imulu m'a souri à belles dents comme si j'étais le spécimen féminin le plus pitoyable sur lequel elle ait jamais posé les yeux. J'imagine qu'elle avait décelé mon secret d'emblée mais qu'elle m'avait crue trop bête pour avoir même compris que j'étais enceinte. Au vu du degré de honte où j'étais, je me suis toutefois rendu compte qu'elle avait essayé toute la matinée de me représenter le métier de mère selon les Biya, et moi j'avais été trop sotte pour voir que ces leçons de soins au nourrisson m'étaient dispensées par charité.

Hélas, Shep a jeté un œil à mon visage cireux et a insisté pour que nous retournions sur l'île de Ross.

J'ai dû puiser tout au fond de moi pour le convaincre que je n'avais pas besoin qu'on me porte.

Dès que nous eûmes relégué loin derrière nous la puanteur du gras de cochon bouilli, je me suis sentie mieux, mais ensuite j'ai été entièrement absorbée par la marche, et ce n'est qu'en atteignant la plage, alors que Shep consultait sa montre, que j'ai retrouvé de nouveau assez de présence d'esprit pour lui demander comment la chaloupe saurait qu'il fallait venir nous chercher.

Il a raclé le talon de sa botte dans le sable et m'a demandé de ne pas me mettre en colère. Il avait convenu avec le lieutenant Reynold qu'il passe tous les jours à quatre heures devant la baie – juste au cas où.

Pour couronner le tout, il m'a prise par les épaules et m'a embrassée sur le front. Malgré toutes mes couches de crasse, de sueur et de citronnelle. L'avait-je réellement entendu me supplier de ne pas me mettre en colère contre lui ?

Évidemment, je ne pouvais m'en tirer à si bon compte. « Claire, ma chérie, a-t-il continué. Franchement stupide de ma part, tout bien considéré, mais maintenant que la vérité a éclaté… »

À l'avenir, pour moi, fini les sorties sur le terrain. « Claire, ma chérie. » Il m'avait prise en flagrant délit d'égoïsme et de témérité, et beaucoup d'autres époux se montreraient bien moins magnanimes. Mais je ne regrette pas cette première incursion, si brève et si périlleuse qu'elle ait été. La nuit, dans la jungle, la chaleur était étouffante et humide, infestée de créatures qui mordaient, piquaient, hululaient, rampaient et contre lesquelles notre maigre moustiquaire offrait peu de défenses, mais nous avions pu voir les Biya danser. Nous avions écouté leurs chants. Shep en pleine forme et tapant du pied avec les autres jeunes hommes. Leyo la tête renversée en arrière, aux anges, alors qu'une pleine lune de la taille d'une pièce d'argent perçait très haut dans le ciel au-dessus de la canopée.

Je sens encore ces pressions délicates sur le bout de mes doigts, l'un après l'autre, lorsque Kuli m'a pris la main pour m'apprendre les sonorités correctes de l'ancienne langue des Biya – des sonorités que Leyo prononce franchement mal. Avant que je ne sois venue tout gâcher, Shep était sorti à deux reprises avec Leyo et le mari d'Imulu, Sempe, cueillir plus d'une dizaine de spécimens d'orchidées tandis que je restais avec Kuli et les femmes.

J'ai appris avec la vieille veuve, Mam Golat, à faire bouillir un sanglier et compris comment l'astucieuse Imulu réussissait à travailler tout en donnant simultanément le sein à la petite Artam…

Donner le sein. Que Dieu me vienne en aide. Y suis-je prête ?

Si seulement je parvenais à tenir le coup. Si j'étais Ruth Benedict ou Margaret Mead, j'aurais vécu avec le peuple de Leyo depuis des semaines, à présent. Jamais la grossesse ne m'aurait retenue, et encore moins de mettre un enfant au monde.

Non, elles auraient accouché ici même, sur le terrain, guidées par la vieille grand-mère et par le chef. Ensuite, elles auraient puisé dans chaque minute de l'événement pour en saisir l'importance culturelle et écrit un satané bouquin sur le sujet.

*

Lorsqu'elle entra en travail, c'était en pleine mousson. Dans tout l'hôpital, on avait placé des seaux sous les fuites et des bandes de lézards filaient tout autour, tels de petits fantômes sur les auréoles des moisissures d'un vert duveteux. La pluie martelait le toit en fer-blanc à coups de poing, Claire comptait ses contractions, et les jeunes infirmières indiennes fredonnaient en lui épongeant le front. Les plus audacieuses gloussaient à cause de la présence dégingandée de Shep en le voyant broyer du noir d'heure en heure.

Il se calma en faisant des pliages avec un numéro du *Times* vieux de deux mois, qu'il transforma en oiseau de paradis, une distraction d'insulaire qu'il tenait de Som. Les infirmières lui offrirent du thé et des douceurs, aussi peu habituées à la présence des pères pendant le travail qu'elles l'étaient de voir leur chirurgien-chef comme un être humain.

Claire lui conseilla d'aller s'occuper de ses autres patients, mais pour le moment les seuls autres étaient en attente d'interventions chirurgicales peu urgentes, sur le « continent », à Port Blair.

« Tu es coincée avec moi.

— Alors rends-toi utile.

— Tu es bien irritable.

— Essaie un peu, toi, de faire sortir une pastèque entre tes cuisses.

— J'aurais pu retourner en Amérique en chercher une.

— Alors vas-y ! »

Il s'en fut. Elle cria. Le docteur Ratna Bose – le « docteur de ces dames » – entra en trombe et inspecta les progrès de Claire avec un geste péremptoire de mandarin.

Et pourtant, maintenant, elle se sentait abandonnée. Et si le bébé arrivait avant le retour de Shep ? Et si quelque chose se passait mal ? Ce serait entièrement sa faute. Elle savait qu'elle n'avait pas les idées en place, mais c'était plus fort qu'elle. Elle n'aurait pas dû le renvoyer.

Les infirmières continuaient de lui éponger le front, mais elle fut saisie d'un frisson.

« Où est-il allé ?

— C'est aussi bien ainsi. Les messieurs n'ont pas leur place en service de maternité. » Le docteur Bose planta les poings sur ses hanches généreuses. « En particulier les messieurs qui sont médecins. »

Là-dessus, prise d'une nouvelle spirale de douleur, elle fut incapable de penser à rien d'autre.

Quatre contractions plus tard, Shep était de retour, essoufflé, et il rapportait quelque chose sous une cloche de verre. Il posa le socle en bois de la chose sur sa table de chevet. Sous la cloche de verre, une orchidée jaune épanouie à face de singe.

Il souleva la cloche et pinça les mandibules du singe entre ses doigts comme le faisaient Robin et Claire avec les gueules-de-loup quand elle était enfant. Il ne mit pas de mots dans le gosier du singe. Au lieu de quoi, il plia délicatement la tige en fredonnant *La valse des fleurs*, de sorte que l'animal eut l'air de danser.

Les infirmières restèrent ébahies sur le seuil, jusqu'à ce que le docteur Bose les éconduise. En sanglots, Claire était au milieu de la chanson avant de sentir monter la contraction suivante.

« Enfin, qui es-tu ? » demanda-t-elle lorsque la douleur reflua de nouveau, la laissant tremblante.

Il lui lança son plus éblouissant sourire aux dents écartées. « Bon sang, j'en ai pas la moindre idée. »

Une heure plus tard, le jeune Tyler Durant faisait son apparition au paroxysme d'une dernière poussée convulsive. Il laissa échapper un cri poli, mais volubile, pesait quatre kilos, mesurait un peu plus de cinquante centimètres, possédait tous les doigts et orteils requis, plus de grandes oreilles roses et une moumoute veloutée de cheveux châtains, et clignait des yeux face au monde étrange autour de lui comme s'il en calculait le poids.

Lorsqu'on lui mit leur garçon dans ses bras, Claire demeura muette. Shep se pencha sur eux deux.

« Hello, jeune Ty, fit-il pour accueillir leur fils. Bienvenue à la maison, petit bonhomme. »

*

Naila s'attacha tout de suite au bébé. Studieuse et timide, elle semblait avoir peu d'amis. Elle préférait graviter autour de ses parents et s'occuper de Ty lui procurait un prétexte pour rester auprès d'eux. Tous les jours, en rentrant de l'école, elle se précipitait à la maison pour aider Jina à s'occuper du bébé et jouer avec lui. Elle s'asseyait en position accroupie, mémorisait les berceuses que chantait Claire et, au plus léger encouragement, lui chantait des comptines en urdu. Elle était tendre et attentionnée, aussi attentive que sa mère – Claire n'aurait pu imaginer deux *ayah* de profession plus gentilles qu'elles.

Shep n'en était pas si sûr.

« En Asie, entre les serviteurs et la famille, il y a une limite claire, lui expliqua-t-il un soir au lit. Cette limite peut devenir floue, mais il vaut mieux ne jamais oublier qu'elle existe. »

Quoique partant d'une bonne intention, cette mise en garde fut perçue comme un affront. Claire tenta de garder un ton léger, sans y parvenir.

« Tu t'exprimes comme ton père. »

Durant de longues secondes, elle n'entendit plus que le souffle du ressac à l'extérieur. Ensuite, ce fut :

« Ça, c'est un coup bas. »

Que la blessure soit aussi cuisante surprit Claire.

« Désolée. C'est une chose que ton père dirait, j'imagine. Souviens-toi, je n'ai jamais rencontré cet homme.

— Et je n'ai pas l'intention que ça change. » Il se tourna vers elle, trouva le bout de son nez et l'embrassa, manière de conclure une trêve, mais elle prit acte. Shep avait beau détester son père, ce colonialiste arrogant, il pouvait néanmoins avoir davantage de points communs avec lui qu'il ne voulait bien l'admettre ou même s'en rendre compte.

Aux yeux de Claire, Naila était tout simplement un sujet d'émerveillement. Un jour, encore petite, cette enfant avait pris l'habitude de presser son visage contre la porte-moustiquaire de la cuisine de sorte que les fils de fer lui découpaient le monde extérieur en petits carrés qui lui permettaient de se sentir en sécurité. Ensuite, à ses débuts à l'école, Sen, son instituteur, avait fixé un planisphère au mur de la salle de classe de Naila, et le quadrillage des latitudes et des longitudes lui avait inspiré la même impression de sécurité, un moyen de maîtriser – de supporter – l'immensité de tout ce qu'elle était incapable de comprendre.

Le planisphère de l'instituteur Sen s'était ainsi mué en une nouvelle trame à travers laquelle elle retraçait des continents, des océans, des montagnes. Ce sont nos îles, répétait Naila, et elle montrait à Claire sur la carte l'endroit où son instituteur pointait le bleu clair du golfe du Bengale, avant de laisser courir son index d'un bout à l'autre de l'épine dorsale de fragments verts intitulée Archipel Nicobar Andaman. Ensuite, il déployait ses deux paumes ouvertes devant lui comme pour englober tout le mur – *mais tout ceci est notre foyer*.

Quand il se retournait pour faire face à la classe – Naila reproduisit ce mouvement –, les lunettes de l'instituteur Sen retombaient souvent de leur perchoir, son front saillant, et il les rattrapait avec un geste ample de la main gauche, alors qu'il écrivait de la droite et, tout en réalisant ce tour de force, ne cessait de parler du miracle de la géographie. *Maîtrisez la carte et vous maîtriserez le monde. C'est ainsi que les Britanniques y sont parvenus.*

Ses autres élèves ricanaient, se curaient le nez et le tournaient en ridicule dans son dos, mais Naila, elle, comprenait. Les Britanniques venaient d'un endroit qui occupait à peine un carré de la trame du planisphère, alors que l'Inde et la Birmanie s'étendaient sur plus de dix de ces carrés. Comment des gens venus d'un endroit si petit pouvaient-ils dominer un pays si éloigné et tellement plus grand que le leur ?

Claire n'avait pas de réponse, mais l'instituteur Sen, si. La maîtrise de la carte. Comme Naila dans la cuisine de sa mère, les Britanniques étaient restés en sécurité chez eux, entre eux, et pourtant, rien qu'en maîtrisant la carte, ils avaient réussi à devenir possesseurs de ce monde situé à l'autre bout de la trame.

Naila s'imaginait franchir cette trame sans que personne la voie et descendre se poser au beau milieu de scènes qu'elle n'avait fait qu'entrapercevoir sur des photographies et des illustrations. Des villes, des palais, des déserts et des lacs. L'instituteur Sen affirmait que là où il avait grandi, à Kalimpong, il neigeait. Il essayait de leur décrire les montagnes imposantes de son enfance, mais pour Naila de telles merveilles de la nature étaient aussi étrangères que des gratte-ciel. Elle aimait en rêver, même si elle ne comptait ou n'oserait jamais les visiter dans la vraie vie.

Elle avait raconté à Claire le jour où, en rentrant de l'école, elle avait appris la nouvelle que ses parents et elle allaient bientôt quitter la maison au portail bleu où ils avaient vécu depuis sa naissance, qu'ils allaient traverser le port vers l'île de Ross, travailler pour le nouveau docteur anglais et sa femme américaine. Pour Naila, c'était comme si l'Amérique proprement dite arrivait à Port Blair !

L'Amérique lui semblait être le plus exotique de tous les pays. Plus vaste sur la carte que l'Angleterre et l'Inde combinées, terre de l'Empire State Building et du Grand Canyon, de Charlie Chaplin et des Marx Brothers, qui passaient parfois dans des films au cinéma Aberdeen. Naila aimait bien ces drôles de bonshommes, mais elle ne savait pas trop quoi penser des dames du cinéma qui remontaient leurs jupes, conduisaient des automobiles et embrassaient des messieurs sur la bouche. Personne ne se comportait ainsi dans les films indiens, et encore moins dans la vie telle que la connaissait Naila, mais les Américaines semblaient avoir encore plus de caractère que les Britanniques. La nouvelle *memsaab* avait-elle aussi du caractère ? Sa maman avait ri de cet emballement si puéril et lui avait répondu qu'elle l'espérait bien.

Claire avait pris la main de la fillette et lui avait répondu que son caractère à elle n'était rien à côté de celui de Naila.

Le bébé semblait être de cet avis, lui aussi. Un après-midi, en sortant de son bureau, Claire avait découvert Naila seule avec Ty au salon. Naila, dans son uniforme bleu d'écolière, assise en tailleur sur le divan avec sur ses genoux Ty Babu, ainsi qu'elle l'appelait. Ni le nouveau-né ni la fillette n'avaient remarqué Claire. Naila était trop occupée à lui donner à manger.

Elle n'avait en main qu'une bouteille d'eau et rien d'autre, mais sa tête était penchée de côté comme celle d'un oiseau, le bébé contre elle, niché dans ses bras. Magnifique, telle avait été la première pensée de Claire. Précieux. Et cela allait même au-delà.

Naila tenait ce biberon comme un objet sacré, et en tétant, Ty restait les yeux rivés sur ceux de la fillette. Il attrapa un fil rouge qui dépassait de la couture de son chemisier, et l'intensité avec laquelle il le serrait entre son pouce et son majeur évoquait un geste de dévotion.

*

15 novembre 1937

Joyeux anniversaire, chère Vivvy !

Je t'envoie ceci aux bons soins de ton éditeur à Sydney, même si je ne doute pas que tu mettes toute la Malaisie sens dessus dessous. J'espère qu'au moment où j'écris ceci, tu fais une fête de tous les diables.

Quant à nous, cette année au paradis a été plutôt tumultueuse. Ty en aura été le grand événement, cela va de soi. De mon point de vue naturellement tout à fait impartial, ce garçon est absolu-sacrément brillant. À cinq mois, il nage comme un poisson et s'assied sur son derrière comme un chien. D'un jour à l'autre, il va se mettre à bredouiller en aka biya – la langue du peuple qu'étudie Claire.

Ou du moins il essaiera, entre l'installation de la chambre d'enfant et les visites de félicitations des matrones du cantonnement. Ma jeune mariée est devenue une jeune mère stupéfiante, et elle est gaga de Ty, comme nous tous. De temps à autre, elle râle parce qu'elle a envie de retourner sur le terrain, mais je lui rappelle que la patience est une vertu.

Heureusement, je ne suis pas tout à fait soumis à de telles contraintes. Rien qu'hier, j'ai fait une excursion que tu pourrais juger digne d'intérêt, jusqu'à une colonie pénitentiaire qui s'appelle Ferrargunj – l'une des soixante qui ont été construites sur l'archipel au cours du demi-siècle écoulé par des prisonniers libérés et leurs épouses. Ferrargunj est l'une des rares à ne pas être située sur la côte. Elle se trouve près d'une rivière dans l'intérieur des terres, ce qui permet aux Ferrargunjiens de couper le bois de charpente d'une grande valeur qui pousse de ce côté et de l'acheminer sur des radeaux jusqu'à la scierie, ici, à Port Blair.

Le motif officiel de ma visite consistait à contrôler le dis-

pensaire du village, mais en l'occurrence le terme « officiel » s'avère un rien exagéré. En théorie, ces tournées de villages relèvent du service de mon second, le lieutenant Gupta, mais ce Gupta est plus britannique que je ne le serai jamais et semble juger les colons bagnards si inférieurs à sa propre personne qu'il ne prendrait même pas la peine de leur cracher dessus. Dans le cadre de ma politique collégiale d'accommodement, j'ai choisi de me rendre en visite dans ces dispensaires d'avant-poste moi-même. Faire d'une pierre…, etc., comme dit le proverbe. J'emmène toujours notre Leyo avec moi et, après avoir traité quelques plaies virulentes, des blessures à la machette et le quota ordinaire de cas de malaria, nous partons chasser l'orchidée.

Hier, nous nous sommes aussi adjoint un garde forestier afin qu'il nous aide à ne pas nous perdre. Pas grand risque avec Leyo qui nous accompagne, mais le forestier, un certain Luke Benegal, était un brave type, et c'était une chance de les avoir tous les deux, car nous sommes tombés sur un Grammatophyllum speciosum *géant dans la fourche d'un vieil acacia bakeri. Cette orchidée bien particulière n'est pas seulement rare et énorme, les aborigènes l'emploient comme remède contre l'empoisonnement par piqûre de scorpion ou morsure de mille-pattes. Elle ne fleurit qu'une fois tous les deux ans, et celle-ci était couverte de très belles hampes porteuses de fleurs tachetées de mouchetures léopard ! L'ensemble devait peser plus d'une tonne, mais nous avons réussi à en arracher une grappe à un seul faisceau de racines que nous avons pu hisser à nous trois. Alors que nous retournions au bateau d'un pas chancelant, Leyo m'a pointé du doigt une dizaine d'autres spécimens. J'aurais tout donné pour aller les cueillir, mais ce trophée était le maximum de ce que nous étions capables de rapporter en une journée.*

C'est ainsi que l'on survit dans les îles Andaman, en cultivant cette sorte de fascination pour la flore et la faune locales. Notre commissaire actuel, Wilkerson, me dit que Ferrargunj porte le nom de son prédécesseur, Michael Ferrar, qui a passé huit ans dans les Andaman, a étudié cinq langues d'Asie du Sud et collectionné plus de quatre mille spécimens de papillons ! Un homme taillé dans la même étoffe que le Lurgan Sahib de Kipling.

Je crois en effet que Claire tirera elle aussi quelque chose de sympa de notre séjour ici, dès qu'elle sera en mesure de retourner dans sa tribu. Tu as fait astucieusement remarquer dans ta dernière lettre qu'elle avait l'air d'être mon style de fille. Je ne savais pas du tout que j'avais un « style de fille », mais je crois bien maintenant que c'est elle, en effet. Pas du tout aussi intrépide que toi. Désolé, ma chère sœur, mais je me sentirais terriblement intimidé par une femme qui chercherait à remuer le monde avec autant d'énergie que tu le fais. Tu sais que je dis cela non sans une immense affection, mais tu ne seras pas surprise, j'en suis sûr, d'apprendre que j'aime Claire pour sa ténacité tranquille et pour son côté informel si juvénile. Je ne pense pas pour autant qu'elle soit informe – au contraire ! Seulement qu'elle est encore en pleine phase d'affirmation de soi, tu vois ? Elle est prête à admettre qu'elle ne sait pas tout, ce qui est plutôt rafraîchissant, puisqu'à nous deux nous ne savons presque rien !

Et toi, Viv ? Ta dernière missive à propos des sinistres agissements des Japonais dans notre ancien pré carré paraissait franchement de mauvais augure, et si cela tourne à l'enfer je ne suis pas sûr que tu sauras te tenir à carreau. Pourquoi n'envisages-tu pas plutôt de venir ici ?

Tu pourrais couvrir les derniers remous provoqués par nos nationalistes. On parle d'une nouvelle vague de grèves de la faim qui couve dans la Cellular Jail de Port Blair – il y en a eu plusieurs ces dernières années – et je compatis tout à fait. Tout ce que les prisonniers exigent, ce sont des choses aussi élémentaires que de l'eau potable, de la lumière et des livres, mais maintenant M. Gandhi est intervenu, lui aussi, et il veut que les prisonniers soient renvoyés en prison, mais dans leurs États d'origine. S'il obtient gain de cause, ce ne sera pas précisément la fin du Raj, mais cela pourrait faire la une des journaux.

Et naturellement, j'aimerais beaucoup te présenter Claire et notre merveille de petit garçon. Alors, viens !

Ton frère qui t'aime, comme toujours,

Shep

*

Claire aimait être mère. Elle aimait cela. Seulement, c'était survenu trop tôt. Son seul exutoire physique consistait à sortir promener le bébé sur l'île de Ross, ce qui lui prenait une heure en tout, et certains jours, quand Ty s'était endormi dans son landau, elle s'arrêtait et contemplait la forêt qui s'étendait au nord, de l'autre côté de la baie, en se demandant ce que son autre elle-même découvrirait à cet instant précis à Behalla. Ce que Kuli pourrait lui apprendre, ou comment grandissait cet autre bébé, Artam. Elle ne songeait pas à échanger Ty contre l'un d'entre eux, pour rien au monde, mais les Biya l'attiraient plus que les charmes de la vie de mère. Alors que son fils représentait l'avenir, les Biya représentaient un monde qui risquait de bientôt s'éteindre. Dans les deux cas, le temps était un élément crucial, mais quand il s'agissait d'étudier les Biya, elle le ressentait de façon particulièrement intense, et elle commençait tout juste à croire en la promesse allant de pair avec ces travaux quand elle était tombée enceinte. Elle mourait d'envie de s'y remettre.

Tant qu'elle allaitait Ty, tout travail de terrain était impossible, naturellement, mais en réalité, même une fois qu'il serait sevré, cela demeurerait encore un défi. En jeune père, Shep était devenu si protecteur que c'en était troublant. Dernièrement, afin de mieux se consacrer à son rôle paternel, il avait même réduit ses propres expéditions.

Qui plus est, il manifestait ses élans affectifs envers Claire avec une insistance inédite confinant à la mièvrerie, et plus il cherchait à se rapprocher d'elle, plus elle avait tendance à se retrancher. Cela l'horrifiait de l'admettre, fût-ce en son for intérieur, mais au fond elle réagissait en partie à la présence de Shep et Ty comme elle avait jadis réagi à celle de Robin – en un sens, c'était comme s'ils menaçaient quelque chose au fond de son être qu'elle était incapable de nommer.

La notion de devoir jouait un rôle dans tout ceci. Elle aurait dû le savoir. Il y avait eu cette journée, à New York. Une averse orageuse. Romantique, s'était-elle dit sur le moment. Pour Shep, en revanche, cette pluie torrentielle lui avait imposé une sorte d'obligation.

Ils s'étaient installés dans un café en attendant que la pluie cesse, et il n'arrêtait pas de s'excuser d'avoir oublié d'apporter un parapluie.

« Je me giflerais, avait-il insisté, y compris après qu'ils eurent commandé leur déjeuner.

— Il me semble que tu as une conception de la responsabilité quelque peu surdéveloppée. »

Ces mots-là avaient pétillé aux lèvres de Claire en une sorte de remontrance amusée à la tonalité libertine indécelable.

Shep avait refusé de se laisser prendre au jeu.

« Ce serait plutôt un réflexe conditionné. »

Il avait rajusté la manchette blanche amidonnée de sa chemise, qui bâillait autour de ses poignets maigres. Il avait des mains aux doigts fuselés, jusqu'aux ongles roses et carrés, et leur agitation tranchait avec leur apparence soignée.

La pluie avait formé des chardons argentés sur le verre de la vitre.

« Mon père est médecin militaire de l'armée de Sa Majesté, avait-il précisé. Dans notre famille, une erreur comme celle-là nous valait plusieurs jours de punition par le silence. »

La punition par le silence. Dans notre famille. Avec ce ton de confessionnal, il avait émis un signal clair. Qu'il le veuille ou non, il s'estimait obligé de rendre des comptes. À l'époque, Shep ne savait rien de la mort de Robin, et plus tard, quand elle lui en avait parlé, sa réponse avait été la compassion incarnée. Pourtant, rien que de penser à la réaction de ce père médecin militaire de l'armée de Sa Majesté s'il apprenait, lui, ce qu'elle avait infligé à son frère, Claire en frémissait. La précaution est de rigueur, lui soufflait Shep. Le sens du devoir, jusqu'à l'excès.

Et quel devoir plus imposant pouvait-il y avoir que la maternité ?

Les soirs, au club, elle observait son mari à l'autre bout de la terrasse, qui tirait sur sa pipe. Une nouvelle habitude qu'il avait contractée auprès des officiers, soupçonnait-elle, afin de se donner une apparence plus mature. Plus paternelle.

Leur fils était leur joie, leur lien. Elle les adorait tous les deux. Il n'empêche, c'était plus fort qu'elle. Quand Tom Lutty, l'officier radio de North Point Station, mentionna au passage que certains nouveaux émetteurs-récepteurs de terrain qui leur avaient été livrés devaient équiper la police de brousse, elle voulut en savoir davantage.

Selon le lieutenant Lutty, ces appareils étaient aussi petits que des sacs à dos et disposaient d'une portée d'environ huit kilomètres. C'était approximativement la distance de Behalla jusqu'à la côte.

« Comment fonctionnent-ils ? » demanda-t-elle, s'apprêtant à la réponse exubérante de Lutty. Le jeune rouquin avait un père officier des Royal Scots Fusilier, une mère de sang royal bengali – une liaison scandaleuse, selon la rumeur, bien qu'il n'y eût rien de scandaleux chez Lutty lui-même. Il adorait ses « jeux de construction », ainsi qu'il appelait les équipements du poste, et pouvait s'étendre ad nauseam sur leurs caractéristiques de fonctionnement.

Avant qu'il n'entre dans les détails techniques, Claire se rendit compte de ce qu'elle lui demandait, en réalité.

« Je veux dire, comment est-ce qu'on peut se parler là-dedans ? Ce ne sont pas des téléphones, n'est-ce pas ? »

L'officier de transmission réprima un rire.

« Vous n'avez jamais entendu parler du morse ? »

Ce soir-là, en rentrant avec Shep à la maison à pied, elle lui exposa son plan. Si Lutty les formait, ils pourraient disposer d'une protection lorsqu'ils partaient dans la forêt. Il leur suffisait de demander au lieutenant Reynold de diriger sa chaloupe vers un point situé à portée de transmission, et celui des deux qui serait sur le terrain aurait la possibilité d'envoyer un message quotidien – un AOK.

Elle ne mentionna pas le fait que l'idée d'intégrer Shep à cette initiation radio ne lui était venue qu'après coup, comme une manière subtile de plaider sa cause, puisqu'il n'avait jamais éprouvé aucun besoin de contacter la base lorsqu'il partait sans elle.

« Tu es à ce point impatiente de t'y remettre ? » La flamme vacillante de la lampe à gaz déformait son sourire. « Nous pourrions, oui, partir ensemble, comme avant. »

Pourtant, le tremblement dans sa voix le trahit.

« Tu laisserais Ty seul avec les domestiques ? Sans aucun de nous deux près de lui ? » s'étonna-t-elle non sans calcul.

Sa méfiance envers la loyauté des serviteurs mise à part, Shep n'avait que cinq ans lorsque ses parents les avaient envoyés en pensionnat, sa sœur et lui. Sans Vivian, avait-il expliqué à Claire, il n'y aurait jamais survécu. Et entre un an et cinq, il y avait un monde.

Il y eut un long silence.

« C'est juste que je déteste l'idée de te laisser partir », dit-il enfin.

Elle lui prit le bras et l'attira près d'elle.

Heureusement, Tom Lutty savait rendre le code Morse amusant. Il adorait les énigmes et les jeux, et il avait l'air de tirer une fierté particulière de sa vitesse de transcription. L'appareil sans fil était un ensemble alimenté par une pile et doté d'une antenne qui pointait de plusieurs coudées au-dessus de leur tête. Par temps clair, ils s'exercèrent à le déployer sur la pelouse derrière le poste, Claire transmettant des messages essentiels du type AOK ou SOS. Derrière la fenêtre, Lutty leur faisait un signe, pouce levé ou pouce baissé, selon qu'il recevait un message correct ou un loupé.

Avant de pouvoir saisir les phrases entrantes les plus élémentaires, Claire et Shep avaient tous les deux besoin que la cadence des clefs à répétition ralentisse jusqu'à atteindre celle d'un métronome.

« C'est comme de la musique, observa Claire.

— Exact, acquiesça Lutty. Notes et silences. Silences et silences. Notes et notes.

— Des motifs ? » Elle étudia la page couverte de points et de traits.

« Écoutez, c'est tout. »

Lutty ferma les yeux et se mit à accompagner d'un hochement de tête le tapotement de son doigt sur la clef.

« Pour moi, ça me fait l'effet d'un cœur en arythmie », ironisa Shep.

Et encore, le morse n'était pas le plus étonnant. Fréquence, portée, indicatif d'appel, directionnel, cristal, bobine, triode… Même les machines ont leur langage propre, songea Claire.

À la fin de leur huitième leçon, après dix pouces levés de suite, Tom plaça un phonographe-coffret sur le rebord de la fenêtre au-dessus d'eux et le fit tourner aux accents de *Goody, Goody*.

« J'imagine qu'il te signale son approbation, remarqua Shep, alors que la clarinette de Benny Goodman leur lançait ses trilles. Tu sais danser le jitterbug ?

— Pas bien. »

Il interpella Lutty.

« Descends un peu ici, Tom, et montre à ma jeune épouse ce que tu as dans les jambes. »

Une heure plus tard, elle s'effondrait dans l'herbe en riant à côté de Shep, tandis que le lieutenant à l'exubérance débordante continuait de tournoyer et d'enchaîner ses pas de shimmy en solo devant une foule d'officiers qui l'acclamaient et de policiers militaires indiens abasourdis.

1938

Claire tenta de trouver un compromis entre les besoins de Ty et les siens en terminant leurs promenades matinales à la petite bibliothèque en pierre située derrière le club. D'ordinaire, la salle était fraîche et déserte, et hormis les rayonnages de livres, les seuls meubles étaient une table en acajou et quatre lourdes chaises en bois. Chaque fois qu'elle soulevait Ty de son landau – un vieux véhicule aux allures de goélette, un prêt de Mme Wilkerson –, il clignait pensivement des yeux et étirait les membres en direction du sol aux dalles récurées. Si elle lui tendait son hochet, il s'en saisissait à deux mains et l'examinait de bout en bout, en suivant les rythmes changeants du jouet.

Son bébé silencieux et si sérieux. Les cheveux de Ty avaient poussé, ils étaient bouclés, d'une couleur ambre chatoyante, et ses yeux étaient d'un vert foncé moussu. Sans du tout se montrer prêt à parler, il était têtu et très arrêté dans ce qui lui plaisait ou lui déplaisait. Elle l'avait compris depuis qu'ils lui avaient fait découvrir la piscine, alors qu'il avait à peine trois mois. Ce soir-là, tous les membres du club s'étaient réunis pour célébrer la fin de la mousson. Le bébé, c'était un cadeau en prime, et les infirmières de l'île de Ross se le passaient comme une parcelle de lumière. Marian Small l'intronisa Ange des Andaman.

Rita Wilkerson l'appela Le Chérubin. Les femmes âgées du cantonnement convoitaient autant les bébés blancs qu'elles étaient indifférentes à ceux qui avaient la peau brune. La naissance de Ty contribua même à tempérer leurs commentaires désapprobateurs sur les ambitions de carrière de Claire et sa volonté de fraterniser avec les natifs.

Pourtant, cinq minutes de loucheries et de minauderies parfumées à la lavande suffisaient amplement à leur merveille d'enfant. Il laissa échapper un vagissement, Claire et Shep s'évadèrent avec lui dans l'eau, où ils s'attendaient à le voir surpris, au mieux à le voir barboter d'un air un peu hésitant. Au lieu de quoi le nouveau-né se jeta dans la piscine comme un marsouin. Dès qu'il fut en immersion, Claire sentit toute tension dans les membres de Ty se dissiper. Entre les coups de pied et les gloussements, elle le vit tendre la main vers les scintillements coralliens du soleil couchant frôlant les vagues.

« Il est dans son élément, déclara le major Baird. Vous vous êtes déniché un véritable amphibien. »

Depuis lors, ils avaient emmené Ty nager presque tous les soirs, et quel que soit le temps passé dans l'eau, dès qu'ils l'en sortaient, il protestait.

Il réagissait aussi comme cela à la bibliothèque. Concentré. Décidé. Persévérant. Toutefois, un matin, peu après l'anniversaire de ses neuf mois, ces qualités prirent un tour inédit.

De prime abord, Claire ne vit rien qui sorte de l'ordinaire. Elle posa Ty par terre à côté d'elle afin de pouvoir étudier l'exemplaire de la bibliothèque de l'« histoire » andamanaise par Portman. M. V. Portman était un officier britannique qui avait eu sous sa direction le « foyer » de détenus andamanais sur l'île de Ross dans les années 1880. Il s'était aussi essayé à documenter leurs langues.

« *Do nga' araulo*, lut-elle à voix haute, je te suis. *Do nga' paiti ke* : je vais t'abattre. *Do nga' bilak* : je vais t'emmener loin d'ici. *Do tra' mke* : je m'enveloppe dedans. »

Un bruissement attira son attention, c'était son bébé, dressé sur ses genoux et qui agitait son hochet. L'intensité de sa présence la fit de nouveau s'interroger : pourquoi se sentait-elle tenue de se plonger dans ce travail ? Pourquoi ne lui suffisait-il pas d'être l'épouse de Shep et d'élever leur enfant ? Ou encore, pourquoi ne se contentait-elle pas tout simplement d'étudier les coutumes sociales et les règles ésotériques de la société coloniale de Port Blair ? Cette étude de terrain-là, elle pourrait la conduire sans quitter l'île de Ross.

Elle ne se faisait aucune illusion sur son degré d'affinités personnelles avec le peuple de Leyo. En janvier dernier, après sa dernière visite de terrain avortée, ils avaient été sans nul doute heureux de ne jamais plus devoir poser les yeux sur elle. Et à part Leyo, qui avait passé tellement de temps au contact d'étrangers qu'il n'était guère représentatif, le seul autre Andamanais de Port Blair était cet ivrogne pathétique du bazar d'Aberdeen – Porubi, que Leyo lui-même désavouait, le qualifiant de « bon à rien ». Chaque fois qu'elle apercevait ce bonhomme étalé les bras en croix dans une ruelle ou portant une bouteille de punch à ses lèvres en reluquant Claire de ses yeux exorbités, elle s'éloignait en vitesse, prise de répulsion. Pourtant, c'était la honte et la pitié allant de pair avec cette répulsion qui, en cet instant, suffisaient à répondre à cette question.

Ruth Benedict avait fait naître en elle cette même honte et cette même pitié avec ses leçons sur le déclin des tribus choctaw, pima et cochiti. Les parallèles étaient irréfutables. Tout comme les Espagnols avaient commencé de tuer des indigènes en Amérique au nom de Dieu, avant que les industriels des chemins de fer ne les achèvent tous, par ici, les mêmes Britanniques qui avaient construit cette bibliothèque s'étaient livrés à cette tuerie au nom de la Couronne, et la vague actuelle de prospecteurs éradiquait les tribus andamanaises pour ouvrir la voie aux fortunes du bois de construction, du caoutchouc et de la noix de coco. Ici aussi, les missionnaires avaient accompli leur besogne. Dans les années 1800, suite à la déroute des natifs que les Britanniques avaient qualifiée sans ironie aucune de bataille d'Aberdeen, c'était l'aumônier colonial qui avait élaboré un stratagème pour convertir les survivants en les « civilisant », en captivité. Claire se représentait les habitants de Ross, des Anglais de l'époque victorienne, ainsi que leurs bagnards et leurs soldats indiens, scrutant les natifs exposés aux regards, tout comme elle contemplait ébahie, enfant, les dioramas d'Indiens de la côte du nord-ouest au Musée d'histoire naturelle. Sauf que son ébahissement n'avait pas conduit les Indiens de la côte à mourir d'intoxication alcoolique, de la rougeole et de la syphilis. Du moins, pas directement.

À titre de réparation, par conséquent. Était-ce pour cela qu'elle éprouvait cette obligation d'étudier et d'enregistrer ce qui restait des Biya ? De réparation pour les péchés commis partout par l'homme blanc, sans mentionner les rêves auxquels sont père avait renoncés, la mort de son frère, le chagrin sans borne de sa mère. Sa propre culpabilité indicible. La pitié, plus la honte, équivalent-elles à un péché qui doit être réparé par le sacrifice, l'étude et le travail ?

Ou tout cela n'était-il qu'une noble façade de l'égoïsme ? *Osez donc vous qualifier de scientifique*, l'avait incitée le docteur Benedict, *et conduisez-vous en conséquence*. En d'autres termes, osez être ambitieuse, voir les chances qui s'offrent à vous et les saisir. Tout comme elle avait su se saisir de Shep et se ruer vers les Andaman, en premier lieu. Non par culpabilité, mais pour…

En changeant de position, elle heurta du pied le hochet de Ty et, baissant les yeux, elle constata que son fils avait rampé jusqu'au mur opposé, où il s'était assis sur son derrière, et sa barboteuse bleue se distendit aux épaules lorsqu'il pointa sa main vers la porte ouverte.

Elle s'empressa de le rattraper, mais elle ne s'était approchée que d'un pas ou deux quand il s'était rassis, avant de lever les mains en l'air. Dos à sa mère, son attention avait été attirée par la lumière filtrant au travers des deux vitraux à l'autre extrémité de la salle. À cette heure de la journée, le tableau du Royaume pacifique formait un ruissellement de couleurs vives sur les panneaux lisses et blancs de la porte.

« C'est un lion, s'entendit-elle lui expliquer. Et ceux-là, ce sont ses petits agneaux. »

Sa famille n'avait jamais beaucoup fréquenté l'église, en particulier après la mort de Robin, et elle ne possédait qu'une connaissance superficielle des récits bibliques, mais en ce cas précis, la morale de l'histoire se voulait clairement un plaidoyer pour la paix.

Ty tendit la main pour caresser le lion, mais avant de parvenir à toucher la porte, sa main projeta une ombre, et la couleur s'empara de son bras. Il passa plusieurs secondes à examiner sa peau mordorée, puis son ombre. Ensuite, il se retourna et, oubliant Claire, leva le visage vers le vitrail. Puis son regard repassa de la haute fenêtre à la scène projetée sur la porte, et elle se sentait presque capable de voir son esprit à l'œuvre. Il étudia les barres de couleur oblique en suspens dans l'air, observa la pluie de grains de poussière qui retombait entre elles.

De nouveau, il leva les mains, afin d'attraper les particules, mais elles se mirent à tournoyer encore plus vite.

« Ty, dit-elle. Ta main, elle est rouge. Et maintenant elle est bleue. »

L'ombre de son bras trouva le bord de la porte ouverte. Il plissa les lèvres en signe de concentration silencieuse, ouvrit et referma les doigts, essaya de voir si son ombre seule ferait bouger la porte. Comme il n'en était rien, il se rembrunit et fila droit devant.

Claire se dit à nouveau qu'elle devrait l'arrêter, mais l'acuité de sa concentration l'en dissuada. Ce n'était pas de franchir le seuil de la porte qui l'intéressait ; il était médusé par les motifs changeants de la lumière et de la couleur qui se dessinaient lorsqu'il tirait la porte à lui, puis la repoussait. Étirant le lion comme si c'était un serpent, ou le réduisant à l'épaisseur d'un copeau.

« Regarde ce que tu es capable de faire ! » Le ton chantant de sa voix, qu'elle entendit se répercuter sur les murs de pierre, sembla bien bête à Claire. Ty ne réagissant pas, elle vint se placer devant lui et s'agenouilla. « Ce sont des ombres, Ty. C'est de la couleur. »

Elle espéra entendre une réponse. Un gazouillis. Une consonne. Un murmure du fond de la gorge.

Il s'immobilisa un instant, lui lâcha un long regard impassible. Il tirailla sur une mèche de ses cheveux. Sans émettre un son, il tourna de nouveau son attention vers la porte.

Le serrement de cœur du rejet que cela provoqua en elle était très sot. Si sot, vraiment ? Les bébés sont censément faciles à distraire, n'est-ce pas ? Et sociables, en plus, non ? Au lieu de quoi, Ty rentrait dans son petit monde à lui et se mettait ainsi plus ou moins hors d'atteinte. Dernièrement, même quand il tétait, son attention s'échappait par la fenêtre ou dans le miroir, et il finissait par ne rien manger. Shep estimait qu'il était normal pour certains bébés de se sevrer tôt. Il était fier de cette sorte d'autosuffisance de leur fils et Jina leur assurait elle aussi qu'ils étaient chanceux d'avoir un enfant qui réclamait si peu, et pourtant, en de pareils moments, Ty semblait à Claire anormalement distant. Peut-être devrait-elle suivre l'exemple de Jina et de la jeune Naila et simplement laisser son enfant mener les choses à sa guise.

Elle tira une chaise à elle et patienta, tandis que Ty penchait la tête dans le flot de lumière, puis l'en retirait, tentait de gifler la couleur de l'air, de se saisir de chacune de ces lances de lumière. S'il était déçu des résultats de l'expérience, il n'en laissa rien paraître. De temps à autre, lorsque les rayons de soleil changeaient d'axe, il basculait en avant pour se replacer, mais sans proférer un bruit – et sans même jeter un regard dans la direction de sa mère pendant dix bonnes minutes.

Finalement, elle referma son cahier et remit le volume de Portman dans son rayonnage. La couche de Ty avait besoin d'être changée, et il devait avoir faim.

« Ty, c'est l'heure de s'en aller », annonça-t-elle gaiement en remettant de l'ordre dans les draps de son landau.

Pas de réaction.

Elle secoua le hochet pour l'attirer, puis elle se baissa et prit son fils en l'attrapant par les aisselles.

« Allez viens maintenant, mon cœur. »

Le poing du garçon heurta son œil avec une force qui fit sauter sa vision. Sous le choc, elle lâcha prise et son bébé tomba au sol avec un bref gémissement déchirant.

Elle eut peur qu'il ne se soit tordu la jambe sous le poids de son petit corps, mais il se remit promptement à genoux et tendit de nouveau la main vers la lumière.

Aussitôt, elle s'approcha par-derrière, l'attrapa et le lâcha sans cérémonie dans son landau, sur quoi Ty se mit à brailler pour de bon.

Fatigué, se dit Claire. Affamé. Elle entendit la voix de sa mère, jadis si confiante, lui murmurer à l'oreille. *Ce n'est qu'une colique. N'aie pas peur. Il a juste besoin d'un peu de nourriture et de réconfort.*

Elle regarda autour d'elle pour s'assurer qu'ils étaient encore seuls, puis elle approcha une chaise, défit son chemisier et souleva son fils, qui poussait des cris, pour l'asseoir sur ses genoux. C'était comme de lutter avec un animal traqué. Elle lui enveloppa la tête de sa main, émit des sons chantants et feutrés et immobilisa ses membres qui fouettaient l'air.

Elle avait observé cette scène à d'innombrables reprises quand Robin était bébé, à qui le sein de sa mère procurait invariablement la paix. Mais Ty gardait le visage détourné et expulsait un volume croissant de décibels. Quand elle finit par lui introduire son téton dans la bouche, il le mordit si fort qu'il le fit saigner. Ensuite, il recracha sa mère.

Très bien, se dit-elle en se dominant. Elle reposa son fils en pleurs dans le landau et essuya la tache sur sa peau. Sache déchiffrer ce signal. Respecte ses désirs. Conduis-toi en conséquence. Et ne te laisse pas sombrer.

Elle retournerait dans la forêt, rien que quelques jours. Jina et Naila pourraient s'occuper de Ty dans la journée – Naila en serait plus qu'enchantée, et Shep aussi serait content d'avoir ses soirées avec sa merveille de petit garçon pour lui seul.

Elle emmènerait Leyo avec elle, bien sûr. Ils essaieraient le système de code de Lutty, comme prévu. Elle reprendrait le cours de ses travaux de terrain. Claire s'exhorta à considérer l'entêtement de Ty comme un don du ciel, malgré la douleur lancinante dans son sein gauche qui lui envoyait un tout autre signal.

*

Behalla
5 avril 1938

Cher professeur Benedict,

Je devrais être occupée à rédiger mes notes, mais je ne peux résister à cette occasion de vous écrire depuis le site de ma pre-

mière excursion de terrain en solo. Je suis arrivée hier après-midi et je resterai ici quatre jours – une durée que mon mari et moi avons dû négocier, car pendant que je suis partie c'est lui qui se charge de notre petit Ty. Mon espoir est de pouvoir me diriger vers de plus longues sorties dans le futur, mais pour l'instant le simple fait d'être ici me semble une espèce de miracle.

Nous sommes juste après le lever du soleil, et tout le monde autour de moi se déplace avec langueur. Quoi qu'il en soit, quand on s'enfonce aussi profondément dans la forêt, la chaleur et les moustiques transforment le sommeil en entreprise hasardeuse, de sorte que les matinées débutent toujours lentement, mais hier soir il y a eu beaucoup de danses, et le chef des Biya, Kuli, n'a même pas encore émergé.

Ce Kuli a une attitude solennelle, un peu triste, malgré cette manière négligée qu'il a de porter sa coiffe rouge et des cordons de coquillages à sa ceinture, mais c'est un généreux professeur. Avec son aide, j'essaie d'élaborer un alphabet qui permette au moins d'entrevoir les éléments centraux de la langue ancienne des Biya.

Le reste du temps, pendant que mon guide Leyo et son ami Sempe sont sortis cueillir des spécimens d'orchidées pour les recherches botaniques de mon mari, j'essaie de m'intégrer à la vie des femmes. Imulu, la jeune épouse de Sempe, et la veuve âgée, Mam Golat, me permettent de les accompagner quand elles déterrent des racines, et elles m'ont appris à griller les vers ! J'ai d'ailleurs réussi à en avaler un. Cela avait un goût d'ongle calciné.

J'ai aussi essayé de créer un code de terrain pour les signaux et les gestes de la tribu. Il se dit si peu de choses, et pourtant il s'en communique tant. Nous nous asseyons autour du feu et spontanément – du moins à ce qu'il me semble – tout le monde éclate de rire comme si l'on venait de débiter une plaisanterie. Ou alors tout le monde se lève comme si une cloche venait de sonner. Leyo me dit que la lumière et le vent leur indiquent quand il est temps d'entamer une nouvelle tâche, de partir ou de revenir, mais je crois qu'il se communique bien davantage de choses à travers les regards malicieux qu'ils échangent – en particulier à mes dépens !

Hélas, Jodo, l'enfant au pied-bot que nous avons rencontré lors de notre première visite, a été tué par un cochon sauvage voici trois semaines. De là où je suis assise, j'ai vue sur la petite hutte sombre où sa mère porte le deuil, et je ne peux m'empêcher de penser que si ma grossesse n'avait pas abrégé notre première visite l'an dernier, nous aurions pu la convaincre de laisser Shep emmener Jodo pour lui opérer le pied, et aujourd'hui il serait en vie. Je crains que sa mère ne l'ait compris, car elle refuse d'avoir affaire à moi.

Mais c'est le plus jeune membre de la tribu, Artam, la petite fille d'Imulu, qui attire le plus mon attention. C'est maintenant une fillette, mais à mon arrivée, elle m'observait avec suspicion, tandis que les autres se contentaient de rire, de lui tapoter la jambe et de chatouiller les coussinets rouges de ses orteils, et elle a fini par complètement m'oublier. Elle pleure rarement. Comme sa mère la transporte encore dans sa bandoulière en écorce de bouleau, quand elle a faim, elle peut la faire téter tout en vaquant à ses occupations.

Imulu tolère ma présence. Elle peut être douce et gentille avec son mari et avec Artam, mais autrement elle a un comportement bourru, et je crois qu'elle me juge ridicule avec toutes mes questions indiscrètes. Pourtant, elle répond du mieux qu'elle le peut et me laisse jouer avec Artam, qu'elle laisse de toute façon jouer avec tout le monde. Et bien que la petite fille semble se fier à nous et réagir à notre présence à tous avec amusement, il est clair que sa mère constitue le fondement de son monde. J'envie tant leur facilité de vivre l'une envers l'autre.

Artam appelle sa mère Amimi et son père Amae. Je ne sais pas encore au juste comment elle va (ou comment je vais) acquérir « la langue de l'esprit » des Biya. Jusqu'à présent, elle semble apprendre à parler comme le font la plupart des enfants, par le babil et l'imitation.

Paradoxalement, c'est mon propre fils qui reste sans parler. À maintenant dix mois, il n'a encore dit ni maman ni papa. Bien que ses crises de colère prouvent que sa voix ne souffre d'aucun trouble mécanique, à part cela, il reste complètement silencieux. J'avoue que cela me perturbe beaucoup plus que son père. Shep m'assure que Ty parlera quand il sera prêt, et je vois bien que notre bébé est en aussi bonne santé qu'il est colérique. En fait, lorsque je le regarde jouer avec la fille des domestiques, une fillette qui n'a que huit ans et semble instinctivement comprendre la moindre de ses lubies, je me demande si cette incapacité ne provient pas de moi.

*

Professeur Ruth Benedict
Université Columbia
Département d'anthropologie
New York, État de New York
20 juillet 1938

Ma chère Claire,

Quand j'ai reçu votre dernière lettre, cela m'a fait sourire. Saviez-vous que Margaret Mead abordait vos interrogations dans ses articles sur la Nouvelle-Guinée ? Dans le village de

Pere, malgré l'encouragement des parents à la parole, elle avait découvert nombre d'enfants peu loquaces, mais le peuple manus attribuait cela au tempérament plus qu'à l'intelligence. Margaret remarquait que lorsque les enfants silencieux commençaient finalement à parler, ils alignaient un vocabulaire aussi riche que celui des enfants babillards et manifestaient souvent une plus grande compréhension non seulement des mots mais aussi de leur environnement.

Margaret et moi avons souvent supposé – sur la base d'observations dans notre propre culture ! – qu'il peut exister en réalité une relation inverse entre l'intelligence et le besoin compulsif de formuler à voix haute chacune de ses pensées ou pulsions. Je vous suggère de vous concentrer sur votre travail – qui semble superbement progresser – et votre fils si intelligent apprendra sans nul doute à parler, à son rythme, et à la manière qui lui est propre, sans que vous ayez rien à vous reprocher.

*

REGISTRE DES ARTEFACTS

• Biya — parures de cauries (cadeau de Kuli 6/4/38)

• Biya — longe en écorce de pandanus (cadeau de Mam Golat 8/4/38)

• Biya — collier de cordelette (cadeau d'Ekko 8/4/38)

• Jarawa — pointe de flèche en fer (relique, trouvée en route pour Behalla 17/10/38)

• Biya — laisse pour chien en corde (cadeau de Sempe 18/10/38)

• Biya — bandoulière pour bébé en écorce de bouleau (cadeau d'Imulu 20/10/38)

• Jarawa — pagne rouge (trouvé non loin de Behalla 21/10/38)

*

Île de Ross
18 novembre 1938

Cher professeur Benedict,

Il s'est produit une chose si extraordinaire que je ne sais guère par où commencer. C'est à la fois atterrant et magnifique, et je suppose qu'en ethnographe je devrais rester de marbre, mais c'est difficile quand je me sens simultanément d'humeur à fulminer et à célébrer.

Voyez-vous, grâce à mon estimé mari, j'ai passé un après-midi entier avec deux membres des Jarawa, la mystérieuse tribu de l'intérieur des terres, réputée hostile. Cependant, les circonstances entourant cette rencontre avaient quelque chose de monstrueux.

Nous avons un nouveau commandant de police odieux dont le territoire s'étend à l'archipel tout entier et dont le cœur ignore tout sens moral. Cet homme, Denis Ward, a appris qu'un policier de brousse et deux chasseurs avaient été tués la semaine dernière au nord, non loin de l'un de nos avant-postes en forêt. Les meurtriers étaient sans doute des braconniers birmans, qui dans ces îles sont un fléau, mais Ward est allé investiguer escorté de ses hommes et, avec son infinie sagesse coloniale, il a décidé d'assouvir sa vengeance sur les natifs.

Je suspecte ses adjoints indiens d'avoir encouragé ce plan. Entre les « locaux » importés et les indigènes, ce n'est pas le grand amour, et parce que les Jarawa sont reclus et violents dès qu'on les approche, c'est de toutes les tribus celle qui inspire le moins confiance.

Le résultat, c'est que les miliciens de Ward ont tendu une embuscade à quelque cinquante hommes, femmes et enfants jarawa, en ouvrant le feu sur eux alors qu'ils traversaient le détroit des Andaman du Centre en radeau. Selon le rapport (jubilatoire) de Ward à son retour au club, ce fut un massacre en bonne et due forme, mais afin de prouver quel saint homme il est, il a ramené avec lui (ainsi que sa mère qui refusait de la quitter) une fillette de huit ans qui avait été blessée d'une balle à la cuisse, pour la faire soigner.

Ward insiste pour appeler la mère Topsy-One et la fille Topsy-Two, un nom inspiré de La case de l'oncle Tom. *Mais… elles sont à présent sous traitement médical avec Shep.*

Et c'est ainsi que j'ai pu me mêler de cette affaire !

Shep s'est chargé des premiers soins à la fillette, puis Ward a assigné les captives à résidence chez un sergent bengali et son épouse. Naturellement, Shep devant aller rendre visite à sa patiente, je l'accompagnais en qualité d'assistante.

Le problème nous est apparu dès que la jeune épouse bengali a ouvert la porte. Personne ne les avait avertis, se plaignait-elle. Les policiers militaires leur avaient simplement balancé ces « sauvages », en la forçant à jouer le rôle de gardienne de prison et en « profanant » son bon foyer.

Shep a joué de son autorité et insisté pour qu'elle le laisse faire son travail, mais la cellule des deux prisonnières s'est révélée de la taille d'un placard à balais, avec des barreaux à la fenêtre et des chaînes à la porte. Cela puait les excréments humains et il n'y aurait pas eu assez de place pour nous quatre, aussi, pendant qu'il examinait la fillette et renouvelait le pansement de sa blessure, j'ai tenté de calmer la gardienne. Il n'y avait aucun signe de son mari.

Vous auriez été fière de moi, professeur Benedict. J'ai promis à la femme que ses prisonnières étaient aussi impatientes de partir qu'elle l'était de se débarrasser d'elles. Je l'ai écoutée affirmer que Ward aurait dû tuer tous les Jarawa, au lieu de cinquante « seulement ». Ensuite, je lui ai rappelé que tout ce que cette mère voulait, c'était protéger son enfant, et je l'ai détrompée en pourfendant un mythe local tenace selon lequel « ces créatures mangent de la chair humaine ».

Pendant tout ce temps, des plaintes et des coups sourds émanaient du placard à balais. Aussi, j'ai finalement baissé la voix pour murmurer telle une conspiratrice. J'ai dit à cette bonne femme que j'étudiais les tribus locales, et que j'avais découvert que ces gens étaient vraiment de sacrés petits malins. Si on laissait une porte ou une fenêtre déverrouillée, ils disparaissaient, repartaient dans la forêt sans laisser de trace, et ce serait la fin de ce supplice pour tout le monde. Après quoi, je lui ai fait un clin d'œil, tandis que Shep et moi échangions nos places.

La mère et la fille ressemblaient aux Biya, mais elles étaient plus petites, plus maigres. Elles portaient le bandeau de fibre rouge caractéristique de leur tribu fermement noué autour du front, de leurs bras, de leur taille et de leurs chevilles, mais rien d'autre. Et elles parlaient bien plus vite et d'une voix bien plus haut perchée que les Biya, mais c'était peut-être parce qu'elles étaient en colère et terrorisées, et ne voulaient rien avoir à faire avec moi.

Je me sentais fort désolée pour elles, tapies dans un coin, abattues par le poids du deuil, blessées, épuisées. Elles me fixaient de leurs grands yeux enfoncés dans leurs orbites, et leur peau, rendue plus sombre par le contraste avec le bandage blanc de la fillette, était d'un bleu-noir luisant.

À travers les barreaux des fenêtres, le soleil zébrait le réduit de ses ombres et la chaleur du matin montait. Un bol de riz intact était posé juste au seuil de la porte, à côté d'un pot de chambre vide. La puanteur de l'urine et des selles flottait par bouffées depuis le fond du réduit où les prisonnières avaient aussi jeté les blouses d'hôpital dans lesquelles on les avait transportées. La mère et la fille se tenaient par la main, en surveillant mes moindres mouvements.

J'ai essayé de me présenter : « Attiba Claire. » Pour la prononciation, j'ai dû y aller au jugé, mais Radcliffe-Brown m'avait appris le mot pour dire mon nom. Puis je me suis étreint la poitrine, selon la salutation en usage chez les Biya. Après ce geste, j'ai décelé un soupçon d'attention de leur part.

Je savais qu'elles devaient être affamées. Shep m'a dit qu'elles refusaient de manger le moindre aliment qu'elles ne connaissaient pas, je leur ai donc apporté du gâteau de miel, des noix de cajou, du sucre de canne brut et des mangues. C'était une bonne idée. Dès que j'ai montré le contenu de mon sac, la mère s'est ruée dessus. Sans jamais me quitter des yeux, elles en ont toutes deux dévoré jusqu'au dernier morceau. Ensuite, pendant plus *d'une heure, je les ai écoutées réclamer leur liberté dans un babil aussi différent du biya que le gaélique l'est de l'allemand, et j'ai pris des notes.*

Je me sentais grandement privilégiée de rencontrer face à face ces prétendues sauvages chasseuses de têtes, et plus privilégiée encore qu'elles me confient leurs doléances et leurs plaintes, mais cette impression de privilège était éclipsée par la peur. La fille et sa mère ressemblaient fortement aux jeunes Ekko et Obeyo. Ils partageaient tous les mêmes ancêtres, et le pansement à la jambe de la fillette interdisait d'oublier ce que Ward leur avait fait subir – ou encore ce qu'il infligerait aux Biya, si on lui offrait la moindre matière à provocation.

La mère – Bathana, ainsi qu'elle s'appelait – m'a empoigné le bras alors que je m'apprêtais à partir.

« Malava bhedu. »

Elle s'est désignée elle-même d'un geste implorant, ainsi que sa fille, espérant visiblement l'impossible.

J'ai dû me retirer, et l'expression de trahison du petit visage de Bathana m'a crevé le cœur.

Dehors, j'ai retrouvé Shep et l'épouse du sergent assis sur les marches d'escalier comme deux vieux camarades. Shep régalait cette femme de récits de Shanghai, histoire de gagner du temps. J'ai regretté de ne pas l'avoir mis à profit.

Et pourtant… à mon réveil le lendemain matin, à la nouvelle que la fillette et la mère jarawa s'étaient enfuies et avaient regagné la forêt, j'ai eu l'impression de m'être rachetée.

1939-1940

Sélection de notes de terrain de l'année 1939 :

— Sempe, Imulu et Artam constituent la seule unité familiale complète. Un adulte sur deux est veuf. Ekko est orpheline. Pourtant, la veuve Obeyo est la seule à se raccrocher à son chagrin. Ou est-ce de la colère ? En tout cas, sûrement une forme de noirceur après la perte de son mari et du petit Jodo. Elle porte maintenant le crâne de Jodo, attaché à une cordelette, dans son dos. Ses dents de lapin et sa tête rase accentuent l'impression macabre, et elle refuse de se joindre aux chants et aux danses nocturnes. Malgré tout, c'est la maîtresse tisseuse du clan, et son fils survivant, Tika, sait se montrer assez avenant pour eux deux, de sorte qu'il semble exister un accord tacite afin qu'on la laisse tranquille. À chaque visite, j'ai essayé de l'approcher, mais dès que j'arrive près d'elle, elle raidit les bras et me tourne le dos, refusant même de me laisser la saluer.

— Depuis ma dernière visite, Artam a fait l'apprentissage de la propreté – au sens biya du terme. À cette période, elle ne marchait pas encore, et sa mère allait la porter simplement à l'écart de la clairière et la maintenait au-dessus des feuillages, une méthode très prosaïque, avant de lui rincer le derrière avec de l'eau d'une gourde spéciale. À bientôt trois ans, si Artam a un léger accident dans le camp, elle recevra une gifle ou une petite fessée de celui ou celle qui l'aura surprise. Les enfants plus grands la tournent en ridicule en se pinçant le nez et en proférant des exclamations dégoûtées, mais rien de tout ceci n'ébranle Artam. Ce qui semble avoir le plus changé, c'est l'insistance qu'elle met à accompagner les autres – y compris moi ! – quand nous allons nous soulager. À mon sens, c'est moins culturel qu'un signe du caractère hautement sociable d'Artam. Elle s'est gagné l'affection de tous autour d'elle et semble nous considérer comme sa famille proche. Sa confiance en moi, si authentique et si pure, ainsi que l'accueil de Kuli et le soutien de Leyo facilitent mes relations avec les Biya (tous, excepté Obeyo, la veuve lugubre) à un point que je n'avais ressenti nulle part ailleurs depuis mon enfance.

— S'agissant de la langue des esprits, ce sont les hommes qui semblent être les gardiens de ce code. C'est la langue qui les relie à la nature et, grâce à la sagesse de leur grande divinité Biliku, au succès dans leurs entreprises de chasse, de pêche, de traque et de survie – mais aussi, je le crois, dans leur vie intime. Quand le père d'Artam, Sempe, la prend dans ses bras, il parle rarement, mais il lève le visage pour étudier les flux du vent à la cime des arbres, et elle suivra son regard. Ou alors il la secouera un peu pour qu'elle cesse de babiller, et ils écouteront ensemble un bruit que je ne puis entendre, puis ils quitteront le camp comme s'ils avaient juré de garder le silence et seront de retour moins de quatre minutes plus tard avec un gros rat au bout d'une flèche, Artam l'air aussi enjoué que si elle l'avait tué elle-même. L'évident resserrement du lien entre père et fille qui s'opère au cours de ces excursions muettes renforce mon impression que le langage du silence est né de la nécessité de relier la survie à l'amour. Toutefois, ce langage n'est pas aisé à enseigner aux étrangers, et malgré la facilité avec laquelle la plupart des Biya m'acceptent, cette pierre angulaire de leur culture continue de m'échapper.

— Quand j'ai demandé à Sempe s'il allait réellement apprendre à sa fille à tirer, il a secoué la tête comme si c'était impensable, mais Leyo me dit que la tribu rapetisse si vite que tout le monde, homme ou femme, doit apprendre à chasser et à se défendre. Je me demande à quelle vitesse peut se produire une telle transformation des rôles. La jeune Ekko, à peu près du même âge que Naila, est amplement assez grande pour apprendre à tirer, mais personne ne semble enclin à le lui enseigner, peut-être en raison de son tempérament. Cette jeune fille est plus vaniteuse que l'étaient mes camarades d'école dans le Connecticut, elle prend un soin infini de ses cheveux et de ses ongles, et se pomponne dans le miroir du poudrier que je lui ai donné lors de ma première visite, tout en le préservant jalousement des autres. Si la tribu dépendait d'Ekko pour chasser, j'aurais quelque crainte qu'ils ne meurent tous de faim.

— Artam a de plus en plus les jambes arquées et le ventre saillant, la tête presque parfaitement sphérique, le cou petit et rentré. Désormais dans sa troisième année, elle prononce des voyelles ouvertes à pleine gorge, et elle grogne. Elle n'a aucun mal à prononcer les consonnes biya en faisant claquer sa langue et s'exprime par des phrases entières. Aucun adulte ne l'interrompra jamais pour corriger sa prononciation, pourtant elle les écoute parler bouche bée et les imite parfois comme le ferait un perroquet. Elle semble verbaliser d'instinct, surtout quand elle accueille sa mère après la moindre séparation. Je suis très impressionnée par l'aptitude d'Artam à passer avec fluidité du silence à la chasse avec son père à la volubilité en présence de tous les autres.

[À titre de comparaison, je note que mon fils, Ty, qui n'a que dix mois de moins qu'Artam, mesure déjà une quinzaine de centimètres de plus qu'elle, mais reste muet. Il grommelle, à l'occasion il fredonne, et ses crises de colère restent fréquentes et sonores, mais il ne manifeste rien de la sociabilité verbale d'Artam. Alors qu'elle est sans cesse attirée de façon magnétique par ceux qui l'entourent, Ty semble imperméable aux attraits de l'humanité – à la seule exception de Naila, sa compagne préférée. Avec Naila, et avec elle seule, Ty communique sans peine. Leur éloquence silencieuse présente une similitude déroutante avec le langage de l'esprit des Biya. Leyo laisse entendre que Biliku leur a offert ce cadeau comme une sorte de droit acquis à la naissance. Après tout, Naila et Ty sont tous deux nés dans les Andaman sous le regard protecteur de Biliku. Mais enfin, Artam aussi, et elle converse volontiers dans une langue parlée et dans un langage silencieux avec ses deux parents, alors que Ty recourt à des accès de rage pour communiquer avec Shep et moi.]

*

20 décembre 1940

Joyeux Noël, chère maman et cher papa !

Je vous imagine pelotonnés avec vos livres près du feu ou balayant la neige devant votre perron… ce qui me sidère un peu. Ici, nous contemplons une mer de diamants, nous portons des bobs contre le soleil et des shorts pour aller cueillir notre miteuse branche de houx de Noël – celle d'un arbuste local, le casuarina – et nous faisons semblant de prendre nos gobelets de Pimm's pour du vin chaud.

Mais j'ai tant de choses à vous raconter ! Le mois dernier, j'ai fait une sortie d'une semaine sur le terrain. La petite Artam, la fillette biya à propos de laquelle j'ai tant écrit, est maintenant une petite lutine très sociable qui se promène à quatre pattes. Quel contraste avec notre Ty ! Alors qu'il se montre décidé au point d'en être exaspérant, elle est impulsive. Alors qu'il est silencieux, elle, c'est un moulin à paroles. Il est aussi têtu qu'elle est changeante. En un éclair, notre Artam si intrépide disparaîtra en haut d'un arbre ou poursuivra des lézards le long du ruisseau. Elle aime danser, sauter et vous embrasse sans retenue, avec effusion, mais elle est incapable de rester tranquille pour écouter une leçon.

De son côté, Ty a un don inné pour résoudre les problèmes. Il adore travailler avec les outils de Shep pour réparer les bancs du jardin, et avec Som et la fille de Jina, Naila, pour aider à empoter et à cataloguer les orchidées médicinales de Shep. Il résout déjà des problèmes de calcul et des rébus d'une remarquable complexité, il adore la musique, il est capable de fredonner à peu près toutes les mélodies qu'il a entendues, avec l'équivalent auditif d'une mémoire photographique.

La seule chose que Ty et Artam ont en commun, c'est l'amour des chiens. Artam tourmente affectueusement les chiens parias que les Biya élèvent pour la chasse, et Ty est devenu tellement copain avec le berger allemand du commissaire hollandais qu'il enfourche carrément la pauvre bête.

Comme vous le voyez, nous sommes en bonne santé et très occupés. En plus de ses obligations médicales ordinaires – et d'aider Jina et Naila à s'occuper de Ty chaque fois que je suis partie sur le terrain –, Shep a accompli d'incroyables progrès au labo. Il a développé un extrait d'orchidée à feuilles plissées pour le traitement de la sepsie, une infusion de racines d'orchidée Yellow Finger contre la migraine et la diarrhée, et réussit même à guérir divers cas de dysenterie amibienne et certaines formes de glaucomes réversibles en utilisant ses décoctions.

Le vrai défi consiste à documenter chaque étape et à scru-

puleusement préserver ses échantillons. Tout ce que Shep accomplit ici devrait être reproduit une fois de retour dans la « civilisation », avant que les grands caciques de la science médicale aient même songé à le prendre au sérieux. D'ici à ce qu'il puisse envisager de les affronter, il considère qu'il lui faudra encore une année de plus dans les Andaman. Et je suis du même avis concernant ma recherche.

Papa, j'ai bien senti à ta dernière lettre combien tu étais inquiet. Les nouvelles que nous recevons de la guerre en Europe sont vraiment alarmantes, et je suis sûre que vous en recevez bien davantage de votre côté. Cela me plairait que nous puissions vous rejoindre d'un coup de baguette magique, mais nous avons entendu des histoires absolument horribles à propos du franchissement du cap Horn – cela peut prendre des mois, avec tous les jours la menace des bombardiers du haut du ciel et des torpilles du fond de l'eau. Les tentatives d'effectuer le voyage par la voie des airs sont encore plus dangereuses, avec l'obligation de traverser l'Afrique à saute-mouton, d'atterrir dans des coins perdus en plein black-out sans aucune idée de quand décollera le prochain avion, et en sachant encore moins qui sera autorisé à monter dedans.

J'aurais vraiment adoré rentrer à la maison, mais nous sommes en sécurité ici. Nous avons tous les deux notre travail, et je pense qu'il vaut mieux que nous restions. Ce n'est peut-être pas la drôle de guerre à laquelle nous pensions tous, mais cela ne peut pas durer encore bien longtemps. Et dès que ce sera fini, nous prendrons nos jambes à notre cou, et avec quel bonheur !

D'ekrose moer *(cela veut dire mille baisers, en biya !)*

Claire

3
Juin 1941

Le jardin aux orchidées était désert. Shep était venu demander à Som de lui couper quelques échantillons de pseudobulbes de *Rhynchostylis*, mais il restait maintenant dans la chaleur moite, sans savoir de quoi se charger ensuite. Som s'occupait de ces plantes comme si c'étaient ses enfants. Il avait réalisé un treillage de lianes et d'écorce afin d'y suspendre les variétés épiphytiques, confectionné une tonnelle en rotin, conçu un dispositif de piquets et d'attaches sophistiqué pour soutenir les lourdes floraisons en colonnes. Les orchidées le récompensaient de ces soins avec de nouvelles pousses généreuses et des couleurs et des parfums spectaculaires, mais si Shep avait essayé d'en couper des échantillons à son usage, il aurait insulté Som et probablement mutilé les plantes. Malgré le plaisir qu'il prenait à ses recherches botaniques, ou peut-être à cause de ce que cela lui procurait, Shep redoutait de faire du mal à ces spécimens exotiques.

Où donc était Som ?

La voix de Naila, aussi flûtée qu'un roseau, flottait depuis la véranda. *Aaa, bé, céé, déé, ee, èf, gée…* Claire récitait régulièrement ce chant de l'alphabet à Ty, mais à cet instant, entre les tiges de vanille qui lui masquaient la maison, Shep ne pouvait voir que la jeune fille avec son fils. Et il eut beau s'efforcer de saisir le signe d'un accompagnement, il ne perçut qu'un pâle fredonnement.

Ty venait d'avoir quatre ans. Et toujours pas un mot.

Naila persévérait toute seule… *ââch, ii, ji, ka.*

« Jina ? »

C'était Claire qui appelait de l'intérieur de la maison.

« Ils ne sont pas encore rentrés, *memsaab.* »

Ce fut alors que Shep se rappela. Som et Jina étaient partis dans le quartier d'Aberdeen pour la matinée.

« Ils ne devraient pas être déjà rentrés ? » Claire fit son apparition, sa robe jaune telle une flamme sur le seuil. « C'est du beau travail, mon cœur. Tu es remarquable, Naila. Tu lui as appris toutes ses lettres. »

Elle gardait un ton léger, mais Shep percevait tout l'effort que cela lui coûtait. *Ils sont comme frère et sœur*, dernièrement, c'était devenu un refrain mélancolique. Parfois, quand elle prononçait ces mots, il voyait bien qu'elle songeait à son propre passé désastreux de grande sœur. D'autres fois, la tension dans sa voix trahissait la jalousie maternelle que lui inspirait l'affection de Ty pour Naila. Et parfois, cela soulevait des questions en lui, sur sa propre enfance, que Shep tâchait d'écarter.

Vivvy et lui avaient jadis été aussi proches que Ty et cette jeune fille, mais c'était sans doute parce que les parents de Shep ne voulaient pas s'occuper d'eux. Il s'était toujours jugé sacrément chanceux d'avoir Viv à ses côtés, mais elle n'avait pas été capable de mettre un point d'arrêt à son état de manque, manque de l'affection de sa mère et de l'approbation de son père – elle n'avait jamais pleinement remplacé ses parents à ses yeux, alors que Naila semblait de plus en plus y parvenir avec Ty.

Que le lien de leur fils avec Naila soit dû aux absences intermittentes de Claire, au même ensemble de facteurs qui empêchaient Ty de parler ou peut-être à une erreur que Shep lui-même aurait commise, il n'en avait aucune idée. Mais cela lui donnait des vertiges et lui faisait mal au cœur de voir Claire tant lutter pour établir un lien avec leur petit garçon – et sans même vouloir admettre à quel point les rejets de son fils la blessaient. Ty n'était pas plus communicatif avec lui, mais Shep avait la ferme conviction qu'en grandissant leur garçon sortirait de cette phase et, avec le temps, nouerait un lien avec eux – en particulier après leur départ de Port Blair et leur retour vers un monde où il découvrirait quelle existence les familles heureuses étaient censées mener.

Le problème avait pu sembler plus personnel aux yeux de Claire en raison des crises de colère de Ty bébé. Elles avaient perduré plus d'un an, et Shep la suspectait de s'en vouloir à cause de cela. À un moment donné, leur fils était plongé dans une activité quelconque – il faisait rouler une balle ou gicler de l'eau, il examinait une libellule – et l'instant d'après, il éclatait. Des cris. Des coups de poing. Il éructait et tapait du pied. La quantité d'énergie qu'il brûlait à chaque épisode aurait pu éclairer l'île de Ross toute une nuit, et les crises semblaient survenir en présence de Claire, en règle générale avant qu'un nouveau départ sur le terrain ne soit inscrit au programme. À un certain stade, Shep l'aurait crue capable de provoquer Ty pour qu'elle puisse se dire qu'il voulait qu'elle le laisse. Ensuite, à peu près deux ans plus tôt, une nuit avait cristallisé la détresse que cela suscitait en elle, et Shep avait compris qu'il s'était complètement mépris sur cette situation.

Il était rentré du club trop tard pour l'aider. Le combat du coucher était terminé, et Claire était éteinte. Il l'avait trouvée sous la véranda, où Naila et Ty jouaient à présent, l'air tout content. Il se souvenait de deux bâtons de niaouli rougeoyant comme deux yeux dans l'obscurité. Claire était assise sur les marches, courbée en deux, les bras refermés autour des genoux. Des éclairs de chaleur illuminaient l'est, mais à part cela tout demeurait dans l'obscurité, saturé d'une chaleur liquide.

Shep s'était assis à côté d'elle, il allait lui poser la main sur l'épaule quand la nuit s'était embrasée de pluie, et elle avait sursauté, s'était écartée de lui sous ces aiguilles obliques. La tête renversée en arrière et les joues dégoulinantes, elle avait levé la main droite comme si elle s'était brûlée et avait plaqué son poing contre son sein. Une fêlure de haute tension avait argenté la cour, la couvrant d'un mirage de perles, et il l'avait vue sangloter. De frustration, de chagrin ou de langueur, ou de tout cela à la fois, il ne le savait pas, mais il l'avait plus aimée en cet instant qu'il ne l'aurait jamais cru possible.

À l'averse suivante, il l'avait entourée de ses bras, lui avait desserré les poings, lui avait retiré sa robe mouillée. Accordant ses lèvres à son sternum, descendant entre les ailes nues de sa cage thoracique, il avait respiré le tremblement qui émanait d'elle jusqu'à ce qu'elle se calme et revienne à lui, et il n'avait plus jamais douté d'elle.

Après cette nuit-là, le tranchant de la tension qui s'était durcie entre eux depuis plusieurs mois s'était émoussé, avant de s'effacer. En même temps, un changement était survenu dans la maison, si subtil que Shep aurait pu ne pas le remarquer, à ceci près que les crises de Ty s'étaient calmées.

C'était comme si Claire s'était rendue sans reconnaître sa défaite. Elle avait effectué une autre série de démarches de mise en retrait par rapport à Ty, et Naila s'était glissée plus en profondeur dans l'espace qu'elle lui avait ainsi créé. À la connaissance de Shep, pas un mot ne s'était échangé, aucun rôle n'avait formellement changé, mais à présent, chaque fois que Naila était à la maison et que Ty était mécontent, la jeune fille lui procurait une distraction. Si Claire ne réussissait pas à ce que son fils écoute, Naila penchait la tête et souriait, et le garçon allait dans son sens. Naila possédait une aptitude si insolite à saisir intuitivement tout ce que Ty voulait ou tout ce qu'il lui fallait que Claire aurait dit que les enfants disposaient en quelque sorte de leur propre langage de l'esprit.

Shep et Claire se disaient qu'ils avaient de la chance que quelqu'un dans la maison sache lire dans les mystérieuses pensées de leur fils. S'estimant heureux que cet arrangement leur permette à tous les deux de poursuivre leurs autres ambitions pendant qu'il était encore si jeune. Et pourtant, songeait Shep, ce serait tellement mieux pour eux tous – en particulier pour Claire – si la personne de prédilection de Ty n'était pas une domestique.

Un moustique se posa et suça le sang de son bras. Il le chassa d'un geste. Il se sentait abruti de chaleur.

De toute manière, il était trop tard pour avancer dans son travail de labo ; il fallait qu'il aille du côté de Haddo effectuer sa tournée. En regagnant l'hôpital, pourtant, il lança un regard nostalgique aux garçons du quartier descendus pêcher devant les rochers. La marée venait de changer, rendant les eaux aussi plates qu'une ardoise, et l'odeur du krill empuantissait l'air amorphe, mais ces gamins s'amusaient comme des fous. Leurs rires avaient la clarté d'un chant d'oiseau.

Ce qui manquait, c'était la présence de quelques oiseaux véritables. Shep scruta le ciel au-dessus de lui à travers l'entrelacs des branches de casuarinas et de flamboyants. Une fois qu'on l'avait remarquée, cette absence paraissait insolite. Pas de mouettes. Pas de pinsons, pas de cormorans, pas de phaétons à brins rouges. Cela devait avoir un rapport avec la mousson déclinante.

Pressant le pas en longeant l'escalier de la plage, il entra dans l'hôpital et se heurta à une barrière trapue en forme d'enclume, en la personne du lieutenant Gupta.

« Docteur Durant, ce n'est pas votre jour pour la tournée à Haddo ?

— J'y vais. »

Mais Gupta ne bougea pas. Shep allait le contourner quand son second bredouilla.

« Je me suis porté candidat pour un poste à Delhi. J'en ai ma claque de moisir ici au fond de nulle part. »

Ils se firent alors franchement face.

« J'ignorais que vous étiez dans cet état d'esprit. »

La fine moustache rectiligne de Gupta tressaillit.

« Le fait est, docteur Durant, que j'ai demandé au commissaire Wilkerson d'intercéder en ma faveur, et il a suggéré que vous écriviez la lettre de recommandation. »

Quelqu'un dans la salle réservée aux hommes laissa échapper une plainte fiévreuse et deux infirmières se précipitèrent. Seul un lit était occupé. Un capitaine d'âge avancé se remettait d'une appendicite. Ici, personne n'était vraiment surmené.

« Je regretterai de vous voir partir, admit Shep. Vous avez accompli un travail magnifique. »

Il y avait toujours une chance pour que le remplaçant du lieutenant soit quelqu'un qu'il réussirait à supporter. Mieux encore, que Gupta ne soit pas remplacé, auquel cas Shep serait considéré comme « personnel essentiel » – dispensé de ses obligations militaires. Peu de nouvelles de la guerre parvenaient jusqu'aux Andaman, mais s'il était mobilisé, il en connaîtrait assez vite les pires aspects.

Je suis un lâche, songea-t-il.

« Très aimable à vous, docteur. Je vous remercie. » Gupta lança un regard un peu réticent en direction du laboratoire de Shep, de l'autre côté du couloir. « Et vos expériences, ça avance ? »

Le ton condescendant rappelait à Shep son père, de façon si

viscérale qu'il ne trouva pas la force de répondre. Au lieu de quoi, son regard glissa à l'autre extrémité du couloir plongé dans l'obscurité, jusqu'à l'érythrina qui poussait devant le bâtiment.

Comme en réaction, l'arbre fut parcouru d'un frémissement étrange et fluide, de plus en plus rapide. Shep se sentit poussé brutalement en avant, percuta le torse de Gupta et ils tombèrent tous les deux au sol qui était parcouru d'une secousse, puis furent projetés dos contre le mur, un grondement assourdissant au-dessus de leurs têtes.

Des blocs de plâtre s'abattirent du plafond. Tout ce qui encombrait le local des infirmières se transforma en projectiles. Shep se fit un casque de ses bras levés. Aussitôt, il pensa à une bombe. Mais une explosion restait délimitée dans le temps. Cet assaut-là ne cessait plus. Il plaqua ses deux paumes au sol et sentit une série de profonds soubresauts péristaltiques, tout l'inverse des convulsions qu'il avait connues en Chine.

Un élancement sourd partit de sa poitrine, à l'endroit où il s'était cogné au stéthoscope de Gupta. À côté de lui, le lieutenant s'était recroquevillé en boule, en position fœtale. Autour d'eux, les jointures de l'hôpital craquaient comme des phalanges.

« Il faut faire sortir tout le monde d'ici, fit Shep.

— Que se passe-t-il ? le questionna Gupta d'une voix plaintive.

— Un tremblement de terre. » Shep essaya de se relever, mais ses jambes s'étaient transformées en chewing-gum.

Il se redressa sur ses genoux. Le bâtiment était debout. Il vit que les lits de la salle des hommes avaient traversé la pièce, mais aussi qu'ayant suivi le mouvement, leur seul et unique patient était resté en position assise, indemne : le vieillard s'agrippait à son couvre-lit comme un enfant fautif. Seules les infirmières criaient.

*

Ils étaient à l'intérieur. Claire avait proposé à Leyo son crayon. Il le tenait entre son pouce et son index comme Groucho Marx maniait son cigare.

Subitement, le crayon était tombé, et elle avait suivi sa chute dans la lumière du soleil, sur le tapis coco. Elle se pencha pour le ramasser. Leyo lui prit le bras, et sa première pensée fut qu'elle devait être en train de tomber elle aussi. Sa deuxième pensée fut que ce contact ne lui ressemblait guère, à la fois pressant et d'une inquiétante intimité.

Après la piqûre d'aiguille de son réflexe de peur, d'un mouvement brusque, il la remit subitement sur pieds. « *Kamin !* » Alors que la petite pièce semblait traversée de palpitations, Claire leva les yeux vers cette fente temporelle et remarqua que le ventilateur du plafond se balançait. Pourtant, Leyo avait compris que le tremblement de terre était imminent, avant même qu'il eût commencé.

*

Naila se souviendrait de la main de Ty qu'il levait et abaissait. Le chant lui restait encore dans la gorge, elle ralentissait la cadence ainsi que *memsaab* le lui avait appris – *double vé, ix... i grec et...*

Subitement, la porte s'ouvrit, et Leyo fila vers le perron, en tirant *memsaab* par le bras, puis la lâcha pour qu'elle puisse récupérer Ty. Les plantes de pied rose sale du petit garçon filaient comme deux crabes, puis ils foncèrent sur la pelouse avec *memsaab* à leurs trousses.

La terre se mit à gronder et à bouger, comme s'ils chevauchaient une bête furieuse. Ty riait, et *memsaab* le serrait contre elle, les yeux emplis de terreur. Les arbres autour d'eux pliaient et se rompaient. Le toit du bungalow s'effondra. Cette cavalcade leur sembla durer une éternité. Ensuite, le monde se figea.

Ce fut alors seulement que Naila songea à ses parents, partis ensemble dans le quartier d'Aberdeen ce matin. Elle regarda Ty se relever, tâter le sol. Il avait l'air de danser. L'air de savoir, se dit-elle, et de ne pas avoir peur.

Leyo se dirigea vers la clôture au sommet de l'escarpement. Il beugla aux garçons du coin qui pêchaient en contrebas en face des rochers.

« Merci mon Dieu », fit *memsaab* en voyant Shep courir vers eux depuis l'hôpital. Il prit Ty et attira *memsaab* dans ses bras. Ty tendit les siens au-dessus de l'épaule de son père, en direction de Naila, mais la fillette se garda bien de réagir.

Elle alla plutôt rejoindre Leyo, qui tentait maintenant d'alerter les gamins avec des gestes frénétiques. Naila regarda dans leur direction pour comprendre pourquoi, puis elle cria à son tour.

Dans un mouvement à la fois ample et lent, l'eau se retirait. Des hectares de corail étaient mis à nu, et le jusant soulevait les barques et les bateaux de pêche. Les embarcations plus petites chavirèrent, retenues sur les hauts-fonds. Les garçons du coin ne prêtaient aucune attention à Leyo. Comme ensorcelés, ils s'en allaient gambader derrière la marée descendante, en ramassant des poissons échoués comme autant d'offrandes des dieux.

Leyo leur cria en urdu de courir vers le haut des marches, car l'eau allait bientôt remonter, et la vague serait plus haute que cinq de ces gamins. Ils levèrent les yeux vers lui comme s'il était fou, cet homme, ce Noir tout là-haut.

Ce fut seulement quand le docteur Shep eut rejoint Leyo, hurlant en anglais « *You will die !* », que deux d'entre eux firent demi-tour. « *Run !* »

La mer qui s'était retirée se souleva, formant un long mur

noir qui barrait tout l'horizon. Ensuite, dans un seul et terrible mouvement, ce mur se retourna.

Enfin, les autres garçons coururent à leur tour, mais ils étaient trop éloignés au large et la vase leur suçait les chevilles. Ils tombaient. Ils se redressaient. Ils jetaient des regards par-dessus leur épaule.

Leyo et le docteur Shep étaient sortis du jardin pour se précipiter en haut de l'escalier de la plage. Ils tirèrent les deux premiers garçons en lieu sûr, puis les dépouillèrent de leurs chemises qu'ils attachèrent par un nœud. Le docteur Shep poussa un hurlement, et Naila s'activa pour aller chercher les cordes de son père dans le jardin aux orchidées.

À son retour, songea-t-elle, son père saurait quoi faire.

À présent, les trois garçons restés en bas tentaient de nager. Aussi sournoise qu'un serpent, l'eau était déjà remontée au pied de la falaise, puis jusqu'au rocher qui pointait comme une figure de proue à mi-hauteur des marches. Tout autour, l'écume bouillonnait et quand Naila regarda de nouveau vers le large, les garçons qui nageaient avaient disparu.

Le regard de Leyo se porta loin sur la mer. *Memsaab* vint rejoindre Naila, avec Ty désormais apaisé dans ses bras.

« Le ferry », dit-elle.

Naila regarda et ne vit rien, mais elle claquait des dents.

Ce fut ce jour-là qu'elle entendit pour la première fois ce mot terrible : *évacuer*. Naila s'y refusait. Ses parents seraient bientôt de retour. Ils espéreraient la retrouver là où ils l'avaient laissée. Elle les attendrait ici, sur l'île de Ross. Elle allait rester, aider Leyo à rassembler les affaires dont Ty Babu et ses parents auraient besoin sur le « continent ». Port Blair serait plus sûr, disaient-ils, mais elle ne partirait pas avant le retour de ses parents.

Elle avait à peine remarqué le moment où *memsaab* et Ty étaient partis, mais elle avait entendu *memsaab* promettre d'aller chercher Jina et Som au bazar d'Aberdeen. Dès qu'on aurait la moindre nouvelle…

Naila avait la tête occupée, envahie par ce mot : *éé-va-cuer*. Ses parents devraient déjà être ici, à l'heure qu'il est. C'étaient eux qu'elle voulait avoir auprès d'elle, et pas Leyo. Pas *memsaab* ou le docteur *saab* non plus, et même pas Ty Babu. Elle ne voulait pas rester sans sa maman et son papa. *Éva-cu-er*.

Leyo ne disait rien, mais il la prenait de temps en temps par la main et la reconduisait dehors. Ensuite, l'île était traversée de tremblements et de secousses, et après qu'elle en avait fini, ils reprenaient leur travail en silence, remplissaient des valises de vêtements, de livres et d'objets que Naila remarquait à peine lorsqu'ils passaient entre ses mains.

Les heures se prolongeaient, le soleil traçait son arc vers le crépuscule. Elle songea au docteur Shep et à *memsaab* ce matin avec Ty Babu pris en sandwich entre eux deux. Ses parents devraient être ici, pour la tenir comme cela entre eux, lui murmurer des choses et la réconforter, elle aussi. Ils auraient dû rentrer ce matin avant qu'aucune de toutes ces choses terribles ne se produise. Elle allait rester ici, inverser le cours du temps, remonter jusqu'à un moment où ils ne seraient pas encore partis. Mais elle eut beau lever les yeux à maintes et maintes reprises en direction du chemin de crête ou regarder en bas vers la plage, sa maman et son papa ne firent pas leur apparition.

Au coucher du soleil, le docteur Shep revint de l'hôpital, qui avait été aussi évacué.

« Ils sauront que tu es avec nous, fit-il. Tu ne peux pas rester ici toute seule, Naila. Ils ne voudraient pas. »

Elle eut envie de protester, mais avec l'obscurité sa peur avalait toutes ses forces, aussi le docteur et Leyo l'escortèrent-ils comme une prisonnière sur la barge à bois de charpente qui servait de ferry.

« L'île de Ross nous a sauvés ! » s'exclama le révérend Crisp au-dessus de la tête de Naila. Des projecteurs serpentaient comme des anguilles jaunes dans la nuit en direction des épaves. Le monde matériel avait rempli la mer de métal, de bois et de cris d'animaux invisibles. Naila se pencha au-dessus de la rambarde et s'efforça de se concentrer sur ces faisceaux de lumière brisés.

« … coupé la vague en deux, en envoyant le gros du tsunami plus loin le long de la côte. Quelques bateaux échoués et quelques arbres abattus. Le mirador de la prison s'est effondré, mais le port a échappé au pire, excepté ces pauvres diables à bord du *Sapphire*, Dieu leur vienne en aide… »

Le vieux prêtre s'interrompit au milieu de sa phrase, mais la peau de Naila se refermait déjà sur elle-même. Les mains du docteur Shep appuyèrent sur ses épaules et la firent reculer, l'éloignant de la rambarde. Elle tourna la tête et vit le sarong couleur corail de Leyo, le blanc de son débardeur, deux formes flottant parmi les ombres les plus épaisses. Comme des pierres sous l'eau.

*

Le cataclysme provoqué par le séisme fut aggravé par des pluies torrentielles qui débutèrent quelques secondes après l'arrivée de Shep et Naila au Browning Club, où l'on avait recueilli des évacués sur le « continent ». Claire espérait que la jeune fille serait trop épuisée pour remarquer, ou trop heureuse d'être réunie avec Ty, ou les deux.

Tout l'après-midi, elle avait demandé des nouvelles de Jina et Som, mais seul le commerçant, Farzand Ali, les avait vus.

Ils lui avaient acheté un collier pour l'anniversaire de Naila et se dépêchaient d'attraper le ferry, leur expliqua-t-il, quelques minutes avant que le tremblement de terre ne frappe. Ce ferry, le *Sapphire*, était le seul que l'on n'avait pas retrouvé. Or Som ne savait pas nager. Et maintenant, avec cette pluie diluvienne et l'obscurité…

Claire cherchait un moyen de distraire Naila quand Shep, d'un mouvement d'yeux, lui fit signe de laisser la jeune fille tranquille. Ty était pour elle le meilleur des remèdes, et rien ne distrairait leur fils des rafales de pluie qui ruisselaient maintenant en travers des vitres. Si difficile et si déconcertant que pût être Ty, les véritables situations de crise semblaient le détendre. Toute la journée, il s'était montré obéissant, peut-être trop intéressé par le chaos et le désordre autour de lui pour être bouleversé.

Se tenant toujours à la main de Naila, Ty l'entraîna à l'autre bout de la pièce et plaqua leurs deux paumes contre le carreau. La fenêtre donnait sur Dilthamon Tank, et cette vue se dissolvait dans l'écume qui produisait un bruit similaire à un grattement d'ongles. Redoutant que le verre ne se brise en mille morceaux, Claire essaya d'appâter Ty avec une banane, mais il la mangea sans bouger d'où il était, et Naila resta debout, l'entourant de ses bras, si stoïque, si silencieuse et si figée que Claire tressaillit au souvenir de sa propre mère, debout dans la même posture, entourant consciencieusement sa fille de ses bras, en un semblant de réconfort, les miroirs de l'entrée capturant leur reflet, quelques heures après la mort de Robin.

*

Le port tout entier était en ruine, des arbres cassés en deux, des câbles électriques à terre, des toits de taudis effondrés, des chaussées fissurées par des zigzags béants, mais le pire, c'était le bord de mer. Des bateaux de pêche étaient posés sur des palmiers couchés. Des éclats gris de corail mort et des carcasses de poissons jonchaient le sable du rivage érodé. Des bois de charpente brisés, des cadavres de bêtes gonflés et des lambeaux de tissu décoloré formaient des apparitions fantomatiques dans la brume. Alors qu'il continuait de pleuvoir et que les marées allaient et venaient, une part de tout ceci serait emporté, mais la plus grande partie mettrait des mois à être dégagée ou récupérée. Et l'ensemble constituait un rappel menaçant de la force qui s'était emparée de ceux qui avaient eu la malchance d'être sur l'eau.

Dans le quartier de Haddo, Shep avait entendu des récits de patients décrivant des tourbillons qui semblaient emporter des dinghys au fond d'un égout, d'un voilier exécutant des sauts périlleux, d'un requin échoué dans un manguier et d'une pieuvre s'accrochant au paratonnerre pointant au sommet d'un bungalow submergé. Tout le monde connaissait un disparu.

« Docteur Durant. »

Il se retourna et vit Alfred Baird, le haut-commissaire adjoint, qui se frayait un passage au milieu des débris amoncelés sur le front de mer. Shep lui tendit son parapluie, mais le major l'écarta d'un geste ; il portait un ciré militaire, et la pluie se réduisait à une bruine.

« Alors, vous êtes tous sains et saufs ? s'enquit Baird.

— Pas tous. Nos domestiques…

— Ah, oui. J'ai appris. »

La lumière grise donnait à Baird un teint jaune et émacié, l'air trop frêle pour sa voix pleine de compassion.

« Des nouvelles ?

— Eh bien, nous avons retrouvé la cheminée du *Sapphire* sur la plage en bas de ma maison de Rangchang. »

Shep abaissa son parapluie devenu inutile.

« Et quoi d'autre ?

— C'est tout ce que nous avons pu identifier. »

Shep suivit le regard de Baird qui contemplait les chairs gonflées de membres et d'organes épars d'animaux en bas sur la plage. Malgré la pluie, la puanteur montait. À quelques mètres de distance, une meute de chiens sauvages fouinait dans la carcasse d'une chèvre. D'autres restes étaient méconnaissables, en raison des crabes qui les recouvraient comme une croûte.

Sa voix s'étrangla dans sa gorge.

« Ils faisaient partie de la famille, Alfred. Et leur fille a tout juste treize ans.

— A-t-elle d'autres parents survivants ?

— Pas ici. Je ne pense pas. » Il hésita. « En fait, je ne sais pas. »

Baird rabattit la capuche de son ciré et se passa la main dans ses cheveux clairsemés mouillés de bruine. Il leva le visage vers le ciel et remua silencieusement les lèvres.

Finalement, il dit :

« J'ai entendu certaines des personnes évacuées de l'île de Ross parler de s'en aller. Les dames, en particulier. À présent que le blitz semble s'être calmé, la maison a l'air un rien plus accueillante. »

Shep avait entendu lui aussi de tels propos. *Même si la guerre se rapproche, au moins nous serons auprès des nôtres.* Telle était la logique de cette envie de retour au bercail. Mais ni Claire ni lui n'avaient de proches, hormis eux-mêmes et Ty. Et ils avaient tant de raisons de ne pas partir. La première de toutes étant Naila, à présent.

« Je crains que nous n'ayons le problème inverse, dit-il. Il me faudra des mois pour remplacer mes spécimens. Et Claire veut aller au nord, à Behalla, voir comment s'en sortent les Biya.

Mais d'abord nous devons trouver un endroit où habiter. Ross, c'est définitivement exclu, je suppose. »

Baird l'étudia brièvement du regard.

« En ce cas, je peux vous aider, le cas échéant. Il y a une maison disponible à Marine Hill, juste au pied de la nouvelle résidence du haut-commissaire. »

*

La fillette refusait de parler de ses parents. Claire et Shep avaient essayé, mais ni l'un ni l'autre n'étaient capables de trouver les mots justes. Pour l'instant, ils avaient décidé que la meilleure ligne de conduite consistait à entretenir ses espoirs. Heureusement, Ty semblait immunisé contre son chagrin, même si Claire désirait plus que jamais l'entendre se mettre à parler. Certains jours, le silence menaçait de les engloutir tous.

Au moins, le déménagement les tint occupés. La maison que Baird avait recommandée était étrange et belle, blanchie à la chaux, et le jardin s'étageait en espaliers à flanc de colline. Tout cela rappelait à Claire les villages grecs devant lesquels ils avaient croisé à la voile lors de leur traversée de la Méditerranée, et elle avait en fait appris qu'elle avait été construite par un capitaine de la marine marchande grec – avant qu'il ne décide en fin de compte de repartir des Andaman.

Shep loua une camionnette pour transporter Claire et les enfants sur la colline, le jour du déménagement. Leyo les accueillit sur place, avec Abraham, le nouveau cuisinier que leur avait adressé le chauffeur de Shep, Narinder.

« Sûre que vous n'avez pas besoin de moi ? » demanda Shep en ouvrant la portière côté passager à sa femme. Narinder attendait de l'autre côté de la route pour le reconduire derrière la pointe, à l'hôpital, dans le quartier de Haddo.

« Pas du tout. » Elle l'embrassa sur la joue. « Ce soir, quand tu rentreras à la maison, nous serons presque complètement installés. »

La vie était déjà si différente, c'en était confondant. Shep avait disposé de cette rutilante Morris rouge et des services de Narinder ici à Port Blair depuis le début, mais tant qu'ils avaient vécu sur l'île de Ross, son regard s'était rarement attardé sur la voiture ou sur le chauffeur. Maintenant, tous les matins, elle était touchée par le spectacle d'une orchidée fraîche dans le vase que Narinder avait attaché avec du fil de fer au tableau de bord. L'ancien bagnard gujarati à la haute stature avait un passé politique, mais il avait aussi un certain sens de l'élégance.

Dans la camionnette, Ty était assis à côté d'elle, alors que Naila s'était glissée derrière entre les cartons et les valises. La fillette ne s'exprimait toujours guère que par monosyllabes, mais le mouvement du véhicule et le coup de fouet de l'air chaud délièrent la langue de Claire.

« Pouvons-nous voir l'école d'ici ? »

Sans avoir l'air de s'y intéresser, Naila désigna un îlot de bâtiments aux toits rouges visible tout en bas dans la lumière humide du soleil, entouré d'eau du terrain de cricket inondé. Il n'y aurait plus d'école avant un bon moment.

Un chien se mit à aboyer au passage de la camionnette lorsque le véhicule franchit le portail massif de la nouvelle résidence officielle du haut-commissaire Wilkerson. Le visage de Ty s'illumina et Claire l'entendit presque s'exclamer : « Wilkie ! » – son ami canin sur l'île de Ross. Mais l'exclamation du petit garçon ne retentit que dans l'imagination de Claire, et l'étape suivante du trajet se déroula dans le silence, le long du versant extérieur couvert de mangoustaniers, de kapoks et de banyans.

Au bout de la route, ils passèrent au-dessus d'un ravin et franchirent un autre portail ouvert sous un treillis de bougainvillées blancs. Claire prit Ty par la main et ils pénétrèrent dans le vestibule couvert de la demeure.

Le plancher en bois de padouk rouge menait à un salon ouvert aux sièges en bambou agrémentés de coussins, avec vue sur Mount Harriet au-delà de la rambarde chantournée. Naila tendit le cou pour regarder vers l'est, mais la propriété était orientée de telle sorte que l'île de Ross était hors de vue.

« Ce n'est pas facile de se repérer, constata Claire. Mais par la suite nous allons nous habituer. »

Tout en bas du coteau, un sentier d'argile rouge descendait en lacet à travers un jardin presque à la verticale. Des buissons de gingembre et de jasmin masquaient les logements des domestiques, une serre vitrée et plusieurs appentis. Tout en bas du sentier, une porte ouvrait sur l'épave de la route du littoral. Ce qui restait de l'Aberdeen Jetty gisait derrière la pointe. Chose incroyable, la maison n'avait subi aucun dégât du fait du séisme. Le capitaine avait construit sur la roche.

Leyo et le nouveau cuisinier n'étaient pas encore arrivés, aussi, pendant que le chauffeur de la camionnette déchargeait leurs bagages, Claire montra le reste de la maison aux enfants. Un escalier extérieur descendait d'un étage vers la salle à manger et la cuisine, une autre volée de marches conduisait à deux chambres et à une salle de bains. Les pièces étaient blanches, carrées, équipées d'un simple mobilier en bambou comme celui de la terrasse. Les nuages sales des moustiquaires étaient suspendus au-dessus des lits. Une troisième volée de marches conduisait à deux pièces plus vastes, qui serviraient de salle de jeux et de bureau.

Ty attira Naila dans sa chambre. Ils repoussèrent les volets, et le soleil baigna le sol d'une flaque de chaleur entre les ombres des frondes d'un palmier géant. Ty s'accroupit comme une grenouille et, toujours aussi silencieux, bondit d'une tache sombre à une autre. Après chaque saut, il tournait la tête et clignait des yeux, dans l'attente de la fillette, qui le regarda faire sans bouger.

Un saut. Un demi-tour. Un clin d'œil. Un saut. Un demi-tour. Un clin d'œil.

Finalement, Naila céda. Elle se prit le menton dans les paumes et se mit à agiter les doigts. Elle émit un bourdonnement et fit semblant de voler. En traçant des cercles de plus en plus étroits au-dessus de Ty, elle vira jusqu'à en perdre enfin l'équilibre.

La lumière dorée vint les recouvrir, et Claire vit la fillette presque éclater de rire, mais à cet instant la petite grenouille fit un bond. Leurs deux petits corps convergèrent, et la pièce sembla retenir son souffle.

Juillet 1941

Dès sa première journée à la maison blanche, Naila eut la sensation d'être déjà venue dans cet endroit. Ou à proximité. Elle connaissait l'odeur poussiéreuse et sucrée de cette colline, cette jungle de broussaille qui enjambait le ravin, la pente escarpée en contrebas de la route. Ou du moins le pensait-elle.

Ce souvenir était diffus et lointain : son père la prenant par la main. Elle était alors plus jeune que Ty Babu. La parcelle enceinte d'un mur jaune où vivait sa famille se situait au pied de cette colline, au bord de l'eau. Son père l'avait menée dans la jungle tout en haut de ce qui ressemblait à une montagne. *N'en parle jamais à personne. C'est notre endroit secret.*

L'occasion de solliciter sa mémoire lui fut offerte quelques jours après leur arrivée, alors que *memsaab* et Ty faisaient une sieste et que tous les autres étaient sortis. Naila se glissa hors de la maison et franchit le ravin, puis elle contourna un bosquet feuillu de ronces avant de se retourner pour s'orienter.

Les banyans forment leur propre citadelle. Les racines aériennes pendaient comme autant de bras de Shiva, alors que les racines terrestres serpentaient en pénétrant dans la terre. Elle continua. Droit devant. De ce côté-ci. Par là. L'herbe poussait plus haut que sa tête. Lorsqu'elle reconnut enfin le bois, elle était tout à fait hors de vue de la maison blanche. Des dizaines de troncs, chacun d'eux aussi épais que cinq hommes debout. Ils étaient si serrés les uns contre les autres qu'il ne semblait y avoir aucun moyen d'entrer dans cette partie de la forêt, mais son père lui avait montré le passage secret, derrière un tronc et entre deux autres. Dès qu'elle localisa la racine entortillée qui formait un nœud, comme un poing brandi, elle sentit son père la presser d'aller de l'avant.

Se saisissant d'un bâton pour tenir les serpents en respect, elle s'avança dans le dédale à pas prudents. L'air était étouffant de chaleur, aussi crépusculaire que la lumière des rêves. Les semelles de ses tongs se coinçaient, claquaient contre son talon chaque fois qu'elle se dégageait, mais le passage s'élargissait peu à peu, jusqu'à ce qu'elle puisse tendre les bras devant elle et s'appuyer aux parois. Des lézards détalaient dans des crevasses. Des papillons filaient loin au-dessus d'elle, aussi éclatants que de petits cerfs-volants. Une mangouste ricanait sur une branche à mi-hauteur. *Ça va mieux, ma fille ?*

Mieux, répondit-elle, aussi silencieuse que Ty et s'agrippant à la vérité de ce mot.

Son pied trouva le sol argileux avant qu'elle ait pu le voir, enfoui sous des feuilles mortes mais encore ferme et plan. Quand elle venait ici avec son père, ils se servaient de filets pour ramasser les feuilles et d'un balai pour dégager la plateforme dissimulée. Au-dessus de leurs têtes, autour d'eux, les branches pointaient vers le ciel et le soleil miroitait entre les feuilles comme à travers un verre de bouteille.

Aujourd'hui, les branches pointaient encore plus haut. Le soleil tremblait plus obscurément. Elle se servit de son bâton pour se frayer un chemin, et de la poussière virevoltait comme de la fumée. Elle éternua et se masqua le nez jusqu'à ce que le tourbillon se calme. Aucune urgence. Le sanctuaire demeurait encore un secret, qu'elle seule était capable de recouvrer.

Elle examina les troncs qui entouraient l'espace au sol jusqu'à ce qu'elle arrive à une étendue plate, plus réduite que dans son souvenir. Les marques étaient alignées en rangées si méticuleusement disposées qu'on eût dit que les dieux avaient conçu cette tablette, et elle seule, comme un témoignage d'espérance, et comme si une simple et unique marque hors de ses limites eût été un sacrilège.

Le silence est une forme de force, avait insisté son père lorsqu'il l'avait amenée dans cet endroit. C'était il y a tant d'années. Il appelait ce labyrinthe de troncs l'Arbre de la Liberté. *Les firenghi ont leurs églises, les hindous leurs temples et les mahométans leurs mosquées, mais je n'ai jamais connu de sanctuaire plus sacré que celui-ci.*

Sur la partie plate du tronc, aussi lisse que le dos d'un homme, une série de lettres et de dates avaient été gravées. La plus effacée laissait encore entrevoir cette inscription, *R.M. Dass 1872*, à côté de dix encoches qui dénombraient les journées que le condamné avait passées dans cette cachette. *A.J. Prakash* était resté ici cinq jours en 1899, *B.R. Agarwhal* presque un mois en 1900. Le dernier était *V.H. Choudhry*, resté ici seulement trois jours en 1911. C'était à lui que le père de Naila, petit garçon, avait apporté de la nourriture et de l'eau pour soutenir ce combattant de la liberté jusqu'à ce qu'il s'enfuie dans la forêt.

Elle chercha sur la droite de ces rangées d'entailles une fente entre deux troncs. *Fais un vœu*, lui avait-il dit. *Écris-le.* Il lui avait tendu un bout de papier blanc et un crayon, et de sa main enfantine elle avait griffonné ce vœu, qu'il avait refusé de le lui laisser dire. *Plie-la et donne-la à l'arbre, et les dieux l'embrasseront pour toi.*

La faille s'était comblée, ses bords s'étaient rejoints. Des colonnes de fourmis cheminaient par l'orifice d'une galerie d'insectes. Il ne restait plus rien de son vœu, à présent, qu'elle était incapable de se remémorer.

Elle prit vaguement conscience de son coude, d'une sensation de démangeaison contre sa peau. *Mais les dieux t'en ont donné une autre.* Elle jeta un œil aux fibres du bois sous son bras, en eut aussitôt le souffle coupé, recula d'un coup.

Le scorpion noir dressa la queue, lui lança un regard courroucé, claquant des pinces comme un crabe. Il était presque de la taille de sa paume. Son père lui avait appris que ces scorpions noirs étaient venimeux jeunes, mais qu'ils s'adoucissaient avec l'âge.

« Et toi, tu es jeune ou vieux ? » demanda-t-elle.

Le scorpion détala à l'oblique. Elle recula encore d'un pas et se frotta le bras.

*

Wilkerson avait transformé son salon de réception en salle d'opérations militaires. Il portait un uniforme blanc colonial empesé et repassé, des bottes anti-moustiques impeccablement briquées. Ce matin-là, même ses favoris semblaient taillés de frais. Son épouse était partie, la guerre faisait rage sur trois continents, son empire faisait face à un assaut en règle, et son avant-poste colonial avait été ébranlé jusque dans ses fondements, mais par Dieu, Wilkerson allait montrer qu'il était encore à la tête de Port Blair.

Le superintendant de police Denis Ward et son inspecteur adjoint, Rao, Tom Lutty, Small, de la division transport, le révérend Crisp et le directeur des écoles, le professeur Dirwan Singh, se joignirent à Shep et Baird autour d'une imposante table de salle à manger sur laquelle s'étalait un planisphère de l'archipel des Andaman. Le haut-commissaire avait armé Baird d'une panoplie de crayons de couleur. Dès son arrivée, Mukerjee, le garde forestier en chef, vint signaler des dégâts dans les zones côtières de l'ouest, et Baird indiqua ces zones sur la carte au moyen de petits cercles verts. Les écoles ayant le plus besoin de réparations étaient notées en rouge, la liste des routes infranchissables dressée par Small en bleu, le récapitulatif des hôpitaux et dispensaires à l'intégrité compromise en orange.

Tout cet exercice rappelait à Shep la carte que son père avait déployée dans sa bibliothèque pendant la guerre civile chinoise, avec des punaises de couleur pour suivre les « équipes » perdante et gagnante.

« Durant, le bilan des victimes ? » Le haut-commissaire tourna vers lui son regard délavé, et Shep lui tendit une liste constituée à partir d'entretiens avec les blessés, de dossiers médicaux de Ward et de la liste du lieutenant Reynold des navires et des équipages dont on restait sans nouvelles.

« Nous n'avons été en mesure de confirmer que dix décès, monsieur, mais nous avons traité cent cinquante-quatre blessures. Plusieurs dizaines d'individus sont portés disparus. Considérant la magnitude du séisme, je pense que nous avons de la chance, mais pour les familles des disparus, c'est un maigre réconfort.

— En effet. » Le révérend Crisp leva une paume desséchée. « Seul le Seigneur peut apporter un véritable réconfort. »

Denis Ward renchérit sur ces propos de piété.

« J'ai appris que vous aviez perdu deux de vos domestiques, Durant. » Les yeux reptiliens du jeune chef de la police clignèrent sous la corniche des sourcils. Après l'affaire des captifs jarawa, Shep et Claire s'étaient tenus à distance de Ward, mais le ressentiment couvait encore de part et d'autre. Le chef de la police semblait avoir l'intention de transformer la mort de Jina et Som en une espèce de sinistre plaisanterie.

« Ah oui, intervint le docteur Singh. L'un de mes professeurs m'a demandé de vous faire part de son inquiétude concernant leur fille. Je suppose que cette petite était l'une de ses élèves. Il se demandait simplement : qu'est-ce qu'il faut faire d'elle ? »

Derrière ses manières affables et ses lunettes cerclées, Shep avait l'impression que Singh s'exprimait à mots couverts.

« Quel âge a-t-elle maintenant ? » s'enquit Ward, et le chapelet de haussements de sourcils autour de la table mit enfin la puce à l'oreille de Shep. Au vu du déséquilibre numérique entre les sexes au sein de la société locale, tous les individus de sexe masculin de Port Blair avaient remarqué, en la voyant faire ses allers et retours entre le ferry et la maison, que Naila avait grandi.

Seul Lloyd Crisp semblait voir un intérêt à prier pour l'âme de cette pauvre enfant, et bien moins pour la sauvegarde de son corps – seuls Crisp et Alfred Baird, qui glissa à Shep un regard de compassion sincère.

Ce dernier lui répondit de manière un peu trop catégorique.

« C'est encore une enfant. Et qui est en deuil.

— Est-elle inscrite ?

— Monsieur ? »

Wilkerson tapota du pouce sur la table.

« Inscrite à l'état civil en tant qu'orpheline. À propos, j'y songe, y a-t-il d'autres enfants devenus orphelins suite au séisme ? »

Shep se sentit submergé.

« Sans aucun doute, monsieur le haut-commissaire, mais je ne peux franchement pas déclarer un enfant orphelin sans vérifier que les parents sont bien morts. Pourquoi donc me posez-vous cette question ? »

La crinière blanche aux cheveux dressés du haut-commissaire lui donnait des allures de cacatoès.

« En dernier ressort, c'est moi qui ai sous ma responsabilité ceux qui résident dans cette colonie. Y compris votre fillette à la peau marron. »

Nous sommes tous leurs mères et leurs pères. La litanie coloniale. Ward se retint de s'esclaffer tandis que Lutty et les Indiens fixaient tous leur attention sur un point situé au centre de la carte devant eux.

« Eh bien, monsieur, fit Shep pour clore le sujet, dans le cas précis de cette fillette, vous n'avez pas à vous donner cette peine. Claire et moi en sommes les tuteurs.

— Ah oui ? »

Wilkerson semblait franchement atterré.

« C'est l'esprit chrétien ! s'exclama le révérend Crisp. Je suis surpris de ne pas vous voir plus souvent à l'église, Claire et vous. »

Baird, qui était plongé dans sa liste des sinistres et dégâts, leva les yeux.

« Vous feriez bien d'officialiser cet arrangement, docteur, observa-t-il calmement.

— J'en ai l'intention. » Cette idée ne lui avait pas traversé l'esprit. « Nous avons essayé de retrouver des membres de sa famille. Si nous n'y parvenons pas, nous sommes disposés à l'adopter. »

Wilkerson renifla, une façon de marquer sa désapprobation.

« Mieux vaut d'abord déclarer le décès de ses parents », se contenta-t-il de commenter, avant de revenir à des affaires plus importantes.

En déclarant de façon semi-publique son intention de tutelle, Shep s'était pris lui-même au dépourvu. Le chaos, le déménagement, le travail, l'incertitude qui planait sur tous les projets d'avenir lui laissaient peu d'énergie pour sa femme et son fils, et encore moins pour Naila. Il avait pitié de la fillette, naturellement, et il avait l'intention de la protéger jusqu'à ce que d'autres dispositions pussent être prises, mais la gravité véritable de sa situation ne lui apparaissait que maintenant. Dans les Andaman, les hommes étaient comme des hyènes prêtes à bondir. Toutefois, avant d'aborder le sujet avec Claire, il sollicita l'avis de Leyo.

Ce dernier avait regardé lui aussi Naila grandir, et sa tendresse envers elle était évidente, mais il n'avait pas la moindre fibre prédatrice dans le corps.

« Naila est fille excellente, assura-t-il à Shep. Très intelligente. »

C'était la fin de l'après-midi. Ils étaient ensemble dans la nouvelle serre, entourés d'orchidées que Leyo avait transportées du jardin de l'île de Ross. En descendant, Shep s'était arrêté observer Naila et Ty sur la terrasse du bas. *VANDA, VANILLE, ÉLÉPHANT, ARAIGNÉE*. Ty dessinait sur le dallage, à la craie, sous les regards de Naila qui se touchait distraitement le lobe de l'oreille. Les mots fleurissaient au-dessus d'ébauches sommaires des fleurs qu'ils nommaient, et les enfants étaient si absorbés qu'ils remarquèrent à peine Shep qui passait. Som les avait bien éduqués.

« Mais tu ne crois pas qu'elle pourrait s'être un peu trop attachée à Ty ? »

Le sourire teinté d'affection de Leyo fit instantanément regretter sa question à Shep. Et ce soir-là, quand il aborda le sujet avec Claire, après le coucher des enfants, il se demanda s'il n'avait fait que s'imaginer la jalousie que la proximité de Naila avec Ty avait initialement inspirée à sa femme. Depuis lors, cette jalousie avait sans nul doute fait place à une profonde compassion pour la fillette.

Ils étaient assis dans l'obscurité, sur la causeuse, sous l'auvent. Claire lui expliquait avoir tenté par tous les moyens imaginables d'identifier d'autres membres de sa famille, mais Naila semblait vraiment n'avoir personne d'autre.

« Les parents de Jina venaient de quelque part au Bengale, mais elle n'a aucune idée de l'endroit exact, aucun nom, pas même celui d'une ville.

— Et Som ? demanda Shep. »

Elle secoua la tête.

De l'autre côté de l'eau, un éclair de chaleur dansa devant North Point. L'air était rempli d'encens, mais les moustiques étaient encore audibles, comme s'ils se livraient à une danse nuptiale au-dessus de leurs têtes.

« Elle n'a plus que nous », conclut-elle, mais l'inflexion qu'elle prêta à cette phrase manqua sa cible. Cela faisait plus l'effet d'une question que d'une affirmation.

Shep flanqua une tape à un insecte piqueur qui s'attaquait à son coude puis se mit à bourrer sa pipe. Le tabac Latakia était plus efficace qu'une bombe d'insecticide.

« Cet enseignant, à l'école, fit-il. Singh nous a dit qu'il avait demandé de ses nouvelles. »

C'était une manœuvre exploratoire, mais Claire continua comme s'il n'avait pas parlé.

« Elle a besoin de Ty. Il est devenu… comme un objet rassurant. » Il perçut dans sa voix un tremblement aux accents sacrificiels troublants.

Shep alluma sa pipe et les couronna tous deux d'une fumée capiteuse. En temps normal, Claire détestait cette odeur tout autant que les insectes pouvaient la détester. Ce soir, elle ne protesta pas.

La culpabilité la rongeait peut-être. Ils devraient avoir au moins une réponse pour Naila – qu'était-il arrivé à Jina et Som ? Ils avaient bien une hypothèse, mais cette enfant ne s'en satisferait pas et, pour elle, il se pourrait qu'il n'y ait rien de pire que de ne pas savoir. Et cela n'arrangeait sûrement rien qu'en sa qualité de chirurgien civil Shep soit celui qui avait pour responsabilité de savoir.

Il était sur le point de sonder cette idée d'adopter la fillette, mais en fut empêché par l'ambivalence latente du discours de Claire – ainsi que par ses propres appréhensions. Il était encore trop tôt, pour toutes les personnes concernées. Tant qu'ils n'avaient pas de preuve de décès ou qu'il ne se serait pas écoulé un peu plus de temps, ce serait une erreur ne serait-ce que de soulever cette éventualité.

Et ensuite, il y avait Ty. Compter sur Naila en qualité de domestique était une chose, mais l'introduire dans la famille en était tout à fait une autre. Shep croyait que Ty se mettrait bientôt à parler. Il ne considérait pas que le caractère exclusif du lien entre les deux enfants puisse constituer un motif d'inquiétude. Et pourtant, s'il se trompait ? Et si la présence continuelle de Naila creusait un fossé permanent entre leur fils et elle ? Il n'était pas seulement préoccupé par l'effet potentiel de tout ceci sur Claire, mais aussi sur leur mariage.

« Et toi ? lui demanda-t-il.

— Moi ?

— Qu'est-ce qui te sert d'objet rassurant ? »

Shep avait envie de l'entendre répondre « toi », ou peut-être « Ty et toi », mais elle se contenta de croiser les mains dans la nuque de Shep et de presser son visage contre sa poitrine. Il lui caressa les cheveux, mais ce geste avait perdu toute sa charge érotique. Ses mèches paraissaient aussi filasses et inégales que celles d'un enfant, et cette sensation éveilla en lui un mélange de tristesse et de paternalisme. Il l'effaça, en mordillant le bord de son oreille.

Comme elle ne réagissait pas, il la libéra.

« Je me suis arrêté au Browning Club cet après-midi. Une

nouvelle liasse de communiqués est arrivée. Bon sang, les Japs ont proprement envahi la Chine.

— Tu penses que nous devrions nous en aller, nous aussi. »

Ces mots, qui n'étaient ni une affirmation ni une question, semblèrent flotter dans l'obscurité.

« Parfois, j'ai l'impression que nous vivons dans un monde rêvé, Claire. Ce tremblement de terre était peut-être un rappel à l'ordre, un avertissement de Dieu. »

Mais il voyait bien qu'elle n'avait aucune envie d'être rappelée à l'ordre, qu'elle n'avait même pas envie de relever la tête, et encore moins de revenir à la réalité.

« Nous avons été interrompus, dit-elle enfin. Voilà tout. Ce séisme était certes épouvantable, mais la guerre, c'est sûrement pire. Au moins, ici, nous en sommes loin, et à l'abri.

— *Atcha.* » Soulagé malgré sa fermeté de langage, il se leva pour leur servir deux verres bien tassés. « Là, tu me fais plaisir. On avance. »

Et ce fut ainsi que s'établit une nouvelle organisation de vie, l'idée de l'adoption étant éclipsée par la décision de Claire de « promouvoir » Naila au rang « officiel » d'*ayah*. Cela entérina le droit de la très jeune fille de dormir dans la chambre de Ty tout en la maintenant à distance respectable. Entretemps, l'incapacité des écoles à rouvrir leur permettait à tous d'esquiver d'autres préoccupations pressantes relatives à son avenir.

Narinder et son cousin Abraham occupaient les logements des domestiques, avec Leyo, et peu à peu la maisonnée trouva un nouveau rythme précaire et un équilibre approximatif. Malheureusement, Shep ne faisait pas grand-chose pour contribuer à rétablir cet équilibre, car sa nouvelle organisation lui laissait moins de temps libre qu'il n'en avait eu sur l'île de Ross.

Auparavant, Gupta prenait en charge le gros de ses dossiers liés au « continent ». À présent, Shep partageait chaque journée entre les hôpitaux de Haddo et d'Atlanta Point, et, malgré un nombre accru de patients, suite à la catastrophe, quand Gupta repartit à la fin septembre, aucun remplaçant ne fut même mentionné. Comme escompté, cela assura à Shep un statut de non-combattant, mais il était aussi d'autant plus sollicité. Ainsi, alors que Leyo avait transplanté la plupart de ses orchidées dans la maison, Shep n'avait même pas commencé de redonner vie à son labo, et Ty était souvent profondément endormi avant que son père ne vienne lui faire un baiser pour lui souhaiter bonne nuit.

Claire avait raison. Cela pourrait être bien, bien pire. Pourtant, une appréhension persistante continuait de tenailler Shep, et il ne comprenait pas pourquoi. Ensuite, par une matinée nuageuse, s'étant levé tôt, il était seul sur la terrasse, et tandis qu'Abraham disposait un œuf à la coque, deux tranches de pain grillé et une tasse de thé devant lui, Shep fut frappé de l'attitude maussade du cuisinier. Ce n'était pas rare, à Port Blair, ces airs d'ancien bagnard, de personnage rancunier et d'âme rebelle, et, intellectuellement parlant, Shep ne pouvait lui en vouloir. Narinder lui avait dit qu'Abraham et lui avaient été pris dans une rafle des Britanniques du temps où ils étaient tous les deux des têtes brûlées, adolescents et collégiens, envoyés en exil avant même d'être devenus des hommes. Libérés de la Cellular Jail quelques mois après leur arrivée, et en raison de leur appartenance à une caste inférieure, ils jouissaient ici de perspectives plus prometteuses que ce n'avait été le cas chez eux. Néanmoins, le traitement subi laissait en eux des traces cuisantes.

Resté seul devant son petit déjeuner, Shep regarda les nuages vers l'est virer au jaune. Il émanait de Narinder une joie de vivre silencieuse. Shep appréciait son chauffeur et se fiait à lui presque autant qu'à Leyo – tout comme il s'était fié à Jina et Som. De ce fait, il avait accepté la recommandation de Narinder et accueilli son cousin sous son toit sans la moindre arrière-pensée. Un peu plus âgé que Narinder et plus osseux que Som, Abraham arborait une épaisse moustache en brosse et des cheveux grisonnants gominés séparés par une raie sur le côté. Il avait de grands yeux de braise ourlés de cernes noirs. Il n'avait jamais la moindre tache sur sa veste ou son pantalon de service, mais il dégageait une odeur aillée d'huile de margousier, et Shep croyait qu'il en appliquait sur son eczéma. Il souffrait aussi d'une claudication qui empirait presque invariablement au cours de la journée jusqu'à le forcer à utiliser une canne dans la soirée. Probablement de l'arthrite, mais le bonhomme refusait ses propositions de traitement. Il manquait à Abraham la force et la vigueur de Narinder, mais ce n'était pas un motif d'inquiétude.

Mais alors, quoi ? C'était si imperceptible, cette pointe inédite de défiance, que Shep n'en aurait tenu aucun compte sans cette nouvelle vague de nationalisme indien que les dernières rumeurs de guerre avaient déchaînée partout sur le port. Parmi les nationalistes, on avait la conviction que les Japonais combattaient les Britanniques au nom de tous les Asiatiques pour leur apporter « une plus grande prospérité ». Ils étaient nombreux par ici à secrètement se féliciter des récentes avancées de l'ennemi en Indochine et accueilleraient une occupation japonaise à bras ouverts. Aucune puissance asiatique ne pourrait se révéler plus néfaste que ne l'étaient les Britanniques au pouvoir – telle était la conception dominante chez ces boutefeux. Eh bien, sur ce point, les Chinois auraient une ou deux choses à apprendre aux Indiens ; au sujet de la fraternité jaune, qu'ils essaient donc d'interroger les survivants de Nankin. Ou les camarades de classe de son enfance, désormais des hommes, la trentaine, qui, misant tout sur Shanghai, avaient fini pris au piège derrière le mur de la guerre.

Cela étant dit, il ne pouvait guère tenir rigueur à des hommes comme Abraham de vouloir goûter à la liberté. Et Narinder n'était pas le seul à s'être porté garant en sa faveur. Wilkerson disait qu'il avait cuisiné pour un propriétaire français d'une plantation, ainsi que pour la famille d'un gardien redouté de la Cellular Jail. Il n'était rien arrivé de mal à aucun d'eux.

Il s'essuya la bouche. Abraham restait probablement le cadet de ses soucis. Ils vivaient dans une colonie pénitentiaire, après un tremblement de terre, en pleine guerre mondiale, et leur foyer gravitait autour d'un enfant unique qui refusait de parler et d'une autre qui venait à peine de perdre ses parents. Pas étonnant que la situation semble sombre.

Novembre 1941

« Quelqu'un a été blessé ? » demanda Claire.

Leyo venait d'arriver de Behalla, sa première visite depuis *gumul*, la fin de la saison des pluies, quand les Biya rentraient de leur camp de mousson. Bien que le séisme eût été plus fort au nord, apparemment, Kuli avait averti tout le monde à temps.

« Il peut sentir l'esprit danser, fit Leyo.

— Comme tu l'as senti toi aussi », remarqua Claire, et pourtant, lors de plusieurs discussions à ce sujet, Leyo n'avait jamais été capable d'expliquer comment l'autre avait pu sentir cette « danse » avant même le début du séisme.

Elle mourait d'envie de retourner à Behalla, afin d'aborder le sujet directement avec Kuli, mais la perte de Jina lui interdisait de quitter Ty pour le moment. Abraham n'avait montré aucune aptitude ni aucune inclination pour la garde des enfants, et Naila était encore trop jeune pour se voir confier une telle responsabilité. En même temps, la jeune fille était si possessive avec Ty qu'il serait risqué de faire appel à une véritable *ayah* – même s'il était possible de trouver ce genre de femme ici. À leur arrivée à Port Blair, Claire n'avait pas mesuré à quel point Jina était une perle rare, étant donné la représentation déséquilibrée des sexes au sein de la population des anciens bagnards. Elle se dit qu'une fois le port reconstruit, quand Naila serait de retour à l'école, les obligations de Shep seraient de nouveau moins prenantes et ils trouveraient une solution, mais pour l'instant son travail de terrain à elle restait en suspens.

Leyo sourit, en levant une paume au-dessus de la tête fantôme de Kuli et en baissant l'autre à hauteur de ses genoux.

« Kuli peut entendre Biliku danser plus d'une heure avant que la terre tremble. »

Ce qui était à comparer avec son propre seuil d'alerte, réduit à quelques secondes.

Sixième sens, écrivit Claire dans son cahier de terrain. *Champs magnétiques ? Accord naturel (magie !) Une forme de vibration en profondeur.*

« Les autres comptent donc sur les avertissements de Kuli ?

— Tous sauf Artam, fit Leyo. Mais elle apprend.

— Comment cela ? »

Il lui expliqua que Kuli avait donné instruction à son peuple de gagner de plus hautes terres et de rester en pleine nature. Toujours facétieuse, Artam avait décidé que l'ascension était trop ardue, et puis elle avait sommeil, aussi s'était-elle éloignée du groupe en catimini et avait-elle marché en direction de la maison. Claire s'imaginait très bien ce petit farfadet crapahutant à travers bois. Tellement têtue. Tellement indépendante. Au moins possédait-elle ces qualités, qu'elle partageait avec Ty.

Leyo poursuivit.

« Vous demandez si quelqu'un a été blessé. Rien que la petite. Elle ne veut pas suivre Kuli dehors. Alors voilà ! Une poutre de maison a tombé sur elle.

— Non ! »

Leyo réagit à l'exclamation alarmée de Claire avec un grand sourire et fit un mouvement de cisaillement de la main en travers de son épaule, l'index et le majeur écartés du pouce.

Claire était incapable de comprendre cet air réjoui à propos de ce qui semblait être une blessure grave.

« Cela aurait pu la tuer ! »

Leyo se redressa en position accroupie. Son expression se fit plus grave.

« Alors, Dieu doit être furieux. »

*

Des semaines s'écoulèrent. Des mois. Pourtant, en ce qui concernait Naila, rien ne respectait aucune logique. Combien de fois avait-elle pris le ferry pour effectuer la traversée entre Aberdeen et l'île de Ross ? Les bateaux avaient beau paraître identiques à d'autres, elle était capable, les yeux fermés, de distinguer le *Sapphire* du *Benbow* ou du *Dundee*. Elle connaissait le roulis du *Benbow*, le grondement du moteur du *Dundee*, la puanteur rance du ghee qui avait débordé par accident et imprégné le plancher fendillé sur le pont du *Sapphire*. Ranjit, le vieux pilote du *Benbow*, garnissait sa poche de chappatis émiettés à jeter aux poissons, et il adorait parler des barracudas qu'il harponnait encore enfant, à Haddo. Akash, l'un des hommes d'équipage du *Sapphire*, croquait des passagers dans son carnet de dessins, et ses portraits étaient aussi fidèles que promptement exécutés. Au dos de son bloc, il avait des photos de quelques Jarawa qu'il avait rencontrés quand son groupe avait été pris à parti lors d'un trek en direction du mont Koyob. Ils ressemblaient un peu à Leyo, mais les Jarawa étaient armés de lances blanches et noires, et Akash disait qu'ils ne portaient que des pagnes rouges et des bracelets. Dans l'un de ses dessins, il avait pudiquement couvert leurs seins nus, en racontant à Naila que leurs assaillants leur avaient dérobé des objets métalliques – des gobelets et des casseroles – avant de disparaître à nouveau dans la forêt aussi subitement qu'ils étaient apparus. *Comme un rêve vivant.*

Comment avaient-ils pu disparaître, ses parents et lui ? *Où* avaient-ils disparu ? C'était elle pourtant qui vivait un cauchemar.

Hormis Ty Babu, seul Leyo détenait désormais le pouvoir de lui remonter le moral. Avant, ce dernier ne faisait qu'aller et venir, mais à présent il vivait à la maison blanche et il était tout le temps occupé à balayer, à récurer, à aider *memsaab* ou à soigner les plantes qu'il avait rapportées de l'île de Ross pour le docteur *saab*. Il paraissait considérer que ses obligations lui imposaient aussi de jouer avec Ty Babu et elle. Ils prenaient Ty par les mains et le faisaient danser en rond. Ou alors, quand le docteur Shep était à la maison, il criait parfois à Leyo : « Tu veux une noix de coco ? », et tous deux se lançaient Ty jusqu'à ce qu'il s'étrangle de rire. Leyo le juchait sur ses épaules et barrissait du bras comme si c'était une trompe d'éléphant, en lui faisant signe de se joindre à lui jusqu'à ce qu'elle s'entende braire et bramer. Parfois, Ty Babu se faufilait derrière lui et se muait en serpent ou en araignée qui lui mordait la jambe, et Leyo faisait rire Naila avec sa manière de bondir comme un fou dans le jardin.

Un jour, il la surprit le regard tourné vers le port alors que Ty poursuivait un lézard en bas de l'escalier, il prit sa main dans les siennes et lui souffla sur le bout des doigts comme pour les réchauffer. Cette sensation eut l'effet contraire, cela la rafraîchit et la calma, et lorsqu'il leva les yeux, elle fut stupéfaite de ses larmes et saisie de l'étrange impression qu'il pleurait pour elle – comme pour alléger le fardeau de pleurs qu'elle avait elle-même besoin de verser. Mais elle ne l'avait pas questionné et ne lui avait pas non plus demandé de la soulager de ses larmes.

Sans plus réussir à se figurer leur retour au bercail, elle se disait néanmoins que l'on pouvait verser des larmes de joie, et qu'elle devait donc bloquer ces émotions – toute émotion – jusqu'à ce qu'elle ait retrouvé ses parents. Elle ne devait même pas se mettre en colère contre Leyo, car cela aussi, c'était une émotion.

Elle retira sa main, la glissa sous son bras et se détourna.

*

Le dernier matin de novembre, un essaim de véhicules de la police militaire effectua une descente sur le marché d'Aberdeen. Shep passait devant la tour de l'horloge quand il entrevit le tohu-bohu en contrebas, et les arrestations furent si rondement menées qu'au moment où il arriva au pied de la colline, l'accès au magasin de photographie des Kobayashi avait été fermé par des barrières et les policiers poussaient déjà le couple de Japonais dûment menottés en direction de la jetée, où des canots les attendaient pour les transférer, avec l'autre résident nippon du port, un dentiste, à bord d'un transport de troupes en partance pour Calcutta.

Shep s'approcha de la Standard jaune et noire de Wilkerson stationnée là, à l'intérieur de laquelle le haut-commissaire était resté pour surveiller la rafle.

« De quoi s'agit-il au juste ?

— Des espions. »

Ce fut la réponse sèche de l'autre.

Shep réprima un rire. La présence inoffensive des Japonais à Port Blair était très ancienne, ils y étaient déjà bien avant que Wilkerson ou lui-même ne mettent un pied sur ces îles. L'idée qu'ils soient des criminels de guerre était une farce.

Pourtant, au moment où il décrivit la scène à Claire, ce soir-là, il avait déjà commencé de réviser sa réaction initiale.

En raison des menaces des sous-marins ennemis, les traversées précédemment bimensuelles du *SS Maharaja* étaient devenues de plus en plus erratiques. Depuis le séisme, beaucoup de réparations vitales étaient indéfiniment reportées en raison du manque de fournitures. Il y avait des pénuries de marchandises non périssables, de riz et de conserves. Partout dans la ville, des marchands se plaignaient. Des fonctionnaires regrettaient leurs saucisses-purée, et des chauffeurs routiers se bornaient à rafistoler leur véhicule à cause de l'absence de pièces de rechange. Les trop rares livraisons du continent et les journaux étrangers qui leur parvenaient apportaient d'Europe et d'Afrique des nouvelles qui empiraient, et quoique déjà vieilles de plusieurs mois à leur arrivée, les photographies des ravages du Blitz subi par Londres parues dans le *Times* avaient été un révélateur glaçant de la situation critique du Royaume-Uni. Ensuite, en septembre, le Japon, l'Italie et l'Allemagne avaient signé le pacte tripartite.

« Je suppose donc que nous devrions plutôt être étonnés que cela ait réclamé tant de temps, en conclut Shep. S'il y avait eu ici des ressortissants nationalistes allemands ou italiens, on les aurait emmenés de force eux aussi. »

En contrebas, dans le jardin, des lucioles s'étaient mises à clignoter. Naila et Ty rivalisaient avec Leyo pour les attraper. Les éclats de rire de Ty jaillissaient comme des hoquets.

« Tu penses à tes parents ? lui demanda Claire.

— Quel intérêt, me diras-tu ?

— Si les miens étaient en Angleterre, je serais malade d'inquiétude.

— Je sais que tu as du mal à le comprendre, Claire, mais mes parents me méprisent, et avec le temps ce sentiment est devenu réciproque.

— Ils restent tes parents.

— Je ne veux pas leur mort.

— Eh bien, encore heureux ! » Elle allait s'écarter de lui, puis elle trouva sa main et la serra dans la sienne. « Ces pauvres gens, à Londres et en France.

— Et en Pologne, et en Hollande, et en Belgique. Sans parler de la Chine. Je sais.

— Attache-toi au courant, et il t'emportera.

— C'est quoi, ça ?

— Une chose que mon père m'a apprise dans les bois, pour m'aider à franchir un torrent d'eau profonde. Avant de poser le pied sur chaque rocher, il me conseillait de me concentrer dessus comme s'il représentait le monde entier, mais de ne laisser en aucun cas ma peur entraîner mes pensées dans l'eau qui l'encerclait. »

Shep l'embrassa.

« Tu n'as pas envie d'être emportée ? »

Décembre 1941

Ils prenaient un verre au club quand un bulletin d'information de dernière heure rempli de bruits parasites fut diffusé à la radio. Tout le monde se pencha plus près du poste tandis que Baird triturait le bouton jusqu'à ce que la voix du speaker soit clairement audible.

« Hier matin tôt, heure locale, le Japon a lancé une attaque aérienne surprise contre la base navale américaine de Pearl Harbor, dans les îles Hawaii, et déclaré la guerre à la Grande-Bretagne et aux États-Unis. Le président américain, Franklin D. Roosevelt, a décrété la mobilisation de toutes ses forces et s'apprête à déclarer la guerre au Japon. »

Wilkerson laissa échapper une toux étranglée. Tous les autres se figèrent dans un silence chargé tandis que la radio continuait de pulser dans la salle les ondes de choc de ses informations détaillées, mais Shep s'était arrêté sur un seul mot : *hier*. À Port Blair, même cette nouvelle galvanisante avait l'aspect passé d'une gravure laissée trop longtemps au soleil.

Il effleura le coude de Claire. Elle regardait fixement les rideaux du black-out récemment installés.

« Je suis vraiment navré, fit Alfred Baird en s'approchant.

— Une part de moi-même se dit que ce doit être un canular, lui répondit-elle.

— Et l'autre part ? »

Elle lâcha un soupir, presque comme pour s'excuser, et leva son verre pour porter un toast.

« Cette autre part se dit que maintenant l'Amérique s'engage, et ce sera bientôt fini. »

À l'autre bout de la salle, le haut-commissaire Wilkerson cessa de tirailler sur sa moustache. Il leva les yeux, avec un regard d'un bleu glacial, et lâcha ce commentaire d'une humilité inquiétante, tant elle ne lui ressemblait guère.

« Dieu vous entende, ma chère. »

Mars 1942

Des affichettes furent placardées le 7 mars, le jour de la chute de Rangoon. Des civils et des fonctionnaires devaient quitter Port Blair dès que le *SS Norilla* pourrait venir les récupérer. Un deuxième navire suivrait pour le personnel militaire.

Pas d'individus nés sur place ou de natifs.

Et c'est ainsi que Shep et Claire furent finalement forcés d'affronter la réalité qu'ils avaient évitée depuis le début du conflit. En temps de paix, avaient-ils admis, ils auraient sûrement continué de vivre comme avant, peut-être des années. À présent, rien n'était plus entre leurs mains. Ils avaient disposé de tout ce qu'il fallait pour s'assurer un port d'attache, et personne ne pouvait affirmer ce qui se passerait lorsqu'ils auraient atteint Calcutta. C'était soumettre Naila à une situation d'une grande brutalité, mais ils n'avaient pas le choix.

Cet après-midi-là, pendant que Claire occupait les enfants au rez-de-chaussée, Shep convoqua Abraham, Narinder et Leyo sous l'auvent. Puisqu'ils devaient sauter dans le bateau dès qu'il aurait jeté l'ancre, et que personne ne pouvait être sûr du moment où il arriverait, il voulait tout organiser dès maintenant.

Narinder signala qu'il resterait jusqu'au départ du médecin et de sa famille, mais Abraham partit sur-le-champ. Il insista, il avait besoin de rentrer dans son village, alors qu'il n'avait encore jamais mentionné auparavant les liens qu'il aurait eus en dehors du port.

Shep n'éprouvait guère de regrets de voir son cuisinier s'en aller. Au stade où ils en étaient, quelques jours passés à devoir s'affairer eux-mêmes en cuisine était un faible prix à payer pour avoir un souci de moins à traiter. Aussi paya-t-il les deux hommes et les remercia-t-il pour leurs bons services.

Jusqu'à la sortie des deux autres, Leyo s'était tenu en retrait, aussi immobile qu'une patère.

« Bon, fit Shep. Dis-moi, Leyo. Qu'allons-nous faire ? »

Sur quoi Leyo le lui dit, et après avoir acquiescé, Shep se rendit tout droit dans le bureau de Claire. Par la fenêtre, il regarda Leyo descendre à la serre et emmener Naila et Ty avec lui. Ils passeraient l'heure qui suivrait à étiqueter ses spécimens les plus précieux et à les mettre en caisses.

Il expliqua son plan à Claire, qui joignit et serra les poings. Voyant ses phalanges blanchir, il risqua un bon mot.

« Heureusement, Leyo est gaga de notre Naila. Et puis au moins la dot est dans nos moyens.

— Elle a treize ans, rétorqua-t-elle sèchement. Tu n'as pas…

— Non, Claire. » Il leva les deux mains, dans un geste défensif, afin qu'elle se calme. Il ne mentait pas. La proposition de Leyo de rester avec Naila et, si nécessaire, de l'emmener dans la forêt pour assurer sa sécurité semblait purement relever d'une volonté de la protéger. Encore une fois, Shep ne pouvait jurer des désirs du garçon et, en vertu des coutumes locales, Naila et lui étaient amplement assez âgés pour se marier. Claire elle-même lui avait expliqué que traditionnellement les Biya se mariaient autour de quinze ans, et les jeunes mariées enfants étaient monnaie courante dans toute l'Asie – sans que ce fût le sort qu'il souhaitait à Naila.

« J'essaie juste de tirer le meilleur parti d'une situation terrible, argumenta-t-il.

— Tu fais de ton mieux, mais cela fait trop peu. »

Ni eux ni Leyo ne soufflèrent mot de ce plan à Naila. Il valait mieux pour elle et pour Ty qu'ils croient tous les deux partir avec eux, s'accordaient-ils à penser. Claire lui donna une valise et un sac à dos à remplir avec ses affaires. Ensemble, elles placèrent dans des caisses les mêmes objets que Naila et Leyo avaient récupérés à peine huit mois plus tôt dans les décombres de l'île de Ross. Tout ce qu'ils ne pourraient emporter cette fois-ci, insista Claire, serait expédié à bord du second navire.

« Ou alors nous pouvons simplement remiser le tout au garde-meubles jusqu'à notre retour. »

S'écoutant parler, elle songea qu'elle s'exprimait comme une godiche, mais ce flot de paroles rassurantes sembla exercer l'effet voulu sur la jeune fille, dont l'attention diligente évoquait tellement celle de Jina que Claire en avait mal rien qu'en la regardant.

Le 12 mars, la nouvelle se répandit que le *Norilla* approchait de l'île de Landfall et qu'il entrerait au port dans la matinée du lendemain. Les évacués auraient jusqu'à deux heures de l'après-midi pour embarquer. Aucune exception.

Ce soir-là, le souper se composa de mangues, de lait caillé et d'un peu de biscuits McVitie's, avec le reste de leur gin et tonic. Ensuite, en promettant à Ty une journée du lendemain très occupée, Claire le mit au lit tôt. Elle lui lut un chapitre de *Winnie l'Ourson* de la voix la plus monocorde qu'elle put. Quand elle fut certaine qu'il s'était endormi, elle pria Naila de descendre dans son bureau, où Shep et Leyo les attendaient.

Les rayonnages vides les tançaient à la lumière vacillante de la lampe, et ils étaient assis en cercle sur des chaises raides en cannage, entourés de caisses de déménagement. Les rideaux étaient tirés. Ils avaient choisi cette pièce par souci de discrétion. Il valait mieux que Narinder lui-même ignore tout de leur plan, jugeait Leyo. Mais Shep avait décidé que le moment était venu d'en parler à Naila.

Il lui expliqua le pourquoi du comment et tous les détails, et Claire observait la jeune fille. Sa surprise ne fut à aucun moment perceptible. Naila était assise, mains croisées entre les genoux, et fixait du regard les carrés plus clairs sur le mur, aux emplacements d'où l'on avait décroché les cadres. Dans son chemisier rose et sa jupe verte tout neufs qu'ils venaient de lui offrir la semaine précédente, avec ses cernes noirs qui lui encadraient le visage, elle avait tout à fait l'allure de l'écolière qu'elle aurait dû être.

Parmi eux quatre, seul Leyo semblait à l'aise. Il se tenait à l'écart, les poings sur les hanches, et Claire sentait son regard glisser tour à tour sur chacun d'eux. En cinq ans, ce jeune homme ne lui avait jamais donné une seule raison de douter ou de se méfier de lui, et au cours de ces mêmes années il avait témoigné à Naila une affection indéfectible, comme à une sœur cadette. Pourtant…

« Nous ne te laisserons pas ici. » Claire se tourna vers Naila. « Dès que nous arriverons à Calcutta, nous irons voir l'ami de Shep au Foreign Office et nous déposerons une demande pour vous faire venir tous les deux, Leyo et toi, par le navire suivant. »

Mais le caractère impulsif de cette promesse la vida aussitôt de son sens, et le grognement à peine contenu de Shep l'avertit de ne pas poursuivre dans cette voie.

La jeune fille changea de position sur sa chaise et son regard se figea sur la fenêtre, mais les rideaux opaques du black-out oblitéraient tout indice du monde extérieur.

4

13 mars 1942

La lumière du jour s'estompe quand ils émergent. Naila précède Ty, ils descendent en prenant un raccourci qui franchit le ravin, mais le garçon bâille encore, après sa deuxième sieste, et elle doit l'aider à progresser de pierre en pierre. Les mouvements de la jeune fille paraissent aussi mécaniques et désincarnés que les pensées qu'elle tente de refouler loin d'elle.

Pour sa part, elle n'avait pas l'intention de s'endormir.

De quoi avait-elle donc l'intention ?

Juste dix minutes, avait dit *memsaab*. Combien de temps s'était écoulé depuis ?

Le bateau…

Naila secoue la tête et tend une main vers Ty, pour qu'il l'attrape. Elle avait l'intention de montrer à *memsaab*, afin de la rendre suffisamment reconnaissante…

Mais Ty tape dans ses mains, puis il tend les bras derrière elle, et lorsqu'elle se retourne, Leyo est là, au-dessus d'eux, au bord du ravin. Son sarong couleur corail est éclatant dans la lumière penchée, et sa mâchoire crispée prête à son visage une sévérité inhabituelle.

Naila s'attend à ce qu'il lui offre sa main. À la place, il saute et les rejoint d'un bond et, refermant son poing puissant autour du bras de Naila, il le bloque tout en soulevant Ty de l'autre avant de le reposer sur l'herbe. Elle commence à protester, mais il l'arrête d'un geste brusque.

« *Memsaab* est partie. »

Il la force à se lever. Elle trébuche, bouscule Ty, que cela fait rire.

« Partie où ?

— Sur le bateau. »

Et cela fait l'effet d'un bonbon qu'il lui aurait donné, où elle sentirait le goût du poison.

Ensuite, Ty est sur les épaules de Leyo, qui de nouveau tient fermement Naila par le bras, et ils remontent le sentier du jardin si vite qu'elle doit trotter pour éviter de trébucher.

« Et le docteur *saab* ?

— Il a laissé *memsaab* partir seule.

— TY ! »

La voix tonnante du docteur Shep le précède, tandis qu'il fonce au pas de charge depuis la terrasse, renversant presque Naila dans sa hâte de s'emparer de son fils. Il serre le petit bonhomme dans ses bras comme s'il cherchait à s'ouvrir le cœur et à fourrer dedans cet enfant qui gigote, et il ne s'arrête que lorsque Ty lâche un cri perçant et le repousse.

Ensuite, le docteur pose pour la première fois les yeux sur Naila.

« Que tu es stupide, mais stupide, ma fille. »

*

Cette nuit-là est infernale. Tous les deux, le père et le fils, bataillent comme des ennemis de toute une vie. Larmes. Poings. Pleurs. Dents. Cris inarticulés. Ty refuse de capituler devant Naila. Shep refuse de laisser la jeune fille s'approcher de lui. La colère éviscère sa compassion.

Rage et terreur.

Il n'y a aucun moyen d'exposer à son fils le danger auquel sa bien-aimée les a soumis. Il poursuit son enfant dans la pièce fermée à clef, comme un animal en cage, il le soulève dans ses bras mais Ty lui donne des coups de pied et il doit le bloquer contre son torse.

Ensuite, alors que la crise du petit garçon s'apaise, Shep lui chante des chansons. *Toot, Toot, Tootsie ! (Goo' Bye !). Pennies from Heaven. The Way You Look Tonight.* Des chansons qui lui reviennent de ces premières semaines avec Claire à New York, quand il chantait pour elle alors qu'ils traversaient le pont de Brooklyn, ou qu'ils attendaient le train pour aller faire la connaissance de ses parents à elle, ou lorsqu'ils contemplaient les étoiles depuis le sommet de l'Empire State Building. En ce temps où il voyait en elle sa source de salut.

Enfin, Ty s'endort, et Shep s'allonge à côté de lui, mais son esprit s'y refuse. Avec Claire, c'était pire. Elle l'implorait. Elle gémissait et le frappait de ses poings. Elle criait. Après que Wilkerson lui avait ordonné de monter à bord du bateau, il avait dû appeler les policiers militaires pour l'aider à la maîtriser.

Ensuite, Shep avait drogué sa femme. Pour l'éloigner de lui. Pour la sauver ? Cela n'ira pas jusque-là, se dit-il. Cela ne se peut pas. Mais si tel n'est pas le cas, lui pardonnera-t-elle jamais ?

Elle lui pardonnera, tranche-t-il. Que pourrait-elle faire d'autre ?

Pour l'heure, il se le rappelle, la question la plus urgente reste Naila. Naila et Ty.

Mais elle se méfiait de ce qu'elle avait entendu raconter en fait de magie.

Cette phrase émane de Kim, et cette « elle » dont il s'agit ici est une femme de demi-caste qui prenait soin du pauvre petit Kimball O'Hara. Après que Kim fut devenu orphelin, la méfiance de cette femme envers la magie de l'homme blanc la convainquit que garder ce garçon avec elle était le seul moyen de veiller à sa sécurité. Toutefois, la condition cruciale, c'était que cela se fasse après que Kim fut devenu orphelin.

La Chine de l'enfance de Shep eût beau avoir été différente de l'Inde de Kipling, il s'était toujours identifié au risque d'être abandonné, perdu, repris et remodelé de l'autre côté de la ligne de partage ethnique. Certaines de ses *amah* lui étaient plus chères que sa mère ne pourrait jamais l'être, mais d'autres l'auraient vendu au plus offrant si on leur en avait fourni la moindre occasion. Et le mélange de sollicitude, de dévouement et de ravissement possessif que manifestaient les meilleurs serviteurs envers leurs protégés finissait par se révéler perturbant. Enfant, Shep n'avais jamais tout à fait cru le *Cela ne risquerait jamais de t'arriver* de sa mère. Lancée avec une mimique d'exaspération, cette phrase laissait toujours entendre à Shep qu'au contraire « cela » risquerait vraisemblablement d'arriver.

Cette phrase de Kipling lui était revenue une première fois à l'esprit, un soir, Ty allait bientôt avoir deux ans. Claire était partie dans la forêt, et Shep et son fils étaient rentrés à la maison pour le dîner après un bain de fin de journée, au club. À table, Ty était absorbé par sa cuiller.

« Qu'est-ce que tu vois là-dedans, petit bonhomme ? » Shep s'était penché plus près. La lumière émanant du dehors s'était presque évanouie, mais l'ampoule électrique au-dessus d'eux était assez lumineuse pour que le visage rond de l'enfant se reflète dans la surface de métal poli.

« Oulà, qu'est-ce qui s'est passé ? s'était écrié Shep. Tu es la tête en bas ! »

Ty s'était rembruni, avait levé les yeux vers lui avant de revenir à sa cuiller, qu'il avait fait tourner comme une roue. Sa confusion avait fait sourire Shep.

« C'est une illusion d'optique, lui avait-il expliqué. Sur une surface concave, un reflet est inversé. »

Naila leur avait apporté leur dîner à table, posé du poisson et du riz à côté de Shep, du lait caillé et de la purée de plantain près de Ty. Elle était restée là, hésitante.

« Cela ira, avait fait Shep. Je peux me charger de lui. »

La jeune fille avait eu un pas de recul, mais sans quitter la pièce.

Il l'avait ignorée, s'adressant à son fils, qui examinait encore sa cuiller.

« Est-ce que tu as attrapé le visage d'Evelyn Crisp à la piscine, ce soir ? lui avait demandé son père. On aurait cru qu'elle venait à peine de donner naissance à un aardvark, un cochon de terre. »

Il avait plongé sa cuiller dans le plantain et l'avait portée à la bouche de Ty. Le garçon avait mangé sans paraître prêter attention ni à la nourriture ni à son père.

« Phénomène fascinant. Les Anglais tirent une telle fierté d'engendrer des fils, mais apparemment, il est contraire aux règles d'entretenir une quelconque relation avec eux si leurs mamans ne sont pas dans les parages. Rien que pour convaincre Wilkerson de venir au bar, j'ai cru qu'il faudrait lui faire respirer des sels. Tout de même, c'est épatant de la part du major Baird de nous avoir donné son feu vert. Il avait presque l'air sincère. »

Le visage de Shep dansait sur le dos de la cuiller de Ty comme une mouche blanche.

Toujours absorbé dans son reflet, l'enfant avait pris une autre bouchée. La lumière fascinait Ty. La musique, les sons, l'eau également. À présent, il découvrait que cette même boule lumineuse dans sa cuiller se reflétait dans le bord de son gobelet en argent, et il tentait de réunir l'une et l'autre.

Shep avait attrapé son couteau.

« Écoute ça, Ty. »

Il avait tapoté avec la lame contre son verre d'eau, emplissant la pièce d'une tonalité à la résonance sourde.

Ty avait levé le regard vers son père, ouvert grand les yeux, sa bouche formant un cercle silencieux et parfait. Il avait lâché sa cuiller et voulu se saisir du couteau.

« Non, ne fais pas ça. » Shep avait remis la cuiller dans la main de son fils et l'avait guidée vers le gobelet. « Allez, tape. »

Il lui avait montré, et une note du milieu de la gamme avait retenti.

Ils avaient écouté cette note trembler et s'évanouir, puis Ty avait frappé sur le métal, mais trop fort.

« Doucement. » C'était mieux. « Regarde ça. »

Shep avait bu une gorgée de son eau et approché de nouveau son couteau de son verre.

Ty regardait fixement, hypnotisé.

« Tu as remarqué le changement ? »

Shep avait tapoté de nouveau, puis il avait bu deux autres gorgées, vidant presque le verre.

La fois suivante, lorsqu'il tapota, le son fut plus aigu. Ensuite, il tint le gobelet contre la bouche de son fils pour qu'il boive et l'aida à orienter sa cuiller.

Naila, Jina et Som restèrent tous les trois sur le seuil de la pièce tandis que Shep remplissait et vidait le gobelet et le verre.

Il fallut sans doute reproduire dix fois ce manège à l'identique avant que l'intérêt de l'enfant ne décroisse, et à ce stade il bâilla et tendit les bras à son père pour qu'il le porte au premier étage. Lorsqu'ils passèrent devant les domestiques ébahis, le poids léger de son fils à son cou, Shep se sentit parcouru d'un frisson de défi.

Et il se dit : *Douter* de cela !

Dans la matinée, il propose à Leyo de ménager une place pour lui-même et pour Naila à la table du petit déjeuner. Oui, à la même table.

Le soleil perce à travers la couverture nuageuse, le flanc de la maison projette une ombre diagonale et tranchée en travers de la terrasse. Shep assied Ty à côté de lui, à l'ombre. Ensuite, ils regardent tous le petit garçon qui observe les pinsons tachetés jaune et vert filer au-dessus du jardin.

Ty a les yeux aussi gonflés que ceux de Shep, mais en la présence de Naila l'enfant se bourre résolument la bouche de pain.

Leyo et Naila continuent de patienter, sans toucher à leurs toasts et à leur thé.

« Vous feriez aussi bien de manger, leur suggère enfin Shep. Nous partageons tous le même sort, désormais, et vous aurez tous deux besoin de vos forces, peu importe ce que l'avenir nous réserve. »

Il ne dit rien de Claire mais considère Naila avec sévérité.

« Les Japonais… je sais que tu as entendu parler en ville de la fraternité asiatique et tout cela. Mais Ty et moi ne sommes pas asiatiques. Nous ne pouvons nous permettre davantage de confusion. Tu es une fille intelligente, Naila… »

Il se sent envahi d'un accès de colère. La gorge serrée, il ravale sa salive et s'oblige à poursuivre.

« Je sais que tu aimes Ty. Tu… tu ferais n'importe quoi pour lui. »

La jeune fille pince les lèvres et opine. Son petit corps se contracte comme celui d'un papillon de nuit. Elle semble sur le point de pleurer.

Fort bien. Il enfoncera donc le clou de cette douleur.

« Si les Japonais arrivent avant le prochain navire d'évacuation, ils nous feront tous prisonniers. Je ne pense pas que Ty y survivrait. Me comprends-tu ? »

À la mention de son nom, Ty cesse de mâcher. Pour lui, ce mot, *prisonniers*, désigne un jeu auquel il joue avec Naila sur la plage. Quant à la jeune fille, elle ouvre de grands yeux. C'est une enfant, elle aussi, Shep ne l'oublie pas. Une orpheline. Dieu la protège.

Elle murmure :

« Oui, *saab*. »

Il pose sa main en conque sur la tête de Ty, puis tourne de nouveau le regard vers la pente broussailleuse qui mène à la route de la corniche. Pas un bruit. Il songe au chien mort du haut-commissaire.

Il est passé devant la pauvre créature la veille au matin, sur son trajet en direction du bateau. Le chien de berger gisait le long de la chaussée, la gorge tranchée, béante, une blessure aussi large qu'un cri. Sur l'île de Ross, Ty montait Wilkie comme un poney. Ils avaient tous deux de longues conversations silencieuses. Hier, Shep a prié Narinder d'arrêter la voiture. Il a lui-même porté le cadavre de l'animal à l'intérieur de la propriété de Wilkerson. Ensuite, il s'est sorti tout cet épisode de l'esprit jusqu'à ce qu'il apprenne que son fils avait disparu.

Comment Claire et lui avaient-ils pu être aussi sots ?

Ty descend de sa chaise et tire un coup sec sur la jupe de Naila. Comme elle ne bronche pas, il tire plus fort.

Shep observe la scène, jusqu'à ce que le visage dégoulinant de larmes de son fils vire à l'écarlate.

« Vas-y. »

Naila soulève le petit garçon, le dépose sur ses genoux et lui souffle dans le cou.

Ty se frotte l'oreille.

« Cet arbre où tu te cachais, lui dit Shep. C'est vrai qu'un adulte ne peut pas y entrer ? »

Naila ouvre la bouche, sans rien dire.

« Leyo t'a vue revenir de cette direction. » Il sent plus qu'il ne voit l'échange de regards accusateurs entre ses deux domestiques. « Réponds-moi.

— Oui, *saab*. L'entrée, c'est petit. »

Un plan se dessine – un plan de secours, se reprend-il mentalement – mais avant de pouvoir achever de se le formuler, il remarque un nuage de poussière qui s'élève sur la route.

« Vite, dit-il à Naila. Emmène Ty en bas et fais-lui prendre un bain. Et ne dis rien de tout ceci. Quelqu'un vient, et ils ne doivent pas t'entendre. Ne vous montrez pas non plus, à personne sauf Leyo et moi… » Il songe à son chauffeur, qu'il a envoyé après cette scène au bateau chercher les enfants le long de la côte. Shep décide de le renvoyer dès son retour. À partir de maintenant, il vaut mieux conduire soi-même. « Même pas à Narinder. »

Il remonte vers l'avant-cour de la demeure pour intercepter le visiteur et tombe nez à nez avec Alfred Baird qui sort de sa Willys.

« Alors, trouvé votre garçon ? » lui lance ce dernier sans préambule.

Shep prend une expression contrite, laisse tomber le regard, jouer la comédie n'ayant jamais été son fort. Quand il avait téléphoné à North Station la veille au soir pour câbler à Claire, il avait expliqué à Lutty que ce message était une ruse indispensable, afin que sa femme ne s'inquiète pas. Il s'était assuré que l'officier télégraphiste comprenne que son garçon était « en réalité encore porté manquant ».

« Je me disais que vous auriez pu avoir des nouvelles, fait-il ensuite à Baird.

— Ah. Je vois. J'aurais bien voulu… mais non. »

Puis l'expression du visiteur se durcit.

« Je suis venu vous mettre en garde. Il y a du grabuge à la prison. »

Tandis que le major lui détaille le grabuge, Shep se représente à nouveau Wilkie, il sent le poids de l'animal trucidé dans ses bras, le message vengeur adressé au haut-commissaire et, à travers lui, à eux tous.

« Nous allons faire de notre mieux, continuer de chercher, lui promet Baird. En envoyant Claire en lieu sûr, vous avez pris la bonne décision. »

Et à présent le port tout entier doit savoir comment il s'y est pris. Shep enfonce ses poings dans ses poches.

Baird reparti, il appelle Leyo et le prie de faire redescendre les enfants dans la pièce de travail de Claire.

Il ferme les rideaux opaques du black-out. Naila se juche sur un tabouret tandis que Ty, encore mouillé après son bain, dessine des fleurs avec un crayon qui traînait et du papier. Leyo s'accroupit à côté de lui. La pièce est étouffante.

Shep s'appuie contre le bureau inoccupé de Claire.

« Tu as compris que les combattants de la liberté, là-haut à la prison, ont tous été renvoyés chez eux. »

C'est la vérité. Peu de temps après l'arrivée de Claire et lui à Port Blair, à la prison, une série de grèves de la faim avait porté ses fruits et la plupart des prisonniers politiques incarcérés de fraîche date avaient eu gain de cause : on les avait renvoyés faire appel de leur condamnation dans leurs États d'origine, laissant ainsi la Cellular Jail à peu près vide, quoique pas tout à fait.

« Les forçats qui restent à l'intérieur sont de vrais criminels… des meurtriers, des voleurs. Ce sont des individus dangereux, pour toi, pour Naila, comme pour moi. »

Leyo le sait, à n'en pas douter, et il n'a pas plus envie que Shep de se frotter à ces voyous locaux, mais bien que Naila acquiesce, il doute qu'elle comprenne.

« Le major Baird vient de m'annoncer qu'un gang de types de la ville est monté jusqu'ici ce matin et a menacé les gardes.

Le haut-commissaire a été en mesure de mettre bon ordre, mais pas avant que plusieurs détenus ne se soient évadés. »

Il s'interrompt, lève les yeux vers le plafond.

« Abraham », reprend-il, et sa voix reste en suspens. Il a eu tort de ne pas se fier à son instinct. « Abraham était l'un des meneurs. »

Leyo soupire et hoche la tête.

« Viens ici, *mitai* », murmure Naila, mais Ty l'ignore, toujours aussi occupé, et quand Shep s'écarte de la table de travail, il découvre que le petit garçon a défait sa botte anti-moustiques, qu'il expédie d'un coup de pied à l'autre bout de la pièce.

Naila attire à l'écart l'enfant effarouché.

« J'ai besoin de me fier à toi, lui dit Shep. Tu n'as pas mérité cette confiance, mais je n'ai pas le choix. Pour le bien de Ty, Naila, tu dois faire ce que je te demande. »

17 mars 1942

Fais juste en sorte qu'il ne s'approche pas.

Claire fixe du regard l'obscurité étouffante et s'arme de courage avant une nouvelle journée d'attente. Elle ne peut se permettre de sans cesse revenir en arrière. Elle ne peut s'arrêter d'avancer. Sa seule défense sera de se concentrer sur son environnement immédiat : la matinée à Fairhaven. Ça pue. C'est assourdissant. Ça macère avec la puanteur aigre de la terreur. Au-delà de ces murs, elle sent Calcutta s'ouvrir comme un bubon.

Elle fait l'effort de se redresser et de sortir de sous la moustiquaire. À travers les rideaux du black-out elle perçoit le grincement de la pompe à eau dans la cour derrière l'hôtel. Sous sa fenêtre, des garçons crient et s'éclaboussent. La musique d'un temple émet sa lamentation lointaine.

Elle repousse les draps, les rabat sur le côté du lit et se lève, elle est debout devant une flèche et une coupole, leurs silhouettes noires se détachent nettement sur un fond de ciel gris acier. La fumée de bouse de vache et de plomb, la pétarade des moteurs deux-temps. Seule la texture liquide du matin laisse entrevoir la proximité de l'eau, et encore, seulement celle de la rivière. En dépit de toute l'agitation de cette ville, c'est la pulsation manquante de l'océan qui la désoriente, presque comme celle de sa famille absente. Un membre fantôme, comme l'appellerait Shep.

Pourtant, elle capte ensuite les odeurs rassurantes de lait bouilli et de pain toasté. Le murmure sourd du personnel de la cuisine flotte dans l'air, ponctué de quelques exhortations intermittentes. *Continuez. Continuez.*

La chambre de Claire est si petite que pour s'habiller elle doit enjamber son bagage et se cogner dans des caisses contenant ses notes de terrain ethnographique et ses artefacts. Cela lui servira de leçon. Tous ces efforts, ces études. Cinq années. Quelle audace de sa part. Comme si des mots étaient capables de sauver sa famille, sans parler d'une tribu entière condamnée.

Au pied du lit, elle se ressaisit et rembobine, quatre jours plus tôt, replongée dans le tourbillon de son réveil à bord du navire, sa cabine ballottée, une odeur d'huile de moteur et de désinfectant et un petit homme basané en uniforme penché au-dessus d'elle, qui la scrutait comme si elle était enfermée dans une cage.

Elle était encore sous l'effet du sédatif. Le câble que le petit homme lui avait tendu n'était pas clair :

TY RETROUVÉ AOK STOP NAILA AUSSI.

Même à cet instant, le message de soulagement que lui avait envoyé Shep reste douteux et douloureux. Elle se masse les hématomes qu'elle a aux avant-bras, aux endroits de son corps où les policiers militaires ont dû se saisir d'elle. Pourtant, se dit-elle, le temps que ces hématomes guérissent, tout sera terminé. Encore quelques jours, dès qu'ils auront effectué la traversée à bord du prochain navire, et la vie pourra reprendre. À ce moment-là, elle cherchera maladroitement à se racheter.

Si seulement ces derniers instants impardonnables voulaient cesser de se répéter. Les enfants clignant des yeux, ces froncements de sourcils interrogateurs. Le chemisier de Naila, de la couleur de l'amour.

Ils ne faisaient qu'obéir à ce que Claire avait demandé : *Fais juste en sorte qu'il ne s'approche pas.*

Mon propos a pu être mal compris. Je n'étais pas moi-même, tant de choses à faire et plus du tout de temps devant moi – je ne réfléchissais plus, je voulais dire à Naila qu'elle protège Ty, qu'on ne lui marche pas dessus, qu'il ne tombe pas ou qu'il ne se blesse pas.

Les excuses coulent à flot, mais les mots qu'elle a réellement prononcés la hantent.

Fais juste en sorte qu'il ne s'approche pas.

Ils enjambaient tous les deux le dédale des objets encombrant le sol de sa pièce avec une obéissance si accablante. Des objets qui évoquaient son dévouement et un peuple auquel elle attachait plus de prix qu'à son propre fils.

Est-ce vrai ? Ou est-ce simplement une histoire qu'elle se raconte pour se punir ?

Ses souvenirs se font plus périlleux. Elle sent encore cette entaille cuisante dans sa poitrine là où Ty l'a frappée avec cette pointe de flèche.

Elle a relevé les yeux et les enfants avaient disparu – s'est-elle le moins du monde interrogée sur leur sort ? Pire encore, a-t-elle poussé un soupir de soulagement ?

*

À l'intérieur de l'Arbre de la Liberté, Naila et Ty jouent à un jeu qui porte un nom : le « camping ». Ce jeu consiste en partie à trier les médicaments que le docteur Shep leur a envoyés. « Fièvre », dira-t-elle, et Ty lui tendra le tube de verre à l'étiquette verte. « Coupure », et d'un geste du doigt elle se tranche le bras, et il pointe le sien sur le rouge. « Araignée ! » s'écrie-t-elle d'une voix feutrée, en ouvrant grand la main levée en l'air, et Ty Babu attrape la pommade.

Il retient tout, son garçon. Il la sidère. Et, tant qu'elle lui occupe l'esprit, il n'éprouve aucune peur et il est content. Mais la nuit, sous leur double moustiquaire, elle le serre contre elle pour se réconforter. Est-elle capable de faire ce qu'elle doit faire pour le protéger ? Le docteur *saab* lui a montré, avec un soin méticuleux, comment se servir de la trousse anti-venin. *Je te fais confiance, il faut que tu saches quoi faire, Naila. Quand tu es seule avec lui, tu es sa mère, son père, son docteur, sa sœur. S'il est en danger, tu dois tenter tout ce qui est en ton pouvoir pour le protéger. C'est ce que ce que cela signifie, d'aimer quelqu'un.*

Il vaut mieux tuer le serpent avant qu'il ne morde, songe-t-elle. Et ensuite elle se tient prête. Elle y arrivera. Elle le doit.

Leyo vient à l'entrée de l'arbre avant l'aube, quand les oiseaux commencent à chanter, et de nouveau à la tombée de la nuit avec de la nourriture et de l'eau, des jouets et des pastels. Il échange un pot de chambre propre contre le leur et emporte les déchets susceptibles de sentir ou d'attirer des nuisibles. Dans la pénombre, son visage sombre est difficile à déchiffrer, mais ses mains sont délicates à présent.

« Tu es encore en colère ? » demande-t-elle.

Il sort un linge humide de son sac et fait signe à Ty de se débarbouiller, ce que le petit garçon fait sans rechigner.

« Pourquoi me demandes-tu cela ? réplique Leyo à Naila. Tu as des yeux, des oreilles. »

Il se tapote légèrement le sommet du crâne, mais il se refuse à sourire, et elle ne sait pas s'il entend la réprimander ou la rassurer.

« Pose la question à celui-ci. » D'un geste, il désigne Ty qui se récure la nuque. « Demande au docteur Shep. Demande à *memsaab*. »

Et ce qu'il veut lui dire finit par s'imposer.

« *Mujhe maaf kar dain*, dit-elle, comme si elle pouvait s'excuser auprès d'eux tous, à travers lui. J'étais en colère.

« Oui. » Il soupire. « Écoute. C'est fait. Le docteur Shep, le chef de la police Ward et le haut-commissaire et major Baird sont les seuls Européens qui restent maintenant.

— Dans tout Port Blair ?

— Dans toutes les îles. »

Nous ne pouvons nous permettre davantage de confusion. Elle passe ses doigts dans les ondulations humides de Ty, il se cambre vers elle pour qu'elle continue, qu'elle descende en lui grattant le dos.

« Il partira par le prochain bateau, dit-elle. Je promets. »

Cet après-midi-là, Naila et Ty découvrent quelques racines aériennes intrépides et les escaladent comme ils feraient d'échelles de corde jusqu'à une hauteur d'où ils réussissent à apercevoir la plage. Des boutres de pêche rouges et verts glissent sur l'eau, et au-delà Mount Harriet se dresse aussi fier et altier que jamais.

En règle générale, dans une chaleur de midi comme celle-là, le front de mer est désert, mais aujourd'hui Naila perçoit un vide inédit. Les cahutes des parias au bout de la plage paraissent inoccupées. Elle ne repère qu'une seule silhouette humaine, grande et solitaire, dans le long pantalon kaki et les bottes anti-moustiques d'un *firangi*, qui s'avance seul le long de la plage.

Sans pouvoir discerner le visage du docteur *saab* sous le casque colonial blanc, elle réussit à déceler la tristesse dans les allers et retours de son corps, tel un phare auquel il manquerait sa lanterne.

20 mars 1942

Au travail. Claire passe la matinée au guichet, à copier le registre de l'hôtel afin qu'il puisse être validé par le War Office. C'est une corvée abrutissante, mais cela l'aide à refouler les inquiétudes et lui procure une fonction tangible. Après tout, un agent ennemi pourrait se cacher dans cette liste.

Elle doit remercier Roger Matthews de lui avoir confié cette tâche, ainsi que de l'avoir aidée à préserver son équilibre général. Il y a de cela quatre nuits, alors que le *Norilla* remontait lentement le delta en direction de son port d'attache, elle avait eu le sentiment de ne plus conserver un seul ami en ce monde. Quatre millions d'âmes habitaient à Calcutta, disait-on, mais en raison du black-out, les seules lumières visibles auraient aussi bien pu être celles de vers luisants. Une demi-lune s'était levée et avec elle les bruits et les odeurs de l'industrie. Les formes fantomatiques des dockers envahissaient les quais. Des conducteurs de taxi et de rickshaw braillaient pour obtenir des courses. Descendant prudemment la passerelle, Claire n'avait qu'une très vague idée de l'endroit où elle irait ensuite. Puis un batelier qui lui faisait signe de la main attira son attention, suivi par le halo éclatant d'une grande silhouette en blanc qui s'avançait. Roger l'avait appelée par son nom.

Matthews, un ami d'enfance de Shep depuis Shanghai, appartient au sein du Foreign Office, en poste à Calcutta. Claire sourit, se souvient de leur première rencontre lors de leur escale, en 1936. À cette occasion, Shep avait insisté pour qu'elle s'habille élégamment : un dîner avec Roger au Grand Hotêl, qu'il lui avait décrit comme « une espèce de palais ». Il était si désireux de la montrer à tout le monde ; elle avait choisi une robe du soir jaune tissée de perles, dont il disait qu'elle lui donnait une allure somptueuse, et ajouté même un trait de khôl et un peu de rouge à lèvres.

Le Grand Hôtel était à la hauteur des promesses de Roger. Un sikh en smoking jouait sur un Steinway, et des serveurs en uniforme empesé coiffés de turbans à plume évoluaient en silence dans le vaste salon blanc. Après la chaleur et la crasse de la rue, les hauts plafonds et les sols de marbre semblaient aussi frais que les parois d'un igloo, quoique infiniment plus décoratifs.

Les deux hommes se précipitèrent l'un vers l'autre comme deux vieux comparses.

« Qu'est-ce qu'un butor dans ton genre fabrique dans un endroit pareil ? » Roger flanqua une tape sur l'épaule de Shep puis le toisa rapidement des pieds à la tête. « Tu m'as l'air en forme. » Puis il se tourna vers Claire. « Mais pas franchement digne d'une d-déesse pareille ! »

Elle baissa la tête avec un sourire, et quand Roger prit sa main gantée, Shep était aux anges.

La dernière fois que Roger et lui s'étaient croisés, lui rappela Shep, ils avaient seize ans et ils se livraient à des manœuvres d'exercice sur le Bund au sein du Shanghai Volunteer Corps. Le jeune Roger était réputé pour son aptitude à inventer des bons mots en sept langues, sans compter trois dialectes chinois. Malgré un bégaiement de nervosité, son aisance linguistique lui venait aussi naturellement que de respirer, et bien qu'il ait été traité par les autres garçons comme une sorte de bête curieuse, Shep l'avait toujours admiré.

Et Claire également. Mis à part ses facultés intellectuelles, il avait un corps d'épouvantail et un large visage quelque peu chevalin encadré de cheveux châtains indisciplinés, mais il affichait son manque de charme avec aplomb. Il gardait encore cette allure gamine, peut-être parce qu'il ne s'était jamais marié ou parce que ses dons intellectuels suffisaient à graisser les rouages de son existence, lui permettant ainsi de s'éviter de céder aux manies humaines. Ce bégaiement, par exemple. Il avait attendri Claire, surtout quand il leur avait raconté qu'il était devenu professeur d'université à Sydney dès la fin de ses études et qu'il avait traduit plusieurs volumes du chinois ancien. Au bout de quelques minutes, ils bavardaient au sujet de questions ésotériques de grammaire, de diphtongues, de trémas et de toutes sortes de complexités linguistiques – et son bégaiement s'était effacé.

Deux ans plus tard, lorsque le silence de Ty était devenu un sujet de préoccupation, Shep rappellerait à Claire que Roger avait surmonté son handicap, comme si cela devait être de nature à l'encourager. Cela n'avait guère été le cas, mais elle gardait des sentiments attendris pour Roger. D'autant plus maintenant qu'il l'avait mise au travail dans le cadre de l'effort de guerre.

Il a aussi promis de la retrouver aujourd'hui à déjeuner, mais il lui a répété cette promesse tous les jours depuis son arrivée à Calcutta, et tous les jours de nouvelles obligations officielles surviennent, alors elle ne prête que peu d'attention au flux et au reflux des allées et venues dans le salon du Fairhaven.

Ce qu'elle ne parvient pas à oblitérer, ce sont ces commentaires saisis au passage.

« Les Japs appellent ça la Sphère de Co-Prospérité de la Grande Asie orientale.

— Prospérité mon cul, cela ressemble plus à de la servitude.
— L'idéal pour monter une Cinquième Colonne.
— Le major-général Wavell et le field marshall Alexander devraient être traduits en cour martiale. Parlez-moi d'apaisement ! Ils ont ordonné à des citoyens britanniques de rester à Rangoon alors que les hauts-commissaires faisaient s'envoler leurs animaux de compagnie à bord d'un transport militaire. Je frémis en pensant à ce qui va advenir de toutes ces familles qu'on a laissées sur le carreau.
— J'ai su que le centre de communications sans fil de Barrackpore recrutait toutes les Twing, tous les Dot et toutes les Shirley pour le compte du Women Assistants Corps. Même les épouses des commandants ! »

L'indignation, la dérision, l'inquiétude et l'analyse de la guerre accompagnent désormais chaque tasse de thé, la moindre rencontre inopinée, le moindre repas ou le moindre verre. Au milieu de ces courants contraires, Claire se raccroche au télégramme de Shep comme à une bouée de sauvetage. Dans six ou huit jours, tout au plus, Ty et lui seront ici. *NAILA AUSSI*, se dit-elle. Enfin, quant à la suite, ils y réfléchiront ensemble.

Shep a toujours affirmé que les Britanniques n'avaient pas leurs pareils pour aborder les situations difficiles d'un esprit léger. C'est exactement ce dont elle a besoin en ce moment. Que Shep soit de retour, et de pouvoir traiter la guerre comme s'il s'agissait d'un jeu dont l'objectif primordial consiste à faire barrage à toute autre pensée. Un jeu, comme oserait le dire Naila, de maîtrise de la carte.

L'Allemagne a pris l'ascendant en faisant en sorte que la Hollande, la France et la Grande-Bretagne soient trop occupées à proximité immédiate de leurs territoires respectifs pour aller défendre leurs colonies d'Extrême-Orient. À son tour, le Japon a déferlé en Asie en raflant la Chine orientale, l'Indochine, Singapour et la Birmanie comme autant de trophées pour l'Axe. Ainsi, Port Blair, plus proche de Rangoon que de Calcutta ou Madras, est devenu une breloque désormais bonne à saisir.

Assez de jeux. Elle tente de se concentrer sur la tâche qui l'attend, mais son esprit ne cesse de vagabonder. Ce matin, elle a trouvé un foyer temporaire pour les spécimens végétaux de Shep, à Agri Gardens. Cet après-midi, elle passera au crible les annonces de domiciles possibles pour Shep, Ty et elle-même. Beaucoup de soldats britanniques sont rejoints par leurs épouses et aucun cantonnement ne leur est fourni, aussi l'offre de logements diminue vite. En plus de cela, elle n'a aucune idée de la prochaine affectation éventuelle de Shep ou s'il voudra même que Ty et elle restent avec lui. Hier, elle a câblé à ses parents pour les informer qu'elle est saine et sauve – sans rien leur dire au sujet de Shep et Ty – et son père lui a répondu en lui proposant de payer leur retour en Amérique, quel qu'en soit le prix. Si seulement c'était si simple.

« Le renseignement militaire. »

Ces mots la tirent brusquement de ses songeries. Deux femmes se tiennent devant elle, dans le vestibule, l'une vêtue d'un uniforme très ajusté et l'autre, plus âgée, d'une robe d'intérieur informe, à motifs floraux. La jeune Wren[1] a un accent irlandais.

« Maman, toi, tu es très forte côté casse-têtes. Ils t'engageraient dans la minute et ça risquerait même de te plaire. À Barrackpore, il fait plus frais, c'est plus vert, plus spacieux, le paradis comparé à Calcutta, et les filles qui sont chargés des codes sont assez joviales. Franchement mieux que de s'ennuyer à mourir ici en attendant papa. Pas de quoi hésiter.

1. Le WRNS, Women's Royal Naval Service, branche féminine de la Royal Navy. *(Toutes les notes sont du traducteur.)*

— Ah, Jenny… »

La voix de la mère s'estompe, elle cale un vieux sac à main blanc plus haut sous son bras et pousse la porte de la rue, mais Claire réfléchit à la proposition de la jeune Jenny en la considérant de son propre point de vue. Elle a déjà entendu dire qu'on embauchait des femmes à des postes de secrétaires temporaires, au centre de transmission. Nombre d'entre elles, comme la mère de Jenny, ont des maris partis Dieu seul savait où, et le centre fournissait à ces épouses un lieu où les attendre et un moyen de contribuer à l'effort de guerre, à l'abri du danger. À l'étonnement de leurs homologues masculins, certaines de ces femmes avaient la réputation de faire des déchiffreuses de code hors pair. Mais qu'en étaient-ils des femmes avec des enfants ?

Roger fait son apparition sur le seuil. L'air radieux.

« C-Claire, je t'ai ap-apporté une surprise. »

Le ravissement dans sa voix fait naître un espoir qui, hélas, est réduit à néant dès l'instant où elle regarde derrière lui. Il n'est pas suivi de Shep et Ty, mais d'une femme trapue, robuste, au visage ordinaire, un bob marron clair enfoncé derrière les oreilles.

Claire retient son souffle et détourne le regard pour masquer sa déception, mais Roger est trop content de lui pour rien remarquer. Il fait s'avancer l'inconnue et, d'un geste discret, invite Claire à se lever de derrière le bureau.

La femme semble avoir environ trente-cinq ans. Elle porte une jupe longue kaki, une chemise Oxford blanche aux manches retroussées, des chaussettes blanches et des baskets blanc sale. Un étui d'appareil photo en cuir en bandoulière. Derrière elle, Roger la domine de sa haute taille.

Son élocution se fait claire et limpide.

« Claire, je te présente ta belle-sœur, Vivian, mais tu aurais plutôt intérêt à l'appeler Viv, je te le conseille. »

Claire bat des paupières, décontenancée. Ce doit être une espèce de tour de passe-passe. La dernière fois qu'elle a entendu parler d'elle, la sœur de Shep était à Sydney. L'unique photo qu'il possédait d'elle avait été prise quand Vivian était encore une jeune fille maigrichonne de quinze ans, lançant une boule de neige, c'était au cours d'un de leurs hivers passés dans un pensionnat privé en Chine, et ses mèches épaisses coiffées en travers sont le seul et unique élément de ressemblance entre cette femme et cette image.

Cette Vivian attrape Claire par le coude et la serre brusquement contre elle, dans une étreinte implosive. Ce n'est qu'après avoir reculé que Claire remarque les yeux de l'inconnue, du même vert de mer que ceux de son mari.

« Là, allez. » Une main se plaque contre la joue mouillée de Claire. Des ondoiements de chaleur à travers la fenêtre côté rue, en cette fin de matinée. « Je sais exactement ce que vous ressentez », ajoute Vivian.

Embrumée et confuse, Claire les suit tous les deux vers le coin le plus frais de la salle à manger miteuse, où ils prennent place. Roger danse presque. Il a l'air d'un jeune garçon qui vient d'actionner l'interrupteur de son train électrique et semble plus que surpris de découvrir ces voies au parallélisme parfait.

« J'étais à Singapour quand Hong Kong est tombé, continue Vivian. J'y serais encore si mon rédacteur en chef ne m'avait pas rappelée. Il répète tout le temps que diriger un journal lui a procuré un immense recul sur les événements, pendant que ses fantassins s'égaraient dans la gadoue. Il avait prédit la chute de la Péninsule plusieurs semaines avant que le reste d'entre nous n'ait vu la chose venir. Vous savez, les Japs ont pris la Malaisie à bicyclette. Sans un bruit de moteur, pour ne pas se trahir. »

Mais comment est-elle arrivée ici ? Son bateau a dû passer devant les Andaman.

« Et la Birmanie ? demande Roger.

— Non, sur ce coup-là, même lui, il n'a pas eu raison. J'étais venue couvrir la route de Birmanie[1]. Pour l'instant, c'est plutôt loupé. »

Tout cela était dit sur le ton du menu bavardage. Leurs mains se levaient puis retombaient, la pénombre perpétuelle de la pièce masquant les taches perpétuelles de la nappe. Les ventilateurs aux pales indolentes tournoyaient au-dessus d'eux. Son bateau aurait pu s'arrêter à Port Blair. N'aurait-elle pas pu amener Ty et Shep avec elle ?

Bon, manifestement, elle n'en a rien fait. Claire tente de se reconcentrer. Aux autres tables, des soldats mangent, boivent et rient, et les odeurs de curry et de bière sont imprégnées de leur masculinité. Vivian avale une lampée de Lion Ale. Avec son regard franc, inflexible, et sa carrure de bouledogue, elle est parfaitement assortie à ces garçons. Shep ne lui a jamais parlé de cela concernant sa sœur, mais peut-être n'a-t-elle pas toujours été aussi hommasse. Dans son métier, la féminité pourrait constituer un handicap.

« J'ai envoyé une lettre à Shep, avant de quitter Singapour. J'imagine qu'elle ne vous est pas parvenue ?

— Non. » Claire a du mal à démêler la banalité de cette question. « Je n'en sais rien.

— En temps normal, précise Roger, à Port Blair, le courrier n'a jamais été distribué que deux fois par mois.

— Que disait-elle ?

— Quoi ?

— La lettre.

— Juste que j'arrivais et que j'espérais avoir une chance de

1. Cette route stratégique construite par les Britanniques, reliant la Birmanie à la Chine, fut coupée par les Japonais en 1942.

vous voir tous les deux. » Vivian se penche au-dessus de la table, glisse les bras entre leurs assiettes et pose une main sur le poignet de Claire. « Et de découvrir votre magnifique garçon. »

Entendant cela, Claire se sent s'effondrer. Elle se redresse sur sa chaise et cherche à se ressaisir, à reprendre le dessus, non sans difficulté. La présence de Vivian n'a rien de l'étrange miracle qu'elle semble être. C'est simplement une preuve de normalité. Un bon présage.

Roger est demandé au téléphone, ce qui rappelle à Claire les bonnes manières.

« Shep sera enchanté de vous voir », dit-elle en effleurant la large main de Vivian.

Viv lui fait un grand sourire.

« Oh, il faut qu'on organise un truc sensass pour fêter ça ! Roger m'a dit qu'il devrait être ici dans quelques jours. Je suis impatiente ! Mon grand petit frère. J'ai longtemps détesté qu'il me fasse me sentir toute petite. À six ans, il avait tellement grandi qu'il m'a dépassée, mais ce cher garçon s'efforçait de compenser en me laissant le houspiller sans pitié. Alors, Claire, parlez-moi de… »

Elle jette un regard de côté et se tait aussitôt. Roger est de retour, mais il avance comme s'il n'était pas trop sûr de ses gestes. Son visage est blême. Il arrive devant elles, et ses syllabes se brisent.

« Le *Norilla* a été cou-coulé à mi-chemin sur sa rou-route du retour à P-P-Port Blair. »

En un éclair, Claire voit défiler la scène. Le sillage noir de la torpille qui file dans l'eau miroitante. Une déflagration aussi haute qu'un geyser. Le capitaine libanais du bateau éjecté au-dessus de la passerelle. Des flammes dévorent les chemises des hommes qui hurlent. Une main sectionnée flotte. La grande coque d'acier du *Norilla* bascule par la poupe, plonge dans les profondeurs.

Un frisson spectral remonte le long de sa colonne vertébrale, et elle se met à claquer des dents.

*

Le vent fouette un littoral de grisaille, la marée haute se fracasse et suce les rochers, l'aube dessine une brume terne tandis que Shep regarde son fils sortir de la brousse d'un pas chancelant entre Leyo et Naila, et ils se dirigent tous les trois vers lui dans le cours du ruisseau à sec. Des autochtones brûlent des ordures le long de ce bout de côte, laissant la plage de l'anse roussie, et malgré le vent, l'odeur est âcre. C'est un endroit dangereux pour monter dans un canot, mais à cette heure-là, sans aucune habitation en vue, personne ne les repérera, et c'est ce qui importe le plus.

Ty se rapproche, il fronce les narines, recule quand Leyo lui indique de se diriger vers les palétuviers où son père attend dans une embarcation qu'ils ont empruntée. Le garçon gémit quand Naila l'attire à elle, mais à part cela il ne fait aucun bruit. Un enfant qui parle, songe Shep, rendrait la chose insoutenable. Une crise de colère en un pareil instant rendrait leur fuite impossible. Or, quand Naila s'occupe de lui, Ty ne pique jamais de crises. Si seulement : ils pourraient être déjà en lieu sûr, à Calcutta.

Et à ce moment-là, Shep sait que c'est la vérité : sans sa tétine humaine, Ty leur aurait depuis longtemps rendu la vie impossible. Ils auraient dû partir, aller chercher de l'aide pour qu'on le soigne, et rien de tout ceci n'aurait jamais eu lieu. Naila était leur bénédiction et leur malédiction.

« Où allons-nous, docteur *saab* ? » demande la jeune fille quand ils le rejoignent. Ainsi, suivant ses instructions, Leyo ne lui a rien dit. En guise de réponse, Shep secoue la tête.

Leyo balance son sac à dos à bord, puis il s'efforce non sans difficulté de stabiliser l'embarcation tandis que Naila décroche Ty de son cou et le tend à son père. Dès qu'ils sont tous à bord, Shep réveille le moteur hors-bord en tirant fort sur le cordon du démarreur et Leyo les mène dans les vagues.

Ty est presque aussitôt malade, et Naila le tient alors qu'il est secoué de haut-le-corps, penché au-dessus du plat-bord. Ses vomissures attirent des requins, qui butent contre la coque. Shep se sert de son aviron pour les chasser, assouvit sur ces bêtes aux ailerons noirs la fureur que lui causent sa propre stupidité et sa couardise.

Hier, peu après avoir appris les sinistres nouvelles du *Norilla*, il a surpris Denis Ward à Phoenix Bay, avec le capitaine du port et deux conducteurs indiens qui embarquaient à bord d'un bateau à moteur en partance pour Madras. Et au diable les sept cent quarante milles marins de traversée, les requins et les torpilles. Si Shep avait eu une once de l'odieux culot du chef de la police, Ty et lui seraient avec eux à l'heure qu'il est. Au lieu de quoi, il a plié en quatre un mot griffonné à la hâte dans la main de Ward, pour Claire, en ajoutant qu'il leur souhaitait de s'en sortir. Alfred Baird avait fait son apparition sur les lieux et parié que Ward ne s'en sortirait pas. Ce dernier, avec un dernier salut, rétorqua qu'il estimait avoir plus de chances à cet égard que Baird. *Nous pourrons toujours régler nos comptes après la guerre.*

Demi-mesures, songe Shep avec amertume. Ma spécialité. Et nous voilà donc ici.

Finalement, Ty n'a plus rien à rendre et il s'enfonce entre les genoux de Naila. Ils dépassent le littoral extérieur de l'île de Ross, la couronne brisée de la colline, la silhouette de leur ancienne maison sur fond de ciel écarlate. Ils seraient visibles de quiconque serait resté sur l'île de Ross et les observerait, mais il n'y a personne.

Shep se penche vers Naila et tente de lui expliquer son plan sans effrayer la jeune fille. L'évacuation finale est devenue incertaine, il lui faut donc prendre des précautions. Le peuple de Leyo va les protéger, Ty et elle, jusqu'à l'arrivée du prochain navire. C'est simplement une mesure provisoire, mais il doit tenir compte de toutes les éventualités, et pour l'heure cela semble être un moindre mal.

Le vent lacère sa voix. Il pense tout haut. Il est impossible de dire ce qu'elle saisit de ses paroles – ce que l'un ou l'autre est capable d'en saisir.

Il reprend.

« Je vais rester à Port Blair, et dès que je saurai avec certitude quand arrivera le prochain bateau, je vous ramènerai et nous appareillerons pour Calcutta. » Il caresse le dos alangui de Ty et jette un coup d'œil à Leyo. « Cela ne devrait pas prendre plus de quelques jours. »

Les yeux sombres de Naila l'étudient comme s'il venait de prononcer contre elle une sentence de mort.

« Je te conduirai à bord », promet-il.

Et cette fois, il le doit, il le sait.

Ensuite, ils virent de bord et pénètrent dans l'anse qui marque le début de la piste en direction de Behalla. Ty se frotte les yeux, il reprend ses esprits et quelques minutes après Shep est debout dans la houle, son fils dans ses bras, le visage enfoui dans les boucles douces et salées.

Son garçon lui tire sur les oreilles, ils se dirigent vers la plage, et Shep, à contrecœur, doit le poser. Il sort de sa poche un collier que Claire lui a donné pour Naila à Noël dernier et qu'il a retrouvé dans les décombres de la maison, la veille au soir.

« Je t'ai fait réparer le fermoir, explique-t-il à la jeune fille. Et ceci, c'est pour toi, Ty. »

Il a ajouté son vieux médaillon du Shanghai Volunteer Corps à la chaîne en or de Naila.

Ty tend le cou pour voir l'objet de plus près. Le porte-bonheur se compose d'un cercle de cuivre gravé d'une étoile à huit branches décorées des drapeaux de l'Europe et de l'Amérique.

« Je l'ai reçu quand j'étais petit garçon, j'étais à peine plus grand que toi. »

Son fils ignore l'étoile, il préfère le globe en pierre de lune vert eucalyptus du collier, qu'il tient dans la lumière.

« C'est un talisman magique pour vous garder en sécurité. » Shep se tourne vers Naila puis vers Leyo qui, debout dans l'eau, stabilise le bateau. « Vous tous. »

Ty lâche un profond soupir et rend le collier à son père, qui l'attache autour du cou de Naila. La jeune fille n'a pas d'autre réponse que de fermer les yeux lorsqu'il s'approche.

« En guise de protection », fait-il.

Ils attendent plusieurs minutes sans parler, tandis que Ty suit la course des vagues. Leyo renverse la tête en arrière, un sourire qui évoque un état de transe sur son visage ouvert et avenant. Bien qu'il soit sans nul doute simplement content de rentrer chez lui, Shep trouve sa sérénité consolatrice. Le peuple de Leyo a accueilli Claire et a été généreux avec elle. En particulier Kuli. Comme une seconde famille, a-t-elle dit. Entre Kuli et Leyo, ils sauront veiller sur Ty.

Il se répète encore que ce n'est que pour deux ou trois jours, que le prochain bateau va forcément passer, mais ensuite il entrevoit le médaillon autour de la gorge de Naila, et toute sa foutue vie semble être suspendue autour.

Pars, l'enjoint-il avec la voix de son père, *avant de passer encore plus pour un crétin.*

Il s'avance, afin que Naila et Leyo ne voient pas les larmes emplir ses yeux ni n'entendent sa gorge se serrer. Il soulève son fils et le serre fort.

« Donne-nous un baiser, mon bonhomme. Juste quelques jours de camping, et nous partirons tous voir *memsaab*, enfin ! »

Ty accepte le baiser mais rien n'indique qu'il écoute. Il est trop occupé à observer les bonds d'un banc de dauphins.

21 mars 1942

Ty Babu s'adapte vite, tout aussi ravi de son nouveau cadre de vie que Naila peut en être malheureuse. Il s'attache à Artam et aux deux chiens jaunes et ne tarde pas à courir nu avec eux autour du camp, en éclaboussant tout et en chassant grenouilles et tortues dans le cours d'eau voisin. Sans protester, il laisse Leyo l'oindre d'huile pour empêcher les insectes de piquer. Même l'absence de toilettes ne le contrarie en rien, car il a toujours détesté subir la promiscuité et être interrompu quand il utilise les W.-C.

Pour sa part, Naila ne songe qu'à s'enfuir. Elle a tout intérêt à ce que son garçon soit heureux, se dit-elle. Le moment venu, moins Ty aura envie de partir, plus le docteur Shep aura besoin de son aide pour le convaincre de s'en aller. Il découvrira bien par lui-même qu'il ne peut avoir son fils sans elle. Et, se rassure-t-elle, tant de gens ont déjà quitté Port Blair qu'il y aura sûrement de la place pour elle sur le prochain bateau. Tout comme le docteur l'a promis.

Leyo tâche de lui tenir compagnie, de l'amadouer, de la mettre d'humeur à sourire aux autres, mais il est clair que tous les Biya ne se montrent pas aussi accueillants envers Ty et elle. Elle surprend parfois cette fille, Ekko, et son garçon à la grande bouche, Tika, les pointant du doigt et ricanant lorsque Naila essaie d'empêcher Ty de goûter à l'une des larves répugnantes que Mam Golat fait rôtir sur le feu, ou quand elle le conduit seul au cours d'eau pour qu'il se baigne.

« Pour eux, vos manières sont étranges », lui explique Leyo, et elle sait qu'il tente de lui venir en aide, mais ceux qui sont étranges, ce sont ces gens nus.

« Pourquoi porte-t-elle ce crâne ? » murmure Naila en désignant d'un signe de tête la femme Obeyo, qui passe ses journées seule à tisser des nattes, des paniers et de la corde. Obeyo a des dents de lapin et le crâne rasé, des cicatrices qui dessinent sur son ventre une sorte de vallée ruisselante de pluie, et elle ne parle à presque personne excepté son fils, Tika. Malgré tout, le côté vraiment troublant d'Obeyo, c'est ce petit crâne, semblable à l'un des trophées de la déesse Kali, pendu par un cordon dans son dos.

« Cela l'aide à garder près d'elle l'esprit de son plus jeune enfant, lui explique Leyo. Il est mort avant d'avoir atteint l'âge de Ty Babu. » Il secoue la tête. « Son mari aussi est mort. »

Et mes parents aussi, songe Naila avec dépit. Elle en a de la chance, elle, d'avoir ce crâne.

Leyo croise son regard et hoche la tête.

Si seulement elle pouvait emmener Ty attendre son père ailleurs. Un endroit où le feu ne pue pas la graisse de cochon et où il n'y a pas de dépotoir où s'entassent des ordures fumantes susceptibles d'attirer toutes les créatures qui bruissent et qui rampent d'un bout à l'autre de la nuit. Où ils auraient la possibilité de manger du riz, des roti et du dhal comme des gens normaux, au lieu de viandes bouillies d'animaux qu'elle n'est même pas capable de nommer. Un endroit, aussi, où sa voix serait entendue.

C'est ce qui la surprend plus que tout. Le charabia du clan ne ressemble en rien aux phrases que *memsaab* et Leyo employaient d'ordinaire. Pour communiquer même la plus simple question, elle doit recourir au langage des signes. Maintenant, Ty et elle ont cela en commun.

DEUXIÈME PARTIE

5
22 mars 1942

Une seule salve traverse le port plongé dans le noir. Aucune riposte. Le silence.

Seul dans la maison vide, Shep est allongé, scrutant l'obscurité, et les secondes, puis les minutes s'écoulent dans la sueur. Enfin, il se lève de son lit et cherche à tâtons le cordon pour relever le store du black-out, se convainc presque de ce que ces tirs étaient les conséquences d'une querelle de pêcheurs, d'une rixe entre ivrognes au débarcadère de Hopetown, de ses synapses à vif…

North Point entre en éruption.

Il relève le store et le ciel de minuit s'illumine d'éclairs orange et écarlates, d'un jaune soufre. Tom Lutty. Dynamite. La station du télégraphe. Un code pyrotechnique pour dire : *C'est terminé*.

Il observe fixement, jusqu'à ce que ses yeux le brûlent, puis il laisse retomber le store et s'habille lentement, péniblement. Lorsqu'il se relève après avoir lacé ses bottes, la nuit retient à nouveau son souffle. Il emballe sa trousse médicale, plie sa blouse de labo, emporte ces emblèmes avec lui, traverse la maison déserte jusqu'à l'auvent… et là, sous le clair de lune, il se fige.

Dans sa trousse, il a dissimulé le plan que Leyo lui a dessiné, le sentier qui mène aux Biya par la terre. Encore un plan d'urgence. Il sort ce croquis, plisse les yeux, et l'immobilité nocturne lui fait l'effet d'une drogue.

L'itinéraire forme une Grande Ourse dressée à la verticale. En 1859, les Grands Andamanais empruntèrent plus ou moins ce même chemin quand ils taillèrent à travers la jungle pour s'attaquer à la colonie naissante. Sans un forçat évadé qui avait rejoint les tribaux avant de se raviser – un agent double, en fait, qui avait averti les Britanniques –, « la bataille d'Aberdeen » aurait pu sceller la fin de la colonie et altérer le cours de l'histoire pour eux tous. Chaque fois que Claire parlait de cette bataille, sa voix s'alourdissait de mépris. *Sans cet homme stupide, mais stupide.*

Il se laisse retomber dans la causeuse où elle avait l'habitude de prendre place en prononçant les syllabes inaccessibles d'une langue déjà morte. Les coussins conservent encore son parfum. D'huile de géranium. Cette obscurité chaude et florale. Il le presse contre son visage et retrace les angles de ses hanches, le creux à la base de son cou, une main qui glisse dans ses cheveux bruns tandis que l'autre se plaque sur sa poitrine. Le timbre de sa voix quand elle le défie.

En la mettant knock-out, il l'a sauvée, avec des intentions tout aussi désespérées que celle d'un garçon qui se retrouve devant la pointe d'une baïonnette. Enfin, au moins, il l'a sauvée.

Sauvée et perdue, d'une seule manchette propre et bien placée. Lui pardonnerait-elle, maintenant ?

Jamais. De cela, il est certain. Avant de perdre connaissance, elle en savait encore moins que lui sur le caractère funeste de leur situation, et pourtant même si cela signifiait une mort certaine, elle n'aurait jamais accepté de laisser Ty affronter cela sans elle.

Shep espère, pour son bien, qu'elle peste contre lui. Cela voudrait dire que pour elle, le pire reste encore une abstraction.

Une abstraction. Son esprit chancelle, l'incertitude et l'indécision le paralysent. Ty pourrait être mort – de peur, d'un venin, d'une chute ou d'une fièvre. Il aurait pu se faire tuer, avec le peuple de Leyo, par les premiers éclaireurs nippons ou par une tribu ennemie.

Mais non… Shep se ressaisit. Non, pas qu'il sache. Non, car il s'oblige à le croire. La situation de son fils n'est pas aussi insondable à ses yeux que la sienne l'est à ceux de Claire, et pour cette raison, et peut-être pour cette seule raison, il parvient encore à préserver sa foi en la survie de Ty et Naila.

Naila…

Il s'interrompt. À quelles fins serviraient les reproches, à présent ? C'était l'acte égoïste, insensé d'une enfant. Pour lequel elle paie un prix plus élevé qu'elle ne devait l'escompter…

Et soudain Shep se retrouve de nouveau avec Ty dans ses bras, l'odeur poisseuse des embruns, lui qui le porte dans la vague et son fils qui en a le souffle coupé. Pure magie, a-t-il promis à son fils.

Pure magie. Enfin, nom de Dieu, qu'avait-il en tête ?

Il ferait mieux de s'enfuir en courant. Si vaine que soit cette fuite. Même s'il se fait tuer. Non, d'abord il doit réfléchir. Fuir, par où ? Des guetteurs couvrent sans doute la côte et les eaux autour du port, et cette route dans la forêt nécessite un pisteur – ce qui est désormais impossible.

Des canonnières au clair de lune. Shep lâche le coussin.

Il est responsable de tout ceci. Cette pensée le pétrifie.

Sur la table en rotin sa pipe est posée dans un bol en terre cuite à côté d'un pot en fer de Latakia et d'une boîte d'allumettes de sûreté. Les stores du black-out sont relevés, mais il ne prend pas la peine de les baisser. Il sort une allumette de la boîte et la gratte, puis il approche le plan de son itinéraire d'évasion de la flamme bleuissante.

23 mars 1942

Dès qu'elle atteint le haut de l'escalier, elle sait. Leurs voix se répercutent depuis le salon. *Les sales enflures... Nous sommes les prochains, vous savez... Ils ont tout lâché, sans un coup de feu... On peut se fier aux Japs pour se faufiler comme des cambrioleurs dans la nuit... Entre eux et nous, plus rien que de l'eau, maintenant.*

Et ensuite : *Qu'est-ce qu'on va dire à... ?*

Dans le miroir du palier, deux yeux lunettés se lèvent et entrent en collision avec le regard brisé de Claire, mais la cage d'escalier vire au blanc. Elle s'agrippe à la balustrade, glisse au sol. Son sang bat si fort dans ses oreilles qu'elle n'entend plus les soldats.

Ils montent les marches pour venir à son secours, elle les éloigne d'un geste. Le salon tangue, les visages de Ty et de Shep éclatent comme des ampoules de flashes, mais elle s'efforce de se remettre debout et parvient tant bien que mal à descendre. Le vestibule sombre dans un silence de mort. Ils la font s'asseoir. Et puis, tout cela pour rien.

Elle a entendu tout ce qu'il y a à savoir. Un seul bulletin d'information à la radio. Les îles Andaman, capturées. Une attaque par surprise. Les autorités britanniques de Port Blair se sont rendues sans se défendre.

Shep et Ty. Shep et Ty. Shep et Ty. Leurs noms se répètent comme un mantra, l'emplissant tout à la fois d'un sentiment de manque et de terreur.

Le téléphone sur le bureau de la réception retentit, et on lui fourre un combiné dans les mains. Roger est au bout du fil : « J'e-essaie de savoir tout ce que je peux savoir. Tiens bon. Vivian sera là dans une minute… »

Il entend son silence.

« Claire, reprend-il, les Japonais sont tenus par la convention de Genève de protéger les civils et de maintenir les enfants avec leur famille et… »

Elle raccroche sans avoir parlé. Tout l'espace qui l'entoure s'est remis d'aplomb, mais face au masque d'inquiétude et de perplexité sur les visages des autres occupants de l'hôtel, elle a la sensation de se désintégrer. *Shep et Ty.*

Elle franchit la porte et traverse le jardin, sort sur l'esplanade devant Sudder Street puis se dirige vers la Free School et continue. Pas de chapeau, pas d'ombrelle, pas de sac à main, aucune idée d'où elle va ou pourquoi, si ce n'est seulement qu'elle doit aller de l'avant.

Devant l'hôtel, des hommes, des femmes et des enfants vaquent à leur matinée, le sort de sa famille ne signifiant rien pour eux. Et pourtant… elle voit en chaque petit garçon indien le portrait craché de Ty, et en chaque grande sœur attentive, Naila. En chaque grand Anglais efflanqué, Shep. Ils passent devant des boutiques d'un pas lourd. Tirent des charrettes à bras. S'accroupissent à côté d'un charpoy sur le trottoir. Ils portent des uniformes kaki, blancs et bleu ciel, charrient des seaux, se crient dessus. Sanglotent.

Claire se tient tout à fait immobile et laisse les hallucinations monter en elle, n'autorisant que ses jambes à bouger. À présent, les spectres se dressent dans le renfoncement d'une terrasse ou dans l'encadrement d'une porte, font signe à distance, mais tous, toujours, lui tournent le dos.

« Madame ? » Un homme barbu coiffé d'un turban marron et vêtu d'une veste blanche s'approche. « Puis-je vous aider ? »

S'il vous plaît. Ses bras sont douloureux. Ses yeux la lancent. Elle n'arrive plus à respirer.

Le bon samaritain la prend par le bras pour l'aider à se tenir debout, et son contact suspend sa sensation de chute. Elle regarde autour d'elle.

College Street. Le portail d'un campus. Des étudiants indiens lèvent la tête vers elle en lui souriant, et ils rient.

Ce ne sont pas tous des étudiants, pourtant. Des patients sont aussi couchés dans l'herbe, une salle d'attente en plein air remplie d'enfants en bas âge d'une immobilité mortelle, des mères qui se lamentent, des hommes aux yeux décavés et des garçons frêles et chancelants. Des visages ravagés par la douleur, la folie et la perte.

Le jeune sikh attend.

« Êtes-vous docteur ? lui demande-t-elle.

— Pas encore, madame. Interne seulement. Êtes-vous malade ? »

Elle ignore la question.

« Mais vous les aidez. » Elle ébauche un geste en direction des patients, et ensuite, sans savoir pourquoi, elle reformule sa question. « Les médecins.

— Je les seconde. »

Une expression déconcertée éclipse l'inquiétude du sikh.

« Oui. Oui, c'est cela. Vous les secondez. Et cela rend plus supportable… »

Elle jette de nouveau un regard vers les gens qui attendent.

L'homme – le teint clair, des yeux foncés, une barbe soigneusement lissée, un parfum fugace de cardamome et de clou de girofle – hoche la tête, l'air incertain.

« On fait ce que l'on peut.

— On fait ce que l'on peut », répète-t-elle.

Puis elle lève le visage et lui adresse un *salaam*.

« Je vous remercie, docteur. Je vous remercie. »

« Le fait est, dit-elle à Roger et à Viv quand elle les retrouve à son retour à l'hôtel, il faut que je tente quelque chose. Et il faut que je sache. Pouvez-vous me dire quoi que ce soit ? »

Roger considère ses mains.

À Vivian :

« Et toi ?

— Claire, fait Viv, je suis journaliste. Je vais essayer de…

— Et moi aussi ! C'est exactement mon raisonnement. Je dois tenter tout ce qui est en mon pouvoir. Écoute, tu as tes réunions de presse et ton savoir-faire d'enquêtrice. Roger a ses canaux d'information gouvernementaux. Mais vous n'avez ni l'un ni l'autre accès au renseignement militaire. Si j'intègre Barrackpore, moi, je pourrai. S'il se présente quoi que ce soit, j'aurai au moins une chance d'être informée. »

Ils la regardent tous les deux comme si elle divaguait. Moins de trois heures se sont écoulées depuis que Calcutta a appris l'invasion. Ils sont tous en état de choc.

Mais leur état de choc n'est bon ni pour Shep ni pour Ty, et plus cela prendra de temps de savoir ce qui s'est réellement passé à Port Blair, plus grands seront les risques que son mari et son fils soient déportés, déplacés dans un camp d'internement, ou…

« Tu peux m'aider, Roger. Tu sais à qui t'adresser au centre de transmissions. Dis-leur que je connais les Andaman. Je connais le morse. Je connais le terrain et les tribus locales. Ils auront besoin de tout cela pour leurs missions de reconnaissance. »

Roger se rembrunit, mais elle insiste.

« À moins que les Japonais ne soient stoppés dans les Andaman, ils seront ensuite à Calcutta. Et si je puis contribuer à les stopper, alors peut-être… »

Mais la force de sa propre détermination se retourne contre elle comme une lame de fond. Un éclat de rire s'élève du bar de l'hôtel, et elle se représente Shep, un canon pointé sur lui, et Ty qu'on lui arrache des bras.

*

« Vous êtes britannique, docteur Durant. »

Dans la bouche du lieutenant Shimura, le patronyme de Shep se brise comme du verre.

« Né à Shanghai.

— Ah. Des parents missionnaires. »

Chaque question est une affirmation.

« Mon père était médecin. »

L'ébauche d'un sourire.

« Une affaire de famille.

— Quelque chose de cet ordre.

— Vous êtes chirurgien. »

Shimura, le front perlé de moiteur, fait mine de passer en revue les titres dans la bibliothèque du Browning Club, que les forces d'occupation utilisent comme salle d'interrogatoire pour les prisonniers européens et eurasiens. Il se tourne vers son captif, qui est assis sur une chaise en cannage à côté du globe terrestre de la bibliothèque.

Shep était à deux pas de Corbyn's Cove quand ils l'ont capturé au lever du soleil, et il s'est rendu sans protester. La manœuvre qu'il avait tenté n'était rien de plus que l'ébauche d'un geste d'évasion. Même s'il avait réussi à atteindre la barque, ses chances d'atteindre la côte sans se faire repérer étaient pratiquement nulles et à peine moins suicidaires qu'une tentative de fuir seul par voie de terre. Ce geste lui permettait de nier sa paralysie, mais au fond, il ne changeait rien.

« Chirurgien civil, c'est un titre trompeur », précise-t-il. Il réfléchit à la meilleure manière de présenter son statut et choisit de viser bas. « En réalité, je suis un fonctionnaire de santé publique.

— Vous avez une épouse et un fils. »

Il blêmit. Ainsi, tout cela n'est qu'un simulacre. Wilkerson les a avertis de ce que, grâce aux Kobayashi, les Japonais détiendraient certainement des dossiers sur tout le monde à Port Blair. Pourtant, cette mise en garde n'aura pas suffi à le préparer à ce coup bas.

« Ils… »

Shimura, personnage grand et mince, en tenue tropicale, déplie une main immaculée devant lui.

« Mon épouse a évacué vers Calcutta le 13 mars.

— Et votre fils. »

L'étau se resserre autour de sa cage thoracique.

« Oui.

— Oui ? » Cela, au moins, c'est une question. « Répondez.

— Mon fils a disparu.

— Vous l'avez retrouvé.

— Non.

— Docteur, nous interceptons tout. Vous avez télégraphié à votre femme.

— C'était un mensonge. » Il expulse l'air de ses poumons. « Pour qu'elle ne s'inquiète pas. »

Shimura secoue la tête, comme s'il était déçu par un élève prometteur.

« Vous pouvez poser la question ; j'ai cherché partout. Personne ne les a vus.

— Ne *les* a vus.

— Son *ayah* a aussi disparu. Elle était jeune, et très jalouse. » Un relent de nausée lui fait plisser les yeux. « Je pense qu'elle préférerait mourir et emmener le petit avec elle plutôt que de le rendre… même à moi.

— C'est une triste histoire, fait le lieutenant sans une trace d'émotion. Si nous trouvons cette *ayah*, il nous faudra la punir. »

Après l'interrogatoire, Shep, le major Baird et le haut-commissaire ont droit à un repas composé de biscuits de mer et d'un thé léger, puis on les achemine vers le môle d'Aberdeen Jetty et on les pousse à bord du ferry *Benbow*, sous escorte armée. Le vieux Ranjit baisse les yeux lorsqu'il largue les amarres, puis il s'empresse de gagner la timonerie pour les piloter dans la traversée du port. C'est la première fois que Shep effectue ce trajet au cours des huit mois écoulés depuis le tremblement de terre. Ils sont assignés à résidence, le temps que leurs ravisseurs décident quel usage ils peuvent faire d'eux. Otages. Travail forcé. Prisonniers de guerre à titre de monnaie d'échange. Pour l'heure, il est plus facile de les regrouper dans une maison sur une île abandonnée que dans le port trop remuant.

La chaleur et l'humidité vernissent la surface de l'eau. Des croiseurs nippons oscillent à l'ancre, et le trafic des bateaux de patrouille militaire génère plus d'activité que la rade n'en avait vu depuis des semaines.

Wilkerson est assis en face de Shep, droit, gris et fermé. Baird tourne le visage vers la fausse brise qui souffle sur la traversée. Ils se sont rendus tous les trois sans protester, mais d'être forcés de piétiner l'Union Jack a vidé le haut-commissaire d'une part vitale de lui-même, tandis que Baird subit la situation avec une sérénité surprenante. Quant à Shep, il étudie ses compagnons afin d'empêcher son regard de s'égarer vers la forêt.

Le crépuscule tombe lorsque le ferry vient à quai, comme lorsque Claire et lui ont pour la première fois posé le pied ici, voici une éternité. Mais le terrain de parade est désormais envahi par les mauvaises herbes. La quasi-totalité du bazar de l'île de Ross n'est plus que ruines et le clocher de l'église anglicane gît en morceaux. Des noix de coco jonchent l'île comme des boulets de canon. Rien n'est plus pareil.

Le garçon de Ranjit se précipite pour arrimer le bateau. Il observe les Japonais avec fascination, mais ils l'écartent d'un coup de coude et poussent Wilkerson à descendre le premier. Shep a vaguement dans l'idée qu'ils seraient capables de les laisser ici seuls. Pourquoi pas ? L'île est déserte. Les eaux environnantes sont infestées de requins. Les prisonniers n'ont pas de bateau, et même s'ils en avaient un, la côte grouillera de guetteurs sur des kilomètres à la ronde.

Et, se remémore-t-il, se faire prendre sur la route de Behalla risquerait maintenant de ruiner la seule chance de survie de Ty.

Les hommes progressent au milieu des décombres jusqu'au passage clouté qui mène à la résidence du haut-commissaire adjoint. Les *tats*[1] sont tombés de la véranda côté façade et les marches qui mènent au portique sont comme tordues, de guingois. Un pignon s'est effondré. Quand les soldats leur font signe d'entrer, Wilkerson se raidit, réaffirmant son rang.

« La résidence du haut-commissaire se situe là-bas. » Il désigne le sommet de la colline.

Sur l'instant, le jeune sous-officier qui conduit l'escorte semble confus.

« Vous, ici. »

Le haut-commissaire persiste, pointant encore la résidence du doigt.

« C'est ma maison, et elle n'est pas détruite. »

L'officier sort une feuille de sa poche, l'examine brièvement

1. Les *tats*, ou khus-khus tati, sont des stores en herbe tressée, très répandus en Inde.

et aboie un ordre. L'homme le plus proche de Wilkerson pointe sa baïonnette.

« Vous, ici », répète l'officier, alors même qu'un soldat qui fermait la marche s'éloigne au trot dans la direction indiquée par le haut-commissaire.

Baird ouvre la marche et entre dans son ancien logement, qui a été dépouillé de tout, hormis quelques reliquats de mobilier. Les gardes restent à l'extérieur. Alors que Shep et Baird pénètrent plus à l'intérieur, un rat détale. Shep rejoint Wilkerson dans la pièce principale et regarde par la fenêtre aux vitres crasseuses l'éclaireur qui revient de sa mission en haut de la colline et fait son rapport au sous-officier. Puis les deux hommes descendent en vitesse en direction du débarcadère, deux ombres dans le crépuscule.

« J'imagine que vous n'avez pas de lampes. »

Wilkerson s'adresse à eux, mais c'est pour la forme. Le générateur de l'île a été mis hors service par le séisme. Baird réussit à trouver deux restes de bougies et des allumettes dans un tiroir de la salle à manger. Pourtant, dès qu'il enflamme la mèche, une paume se plaque contre la fenêtre et un visage apparaît comme un masque de nô derrière la vitre.

Baird éteint aussitôt la bougie avant que le garde à la tête carrée, qui semble être le chef, n'entre et ne s'empare de leurs allumettes et de leurs moignons de bougies.

« Pas de rideaux pour le black-out », remarque Shep.

À court de mots, Wilkerson s'avance dans le vestibule assombri, vers le pied de l'escalier.

« Prenez la chambre principale, monsieur, propose Baird. Tout de suite sur le palier, face à vous. Si le charpoy est encore là, la pièce est relativement confortable. »

Ils entendent des pas lents et la porte qui se referme au-dessus d'eux.

« Vous, j'sais pas, glisse Beard dans un chuchotement de conspirateur, mais moi, si je ne fais rien, je crois que je vais éclater.

— Qu'avez-vous en tête ?

— Un footing autour de l'île, ce serait bath. » Son ombre ouvre un placard sous l'escalier. Encore du mouvement, et Shep sent quelque chose heurter ses bottes anti-moustiques. « Mais il va falloir se contenter d'un peu de ménage. »

La main de Shep se referme sur une barre en bois pointée vers lui, et il empoigne une espèce de balai à gazon dont se servent les serviteurs des basses castes pour balayer les maisons en Inde. Baird attrape un second balai, qu'il serre dans sa paume.

« Suivez-moi. » Il précède Shep à l'étage dans une chambre à l'arrière de la maison, à l'opposé de celle du haut-commissaire. « Faute de mieux, cela nous débarrassera des toiles d'araignée et servira d'avertissement aux rats. »

Les deux hommes se baissent et commencent à balayer.

Cette nuit-là, le ciel explose. Par la fenêtre ouverte, Shep regarde avec un mélange de terreur et d'euphorie les bombardiers alliés faire danser les nuages. Des boules de feu jaunes, rouges et orange crèvent au-dessus du port. Des sirènes mugissent et les batteries antiaériennes japonaises crachent leur riposte. Des bottes martèlent le sol devant la maison, traversent la véranda.

Shep s'attend à ce qu'on le traîne dehors et l'accuse de lancer des signaux aux avions, mais les gardes n'entrent pas. L'attaque retentit comme une prière, et elle n'est d'ailleurs pas plus efficace.

Au moins, les Britanniques ne bombardent pas au nord. Behalla y échappera, pour le moment.

« Calcutta sait que le port est tombé », remarque-t-il.

Baird désigne North Point d'un hochement de tête.

« Lutty. Et ensuite, il a fait sauter la station. »

24 mars 1942

Le lendemain matin, après le *tenko* – l'appel, assorti du salut rituel à la gloire de l'empereur du Japon –, les trois prisonniers sont reconduits au ferry pour Aberdeen, puis contraints de marcher par une chaleur suffocante pour aller se mettre au garde-à-vous devant la tour de l'horloge.

Quelques minutes plus tard, Shimura et un autre homme plus petit, plus trapu, portant des insignes de l'armée, arrivent dans la berline Standard de Wilkerson, un soleil rouge flottant désormais à la proue de son capot jaune. Une colonne de soldats nippons fait cercle autour des prisonniers, mais sur un signal de Shimura ils s'écartent, révélant les habitants de Port Blair, silencieux, libres de toute entrave, regroupés plus bas sur la colline. Il y a parmi eux les quelques derniers détenus de la Cellular Jail.

Shep scrute les visages à la peau la plus sombre, passe sur les plus vieux et les plus jeunes, remarque à peine les sourires fervents des jeunes garçons qui se rapprochent de plus en plus. Afin de rendre sa recherche moins manifeste, il rentre le menton, mais hier, lors de la reddition, il n'a entrevu aucune trace de son pseudo-guide, et si le pisteur est ici, maintenant, parmi les spectateurs, il se rend invisible.

C'est aussi bien, se dit-il, sur ses gardes.

Debout sur le marchepied de la berline et s'exprimant par l'intermédiaire d'un interprète local, Shimura se présente, il est l'officier commandant les forces navales japonaises de débarquement, puis il présente son acolyte, le colonel Buco, nouveau gouverneur civil de Port Blair.

Shep observe fixement l'interprète : Nabi Bux est le *durzi* borgne du bazar de Ross qui avait pour habitude d'installer sa machine à coudre sous leur véranda et, sur les instructions de Claire, confectionnait des barboteuses pour Ty. La chemise que porte Shep a elle-même été cousue par l'homme qui, à l'instant, leur traduit à tous l'ordre formulé en japonais de saluer en courbant la tête.

Ensuite, détournant les yeux, Shep se retrouve dans le collimateur du regard sévère d'Abraham, qui ne lui est que trop familier. L'ancien cuisinier s'est placé juste à la gauche de Nabi Bux – à proximité suspecte de leurs nouveaux seigneurs et maîtres nippons. Une proximité flagorneuse.

Buco brandit le poing dans un geste violent sous le nez des trois « Ingrish ». Il a une voix crue, ample, belligérante. Si la tâche de Shimura, personnage réservé, consiste à apaiser la foule, celle du gouverneur civil doit être de l'attiser. Il porte une épée et la dégaine avec un mouvement de pique en direction de Wilkerson, dont les yeux vieux et bleus réagissent en se rétrécissant.

Buco semble considérer le raid aérien de la nuit précédente comme un affront personnel. Il annonce avec délectation que le haut-commissaire, étant l'officier de l'armée britannique le plus élevé en grade, quittera Port Blair à bord du prochain navire en partance pour Singapour, vers un camp de prisonniers de guerre.

Wilkerson ne bronche pas, et Buco ne fait nulle mention des autres captifs britanniques. Au lieu de quoi, il agite le bras en direction du fond de la place, et ses troupes repoussent les autochtones afin qu'ils ouvrent le passage à quatre cents soldats et policiers indiens qui auraient dû être évacués, avec Wilkerson et Baird, à bord du *SS Norilla*, le navire au destin funeste.

À présent, le colonel Buco poursuit en anglais, pour toute l'Inde britannique : « Ce jour est celui de la libération de nos frères asiatiques. »

Dans sa hâte à s'emparer de ce moment, Abraham s'avance et trébuche. Aussitôt, le colonel nippon redresse le menton et l'ancien serviteur de Shep brandit un petit drapeau rouge orné du tigre bondissant du All India Forward Bloc. « *Inquilab Zindabad !* L'Asie aux Asiatiques ! » Les prunelles brûlantes, le visage triomphant, il entonne ce slogan et les autres l'imitent.

Le nouveau gouverneur civil fait signe aux membres des forces indiennes de hurler ce slogan à leur tour. Tous les regards se fixent sur leur haut-commissaire, tandis que les troupes obéissent, d'abord hésitantes et ensuite avec plus de vigueur, à mesure que les jeunes de la ville et d'anciens forçats y joignent leurs voix. Tel un chef d'orchestre maniant sa baguette, Buco les exhorte en fendant l'air de son épée, et leurs clameurs se fondent en un rugissement victorieux.

« *Inquilab Zindabad !* Libérez l'Inde ! *Inquilab Zindabad ! Azad Hind ! Inquilab Zindabad !* L'Asie aux Asiatiques ! »

C'est seulement quand le vacarme atteint une intensité qui confine à l'hystérie et que le visage de Wilkerson a perdu ses derniers vestiges de fierté que Buco abat le tranchant de son épée au sol, réduisant au silence les officiants hors de souffle.

Toute la petite communauté locale considère désormais le Japonais avec ardeur. Leurs corps oscillent vers l'avant, les paumes jointes en signe de révérence, et des larmes ruissellent sur les visages les plus âgés. Des enfants sont hissés sur des épaules. Les forces indiennes ont capitulé. Buco et Shimura répondent avec gravité à leur prosternation. Le spectacle est stupéfiant.

Le lieutenant Shimura s'avance et, sans laisser transparaître la moindre ironie, s'adresse aux troupes en anglais – désormais la seule langue commune de Port Blair.

« Japon est ami de l'Inde. Tous les frères asiatiques combattent ensemble. Nous sommes des peuples fraternels. Les Européens ne règnent plus ! Frères indiens, bienvenue. Ensemble, nous bâtissons la co-prospérité. »

Il salue, et une rumeur sourde sinue dans les rangs, mais avant que quiconque ait bougé, Shimura reprend en japonais, en faisant signe à ses soldats de former des cordons. Nabi Bux transmet l'ordre aux Asiatiques de s'écarter d'un côté et aux Eurasiens de l'autre.

Le lieutenant adresse un geste bienveillant de la main aux Asiatiques en uniforme qui reculent au milieu des forçats et de leurs familles. Nabi Bux traduit sa harangue en ce sens : ceux dont les parents étaient bengalis, tamouls, agri, birmans, malais, sikhs, musulmans, parsis, hindous ou aborigènes seront libres de vivre en paix en qualité de citoyens de la Sphère de Co-Prospérité de la Grande Asie orientale. « L'Asie aux Asiatiques ! » conclut-il, et, en réaction, la majorité est trop heureuse de l'acclamer.

Ensuite, Shimura invite les Eurasiens à s'aligner en rang devant Wilkerson et Baird. Ce commandement rappelle à Shep, qui se tient derrière les deux officiers, une mise en quarantaine lors d'une épidémie de typhus quand il était petit garçon, à l'école. Trois de ses camarades de classe qui semblaient en parfaite santé avaient dû se mettre en rang et sortir avec les enfants malades. Aucun d'eux n'était jamais revenu. Son souvenir des visages stupéfaits de ces garçons se fond avec ceux de la vingtaine d'hommes qui s'avancent vers lui d'un pas traînant, à contrecœur. Nombre d'entre eux pourraient passer pour des Asiatiques, si l'apparence extérieure était le seul critère, mais les occupants ont sans aucun doute recueilli autant d'informations sur les soldats que le médecin de son école en avait eue sur ces garçons de sa classe.

Cette pensée lui rappelle la remarque de Baird, hier soir, au sujet de Tom Lutty. Tom ne pouvait pas passer pour Asiatique, et entre sa haute ascendance et ses talents en matière de transmissions, il représenterait pour l'ennemi une prise de choix. Shimura continue sur ce ton monocorde, et Shep balaie du regard ceux qui seront victimes de cette ségrégation, l'air abattu, et tente de prendre l'absence de son ami avec une note d'espoir.

Il se remet au garde-à-vous lorsque Nabi Bux annonce que quiconque est de filiation anglaise, française, danoise, hollandaise ou portugaise sera puni en tant qu'infidèle. Encore une génération de fils, songe-t-il, maudits à cause de la déchéance de leurs pères.

Les nuages crèvent alors qu'on les reconduit en ferry sur l'île de Ross, et la pluie tombe en cascade sur le toit en fer-blanc du *Benbow*. Shep savoure cette averse. Au moins, elle empêchera les envahisseurs de fouiller la jungle.

À l'autre bout du port, masqué par l'orage, on conduit Wilkerson à bord de l'un des croiseurs. Une légère inclination de la tête et un bref coup d'œil affligé à Baird, qui a servi sous ses ordres depuis son arrivée à Port Blair près d'une décennie auparavant, furent son seul adieu.

Shep n'a jamais beaucoup apprécié le haut-commissaire, et Claire encore moins, car il défendait le droit, la puissance et l'invincibilité présumée du pouvoir britannique. Pourtant, l'arrogance ayant d'ordinaire la vie dure, Shep ne se serait pas attendu à ce que, des deux hommes, Baird soit celui qui ait du cran.

Vaine promesse : la tempête s'achève de manière aussi capricieuse qu'elle a commencé, et lorsque les hommes regagnent la maison à pas lourds, le soleil entaille les nuages. À l'étage, la chambre que Wilkerson a libérée offre une vue sur le « continent », où Aberdeen scintille d'une activité nouvelle.

Shep referme ses deux mains en conque, pour s'en faire des jumelles. C'est comme d'essayer de déchiffrer le courant sous les vagues, mais il réussit à discerner des excroissances kaki qui passent d'échoppe en échoppe et s'agglutinent autour de celles qui vendent du *toddy*, le vin de palme. D'autres noyaux aux couleurs plus vives, composés de locaux – et parmi eux sans doute nombre de ceux qui ce matin acclamaient leurs « libérateurs » –, restent en retrait ou se ruent sur ceux qui viennent piller leurs foyer ou leur commerce.

Un murmure à peine audible l'éloigne de la fenêtre. Il croit d'abord qu'il s'agit de Baird, qui doit parler avec l'un des gardes, mais le ton ne cadre pas. Et le lieu non plus.

Il s'avance prudemment le long de la balustrade de l'étage. La porte de la chambre du fond est fermée. Le chuchotement provient de l'intérieur. Il entrouvre lentement la porte.

Un petit homme en chemise rouge à carreaux et en sarong blanc est accroupi au sol, face à Baird agenouillé devant lui. À l'expression de saisissement du Birman, Shep a un geste apaisant des deux mains et il entre.

Le major se redresse, en position assise sur ses talons.

« C'est Pati. Mon boy. »

Il prononce ce diminutif avec tant d'affection que cela va au-delà d'une relation de maître à serviteur. Pati, un homme d'âge mûr, observe Baird comme s'il voulait le graver dans sa mémoire.

« Comment est-il entré ?

— Pendant que tout le monde était en ville. Il me dit que les Japonais ont posté des sentinelles sur toute la côte, jusqu'à Rangachang.

— Votre maison se situe là-bas, n'est-ce pas ? »

Baird hausse les épaules.

« Les autres domestiques ont fui. Je lui ai conseillé la semaine dernière de partir au nord dans l'un des villages de colons. »

Sa voix retombe, et Pati baisse les yeux sur ses mains nouées. Un ballot, qui n'est pas ouvert, est posé sur le charpoy derrière lui.

« Il ne compte pas rester ici ? »

Shep a conscience que l'homme comprend sans nul doute tout ce qu'ils se chuchotent, et pourtant il lui semble moins intrusif de se parler comme s'il n'en était rien.

« Il va être obligé, pour le moment. »

Shep songe aux choix qui s'offrent à lui. À peine une semaine plus tôt, il se rendait en voiture à Rangachang et demandait à tous ceux qu'il croisait sur sa route des informations sur Naila et Ty. Il avait « retrouvé », en prenant bien soin de se montrer, l'une des sandales de son fils sur la pointe située au pied du bungalow de Baird, mais il n'y avait pas vu Pati.

« Y a-t-il d'autres sites de débarquement ? demande-t-il. Font-ils mouvement vers l'intérieur ? »

Baird et Pati entrent en conciliabule. Shep ne maîtrise pas autant le birman que le major, mais il en déduit que pour l'heure l'invasion reste centrée sur l'aérodrome de Lambaline.

Baird déballe les provisions que Pati lui a apportées : de la viande de porc séchée, des confiseries sous cellophane, du savon, du dentifrice, une brosse à dents, un pyjama rayé soigneusement plié et une petite serviette bleue. Le caractère intime de ces derniers articles embarrasse Shep, qui détourne les yeux.

« Cela vous ennuie si je prends la chambre de devant ? »

D'un geste, le major désigne le colis et son bras effleure l'épaule du boy.

« Prenez quelques provisions avec vous. Il y a une lame de plancher mal fixée dans le placard. »

De nouveau seul, Shep mâchonne une tranche de porc séché. Dehors, les rickshaws se remettent à circuler et sillonnent le carrefour, avec des officiers japonais pour passagers. Une cohorte de porteurs les suivent, charriant des caisses, des bocaux, des bouteilles et des malles. Il semblerait que la résidence du haut-commissaire soit sur le point d'être rouverte – et Buco l'occupera.

Shep s'adosse au mur, en retrait des fenêtres, dans la pénombre. Avec de la chance, Pati pourrait se glisser au-dehors ce soir après la tombée de la nuit. Il a probablement caché un canoë dans l'une des anses orientées vers l'océan.

Il a risqué sa vie pour Baird, mais il ne reviendra plus. Baird ne le permettra pas.

*

Naila est réveillée par le crépitement sourd de la conversation alors que Ty dort encore. Impossible de comprendre le sens de la langue biya, mais au bout d'une minute elle reconnaît la voix râpeuse de l'aînée, Kuli, puis les accords graves et chaloupés d'un second locuteur. Elle se penche par le volet de la tente que le docteur *saab* lui a fait envoyer, à partager avec Ty.

Elle doit se tromper. Que ferait le fainéant de la ville par ici ?

À Port Blair, Porubi chante souvent en titubant dans la ruelle derrière le Browning Club ou en urinant sur la tour de l'horloge. Parfois, ses chants brouillés ont des accents salaces et il darde sa langue aux écolières qui passent par là. Depuis le trottoir d'en face, on peut sentir la crasse de ses vêtements, les émanations de *toddy* qui flottent dans son haleine. Qu'est-ce que cet idiot pourrait avoir à dire à Kuli ?

Dès que je saurai avec certitude quand arrivera le prochain bateau, je vous ramènerai… Ces derniers jours, elle s'est représenté un millier de fois le docteur Shep entrant dans le camp à grands pas avec Ty Babu en équilibre sur sa hanche. Mais comment arriverait-il jusqu'ici ? Il ne lui est jamais venu à l'idée que, Leyo étant là, le père de Ty puisse avoir besoin d'un autre cornac pour le conduire, ou à envoyer à sa place en messager. Et surtout pas Porubi – et pourtant, à qui d'autre faire appel ?

Elle peut entendre le chef de la tribu maugréer doucement en réponse à ce que Porubi lui raconte. Puis une troisième voix intervient. Leyo.

« Viens. » Elle réveille Ty, il bâille et elle l'attire dans ses bras, puis elle le fait sortir et le dirige vers l'autre bout de la clairière.

L'attention de Leyo reste fixée sur Porubi avec une intensité telle qu'il semble à peine remarquer Naila : elle vient d'entrer dans l'abri de Kuli et se glisse près de lui en se baissant avec Ty. Celui-ci pose sa tête sur ses genoux, en regardant Mam Golat attiser le feu. Les autres sortent tout juste de leurs huttes et n'accordent que peu d'attention au conciliabule qui se déroule chez Kuli. Personne d'autre ne paraît surpris par la présence de Porubi, mais Naila n'en revient pas de voir à quel point cet homme a changé.

Son corps est immobile et discret, sans rien de ces gesticulations des membres auxquelles il se livre en ville. Et sans être capable de déchiffrer la conversation, elle voit bien que le message de Porubi est grave. Il parle de longues minutes, et Leyo et Kuli ne l'interrompent pas.

Enfin, il se tait. Kuli hoche la tête, et Leyo se tourne pour poser la main sur la poitrine de Ty Babu. Mais ses propos sont destinés à Naila.

« Nous devons partir d'ici », fait Leyo.

25-30 mars 1942

Et, pour ainsi dire dans la foulée, les voilà qui marchent vers le nord – tous autant qu'ils sont – loin de Behalla, vers un endroit qui s'appelle Buruin, le camp de mousson des Biya, où Kuli leur a suggéré de se replier pour se mettre en sécurité. Ils ont tout emporté, sauf leurs huttes, et les femmes, sous leurs chargements de casseroles et de paniers pendus à leur sangle frontale, grognaient contre Naila et se renfrognaient comme si c'était à cause d'elle qu'elles effectuaient cette marche avec une telle hâte, sous une chaleur des plus pénible, avant l'arrivée des premières pluies qui auraient rafraîchi leur périple.

Leyo et Kuli insistaient sur le fait que Ty et elle étaient désormais en danger s'ils restaient dans le sud. Mais comment le savaient-ils ? Ils n'avaient que la parole de ce fou de Porubi.

Elle avance en titubant, la tête grouillante de questions, de protestations et de plaintes. Le docteur Shep, prisonnier ? *Si les Japonais viennent ici et trouvent le garçon, ils nous feront tous prisonniers.* Leyo a dit cela, c'est certain, mais cela ne rendait pas la chose possible pour autant. Les Japonais ne feront pas des Asiatiques prisonniers. *L'Asie aux Asiatiques*, s'est exclamé Abraham. Mais comment comprendre cela, quand sa propre mère lui disait : *Les Anglais ne partiront jamais.*

Si le père de Ty avait réellement été fait prisonnier, alors il n'était pas parti. Et les prisonniers pouvaient s'échapper. Tant de combattants de la liberté avaient fui dans la forêt. Le docteur Shep s'enfuirait sûrement, lui aussi, et viendrait retrouver son fils. Et quand il atteindrait Behalla, il n'y trouverait maintenant que des détritus. Et après ?

« Pourquoi marchons-nous vers un endroit où le docteur Shep ne peut pas nous retrouver ? demande-t-elle à Leyo quand ils s'arrêtent pour se reposer.

— Porubi va le guider.

— Porubi ! C'est un bon à rien. Un minable ! Qu'est-ce qu'il sait, Porubi ? Et où il est passé, ce fou, d'ailleurs ? »

Il avait quitté Behalla avant le reste d'entre eux.

Leyo croise les bras et se détourne de la fille, Ekko, qui étire devant lui sa nudité, du bout des doigts jusqu'à l'extrémité de ses orteils. Il dit à Naila : « Porubi est revenu. Il verra ce que les Japonais font. Il peut trouver docteur Shep et s'il s'échappe, Porubi peut l'emmener à Buruin. »

Sa réponse est de peu d'effet pour apaiser Naila. Ty ne l'aide en rien non plus. Il semble goûter ce malheur.

Il a changé. Disparu, son Ty Babu, il s'est défait de ses manières d'être de Blanc comme un serpent de sa peau – vite et complètement. Il grimpe sur le dos de Leyo comme Artam enfourche l'échine de son père, et quand ils chevauchent, ces petits s'envoient des signaux, comme Ty et elle en avaient l'habitude. Ils repèrent des hiboux et des papillons, des orchidées et des toiles d'araignée. Ils dansent en se tenant par les bras. Ty, le garçon qui s'emparait d'un simple caillou et ne bougeait plus pendant une heure, semble maintenant désireux de regarder par ici, par là, partout, comme s'il s'était également défait de son habitude de se concentrer.

Mais non. Plus Naila étudie ce nouveau Ty – ce qu'elle fait

autant pour s'éviter de penser à ses orteils boursouflés, à ses poumons qui s'étouffent et à ses peurs qui la hantent que pour comprendre le sens du cruel contentement de son garçon –, plus elle se rend compte qu'il n'a pas perdu sa capacité de concentration mais qu'il l'a simplement recentrée sur sa nouvelle amie.

C'est Artam qui le fascine à présent. Et elle est devenue son guide personnel et sa compagne. Quand Artam se lèche les babines devant un bol de larves séchées, Ty l'imite. Quand Artam laisse sa mère l'examiner pour lui retirer des tiques et des sangsues, Ty attend son tour, et quand Imulu lui retire ces suceurs de sang – avec les mêmes petites lamelles de verre dont elle se sert pour couper les cheveux –, les deux enfants restent l'un et l'autre immobiles devant les filets de sang qui en résultent, comme s'ils regardaient un film. Naila a beau trouver tout cela répugnant, elle se répète qu'elle aurait intérêt à en faire autant – à moins qu'elle n'accepte de le livrer à ces gens.

Là-dessus, avec l'obscurité qui s'abat et leur périple dont on ne voit pas la fin, elle laisse ses pensées s'enliser dans des sables mouvants. *L'Asie aux Asiatiques !* Pourquoi pas ? Si le garçon est si heureux, laissons-le dans la forêt, mais elle, rien ne la retient ici. Le docteur Shep a dit que le danger émanant des Japonais ne pèse que sur Ty et lui-même, pas sur les natifs des lieux. Pas sur leurs compatriotes asiatiques. Elle ne sait même pas vraiment ce que cela veut dire – « compatriotes asiatiques ». Elle ne sait même pas pourquoi les Japonais sont en guerre avec les Britanniques et les Américains. Elle a eu un jour une dent extraite par un dentiste japonais à Aberdeen, et tout ce qu'elle est capable de se rappeler le concernant, c'est l'odeur de l'éther et le bonnet blanc que portait son assistante, comme une île flottante dans l'obscurité, et ses yeux oblongs et étroits, si bien qu'elle s'était demandé s'ils voyaient le monde différemment d'elle, mais peu importait, puisqu'ils l'avaient guérie de sa douleur. Sa maman lui avait dit qu'ils avaient pris bien soin d'elle, alors peut-être devrait-elle y retourner et demander au dentiste et à son assistante de prendre à nouveau soin d'elle. Elle avait pu retrouver sa route vers l'océan, puis suivre la côte jusqu'en ville. Elle ignore si le dentiste y est encore, mais au moins à Port Blair elle trouverait de la nourriture normale, un air qu'elle pourrait respirer et des gens à qui parler…

Leyo, derrière elle, lui pose la main sur l'épaule et lui annonce qu'ils s'arrêtent là pour la nuit. Autour d'eux, la forêt se referme comme une tempête noire écumante. Elle lève les yeux vers ce chaudron de ténèbres puis reprend d'un coup ses esprits. Elle n'a pas davantage trouvé son chemin vers l'océan qu'elle n'a pu trouver la lune cette nuit.

Elle croise le regard troublé de Leyo et, d'un signe de tête, lui fait savoir qu'elle comprend. Elle n'a pas le choix. Elle ne s'enfuira pas. Elle ne quittera pas Ty Babu ou ne fera pas semblant de croire que n'importe quel être au monde pourrait également choisir de la sauver.

« Ty Babu est à nous, maintenant, dit Leyo en se laissant choir à côté d'elle, et nous sommes des Biya. »

Il sourit en voyant le jeune garçon rejoindre Artam et Sempe qui creusent un foyer. Le camp se compose de nattes disposées sous un taro géant, l'arbre « oreille d'éléphant », et d'une fosse pour contenir les flammes que Kuli transporte avec lui dans un pot en argile. Artam aide Mam Golat à écraser les racines de taro avec du miel, pour leur repas.

« L'huile de neem le rend aussi foncé que toi. »

C'est vrai. Mais il est vrai que sans le vert de ses yeux, Ty pourrait presque passer pour un garçon indien. Elle manipule entre ses doigts le globe et l'étoile pendus à son cou.

« Mais et *memsaab* ? Elle n'a pas été faite prisonnière, et *memsaab* est allée de nombreuses fois en visite à Behalla. Elle va venir le chercher.

— Non. » D'un geste, Leyo l'invite à boire dans la gourde que Ty leur a tendue. « Seuls les soldats britanniques viendront peut-être.

— Alors, les Britanniques combattent les Japonais, ensuite les Japonais s'en vont et le docteur et *memsaab* peuvent venir. »

Naila trouve une pierre et tue un mille-pattes jaune qui se dirigeait vers le pied de Leyo.

« Tu veux maintenant que *memsaab* vient chercher Ty. »

La manière qu'il a de dire cela lui fait de la peine pour ce mille-pattes. Elle se penche en avant, les genoux au menton, elle referme son corps en boule. Un venin toxique, en pleine lumière.

La main de Leyo lui effleure l'échine.

« Nous arrivons bientôt à Buruin. C'est beau. Tu verras. »

Le lendemain, ils longent deux plantations de caoutchouc désertées, et les rangées régulières de troncs dressés rappellent à Naila des soldats à l'exercice. Une telle plantation d'arbres si soignée dans la profondeur de la forêt, sans aucune présence humaine, a quelque chose de fantomatique. Où sont les journaliers ? Leurs villages ?

Ces questions la font songer aux cartes dans la salle de classe de l'instituteur Sen. *Maîtrisez la carte et vous maîtriserez le monde. C'est ainsi que les Britanniques y sont parvenus.* Mais où sont-ils, maintenant, l'instituteur Sen et ses Britanniques magistraux ? Plus elle voyage loin avec les Biya, moins elle trouve d'intérêt pour tout ce qu'elle a pu apprendre à l'école.

Sa faiblesse lui fait honte. Chaque fois qu'elle demande à se reposer, Ekko lève les yeux au ciel. Chaque fois que Ty ou elle ont des gestes vers l'eau, Obeyo se précipite et le petit crâne qui bondit dans son dos semble les narguer. Même Kuli et Mam Golat, qui sont vieux et flétris, la distancent largement.

Ce n'est qu'une question de force. Les Biya semblent aussi posséder un don de double vue. Les hommes en particulier sont capables de repérer un varan à des dizaines de pas et de l'embrocher d'un coup de lance dès qu'ils l'ont aperçu. Obeyo et Ekko savent exactement quels troncs d'arbres morts contiennent des nids d'abeilles noirs, quels buissons d'épines cachent des grappes de baies comestibles bien mûres. Ils paraissent tous capables de dormir dans des endroits et des positions où Naila se sent paralysée, et pourtant au premier signe de danger ils se réveillent d'un sommeil profond, comme l'a fait le jeune Tika la troisième nuit dehors lorsqu'il a plongé son couteau dans un python géant que Naila n'a vu qu'à son réveil, des heures plus tard.

Faites-nous sortir de cette marche vivants, implore-t-elle, en s'adressant aux esprits de ses parents.

Enfin, le cinquième jour, Leyo s'arrête.

« Là », dit-il.

Mais il semble désigner un mur de pierre.

« Nous allons l'escalader ? » demande Naila.

Il se contente de sourire et leur fait signe de s'approcher, Ty et elle. La roche présente une paroi plate, striée de strates diagonales rouges et noires. Enfin, voici une chose que l'instituteur Sen lui a en effet apprise : des strates géologiques comme celles-ci montrent l'âge de la pierre, des millions d'années de soulèvement hors de terre. À cette pensée, elle se sent si insignifiante que c'en est presque un réconfort.

Ty part en courant, contourne un arrondi à la base de la roche et disparaît derrière une strate plus saillante que les autres. Quand Naila le rattrape, elle découvre un couloir caché que le temps a creusé à son sommet. Des générations de Biya ont dû tailler les marches grossières qui s'échelonnent à l'intérieur. Ces degrés de pierre sont recouverts de couches de feuilles et de boue, mais Kuli se sert de son bâton de marche pour dégager un passage.

Au terme de l'ascension, Naila est tout essoufflée. Au sommet, elle se plie en deux, incapable de reprendre ses esprits. Les autres défilent devant elle en direction d'une haute corniche protectrice en surplomb, une palissade d'arbres, et Leyo détache Ty de son dos afin que le garçon puisse courir après Artam.

« Regarde. »

Il prend la main de Naila et l'attire vers le bord de la corniche.

Ils font face au sud, et une fine lèvre de mer bleue apparaît sous les nuages de l'est. Au-dessous de la mer, pourtant, une autre sorte d'océan ondoie de vagues vertes enracinées à la terre. Çà et là, des fils d'or marquent les rivières qui serpentent au milieu de cet océan, et le ciel au-dessus d'eux semble animé d'une lumière pure et douce.

Leyo place ses deux paumes sur les épaules de Naila.

« Ici, dit-il, nous sommes en sécurité. »

*

Les trois premiers jours, Shep et Baird sont plus ou moins livrés à eux-mêmes, avec de l'eau du robinet, une maigre provision de riz, quelques restes de charbon dans le poêle de la cuisine. À part le *tenko* le matin et le soir, leurs geôliers ne semblaient pas avoir d'autres projets les concernant.

Ensuite, au quatrième jour, Shep est réveillé par une odeur qui flotte depuis la cuisine. Toasts… et café ?

Cette bouffée réflexe de plaisir se transforme rapidement en motif d'inquiétude, lorsqu'il entend la voix de Baird au-dessous de sa chambre. Quelqu'un est entré.

Il se glisse lentement au bas de l'escalier et scrute la pénombre intérieure.

« Mais vous disiez que personne n'avait été blessé. »

Alfred s'appuie d'une main contre le mur de la salle à manger et parle en direction de la cuisine où une silhouette masculine vêtue d'une tenue locale – bien trop large d'épaules pour être Pati – se tient debout dos à eux. Tout au fond, une porte maintenue fermée en temps normal s'entrebâille sur la petite pièce du domestique derrière la cuisine.

L'homme dans la cuisine se retourne et s'avance en claudiquant, tend à Baird une tasse et aperçoit Shep qui s'approche.

« Docteur *saab*. »

Abraham frappe dans ses paumes et claque des talons dans une parodie de marque de respect.

« Nos hôtes ont eu pitié de nous. » Baird a un geste avec sa tasse, qui goutte par une fissure aussi fine qu'un cheveu. « Abraham est arrivé avec des provisions. Et des nouvelles. Apparemment, il y a eu une sacrée pagaille hier après-midi à Aberdeen. »

Les yeux de chien battu d'Abraham dévisagent son ancien employeur. Sans sa vieille veste blanche, sa chemise bleue à rayures qui ne fait plus partie d'aucun uniforme évoque encore vaguement celui d'un forçat. Il observe Shep avec un calme irritant.

« Comment se fait-il qu'on vous ait confié cette mission, Abraham ? »

Le menton mal rasé oscille, un coup à gauche, un coup à droite.

« Il y aurait une soucoupe, ici, par hasard ? » Baird désigne la fuite de sa tasse et Abraham retourne en cuisine d'un pas traînant. « À cheval donné on ne regarde pas la bouche, n'est-ce pas ? fait Baird à voix basse. Je suis sûr que Buco n'a pas eu trop de mal à localiser votre valet. »

Ou par conséquent celui de Baird. Ensuite, Pati leur avait filé entre les doigts.

Le mobilier de la salle à manger consiste en deux sièges droits percés de trous dans le cannage de l'assise. Ils les rapprochent et s'assoient au bord du cadre de bois. Abraham refait son apparition avec une tasse dépareillée pour Shep, deux tranches de pain brûlé dans une assiette en étain et une autre pour Baird qui lui tiendra lieu de soucoupe. La posture que prend l'autre semble ridicule aux yeux de Shep, mais il semble qu'ils dépendent de la présence d'Abraham pour se nourrir.

« Alors, continuez donc votre histoire, insiste Baird d'un ton un peu trop enjoué. Quelques soldats japonais se sont lâchés et sont allés voler dans les plumes du jeune Sunny Ali.

— Le fils de l'employé de la scierie ? »

Abraham s'étrangle de rire.

« Voler dans les plumes ! Elle est bien bonne, celle-là, *saar*.

— Je ne voulais pas te voler la vedette, Abraham. Continue. »

L'homme se campe les poings sur les hanches comme s'il expérimentait une nouvelle pose.

« C'étaient un peu des têtes brûlées, ces soldats. De mauvais garçons, ils attrapent des poulets, ils entrent dans des maisons. Certains ont été dégoûtants avec les dames, vous savez, et Sunny a trois sœurs qui ne sont pas mariées. Quand les soldats arrivent dans la maison de son père, Sunny crie à ces hommes de s'en aller de là ! Mais les Japonais, eux, ils rigolent et ils font des mauvaises blagues. Les femmes sont cachées dans le fond de la maison. Pauvre Sunny, il est très perturbé. Il a un pistolet. »

Baird lâche un grommellement. Abraham hoche la tête pour souligner son propos.

« Il tire un coup en l'air pour faire partir les intrus. » Abraham tire d'un coup sec sur sa moustache. « Mais ces hommes ne perdent pas de temps, et ils reviennent plus nombreux. Alors Sunny se rend compte de son erreur. Et il file par-derrière. »

Shep n'aurait pas cru Abraham capable de débiter un tel volume de mots en anglais, et avec une telle énergie. Quoi qu'il en soit, toute cette histoire ne mène certainement à rien de bon. Sunny Ali est encore un jeune garçon, un bon batteur au cricket, un frère loyal dont le tempérament est à la hauteur de son nom. Après que Shep lui eut retiré l'appendice deux ans plus tôt, à titre de remerciements, la famille lui a fait cadeau d'une rare *Malleola* albino, une orchidée aux fleurs semblables à des échelles de perles.

« Les Japonais sont venus avec des grenades. Ils ont dit à Akhbar Ali : "Tu nous donnes ton fils, ou on détruit tout." Ah, les femmes poussent des cris, et d'autres soldats mettent le feu à la maison où ils croient qu'Ali se cache, et l'incendie se propage rapidement à d'autres maisons. Toute la ville est en danger.

— Le pauvre garçon, murmure Baird.

— Pauvre garçon ! » Abraham hausse si soudainement la voix que la porte de derrière s'ouvre d'un coup. L'ancien cuisinier aspire un filet d'air entre ses dents et lève les deux mains. « Désolé. Désolé. »

Les gardes qui viennent de faire irruption lancent des regards furibonds aux deux prisonniers pétrifiés et à l'abject serviteur. L'un des deux Nippons se sert de la pointe de sa baïonnette pour faire voler la tasse vide de Baird contre le mur, mais ensuite ils se retirent.

« Heureusement, murmure Abraham, Narayan Rao a une cervelle.

— Le chef de la police adjoint.

— Oui. Avant, c'était l'adjoint, et maintenant, c'est le chef, je crois bien. Il va voir les autorités, il les convainc de laisser le temps aux gens d'éteindre les incendies. Ensuite, il revient parler à Akbar Ali : "Sunny nous a mis dans ce pétrin. Sunny doit se rendre pour le bien de tous." Et il va se rendre, je pense qu'il va le faire.

— Quel âge a ce Sunny ? s'enquiert Baird.

— Tout juste vingt ans. » La réponse de Shep surprend les deux autres. « Je l'ai soigné il y a deux ans. C'est un bon gars. »

Cet après-midi-là, on les reconduit de l'autre côté du port, de nouveau sur la place de la tour de l'horloge, avec le reste de la ville, seulement cette fois ils ont les poignets liés et l'engourdissement menace, comme une maladie du sommeil. La chaleur donne à l'air un goût de goudron.

Deux soldats amènent Sunny Ali au milieu d'une foule silencieuse. Le colonel Buco mène la procédure, aucun signe de Shimura. Le prisonnier est ligoté à l'un des poteaux qui cernent la tour de l'horloge.

Cette tour se dresse en hommage à plus d'un million d'Indiens qui ont péri en combattant pour les Britanniques au cours de « la der des ders ». Shep surprend Baird qui baisse les yeux sur la plaque commémorative et le suspecte de penser à la même chose.

Sunny a encore ce même visage rond que Shep avait rassuré avant de le confier à l'éther. Le garçon sourit à son père, qui est là, debout, et se tord les mains, et à sa mère en larmes. Pour ses camarades de classe, il remue les oreilles, et ils sourient à son air de défi. Même ici, même en cet instant, pour Sunny, l'occupation nippone reste une abstraction. L'Asie aux Asiatiques.

« Trahison ! » tonne Buco sans préambule. Ses soldats serrent les rangs. Ils forment un cordon extérieur et se campent épaule contre épaule pour empêcher toute intervention des autochtones. Entre les épaules kaki et les pieds bottés, Shep entrevoit l'autre cordon intérieur qui se referme. « *Jujutsu !* » s'écrie Buco.

Le garçon pris au piège à l'intérieur du cercle pousse un cri tandis que la mêlée des soldats se rue en avant avec des vociférations perçantes. Ensuite ce sont les bruits audibles des tendons arrachés, le claquement des bottes sur de l'os.

Shep tire sur ses liens qui lui entaillent les poignets. À l'autre bout de la place, le marchand de bijoux, Farzand Ali, s'accroupit, les paumes jointes, les yeux écarquillés, et il implore : *Docteur Durant.*

Le titre, la formation, cette imposture.

Les cris du garçon se transforment en hurlements de bête à l'agonie, puis cessent brusquement. La mère de Sunny s'effondre.

« Assez ! » fait Buco en pointant le bras.

Les assaillants, essoufflés, ensanglantés, s'écartent de leur victime, désormais enroulée autour du poteau. Un bras pend, déboîté de l'articulation. Sous le voile rouge luisant, la peau du garçon a viré au bleu de l'encre Waterman. Il a les yeux enflés, fermés, le nez enfoncé, et un côté de son crâne est creusé d'une concavité de la taille d'une orange. Sa tête penche à un angle peu naturel, et quand sa poitrine se soulève, le bruit qui en émane est déchirant.

L'un des soldats lui lance un seau d'eau, et le torse, noyé dans une mare, est pris d'un sursaut. Buco beugle un ordre, et trois recrues en tenue impeccable sortent du cordon extérieur et se mettent en position autour du corps tremblant de Sunny.

Après les coups de fusil, la foule ne fait pas un bruit.

6
Avril 1942

Claire se forme à Barrackpore depuis déjà une semaine lorsque Roger la rappelle à Calcutta « pour bavarder un peu ». Elle prie pour que cela signifie que Viv et lui ont pu se procurer davantage d'informations utiles qu'elle n'a pu elle-même en recueillir. Ils avaient peut-être raison. La constance lancinante de l'absence de Ty et Shep, associée au caractère soudain, intermittent, aveuglant de leurs apparitions spectrales, l'arrache à son sommeil et la hante de culpabilité. Elle meurt d'envie de se perdre dans une tâche qui l'absorbe. *De faire ce que l'on peut.* Dieu sait qu'elle s'y emploie. Mais la futilité de ses efforts l'assaille de toute part.

Malgré le caractère impressionnant de l'intitulé – École de renseignement « C » du Centre de transmission sans fil Orient –, son admission parmi les assistantes temporaires féminines l'a en réalité plongée dans les règles ésotériques du chiffrement, des indicatifs radio et des codes opérationnels. Des pratiques et des règles. L'école. Le bon côté, c'est que les hiéroglyphes fonctionnels du Corps des transmissions ont tendance à émousser la mémoire presque aussi efficacement que l'imagination, mais elle commence à désespérer d'être jamais autorisée à faire davantage que de la collecte de données. Et même si elle était affectée à une salle chargée des interceptions, elle aurait tout autant de chances de s'occuper de trier des messages provenant de Birmanie ou de Malaisie que de Port Blair.

Au cours du trajet en gharry, soit une trentaine de kilomètres, le véhicule longe la rivière en craquant et grinçant, et ces apparitions viennent la narguer. Shep est là, debout, main dans la main avec Ty, et il arpente la digue. Naila marche dans l'eau. Pour qui Claire se prend-elle ? Ils l'ignorent, tous les trois. Elle a trahi sa famille, elle les a laissés mourir. Et voilà maintenant qu'à Barrackpore elle a même retiré son alliance. Ici, personne ne sait rien de Shep et Ty. Elle ne supporte pas de parler d'eux. Ses quatre camarades de chambrée, dans la cabane Nissen, et un bon nombre de ses homologues stagiaires ont des maris qui combattent en Birmanie, mais dès qu'il s'agit de Ty, elle ne peut rien partager avec elles. À la seule idée d'admettre devant des inconnues qu'elle a laissé son enfant en territoire ennemi, sa gorge se transforme en pierre.

« *Shukriya.* » Elle paie le chauffeur et descend du gharry dans la cohue de Dalhousie Square. Elle n'est encore jamais allée au bureau de Roger. Hormis le fait qu'il détient une espèce d'autorité bureaucratique, elle n'a en réalité aucune notion de ce que comporte son activité. Bienvenue dans l'effort de guerre, se dit-elle.

La secrétaire de Roger, une blonde empesée, jette un œil à la tenue de Claire un peu salie par la poussière de la route et lui demande si elle ne veut pas se « rafraîchir ». Peut-on imaginer envie plus inutile, songe-t-elle.

« Si cela ne vous ennuie pas, je… »

Elle esquisse un geste en direction du bureau.

« Mais, ils… »

Ce n'est qu'à ce moment-là que Claire remarque la rougeur

sous les taches de rousseur de la secrétaire, l'éclat de ses boucles pomponnées, son regard nerveux vers la porte en acajou, derrière laquelle se marmonne une conversation. Il y a là une autre personne, en plus de Roger et Vivian.

Sans qu'elle soit dupe, l'espoir la gagne. Elle pousse la porte. Claire se retrouve face au chef de la police de Port Blair, et toute conversation cesse.

Denis Ward. Brûlé par le soleil, vêtu d'une espèce de mufti tropical, posé dans un fauteuil club trop rembourré.

Claire balaie très vite la pièce du regard : Vivian, à la gauche de Ward, puis trois sièges inoccupés, et Roger, qui s'avance vers elle. Personne. Personne d'autre.

Les rideaux blancs tirés derrière Ward bougent comme de l'air liquide.

Roger vient vers elle, la prend par l'épaule et la conduit vers un siège en face de Ward.

« Vous vous connaissez… »

C'est vraiment lui. Et rien que lui.

« Vous vous êtes enfui, réussit-elle à dire.

— Il s'en est fallu de peu. »

Vu de plus près, Ward a un air maladif. Et ce fauteuil est bien trop grand pour lui. La peau qui pèle comme la carapace d'une crevette bouillie masque à peine une carcasse de cadavre. Il en a aussi le sourire de gargouille.

« Ils n-n'avaient même pas de vraie boussole, explique Roger. Ils ont dû naviguer au sextant hydrographique. Personne n'avait encore jamais réussi une pareille traversée avec un bateau de cette taille. Les requins, les mines, les grains, D-D-Dieu sait quoi d'autre…

— Oh, bon sang, s'écrie Vivian, coupant court. Ce qu'il faut que tu saches, Claire, c'est que le major Ward a quitté Port Blair avec trois autres personnes dans un petit bateau de pêche, quatre jours avant l'invasion. Et alors qu'ils embarquaient, il a vu Shep. Exact, major ? »

Ward hoche lentement la tête, ses yeux vitreux rivés sur ceux de Claire.

Roger lui tend un verre d'une eau citronnée tiède, qu'elle vide sans la goûter.

Un ventilateur électrique ronronne et hoquète dans le coin. Le vacarme du trafic à l'extérieur. La lumière terne qui tremblote.

« Continuez », dit-elle.

Ward tend la main vers la table basse en cuivre qui les sépare et extrait une petite enveloppe de sous la boîte en bois laqué qui l'empêchait d'être emportée dans le courant d'air du ventilateur.

« Shep m'a remis ceci, à l'embarcadère.

— Il ne croyait vraiment pas qu'ils ré-réussiraient, insiste Roger.

— Franchement, admet Ward, personne n'y croyait. Mais enfin, ils misaient tous sur l'arrivée d'un autre bateau. »

Claire accepte l'enveloppe. Elle fixe le vélin souillé, les auréoles d'eau de mer et les rides du papier. Elle se représente Shep sur la jetée de Phoenix Bay, tendant cette feuille à Ward. Ward… quelle ironie. Elle le voit poser son autre main sur la tête de Ty, lui envelopper sa couronne de cheveux noirs de la paume, pour l'empêcher de s'éloigner. Elle s'imagine le tumulte autour d'eux sur le quai, le flamboiement du soleil sur la pierre, les regards de tous ceux qui restent, qui observent et s'interrogent, espérant encore pouvoir s'embarquer sans encombre.

« Dites-moi ce que vous savez, dit-elle. Ce jour-là. Mon fils, de quoi avait-il l'air ? »

Ward pose son verre vide.

« Votre fils ?

— Pourquoi dites-vous cela sur ce ton ?

— Je suis désolé. Je supposais… Avec tout ce qui s'est passé, c'était un peu chacun pour soi, mais la nouvelle a quand même circulé. »

Vivian se penche en avant.

« Quelle nouvelle ?

— Selon moi, ce n'était qu'une rumeur, mais… » Ward s'appuie de ses deux paumes sur ses genoux. « J'ai appris que Shep avait consacré des jours entiers à le chercher, jusqu'à Rangachang. On a dit qu'il avait retrouvé là-bas une sandale sur la plage, mais rien d'autre. Je suis désolé, Claire. »

Ses pensées font un mouvement de soufflet, elles pressent et elles étirent tout ce qui peut passer pour des faits ou des informations. Même si elle pouvait se fier à Ward, il admet lui-même que tout cela ne correspond qu'à des ouï-dire. Le câble de Shep était parti dès cette première nuit : Ty et Naila, tous deux sains et saufs.

Shep devait rechercher autre chose. Un moyen de se tirer d'affaire.

Mais enfin, pourquoi Ty n'était-il pas avec lui sur le quai ? Si son père l'avait retrouvé, jamais il ne l'aurait quitté du regard, elle en est certaine.

Ensuite, le soufflet s'arrête. Ward s'est échappé avant que les Japonais ne débarquent. Shep et Ty, non.

« Lis », insiste Vivian.

L'enveloppe est posée dans le pli de sa jupe. Elle la retourne, et la vision de son nom griffonné à la hâte par Shep lui fait presque perdre connaissance. Elle baisse la tête, se ressaisit, puis elle reprend.

Une fois déplié, le mot consiste en juste quatre lignes troubles écrites à la mine de crayon :

Ma chérie, si ce mot te parvient, sache que je t'aime.
Eria...

Ici, une tache de gras masque deux lettres. Ensuite :

... *Kurzii*
Que Dieu nous protège

« Qu'en penses-tu ? »

Elle lève les yeux et croise ceux de sa belle-sœur qui la fixent avec anxiété.

« C'est une sorte de code, non ? observe Roger. Du latin, sûrement, mais tout ça ne semble pas avoir grand sens. »

Bien sûr, ce message, ils l'ont déjà lu. Et maintenant, ils traitent tout cela comme un jeu – une déformation professionnelle dont elle a pris l'habitude, à Barrackpore. Les perceurs de code fêtent leurs réussites avec des exclamations de joie qui se répercutent sur les cloisons de plâtre. Dans les salles dédiées au pistage de l'ennemi, Claire ne sait jamais précisément ce qui peut représenter une victoire, mais elle s'émerveille de cette capacité à se réjouir chez des gens qui, au fond, viennent sans doute juste de deviner les coordonnées d'un raid de bombardiers ou d'une nouvelle cible aérienne.

« Shep m'a dit un jour (en racontant cela, Claire regarde Vivian) que votre père vous faisait tous monter sur le toit du Peace Hotel, à Shanghai, pour regarder les armées chinoises en découdre. Il m'a expliqué que vos parents ne se sont jamais rendu compte du côté grinçant de la chose. Ils sirotaient des gin tonic et assistaient à ce spectacle comme si la guerre n'était qu'un match de football, à ceci près que les perdants finissaient fusillés. »

À cause d'eux, j'avais honte d'être anglais, avouait Shep, *et j'avais encore plus honte de mon père*. Il ne parvenait pas à comprendre comment un homme qui se faisait appeler « docteur » pouvait se révéler d'une telle indifférence et d'une telle dureté de cœur devant la souffrance humaine.

Vivian se lève sans répondre et elle écarte les rideaux. La pièce est inondée par une lumière safran et envahie par les flonflons métalliques et nasillards d'un orchestre de mariage. Un vol de pigeons tournoie dans le ciel, traçant des cercles au-dessus des toits avant de mettre le cap au sud en direction de la mer.

« Non, finit par réagir Claire, en acquiesçant aux propos de Roger. Rien de tout ceci n'a de sens. »

Une heure plus tard, tout ceci en a encore moins. Ward, s'avère-t-il, a un lien de parenté avec Roger, un cousinage éloigné, et bien qu'il ait grandi dans le Pendjab et n'ait jamais mis les pieds à Shanghai, il semble décidé à exploiter ce lien familial. Roger ne manifeste aucun signe de résistance. C'est même plutôt l'inverse, il clame son soutien à Ward dans leur décision de « retenir » le message de Shep, considéré comme un élément de « renseignement ».

Venant de Roger, quelle déception. Claire quitte les deux hommes, à la fois blessée et écœurée.

Vivian, qui a tenu sa langue en ces derniers instants de friction, suit Claire dehors et lui désigne la direction du Grand Hôtel.

« Allons prendre un verre. »

Ce jour-là, l'hôtel ne présente que peu de ressemblance avec le palace somptueux que c'était encore cinq ans plus tôt. Le salon élégant où Shep, Roger et elle avaient dîné ensemble le soir de leurs retrouvailles est devenu une salle de mess, et le bar une cantine, remplie à ras bord de soldats de toutes les régions du monde allié. Les sols de marbre et les hauts plafonds font néanmoins encore du salon de ce Grand Hôtel la pièce la plus fraîche de Calcutta, et la bière et le gin y coulent plus à flots que jamais. Les deux femmes s'arment chacune d'un verre de l'une et de l'autre.

« Roger a signé le même serment de respect du secret que toi, lui rappelle Vivian. Je ne sais pas depuis combien de temps il est en possession du message de Shep ou pourquoi il refuse à présent de nous le remettre, mais voici ce que je subodore. Cette formule latine laisse entendre que mon frère craignait que son message ne tombe entre des mains ennemies. Et cela fait de ce billet autre chose qu'une correspondance privée… tout au moins du point de vue du ministère de la Guerre. As-tu la moindre idée de ce qu'il essayait de te dire ? Si nous réussissons à prouver que cela n'a aucun rapport avec la conduite des hostilités, ils lâcheront prise. Et ils nous le remettront.

— Nous ? »

Vivian lui prend la main.

« Roger est peut-être duplice, mais moi, non. »

Claire regarde fixement leurs doigts entrecroisés.

« J'ai la sensation de me battre contre des ombres. »

Vivian resserre brièvement sa main autour de la sienne et se redresse, en recherchant le courant d'air que dispense le ventilateur de plafond le plus proche.

« Parle-moi de Ty », dit-elle enfin.

La question prend Claire au dépourvu.

« Denis Ward ne sait pas de quoi il parle.

— Bien sûr que non. Si Shep t'a écrit qu'il avait Ty avec lui, c'est qu'il l'avait avec lui. Mais parfois le simple fait de parler des êtres les rend un peu plus proches. En outre, c'est mon seul neveu et je ne sais encore presque rien de lui. »

Claire attrape un cendrier de verre posé au centre de la table et scrute au travers comme s'il s'agissait d'un objectif d'appareil photo.

« Il est beau. Aussi mince que Shep, mais avec des cheveux aussi bouclés et noirs que ceux de mon père quand il était jeune. L'Irlandais noir, mon père disait qu'on l'appelait ainsi. Mais papa avait des yeux marron, et ceux de Ty ont le vert profond de la mousse. Il a des cils extrêmement longs et duveteux. J'adorais le serrer tout contre moi rien que pour les sentir battre contre ma gorge. » Elle lève les yeux car elle entend quelqu'un qui égrène au piano les premières notes du *Clair de lune* dans l'angle opposé de la salle. « Il a l'oreille absolue.

— Il semble parfait en toute chose. »

Claire boit une gorgée de son gin tonic.

« Pas exactement. »

Vivian attend la suite.

« S'il était parfait… ou si je l'étais davantage… à cette minute, nous serions tous réunis.

— Claire… » Viv va protester, mais Claire la coupe.

« Ty ne parlait pas. Du moins pas avec des mots. Et pas à moi. » Elle lui décrit les obsessions de son fils, avec les plantes, avec l'eau, la lumière et la musique… ses fredonnements dans une tonalité parfaite, alors qu'il ne chantait jamais, ses crises de colère et sa mémoire remarquable. « Je voyais bien ce qu'il aimait. Parfois, j'avais l'impression de réussir à voir son cerveau fonctionner. Shep disait la même chose. Mais vers l'époque où Ty aurait dû se mettre à parler, quelque chose s'est mal passé. Je suis incapable d'expliquer quoi… » Sa voix se brise. « Et pourtant, la jeune fille qui veillait sur lui… Elle le comprenait mieux que je n'en avais jamais été capable, apparemment. »

À l'autre bout du salon, deux lieutenants au visage pâlichon se mettent à chanter *For He's a Jolly Good Fellow*. Vivian attend que leurs voix retombent, et elle paraît peser ce qu'elle va dire.

Finalement, elle reprend la parole.

« Claire, je n'ai pas prononcé mon premier mot avant l'âge

de quatre ans. Shep était loin d'accuser un tel retard, mais à deux ans, comme il ne parlait toujours pas, je me souviens que Père nous avait catalogués tous les deux comme des “attardés”. Il n'empêche, quand j'ai piqué mes toutes premières crises de rage, Shep était loin de m'arriver à la cheville. » Elle arbore un grand sourire. « Il semblerait que votre garçon ait de qui tenir. »

Claire ferme les yeux pour refouler le soudain mouvement de bascule qui la submerge. Ce doit être ce que ressentent les survivants d'un accident de voiture quand on leur démontre qu'ils auraient pu éviter la mort de leur famille s'ils avaient simplement fait appel au bon mécanicien.

Elle n'a pas dû bien entendre, cela ne se peut pas.

« Shep n'a jamais fait la moindre allusion à l'idée que l'état de Ty ait pu relever de l'hérédité. À ma connaissance, cela le déroutait complètement. »

Vivian soupire.

« Et cela va de soi. Souvenez-vous, j'ai presque quatre ans de plus que lui. Quand Shep avait trois ans, nous parlions tous les deux très bien. Et, en tout cas, dans notre éducation, on nous avait appris à ne pas nous faire voir, à ne pas nous faire entendre, et donc, à part cette bonne blague de papa concernant notre retard, la question n'était jamais mentionnée. Dans notre famille, admettre ses défauts ou ses faiblesses, c'était presque aussi impardonnable que d'exprimer son amour. »

Cet abîme entre Shep et ses parents. Était-il concevable que Shep lui-même… ?

« Tu sais qui d'autre a parlé tard ? »

Claire la regarde.

« Einstein !

— Einstein. Vivian, si Ty pouvait parler, Shep et lui seraient ici, à cet instant.

— Comment cela ? »

Elle un mouvement de tête désemparé. Comment peut-elle expliquer le rôle que jouait le silence dans la dévotion que Ty manifestait envers Naila ? Comment peut-elle même être sûre qu'elle aurait agi différemment, en cette dernière matinée, si elle avait entretenu une relation normale avec son fils ?

Elle aurait agi autrement. Elle lui aurait accordé une valeur infinie, au-delà de tout le reste. Très au-delà de son travail, de ces satanés artefacts. Au-delà même des Biya. Si elle avait entretenu un lien normal avec son fils, avant toute chose, peut-être n'aurait-elle pas cherché à reporter son affection vers ces autres sujets d'intérêt.

« Je ne veux pas me montrer insensible, lui dit Viv. Mais il se peut que Ty soit moins désarmé, plus résistant qu'il n'y paraît.

— Ty a quatre ans.

— Je sais. » Vivian se mordille la lèvre. « Je le sais. »

Claire regarde fixement le ventilateur qui tourne au-dessus de sa tête.

« Comment sais-tu ça ? Pour Einstein. »

Elles se requinquent l'une et l'autre avec une deuxième tournée, et Vivian explique qu'on lui avait confié la rédaction d'un article sur les voyages qu'Einstein avait effectués en Extrême-Orient, autour de la quarantaine.

« Je ne savais presque rien de cet homme, alors j'ai lu tout ce sur quoi j'ai pu mettre la main, notamment quelques évocations captivantes de lui jeune enfant qui m'ont donné l'impression de lire des descriptions de moi-même : les exigences des autres l'ennuyaient vite, il était perçu comme grossier et incorrigible, intéressé jusqu'à l'obsession par des mystères que personne d'autre ne semblait remarquer, d'un entêtement absolu, résolument indépendant et souvent taxé de stupidité. Un jour, pris de colère, il avait failli assommer sa sœur avec une boule de bowling, et il n'a prononcé ses premiers mots qu'à l'âge de trois ans.

— Enfin, Viv, Einstein était un génie.

— C'est ce que tout le monde dit de lui maintenant, mais ses parents et ses instituteurs n'ont jamais pensé ça, pas plus que les miens, d'ailleurs. Bon, je ne prétends pas être au niveau d'Einstein ! » À cette idée, elle lâche un petit rire. « Mais je savais lire et jouer du piano avant d'avoir prononcé mon premier mot, et je me rappelle quand même que lorsque j'ai enfin parlé, cela me semblait assez inutile, car personne ne s'intéressait aux choses dont je voulais discuter. C'était aussi ce qui pesait tant à Einstein, mais chez lui, c'était au énième degré !

— Et qu'est-ce qui peut expliquer ça ?

— Je n'ai pas pu découvrir de raison médicale. Toutefois, j'ai appris l'existence d'un certain nombre d'autres enfants muets qui s'en sont finalement très bien sortis. Les pianistes Clara Schumann et Arthur Rubinstein…

— Tu as déterré toutes ces informations et tu n'en as jamais rien dit à Shep ? »

Viv fait rouler sa bouteille de Lion Ale entre ses paumes.

« J'avais l'intention de lui envoyer l'article, de cela, je suis certaine, mais ensuite, Shep ne m'a jamais rien dit de ses craintes à propos de son magnifique garçon. Et depuis toutes ces années, c'est la première fois que je repense à Einstein. »

Elle lève les yeux.

« Je suis vraiment désolée, Claire. J'aurais pu t'épargner un chagrin inutile. Au moins te proposer une explication plausible. »

Le duo de lieutenants chanteurs se lance dans une gigue. Ils ont de qui tenir, songe Claire. Différents, mais normaux. Peut-être même mieux encore que normaux. Elle a envie de se lever et de crier sur ces abrutis de trouffions. Qu'elle ose ou non ajouter foi à la théorie de Vivian, c'est sans importance désormais. *Chagrin inutile ?* Son fils de quatre ans et son mari sont prisonniers de guerre… ou pire. Si elle avait été un peu informée de tout ceci au préalable, cela aurait-il suffi à influer sur leur sort ?

« Je ne peux pas revenir en arrière », dit-elle en dévisageant ces voisins tapageurs sans vraiment les entendre. Dans sa bouche, ces mots lui font l'effet du gravier. « Je ne peux pas transformer ce qui appartient au passé. Je dois me concentrer sur ce qui est possible maintenant. » Elle se tourne de nouveau vers Viv. « Comment Denis a-t-il pu s'échapper en abandonnant Shep et Ty sur place ? »

Vivian se renfonce dans son fauteuil et, pendant un instant, elle semble perdre son souffle. Les chanteurs battent en retraite vers le bar, et le silence qui les remplace s'installe comme un voile mortuaire.

« Je n'en sais rien, admet Vivian en baissant la voix. Mais je pense que cela cache davantage de choses que Roger ou lui ne nous en ont divulgué.

— Pourquoi ont-ils conservé le message de Shep ? »

Sur un signe de tête de Viv, Claire se glisse plus près d'elle.

Vivian laisse tomber sa voix, qui n'est plus qu'un chuchotement.

« Aujourd'hui, pendant que nous attendions votre arrivée, à Denis et toi, Roger m'a confié que Ward avait passé ses derniers mois aux Andaman à reconnaître des sites de débarquement, des hauteurs, des rivières. Et à cultiver des informateurs.

— Des sites de débarquement ?

— C'est pure conjecture, évidemment.

— Tu ne veux pas laisser entendre que Denis Ward lui-même… »

Viv la fait taire.

« Dieu sait combien de temps cela réclamera de monter une

mission pareille, mais j'ai cru comprendre que les opérations spéciales ont un camp d'entraînement de commandos à Ceylan. Des rumeurs circulent au sujet d'une équipe de reconnaissance qui se dirige vers Sumatra… »

Face à l'ampleur de ce que lui laisse entendre Viv, Claire sent sa tête cogner, mais elle reprend le fil de sa pensée.

« Et les Andaman sont tellement plus proches. »

*

Naila se tient toute seule au bord de la corniche et regarde aussi loin qu'elle peut. Vers le sud-ouest, la brume matinale bouillonne au-dessus de la forêt, mais Port Blair serait trop éloigné pour être repérable, même par la journée la plus dégagée. La jeune fille est coupée de tous les territoires qui lui sont familiers.

Parce qu'ils sont arrivés avant les pluies, depuis leurs premières nuits à Buruin, ils dorment à la belle étoile, mais les Biya construisent un abri qu'ils appellent la maison ronde. Les femmes tissent du chaume, et les hommes taillent des tronçons de canne à sucre et d'arbrisseaux, pour la charpente. Naila, Artam et Ty tressent des lianes et fabriquent de la corde. Pendant la mousson, leur a expliqué Leyo, la maison ronde sera assez solide pour résister aux pluies les plus fortes. Tout le monde dormira ensemble à l'intérieur. « J'aime bien ça. »

Naila sait ce qu'il veut dire : il préfère ça plutôt que vivre dans la maison de célibataire que Tika et lui partageaient à Behalla. Il apprécie d'avoir tout le monde près de lui.

Pour sa part, elle n'en est pas si sûre. Elle redoute de se réveiller la nuit en découvrant que Ty est allé dormir auprès d'Artam et de ses parents et, avec tout le monde sous un même toit, la désertion de son garçon lui apparaît comme un plus grand danger.

Pourtant, Ty s'est joint avec ardeur à la construction. À l'instant même, il est assis derrière elle, la bouche crispée par la concentration. L'autre garçon, Tika, lui apprend à ligaturer les traverses avec de la corde, à fixer les nattes à leurs montants dressés. Pour Ty Babu, construire est comme un puzzle, et il en maîtrise rapidement les rudiments.

Loin de Port Blair, il semble être moins un bébé et davantage un petit homme, avec des membres désormais musclés et un profil d'une fermeté inédite – un air déterminé qui évoque à la fois le docteur Shep et *memsaab*. Il a toujours été entêté, très arrêté dans ses centres d'intérêt, mais à présent le voilà qui tapote la main de Naila comme un oncle condescendant et qui frappe des deux pieds pour que Leyo vienne lui montrer le nœud très particulier qui maintient les cloisons de pandan. Cette façon de taper du pied est aussi un geste que Leyo lui a enseigné : il fait partie de la danse de la pleine lune qui précéda leur trek vers le nord. Il n'aura bientôt plus aucun besoin de Naila.

Leyo s'approche d'elle.

« Regarde », fait-il, et il lui tourne le visage vers la maison ronde.

La structure à demi achevée est aboutée à la corniche rocheuse, assez haute pour que les Biya puissent lever les bras au-dessus de leur tête quand ils sont à l'intérieur. Avec tous ses volets et ses ailes composés de nattes, cette construction n'a pas l'air ronde, mais elle évoque plutôt un oiseau imaginaire.

« Si petite, ajoute Leyo. À chaque mousson, cette maison rapetisse. »

Voici encore peu de temps, explique-t-il, le camp contenait vingt ou trente personnes. Du temps de son grand-père, chaque couple avait plusieurs enfants.

« Ensuite, les Britanniques viennent, et les enfants se mettent à mourir. »

Il lui raconte que le père de Kuli, rebaptisé John par les Anglais, avait été retenu quelques années, encore jeune garçon, dans l'Andaman Home de l'île de Ross, où on lui avait enseigné l'anglais et le hindi, et l'histoire de Jésus-Christ. Il avait appris à manier un appareil photo et à piloter de petits bateaux. Il avait aussi vu les gardes et des marins étrangers distribuer à son peuple de l'alcool et du paan, et forcer les filles et les femmes du Home à se coucher avec eux.

« Se coucher avec eux ? » s'enquiert Naila. En voyant le visage sombre de Leyo, elle comprend qu'il s'agit d'une vilaine affaire, mais ce que désignent ces mots-là n'est pas plus grave que le fait de savoir que ses propres parents se couchaient ensemble, se murmuraient des choses et se câlinaient dans l'obscurité.

« Les hommes étaient malades, continue Leyo, et ils forçaient cette maladie dans le corps des filles. »

Après avoir vu ces filles contracter des fièvres et se couvrir d'ulcères, et leurs bébés commencer à mourir, le père de Kuli en avait conclu que les *firenghi* étaient pleins de maladies, et il était retourné en courant auprès de sa tribu avertir tout le monde de rester loin de Port Blair. Ceux qui avaient ignoré son conseil avaient continué de mourir. Ensuite, il n'y avait plus eu assez de garçons et de filles pour fonder des familles, et la maladie s'était répandue vers d'autres tribus.

« Qu'est-il arrivé à ta mère et à ton père ? »

Naila ne veut plus rien entendre au sujet de cette maladie ou de ces hommes mauvais. Elle a soudain honte de ne jamais avoir songé avant cela aux parents de Leyo. Même pas après avoir perdu les siens.

Il lui prend la main et s'accroupit, l'attire à côté de lui.

« Nous pêchions. J'étais petit, aussi petit que Ty Babu. Un grand bateau est arrivé et il y a eu un bruit très fort, ensuite mon père était dans l'eau, ma mère aussi. Un homme blanc s'est servi d'un long crochet pour me tirer jusqu'à son bateau. Il portait une robe noire, un chapeau blanc. Plus tard, j'ai compris qu'il était prêtre. Il m'a emmené à l'école de la mission. J'ai essayé de m'enfuir, mais où aller ? Cette école était loin de mon peuple. Je suis resté longtemps avec ce prêtre.

— Tes parents ? »

Sa paume traverse l'air.

« Un jour, des policiers sont venus à l'école. Cela leur a plu que je parle anglais, alors je suis allé à Port Blair, dans une autre école. Et il y avait là-bas des garçons biya que je connaissais. Cette fois nous nous échappons, un garçon connaît le chemin. » Il sourit. « Je crois que ma mère et mon père seront là-bas, mais depuis le jour où je disparais personne ne les a vus.

— Mais tu n'as pas disparu. »

Il arrache un brin d'herbe d'une fissure dans le sol entre ses pieds et l'entortille entre ses doigts.

« Kuli était déjà chef, Porubi avait déjà ses yeux et ses oreilles dans Aberdeen. Mam Golat dit qu'elle est ma tante. Je ne me souviens pas d'elle ou des autres, mais elle veut que je reste. Kuli est le seul à dire que je dois faire comme Porubi, mais sur l'île de Ross où vivent les responsables britanniques. Alors j'y retourne, et les Britanniques font de moi un *chowkidar*.

— Tu espionnais *memsaab* et le docteur Durant ? »

Il hausse les épaules.

« Seulement au début. »

Son visage s'illumine.

« Ensuite je t'espionnais, toi ! »

Naila se laisse retomber sur ses talons, trop abasourdie pour réagir, mais Leyo ne peut se contenir. Des vagues de rire déferlent de son corps. Il s'affale sur le flanc, étire les jambes, les joues dégoulinantes de larmes. Elle est incapable de dire s'il est heureux, ou fou.

Elle se souvient, quand elle était petite, d'avoir eu la sensation gênante que Leyo la regardait, traversé de pensées qu'elle ne parvenait pas à déchiffrer. Elle se souvient de deux garçons venant vers elle à l'école un jour après qu'elle avait pris le ferry depuis l'île de Ross en compagnie de Leyo. *Tu les aimes nus et noirs, hein ?*

Elle se lève en vitesse et le laisse à son rire.

*

« Des ennuis », fait Baird.

Ils sont assis l'un en face de l'autre dans l'ancienne chambre du haut-commissaire adjoint, qu'ils partagent désormais tous les deux. C'est préférable plutôt que de se réveiller en découvrant un de leurs gardes penché au-dessus d'eux dans l'obscurité, comme cela leur est arrivé à l'un et l'autre. La raison de ces inspections nocturnes reste un mystère. Baird suppose que les hommes satisfont juste leur curiosité, mais depuis que les deux captifs se sont installés ensemble, ces visites cessent bel et bien. En de telles circonstances, l'intimité revêt une dimension négative. À présent, ils quittent rarement cette pièce, excepté pour le *tenko* du matin et du soir et leur ration quotidienne de riz et de thé. L'*Andaman Shumbun*, le journal local transformé en follicule de propagande qui leur est administré comme un urticant, constitue leur seule distraction. Le major le lit de la première à la dernière page.

Durant s'est arrêté à la première. Aujourd'hui, c'est le 15 avril 1942. Une photographie en bonne place de Son Excellence l'empereur du Japon annonce l'anniversaire prochain de Hirohito.

Il relève les yeux.

« Qu'y-a-t-il ? »

Baird pointe le doigt sur un article plus secondaire.

« Ce type, Dipak Patel. Ils l'ont décoré d'une foutue médaille et ils l'ont nommé chef du renseignement naval. »

Il secoue la tête, et Shep voit bien le poids de l'épuisement derrière ces yeux gris, le rictus de la bouche de Baird.

« Je ne crois pas le connaître.

— Vous avez de la chance. » Patel, lui explique Baird, dirigeait une salle de cinéma au Bengale, avant d'être condamné pour meurtre et d'être envoyé dans la Cellular Jail. C'était au début des années vingt. Au bout de quelques années, son bagout lui vaut un placement à l'extérieur, il épouse l'une des femmes détenues et il a un fils. Plus tard, Alfred Baird a commis l'erreur de l'employer comme jardinier dans sa maison de Rangachang. « Il y a deux ans, nous l'avons surpris à voler, et il s'est avéré qu'il passait des couteaux et des rasoirs en douce à ses copains de la prison. J'ai témoigné contre lui. C'est un serpent, celui-là, mais un serpent beau parleur. Exactement le genre de Buco.

— Baird. »

L'autre lève les yeux, et Shep remarque une fêlure qui strie l'un de ses deux verres de lunettes.

« Que faisiez-vous au bout du couloir ce matin ? »

Réveillé avant l'aube, Shep s'était découvert seul. Il n'y avait pas un bruit en bas, et sur le moment, pris d'aveuglement, il avait cru que Baird s'était fait la belle. Quand il était sorti vérifier ce qu'il en était, il avait remarqué la porte de la chambre du fond, qui en temps normal restait entrouverte, soigneusement fermée. Il n'avait pas osé l'ouvrir, et ensuite il n'avait pas osé poser la question, sans pour autant se résoudre à laisser le sujet de côté.

Son compagnon le dévisage avec un regard posé et pensif.

« Qu'avez-vous vu ? »

Shep s'efforce de garder un ton de voix maîtrisé.

« Je ne vais certainement pas vous crier dessus. »

Baird retire ses lunettes et se plaque les paumes contre les yeux.

« Cela ne sert à rien, vous savez. Toutes ces conspirations et ces plans soigneusement élaborés. La réalité est plus forte que nous. Nous pouvons toujours envoyer des SOS jusqu'à nous en faire éclater le cœur. »

Shep guette le couloir puis jette un œil par la fenêtre. Izumi, le seul de leurs gardes qui parle anglais, est là, en bas, il est debout, il fume une cigarette avec l'aide de camp de Buco à l'ombre de l'arbre du voyageur, devant la résidence. La chaleur du matin s'installe et les autres gardes seront forcément avachis, à moitié somnolents à leur poste de sentinelle.

Il repousse la porte pour mieux la fermer.

« De quoi parlez-vous ?

— J'ai un émetteur radio derrière la plinthe de la chambre du fond. Pati.

— Où Pati se l'est-il procuré ?

— Lutty. Il a réussi à descendre la côte jusqu'à Rangachang, après avoir fait sauter le bureau du télégraphe. Cette partie du plan s'est déroulée sans accroc.

— Quel plan ? »

Baird pose ses deux paumes à plat.

« J'étais censé le rejoindre là-bas. Si je l'avais retrouvé, nous serions arrivés de l'autre côté de l'île avant qu'ils n'aient bouclé le port. Quand il a constaté que je n'étais plus là, Lutty est parti dans la jungle. Il a paniqué, je suppose. Il aurait dû emporter cette satanée radio avec lui.

— Où étiez-vous cette nuit-là ? »

Baird incline le menton vers son épaule, une variation apparemment inconsciente d'un geste d'esquive à l'indienne. Il avait passé sa dernière soirée de liberté avec le haut-commissaire et Prasad, le garde forestier.

« Anticipant un risque d'occupation, Wilkerson voulait faire sauter la scierie. Prasad défendait le moyen de subsistance des ouvriers. Tout cela était purement théorique, vous le comprenez bien. Et puis c'est devenu une réalité. Prasad venait de partir quand nous avons entendu la détonation à l'autre bout du port. Wilkerson m'a regardé et m'a dit : *Eh bien, voilà qui est réglé*.

— A-t-il autorisé votre plan avec Lutty ?

— Il avait autorisé Lutty à tout détruire et à se rendre. » Le visage émacié du major se crispe, il vient de lire la surprise sur celui de Shep. « Vous avez vu de quelle manière Wilkerson affronte la réalité. Entre les deux guerres, il a eu une idylle avec la fille d'un général allemand. Il avait foi dans le code des officiers et des gentlemen. »

Sa franchise est revigorante, mais elle est aussi déroutante. Shep se lève pour aller de nouveau contrôler le couloir. En bas, dans la cuisine, Abraham se met à fredonner *Falling in Love Again*, la chanson de Marlene Dietrich qui s'est emparée des esprits de Port Blair quelques années plus tôt, lorsque le film *L'Ange bleu* était arrivé jusqu'à la salle de cinéma de l'île. Depuis le toast du premier matin, Abraham n'a plus cuisiné pour eux, rien d'autre que du thé et du riz – dont il se garde la plus grosse part. Sa principale motivation semble être d'amadouer les gardes. À cet instant, la porte d'entrée s'ouvre en grinçant et la voix sourde et gutturale d'Izumi se fait entendre. En bas, le duo parle plus fort. Par-dessus la balustrade, dans le demi-jour du matin, Shep distingue à peine les pieds des deux hommes, deux pieds chaussés de bottes anti-moustiques, et deux autres nus, qui gigotent comme s'ils dansaient. Il bat en retraite et referme la porte.

« Pati croyait me rendre un service, reprend Baird.

— Vous avez réassemblé ce poste de radio. »

D'un coup d'œil, Alfred le met en garde.

« Il n'y a aucune garantie que quiconque capte le signal, hormis les Japonais, qui risquent sans doute de remonter à la source. »

Shep hoche la tête.

« C'est un ultime recours.

— Non. C'est du suicide. »

Tout ce que Shep connaît de la technologie sans fil, c'est ce qu'il en a appris avec Claire au cours des brèves leçons qu'ils ont reçues, à titre de précaution, à la station du télégraphe. L'appareil qu'elle avait emporté sur le terrain était un simple émetteur à touches, mais Lutty avait également insisté pour les initier à la télégraphie la plus avancée. Un jour, il lui avait montré un émetteur-récepteur miniaturisé logé dans deux boîtiers en métal gris de la longueur de son avant-bras : quelques câbles et des touches, un bloc-batteries. Lutty l'avait qualifié de « radio boîte à biscuits ». *La taille est son principal avantage, mais en cas de gros pépin, la taille, ça peut compter énormément.*

À cette minute, Shep avait la tête encombrée de toutes sortes de choix possibles. S'ils en avaient la capacité, quel message télégraphieraient-ils ? Un SOS ? La destination supposée de Wilkerson ? La taille des forces d'occupation ? Même s'ils détenaient quelques renseignements militaires, ce serait du suicide de tenter un coup pareil sans chiffrer leur transmission. Mais à dire vrai, pour lui, un seul message vaut la peine de courir un tel risque, et c'est de transmettre la localisation de son fils.

Toutefois, avant d'aborder le sujet avec Baird, il lui faut être sûr de son fait. Même s'ils parvenaient à émettre un signal, et si par un quelconque miracle ce signal était capté par un navire britannique sans que les Japonais le détectent – quelques hypothèses qui soulevaient déjà une série d'obstacles rédhibitoires –, qu'en attend-il ? Peut-il réellement s'imaginer le War Office montant une mission de sauvetage pour un enfant de quatre ans en territoire ennemi ? Que le roi et la nation anglaise vont remuer ciel et terre pour faire ce que le propre père de ce garçon, ce sale lâche, n'avait lui-même pas le courage de tenter ?

L'illusion d'un choix, qui l'avait paralysé la nuit de l'invasion, l'assaille de nouveau. Si Lutty est parvenu à s'enfuir vers l'intérieur des terres, alors lui, Shep, aurait pu en faire autant. Il aurait dû savoir – il savait, en réalité – qu'il ne réussirait jamais à s'échapper par bateau, mais s'il s'était dirigé vers l'intérieur, s'il avait filé, il aurait pu creuser assez d'avance pour avoir une chance. Il aurait risqué de se faire tuer, mais en ce cas, Ty aurait-il été en plus mauvaise posture qu'il ne l'était déjà ?

Les jours suivants s'écoulent dans un embrouillamini d'autorécriminations qu'il ne cesse de se répéter, et malgré cela, il aboutit à une impasse. Les protecteurs de Ty savent survivre dans la forêt, et puisqu'il s'est assuré que le garçon soit officiellement déclaré mort pour les autochtones, aucun d'eux n'enverra les Japonais dans sa direction.

D'un autre côté, à Calcutta, Claire doit raconter à tout le monde que Ty est en vie – et s'ils devaient venir vérifier, ils s'attendraient à le trouver à Port Blair. Si elle connaissait la véritable localisation de son fils, elle serait au moins en mesure de fournir les bonnes coordonnées géographiques à n'importe quels sauveteurs éventuels, et elle aurait une raison d'espérer.

Il y aura un débarquement. Il en a la certitude. Fût-ce avec retard, les généraux doivent bien admettre à présent l'importance stratégique de ces îles. La question n'est désormais plus que de savoir comment et quand ils viendront reprendre Port Blair. Ty est une pièce si minuscule de ce puzzle, mais il n'est pas non plus insignifiant…

Est-il fou de penser cela ? Fou, en plein milieu d'une guerre, de penser qu'un enfant innocent – n'importe quel enfant –

puisse éventuellement compter ? Et plus encore un enfant que ses parents ont abandonné.

En réalité, non, pas ses parents. Son père.

*

On les appelait les Choctaw Code Talkers. Le professeur Benedict les définissait comme « un exemple d'obscurité anthropologique bénéfique à la cause nationale », celui de primitifs supposés « se rachetant » aux yeux de leurs conquérants. « Une nouvelle variante du très vieil adage relatif à l'ignorance salvatrice. »

En 1917, les membres de la nation choctaw n'étaient pas considérés comme des citoyens américains, mais huit d'entre eux avaient néanmoins fini par être déployés sur les lignes de front en Europe. Ils se parlaient dans une langue inintelligible, tant pour les Américains que pour les Allemands. À l'époque, aucun linguiste germanique ou même aucun ethnographe amateur n'avait jamais mis le pied en terre indienne (ainsi que le professeur Benedict en informa ses étudiants, une lacune à laquelle les Allemands remédièrent au lendemain de la Grande Guerre). En conséquence, les fantassins choctaw pouvaient communiquer librement au moyen de leurs téléphones et de leurs radios de campagne, qui étaient presque tous surveillés. Quand ils demandaient l'ouverture du feu sur une position ennemie, l'attaque prenait invariablement les Allemands par surprise. Quand ils demandaient des approvisionnements ou des renforts, le matériel n'était jamais intercepté. Et plus les compagnies comptant des Choctaw dans leurs rangs se reposaient sur eux pour communiquer, moins les Alliés perdaient d'hommes aux abords des lignes ennemies. Par la suite, leurs commandants s'en rendirent compte. Une autre dizaine de Choctaw Code Talkers furent acheminés depuis les États-Unis, et l'emploi des téléphones et des radios, rendus pratiquement inutiles en raison de l'interception de tous les autres codes par les Allemands, fut rétabli sur le front. Les Alliés gagnèrent la guerre, et pas un seul de ces soi-disant sauvages ne fut tué ou capturé au cours du conflit.

Si Denis Ward, ou n'importe qui d'autre, entend retourner sur les îles Andaman incognito, il leur faudra un code, tout comme les Alliés pendant la dernière guerre. Et si Claire pouvait réussir à leur fournir ce code, elle s'inscrira d'elle-même au cœur de la mission susceptible de permettre de secourir Shep et Ty.

Mais ce code ne doit pas être aussi obscur ou aussi particulier que celui auquel son mari s'était essayé. Dans les textes qu'elle avait trouvés, *Eria kurzii* est une orchidée rare mais peu étudiée dont les fleurs ressemblent à une explosion de petites étoiles blanches. Pour lui, cela devait signifier quelque chose mais quoi, elle est incapable de le comprendre.

> *Un code réussi doit posséder assez de logique pour que le destinataire puisse le déchiffrer rapidement, tout en restant impénétrable pour toute autre personne. La magie de la langue choctaw tenait à son caractère non écrit et ésotérique, sans alphabet ou symboles normalisés, et aussi au fait qu'elle était exclusivement utilisée par* une petite tribu très localisée. *En d'autres termes, elle est comparable à la langue biya, à ceci près que le biya présente l'avantage supplémentaire d'une quasi-obsolescence.*

Claire considère fixement son journal plusieurs minutes, puis vérifie qu'aucune de ses camarades de chambrée n'est entrée pendant qu'elle écrivait. Elle repasse l'idée en revue, la soumet aux avis de sa famille fantôme. Shep opine. Ty grimace et sollicite l'assentiment de Naila. La jeune fille branle de la tête, un geste évasif.

Mais en réalité, cela pourrait fonctionner. Elle arrache la page de son journal et l'enfourne dans la lampe-tempête.

Cet après-midi-là, elle récupère son manuscrit et ses cahiers des Andaman au fond de la malle qu'elle a remisée dans le grenier de Fairhaven. Au cours de ses trois journées suivantes de liberté, elle retourne à Calcutta étouffer entre les rayonnages d'ouvrages de l'Asiatic Society. Radcliffe-Brown, E. H. Man et M. V. Portman ont tous publié des études sur la langue biya, mais à l'exception du premier, ils ont rédigé ces traités au XIXe siècle, et il n'existe fondamentalement aucune cohérence entre leurs systèmes de traduction. Quant à leur diffusion, elle doute franchement que quiconque en dehors du British Civil Service, de R.-B. et d'elle-même ait posé les yeux sur les travaux de Man et Portman et, a fortiori, les ait étudiés au cours des cinquante dernières années. Même ici, à l'épicentre du Raj, le *Manuel des langues andamanaises* de Portman comporte encore des pages non coupées. Et Radcliffe-Brown s'est bien davantage concentré sur la culture et les traditions ; lorsqu'il a tenté de s'attaquer à la linguistique, il n'a su en tirer qu'un véritable galimatias. Son propre travail a beau lui paraître quelque peu chimérique, il ne lui semble pas moins constituer l'étude la plus directe et la plus complète de la langue biya qui existe. À une exception possible.

« Roger, où ont fini les Japonais arrêtés à Port Blair ?

— Dans un camp d'internement, à Delhi, je pense. Pourquoi ?

— Je les connaissais. Je veux dire, j'en ai connu deux, au passage. Ils tenaient un magasin de photo où je portais mes films… jusqu'à ce que je fasse tomber mon appareil dans les vagues sur la plage. »

Roger plisse les yeux.

« Quand était-ce ?

— Au tout début, Dieu merci. Ty était nouveau-né. J'avais fait un cliché de lui que je voulais envoyer à mes parents, et c'était tout. À l'époque, cela m'a fait l'effet d'une catastrophe. »

Il arpente son bureau. Il se retourne, et son long visage aux traits d'ordinaire placides a l'air de travers.

« Qu'as-tu p-photographié d'autre ?

— J'ai essayé de préserver mes films pour le travail de terrain, mais l'appareil n'a tenu le coup que jusqu'à ma première sortie à Behalla. Des photos qui ne valaient pas grand-chose... des ombres floues et noires autour de feux de camp flous et blancs ou pataugeant dans des torrents gris et tout aussi flous. » Elle le regarde s'approcher du buffet où un plateau de bouteilles ornées de plaques métalliques scintillent dans la lumière matinale. « J'ai commandé un nouveau Kodak par correspondance, mais il a sans doute été volé quelque part dans le transport. Avec les Kobayashi, j'ai donc passé plus de temps à essayer de faire réparer mon appareil cassé qu'à autre chose. Ils ont essayé de le remettre en état, par tous les moyens. Maintenant, je comprends mieux pourquoi. »

Elle voit les épaules de Roger se relâcher et elle revient au motif de sa visite.

« Ce couple et les autres ont dû être interrogés.

— J'en suis convaincu. Un *pink gin* ? »

Elle fait non de la tête, mais il sert quand même deux Plymouth allongés de bitter. Il lui tend un verre à cocktail.

« Il s'agit d'une visite officielle, Roger. Tu gratifies toujours tes visiteurs d'un alcool à onze heures du matin ?

— Uniquement les visiteuses qui me font monter ma t-t-tension avec des questions dignes d'un interrogatoire. De quoi s-s'agit-il au juste, Claire ? »

Elle boit une gorgée et grimace.

« J'ai eu l'idée d'un appareil de codage qui pourrait être utilisé sur le terrain. Tu sais que c'est à cela que je me forme à Barrackpore, transcrire du code transmis par des gars de Birmanie et de Ledo. La moitié est indéchiffrable… »

Il l'interrompt en levant la main, un geste de mise en garde.

« À trop parler… »

Mais Roger, qui est polyglotte et perspicace, comprend vite. Elle le voit bien à l'expression de son visage et elle continue.

« J'ai besoin de confirmer un élément concernant les Japonais de Port Blair. Je dois savoir si leurs rapports contiennent des informations de nature à compromettre mon idée. »

Il lève la main et tiraille sur la mèche de son front. Le même geste que Ty.

Le sol se déforme et son attention est attirée par la lumière striée qui zèbre la chemise blanche de Roger.

« Tu ne peux attendre de moi que je te dise ce que contiennent ces d-d-dossiers, lui répond-il. Même si j'y avais accès.

— J'ai seulement besoin de savoir ce qui n'y est pas.

— Tu attends de moi que je te prouve l'inexistence d'une chose.

— La preuve est un luxe du temps de paix. Je suis disposée à me contenter d'un fort soupçon. »

Mai 1942

« Docteur *saab* ! » Une main s'abat avec rudesse, sortant brusquement Shep d'une rivière regorgeant de poissons morts. « S'il vous plaît, docteur. »

La pluie tambourine sur le toit en tôle. À la lumière de la lampe-tempête, il parvient à peine à identifier la silhouette qui envahit son lit.

À l'autre bout de la pièce, Baird se redresse dans le sien.

« Que s'est-il passé ?

— C'est pas bon, je crois. »

Abraham. La respiration inégale et entrecoupée, il tire sur son sarong et tend sa jambe. Le docteur peut sentir l'odeur de ce qu'il ne peut tout à fait voir : du sang s'écoulant de blessures par morsures qui descendent jusqu'au mollet de l'homme. Salive aigre. Sueur froide. Une créature, imposante et mauvaise, a tenté de croquer Abraham pour le petit déjeuner.

« Un chien, saab. »

Saab, vraiment ? Shep se lève.

« Pourquoi viens-tu me voir ? Je n'ai aucun moyen de traiter ça. »

Les hommes de Shimura l'ont soulagé de sa trousse médicale dès le premier jour.

« Il n'y a personne d'autre.

— Les Japonais ont sûrement des infirmeries.

— Pour les s-s-soldats seulement. »

En temps normal, Abraham ne bégaie pas. Cela pourrait signaler un début de choc septique, mais le cuisinier semble aussi véritablement terrorisé.

« Quel chien ? »

Shep lui soulève le pied. L'autre réprime un gémissement.

« Le chien du commissaire Buco, *saab*.

— Bon Dieu, mon vieux. » Baird retire son haut de pyjama pour que Shep s'en serve comme d'un garrot. « Qu'est-ce que tu fabriquais avec le chien de Buco ? »

Shep lève la main. Abraham est un opportuniste, mais pas d'une espèce particulièrement intelligente. Il a sans nul doute quantité de comparses parmi les serviteurs qui travaillent maintenant pour le compte des officiers nippons, et quantité de clients parmi les gens de la ville devenus des réprouvés depuis l'occupation. Même les pauvres parents de Sunny Ali ont besoin de manger. Abraham a même frayé avec les soldats. Mais les chiens, c'est une autre affaire. En particulier les chiens qui vous surprennent en train de voler dans la cuisine de leur maître.

« Tu es certain que personne ne t'a vu ? Et les sentinelles, en bas ?

— La pluie est très forte. De toute façon je suis boiteux. » Le docteur serre le garrot. Abraham tressaille. Les lésions ont presque creusé les chairs jusqu'à l'os, et par cette chaleur et cette humidité, c'est l'infection assurée, à moins que les plaies ne soient nettoyées et stérilisées.

« Tu pourrais complètement perdre ta jambe.

— Docteur, non !

— Je ne sais pas ce que tu attends de moi. Les Japonais ont…

— Je ne peux pas. » Sa pâleur grisâtre s'accentue. « Buco va me faire tuer.

— Je présume, oui. » Baird recule et jette un œil dehors, où la pluie faiblit. Des trouées de lumière s'allument à l'est. « Mais toi, mon bonhomme, au moins, tu es asiatique. Nous, à ce qu'il semblerait, tel n'est pas notre cas. Alors, pourquoi le bon docteur devrait-il risquer sa peau pour te sauver la vie ? »

Toujours couché sur le dos, la jambe en l'air, Abraham aspire une goulée d'air comme le poisson dans le rêve de Shep. Il a beau se méfier de cet homme, rien ne lui interdit de le faire chanter. Mort ou revanchard, Abraham ne leur est d'aucune utilité, mais remis en état, il leur devra la vie.

« Abraham, fait-il. Écoute-moi. Tu connais le bungalow du chirurgien civil, ici, sur Ross, où il habitait avant le tremblement de terre, n'est-ce pas ? Sur le terrain, derrière la maison, il y avait un jardin d'orchidées. » Il lâche un regard navré à Baird avant d'arracher une manche de son pyjama pour en entourer la blessure, puis il abaisse la jambe du blessé et l'aide à s'asseoir. « Il va falloir que tu réussisses à retourner là-bas et à revenir ici par tes propres moyens. Il y a trois plantes qui devraient encore pousser dans ce jardin. Écoute très attentivement, puis récupère les feuilles et les graines que je te décris et tu me les rapportes ici. » Il lui fait un croquis oral de la *Spathoglottis plicata*, de la *Rhynchostilus retusa* et de l'*Aerides odorata*, puis il remet son sarong en place pour masquer les dégâts.

« Nous avons le *tenko* dans moins d'une heure », rappelle Baird après le départ d'Abraham.

Shep se tient à la fenêtre qui baigne dans une lumière argentée et regarde le parapluie noir de son patient qui s'avance vers l'embranchement. Son esprit se remplit d'images de Claire levant les yeux vers lui à la lumière de leur ancienne chambre, de Naila et Ty assis en tailleur sous la véranda, de Claire lisant à voix haute quelque chose à Ty alors que le soleil rejoignait l'horizon.

Vingt minutes plus tard, Abraham remonte péniblement les marches d'escalier. Sa peau paraît délavée – les gardes l'ont arrêté, pour ne pas éveiller leurs soupçons il a fait mine d'avoir la gueule de bois – mais en tout cas il a réussi à se procurer les bonnes plantes. Le docteur arrache les feuilles de *Spathoglottis* et écrase les graines d'*Aerides* avec une cuiller dans le lavabo, puis il défait le bandage et presse le suc de *Rhynchostilus* directement dans la blessure. Abraham mord dans le manche du balai que Baird lui a tendu. Shep étale des couches de cette pâte de *Spathoglottis* et d'*Aerides* pour former un emplâtre, mais malgré toute la foi qu'il a dans ces remèdes, il préférerait franchement disposer d'un peu de sulfamides en poudre.

« Pour la douleur, il va falloir compter sur le *toddy*. Ces tendons et ces ligaments ne seront plus jamais pareils. Enfin, avec de la chance, tu pourrais sauver ta jambe. Si j'étais toi, j'inventerais une histoire suffisamment solide. »

Abraham était resté les yeux fixés au plafond. Il tente de se lever et il serre les dents.

« Doucement. Et ne t'appuie pas sur cette jambe si ce n'est pas absolument nécessaire. Maintiens-la en position levée, plus haut que ton cœur.

— Docteur *saab*. » Abraham reprend son souffle et lance un regard à Baird, qui ne le quitte pas des yeux depuis son lit de camp à l'autre bout de la pièce. « Hier soir, le cuisinier du haut-commissaire me parle de l'opérateur radio, Lutty. Les soldats le rattrapent sur la côte. »

Lutty. La dernière fois que Shep l'a vu, il était courbé sur son récepteur, le cheveu aussi rouge que du sorgho et aussi dru que des mauvaises herbes, après une nuit passée à surveiller des messages des vaisseaux à l'approche. Pour soutirer des renseignements à Tom, il était inutile de le harceler ; grâce à son père écossais, il tenait autant qu'eux à se sortir de là. Dès qu'il avait reçu le câble annonçant que le *Norilla* avait été coulé, en quelques minutes, le port tout entier l'avait su.

« *Saab*, poursuit Abraham. Vous vous souvenez, il y a quelques années, avant que les combattants de la liberté aient été renvoyés en Inde, un garçon s'évade de la Cellular Jail, un garçon birman, il s'appelait Ned Min, et quand la police l'a attrapé, il a pas voulu se laisser prendre, il a refusé si fort qu'il s'est tiré une balle dans la tête. » Il hésite. « Lieutenant Lutty, c'est votre Ned Min. »

Ils en restent tous les deux le souffle coupé.

Abraham se mordille la moustache.

« Autre chose. Je ne pense pas que c'est important, mais maintenant. » Il se tourne vers l'homme dont il exige à cet instant la compétence et le silence. « Vous savez, ce mendiant noir à Aberdeen qui boit tout le temps du *toddy* et qui mâche du paan. »

Shep affiche un visage impassible.

« Il y a quelques jours je suis passé devant lui sur la place de la tour de l'horloge. Il a l'air endormi sous un porche, mais dès que je le dépasse il appelle après moi. Ensuite il vient, il me suit, il mendie, et tout ce temps il me supplie de me porter mes paquets, contre de la nourriture. Je boite, alors je le laisse porter mon chargement jusqu'au ferry. On parle, on parle. C'est un sale ivrogne et franchement primitif, mais qu'est-ce qu'on y peut ? Juste avant d'arriver à l'embarcadère, je mentionne votre nom, et on aurait cru que je venais d'invoquer Krishna en personne. "Oh, il fait. Ce docteur *saab*. Dis-lui qu'il est très bien. Ouais. Il est très bien." Et il ne me lâche pas tant que je lui ai pas promis de vous le répéter. Alors voilà, je vous le dis. Qu'est-ce que vous avez bien dû faire pour que ce fou chante vos louanges ? »

Il est très bien.

Shep réussit plus ou moins à osciller de la tête, comme s'il n'en avait pas la moindre idée. Il s'entend répondre :

« Je lui ai cautérisé un abcès à l'orteil il y a quelques années, mais il beuglait comme un cochon qu'on égorge. Je ne l'imagine pas me remerciant pour ça. Encore ses divagations habituelles, sans doute.

— Peut-être que le vieux Porubi est trop saoul, intervient Baird, pour avoir remarqué que nous avons eu un changement de régime et il se figure qu'il y a encore quelque avantage à gagner en quêtant les faveurs du docteur anglais.

— Et il y en a encore. » Abraham adresse un *salaam* au docteur. Puis, en s'appuyant pesamment sur la rambarde, il se traîne en bas de l'escalier.

Shep ferme la porte et il respire. *Il est très bien !* Il ose même sourire.

« Cela n'avait rien de si drôle », objecte Baird.

Mais Shep lui répond juste d'un signe de tête à l'indienne.

Ce matin-là, après le *tenko*, on leur ordonne de monter en haut de la colline pour entamer la démolition du Subordinates' Club. Ils n'ont pas d'autres outils que leurs mains nues. Izumi s'esclaffe et leur annonce que le haut-commissaire Buco a décidé qu'ils engraissaient de trop. Il leur ordonne de récupérer les briques et toute la ferraille – les clous, les vis, la quincaillerie. Les Japonais ont besoin de matériaux de construction, et les Britanniques n'utilisent plus leurs club houses.

Entre la chaleur oppressante, les railleries d'Izumi et les écorchures dont ses mains ne tardent pas à se couvrir, Shep devrait être aussi malheureux que Baird, mais il se sent d'humeur enjouée. Et l'esprit concentré. Si Ty est en vie et s'il est sain et sauf, il doit trouver un moyen de transmettre à Claire la localisation de leur enfant.

Son cerveau mouline. L'anniversaire de l'empereur du Japon devrait leur fournir une couverture adéquate, mais il faudra que le code employé soit à toute épreuve. Même si, par un quelconque miracle, Ward réussissait à traverser la mer, même s'il avait l'esprit et la décence de transmettre ce lambeau de désespoir à Claire, elle serait sans doute incapable d'en déceler le sens. Ce qu'il lui faut, c'est une clef implicite, tout à la fois indéchiffrable pour les Japonais et aussi transparente pour Claire que le code des plantes l'est pour lui. En même temps, il a besoin d'un identifiant assez clair pour se signaler à tout opérateur radio britannique à sa portée, afin qu'il retransmette le message à Calcutta. Toute cette entreprise est un peu folle, pourtant, grâce à Porubi, s'il est fou, il n'est désormais plus privé d'espoir.

« Est-ce que ça va ? »

Shep ouvre les yeux. Après avoir travaillé dix heures d'affilée, ils sont de retour dans leur chambre. Alfred est debout, en boxer, bras croisés très haut sur la poitrine. Son corps osseux est luisant de transpiration. Il fait de l'exercice, pour oublier la faim. Il considère cela comme une forme de résistance.

« Vous marmonniez tout seul. »

Une dague de lumière du soleil couchant découpe le visage du docteur. Dehors, Izumi morigène une nouvelle recrue. La chaleur et la mousson imminente portent sur les nerfs de tout le monde, et la célébration de l'anniversaire du mikado procurera sans nul doute aux soldats une occasion bien méritée de se détendre et de se relâcher.

« Mon fils est en vie », murmure Shep.

Baird, qui touche ses pointes de pied du bout des doigts, relève la tête, le regard de travers.

« Je l'ai envoyé loin d'ici par précaution. »

Le major se redresse lentement.

« Loin d'ici ?

— Vers l'intérieur.

— L'intérieur ! » Une goutte de sueur coule comme une larme du coin de son œil. Baird l'écrase d'un revers de main. « Ce n'est pas une précaution. C'est une condamnation à mort. Qui veille sur lui ?

— Son *ayah*.

— La jeune fille qui l'aurait noyé, à ce que vous prétendiez ? »

Baird s'essuie le cou et la poitrine avec sa serviette bleue.

« Ce message de Porubi. Cela concernait Ty. »

Baird s'assied en face de lui.

« Cela ne marchera jamais, vous le savez », tranche-t-il après que Shep a fini de lui exposer son plan. Mais ensuite il se penche en avant et lui pose une main sur l'épaule. « "Vivre, c'est comme aimer ; toute la raison est contre, et tout l'instinct le plus sain est pour."

— Qui a écrit cela ?

— Samuel Butler. Mais cela m'aurait plu que ce soit moi. L'amour est la seule chose qui vaille qu'on risque tout pour elle. » Il marque un temps de silence. « Je considère cela comme la forme la plus noble de résistance. »

Le lendemain, avant l'aube, les premiers feux d'artifice éclatent au-dessus du « continent ». Tous les cierges magiques destinés à fêter Divali dans le port ont été réquisitionnés en l'honneur de Hirohito, et au *tenko* du matin Izumi les informe que « dans un geste tout particulier de générosité » les prisonniers seront exemptés de leur corvée de travail de la journée. Cela libère leurs gardes et leur permet de se livrer à leurs propres célébrations, dûment arrosées de vin de palme, sur l'ancien terrain de parade.

Baird est incapable de dire si le bruit ambiant provoquera des interférences avec le maigre signal de leur message, mais Shep se raccroche à l'espoir que les opérateurs radio nippons seront dans un état d'ébriété trop avancé pour remarquer quelques pauvres lignes d'un sabir obscur cliquetant sous leur nez en direction du grand large.

*

Elle travaille seule dans une petite pièce blanche avec vue sur un jardin. Sur la porte un écriteau est accroché, avec cette mise en garde : *DÉFENSE D'ENTRÉE. CELA S'ADRESSE À VOUS !* Son seul visiteur, le colonel Hastings, est un homme en forme de tour penchée, un veuf dont le fils a été récemment fauché, en France. Assez comparable à celui auquel elle recourt, l'antidote du colonel au chagrin semble être de travailler jour et nuit. Ils discutent rarement de leurs pertes respectives, et encore moins des visages fantômes qui les scrutent par-dessus leur épaule, mais Hastings la salue toujours d'une poignée de main qui dure une seconde de plus que la normale et qu'il achève en serrant sa paume entre les siennes. Ce dont ils discutent, en revanche, et longuement, c'est du livre de code et des raisons pour lesquelles des langues comme le choctaw et le biya sont si bien adaptées à la cryptographie.

La technique de cryptographie standard requiert des codes ou des chiffrements. Les codes remplacent les lettres ou les nombres par des phrases, des mots ou des notions, alors que le chiffrement remplace certaines lettres par des nombres qui correspondent ensuite à une clef, comme un poème que l'opérateur a mémorisé ou une clef unique numérotée qu'il (ou elle) brûle après avoir achevé la transmission. La plupart des codes et des chiffrements finissent par devenir vulnérables, en raison de la langue du texte originel. Les perceurs de codes alliés passent au crible des motifs récurrents qui correspondent à ceux du japonais écrit, et leurs homologues nippons recherchent sans doute d'autres motifs récurrents typiques des langues romanes, comme la fréquence des voyelles ou, en anglais, la fréquence du H après le T ou le S. En revanche, si la langue sous-jacente ne possède pas de version écrite existante, et si sa version orale est inconnue de l'ennemi, alors cette langue devrait offrir un support sûr pour la conversation codée entre agents sur le terrain et pour la télégraphie à distance.

Le premier défi, dans l'emploi de la langue biya, tout comme pour les codeurs choctaw, consiste à identifier les termes natifs les mieux adaptés aux messages que les agents sont le plus souvent amenés à envoyer. Le glossaire de référence que Claire a développé avec Kuli et Leyo servira seulement d'échafaudage à ce code, qui sera le plus fortement pris pour cible, et qu'elle doit maintenant concevoir, suivant les instructions du colonel Hastings, afin d'y inclure des données élémentaires concernant la navigation et la géographie, le climat et les unités militaires. Malheureusement, peu de termes biya sont exacts. *Dula thire*, par exemple, désigne la lune croissante, mais sa signification littérale est *enfant de la lune*.

Le soir du jour où Leyo lui a appris cette phrase, Shep et elle se tenaient avec Ty sur la falaise devant le bungalow de l'île de Ross. Ty, qui avait presque un an, était d'humeur apaisée, chose rare chez lui. Elle avait pointé du doigt la lune croissante qui émergeait d'un grand nuage d'un bleu de satin. *Dula thire. Tu vois l'enfant de la lune, Ty ?* Et il avait passé le bras autour de son cou et posé la tête contre son sein.

Shep avait dit : *Ty, tu es mennot thire. C'est bien ça, Claire ? C'est l'enfant de nous ?*

Ce sont des sables mouvants, ces mots-là.

Il y a aussi le problème de la sonorité. Dans sa tentative initiale de représenter les intonations exactes et les coups de glotte du locuteur natif, elle avait créé un alphabet de quelque quarante symboles, qui ne possédaient pas tous des correspondances avec des lettres latines, et moins encore avec le morse. En l'espèce, pourtant, le japonais lui vient en aide, car leur *code kana* est en morse phonétique. Quelques rares symboles kana correspondent aux formulations biya – et, mélangés aux symboles du code Morse international, ils ajouteront une couche supplémentaire d'obscurité pour les intercepteurs de l'Axe.

Le défi final, lui rappelle le colonel, c'est que les équipes de débarquement, en particulier les opérateurs sans fil, doivent être en mesure de mémoriser le code de Claire, car les livres de code sont prohibés sur le champ de bataille.

« Ce doit être complexe en restant élégant et simple. Le truc, je l'ai compris, c'est de grignoter le problème par petits bouts. »

Hastings découvre ses incisives et se mordille la lèvre inférieure.

« Quand Christopher avait à faire un devoir d'algèbre qui le rebutait, je lui répétais toujours : "Imagine que tu es une souris et que tu t'attaques à un gros bloc de Stilton. Miette après miette. Cela peut prendre des jours ou même des semaines, mais il faut continuer, au bout du compte l'assiette finira par être nettoyée… et cela rendra le cuisinier fou furieux." »

Elle se représente le garçon et son père, bien plus jeune, dans une flaque de lumière, riant secrètement, silencieusement, en finissant de lécher leur assiette commune.

*

« Roger t'en a peut-être parlé ?

— Parlé de quoi ? »

Viv sort un éventail de son sac et le déploie d'un coup sec.

« Je lui ai demandé d'effectuer quelques recherches sur les Japonais arrêtés à Port Blair, et il n'a trouvé aucune preuve que l'un d'eux ait été polyglotte. Ils réunissaient des informations sur les Indiens et les Européens, sur les ressources et le relief de l'île. Leur seul intérêt pour les Andaman était d'ordre militaire. Ils ne pensaient pas grand-chose des natifs, qu'ils considéraient comme de la vermine. »

Claire décolle sa jupe mouillée de ses cuisses. Elles sont assises à l'ombre de la tonnelle derrière St. John's Church. Si tard dans l'après-midi, le cimetière est sûr et désert.

« Qu'est-ce que tu fabriques ? »

Elle pose l'index contre ses lèvres.

« J'ai entamé la mise au point d'un code mobile. »

Pendant quelques secondes, Vivian semble se livrer à un calcul complexe, puis elle se redresse et siffle.

« Ça, Claire, c'est sensationnel ! »

À l'autre bout de la cour intérieure, de jeunes garçons, nus jusqu'à la taille, tirent sur des mainates avec des lance-pierres. Les oiseaux, perchés dans la cime des arbres, les ignorent.

« L'opération de Denis Ward est lancée, c'est cela ?

— Si c'est le cas, c'est encore top secret.

— Mais toi, tu es informée.

— Crois-moi, si c'était le cas, je te le dirais. Aux dernières nouvelles, Denis était en route pour Simla. C'est tout ce que je sais, vraiment.

— Le code que je crée pourra être utilisé n'importe où. Birmanie, Sumatra…

— Mais cela ne te permettra pas pour autant de prendre part à la mission dans les Andaman. N'est-ce pas ?

— Je ne peux pas me porter volontaire. En particulier si la décision devait dépendre de Ward. Nous sommes ennemis jurés.

— Il a pourtant bien remis le message de Shep.

— Uniquement parce que cela lui fournissait une occasion de jouer les héros. »

Un temps de silence.

« Donc le problème n'est pas exclusivement de son côté. »

Claire balaie cette réflexion d'un revers de main.

« J'ai besoin que tu ouvres grands les yeux et les oreilles… en particulier avec Roger… que tu guettes la moindre occasion de lui souffler cette idée, pour qu'elle remonte vers les échelons supérieurs sans porter mon empreinte. »

Vivian étudie le visage de Claire, avant de répondre.

« Je vais m'en charger. Tu sais que tu peux compter sur moi. »

Elle avait manifestement l'intention de répondre autre chose, une chose qu'elles ne peuvent ni l'une ni l'autre supporter d'envisager.

« Tous les matins, Ty est la première vision que j'ai devant les yeux, confie Claire. Et je le revois sans cesse, toutes les nuits. Dans mes rêves, il a presque toujours deux ans, et il me fuit. »

Les garçons aux lance-pierres renoncent et s'éloignent dans la brume.

*

Au cours des journées qui suivent l'anniversaire de l'empereur, une humidité oppressante qui s'ajoute aux gueules de bois persistantes terrasse la totalité des forces d'occupation. Le premier matin, même Buco, personnage à la régularité pointilleuse, est en retard d'une demi-heure pour le *tenko*, et ce soir-là il rentre avec une heure d'avance à la résidence du haut-commissaire. Ensuite, Abraham leur annonce que le lieutenant Shimura est parti. Le commandant des forces navales, un élément de poids, plus nuancé et plus modérateur, est parti, ce matin. Buco le despote détient désormais tout pouvoir. Qui plus est, il vient d'annoncer la création d'une nouvelle administration, qui s'appellera le Gunseisho, composée de militaires japonais et de civils autochtones élus.

« Un gouvernement autonome ! »

Abraham ne fait guère d'effort pour contenir son exaltation. Ayant survécu à son raid malencontreux sur le garde-manger de Buco, il se tient désormais à distance de la personne du haut-commissaire, mais s'étant érigé en combattant de la liberté, il ne peut pas davantage résister à cette concession politique de pure façade qu'il n'est capable de déceler le mensonge qu'elle recouvre. Tout à son excitation, il semble même oublier que ses sauveteurs appartiennent aux forces d'opposition.

Une semaine plus tard, une escouade de sentinelles encerclent Shep et Baird sur leur site de démolition, en beuglant des ordres en japonais, leur ligotent les poignets et les traînent au bas de la colline pour les confronter à Abraham, également menotté, qui titube, l'air hébété.

Izumi hurle « Espion ! » et « Aux arrêts ! ». Mais on ne leur fournit aucune précision, et l'officier responsable, qui leur est inconnu, semble à moitié endormi. Baird regarde Shep et hausse les épaules tandis que les soldats pointent leurs baïonnettes et les poussent tous les deux en direction de l'embarcadère.

À Aberdeen, ils conduisent Abraham au quartier général du commandant, et Shep et Baird sont dirigés à marche forcée vers Atlanta Point.

« Nous allons goûter à notre propre médecine », marmonne Baird lorsqu'ils passent devant une foule moqueuse qui compte un bon nombre d'anciens occupants de la Cellular Jail. Au sommet du mât de la prison, le tigre d'or de l'Inde libre pend désormais sous la protection d'un soleil rouge sang.

Ils sont placés dans des cellules séparées mais voisines, et leur garde, un garçon à la face poupine dénommé Okita, semble si solitaire et apeuré qu'il souhaite même la bienvenue à cette compagnie dûment neutralisée, formée de deux prisonniers non combattants. Quand il leur apporte leurs premiers repas de riz et d'eau saumâtre, il leur signifie au moyen d'un langage des signes rudimentaire que les pièces d'un appareil radio sans fil ont été découvertes dans la cuisine de leur maison de l'île de Ross.

« Dans la cuisine ? » Shep tente par tous les moyens de confirmer ce détail – en se livrant à une pantomime, faisant frire, goûtant, remuant et dessinant les contours d'une pièce autour d'un fourneau invisible. Ensuite, il ouvre grand la bouche dans une mimique de stupéfaction exagérée mais sincère. Baird et lui n'ont jamais emporté aucune pièce de l'émetteur-récepteur au rez-de-chaussée, et encore moins dans le pré carré d'Abraham.

Saisissant l'occasion de cette leçon d'anglais impromptue, Okita hoche la tête avec enthousiasme en étirant les syllabes des mots qu'il traduit.

« *Dai-do-koro*. Cui-sine. »

Le fait est que Shep a vérifié pour s'assurer que leur appareil radio se trouvait encore dans sa cachette derrière la plinthe quelques heures avant leur arrestation. À sa connaissance, l'étage n'a jamais été inspecté. Et puis Okita ne dit rien d'une interception de transmission, et personne ne les accuse d'avoir véritablement envoyé le moindre message. Soit ce garçon se trompe sur la localisation de l'appareil, soit il s'agit de tout à fait autre chose.

Il règne dans cette affaire une confusion suffisante pour leur permettre d'entretenir l'espoir qu'Abraham est capable de régler le problème, puisqu'il est accusé lui aussi. Quelle ironie cruelle, l'idée que leur sort dépende de cet Abraham. Mais ensuite Shep réussit à déchiffrer le code que Baird tapote derrière le mur : *Vendetta Dipak Patel.*

Il se peut qu'ils aient réussi à convertir Abraham, mais Patel garde toujours une dent contre Baird en raison de son témoignage passé. Et maintenant, Buco l'ayant sacré chef du renseignement, le prince des voleurs d'Alfred Baird occupe la place idéale pour prendre sa revanche en déposant un faux rapport.

L'Asie aux Asiatiques. Dans cette danse complexe de la fraternité, Buco ne serait que trop heureux d'entériner des accusations forgées de toutes pièces et d'inculper l'officier britannique. En échange, Patel pourrait contribuer à réprimer un ressentiment encore vif après le désastreux épisode Sunny Ali. Buco a aussi pu s'emparer de ce prétexte pour offrir ses prisonniers en spectacle.

Quoi qu'il en soit, si Patel avait placé un faux émetteur, et si c'était le prétexte de leur arrestation, alors leur véritable appareil devait être resté caché. Et surtout, rien ni personne n'indique que leur transmission aurait été détectée. Shep s'appuie sur ce mince espoir.

*

Le rire commence comme d'habitude, aussi sec qu'un hoquet. Ensuite Ty lève les yeux vers les arbres, et sa respiration se fait liquide et bruyante. Il désigne des formes tracées par la lumière du soleil qui dansent au-dessus du torrent. Naila frappe dans ses mains. Ty et elle ont de l'eau jusqu'aux genoux, et alors que les lumières dansent plus vite, plus haut, les enfants leur font signe de revenir. Ensuite, Ty signale quelque chose à Naila et se précipite entre les rochers. Il se lance à la chasse de ces lueurs comme il pourchassait les lucioles, mais ces êtres magiques ne sont que des fragments de reflets dans le torrent. Naila rappelle Ty plus près d'elle pour tout lui expliquer, elle recueille un peu d'eau dans le creux de ses mains et la fait miroiter dans un rayon de soleil. Ty regarde attentivement, puis il se met au travail en créant ses propres lumières de l'esprit. Il recueille à son tour plusieurs fois de l'eau dans le creux de sa main et dirige ses reflets sur les rochers, les arbres, les toiles d'araignée, ou dans les yeux de la jeune fille. Chaque fois qu'il réussit à la faire cligner, il lève la main, avec un V de la victoire.

Shep ouvre les yeux. À midi, couché sur le dos, il réprime un gémissement et tente de se replonger dans son rêve, au lieu de quoi il finit par fixer un lézard au plafond.

Piquée là-haut comme un spécimen de taxidermiste, la petite créature figée lui rappelle l'oiseau-mouche sur lequel il était tombé un jour, enfant, tout chatoyant de verts et de rouges iridescents, pas plus grand que son pouce et parfaitement immobile, perché sur une branche de grenadier nain. Il se souvient d'avoir retenu son souffle en s'approchant, en songeant que l'immobilité sublime de l'oiseau était un cadeau, une sorte de bénédiction naturelle signifiant qu'en lui, quelque chose avait mérité la confiance de cette créature minuscule. Quand l'oiseau refusait de se réveiller pour lui, il ressentait une douleur qui lui semblait aussi viscérale qu'un coup de couteau. La *torpeur*, apprendrait-il, est un état mimétique de la mort conçu pour conserver l'énergie de l'oiseau, réduire son besoin de chaleur et prolonger sa survie.

Le lézard étend sa petite mâchoire verte et la referme d'un coup sec sur un moustique. Shep tourne la tête et laisse la sueur couler sur son bras. L'accès à sa cellule, qui donne sur la loggia, est fermé par des barreaux. Depuis sa paillasse en bois, il entrevoit un angle de la cour de la prison et le mur massif sur l'arrière du bloc de cellules voisin. Une lamelle de ciel blanc est visible au-dessus de la ligne des toits. Des moteurs et des roues hoquètent, aussi lointains que les sirènes qui jappent depuis le port. Il réussit à discerner le martèlement de pas militaires et quelques éclats de voix de temps à autre, mais sa perception du monde extérieur émane surtout des gestes de lumière qui jouent sur ce mur face à lui. Aujourd'hui, cet écran est obscurci par une bruine continuelle, qui le soulage au moins en partie de la chaleur et de la puanteur du pot de chambre, si ce n'est de sa dysenterie. Ou des moustiques.

D'une tape, il chasse de son oreille l'un de ces sales insectes siffleurs puis il frappe doucement sur le mur. Baird tapote en réponse : *Courage, mon vieux*. Cette dernière folie pourrait encore se révéler une mise à l'épreuve. À bien des égards, en ces temps de guerre, ils ont bénéficié d'un traitement plutôt favorable, et la logique voudrait que leurs compétences les protègent une fois encore. En temps de guerre, un bagage médical est toujours un atout, quelles que soient la race ou la nation. Et les vingt années de Baird dans les Andaman devraient le rendre extrêmement précieux. Produits de première nécessité, ravitaillement, organisation, sur tous ces aspects, Baird sera votre homme, sa propension au respect des règles et de l'ordre étant totalement conforme à l'obsession des Japonais, qui va dans le même sens.

Si seulement ils étaient dans l'Inde de *Kim*. Si reculé que soit le coin perdu où il se retrouvait, grâce à son esprit, à ses facultés de mimétisme culturel, à sa souplesse linguistique, le jeune héros de Kipling était capable de survivre. Mais dans l'Inde de Kim le confinement solitaire n'existait pas. Dans les situations les plus funestes, le jeune héros réussissait toujours à accéder à des sources, à des confidents ou à des dupes. Dans l'isolement, la dupe, c'est Shep, et l'espoir scelle sa perte. Se réveiller de ce rêve étincelant avec Ty et Naila, c'était comme mourir.

À présent, il se traîne vers l'angle de sa cellule. Le pot de chambre en métal déborde déjà, alors il vide les derniers pelotons de parasites de ses boyaux directement sur le sol. Si la pluie se renforce et si le vent la repousse à l'intérieur de la cellule, la gravité devrait entraîner une partie de cette puanteur répugnante dans l'orifice d'écoulement. Mais rien n'arrêtera les spasmes de ses entrailles.

Il est encore accroupi, lorsqu'il remarque les tambours. Il est difficile de les situer, à cause de la configuration de la cellule, mais il devine que les frappeurs de peau sont dans le bazar d'Aberdeen. Une nouvelle sommation. Il se dresse en position debout et noue les pans de son pantalon autour du peu de tour de taille qui lui reste.

Une heure plus tard, les tambours battent encore. Un garde que Shep n'a encore jamais vu, bâti comme un Panzer, ouvre la porte de la cellule et lui met les fers aux pieds. Plus loin dans le bloc, une escouade de soldats encadre Baird, qui se tient debout, en uniforme blanc immaculé. L'uniforme d'Alfred, manifestement récupéré sur ordre des autorités, flotte sur sa maigre carcasse et présente un contraste inquiétant avec son teint jauni. Bien que Shep n'ait pas reçu de tenue de rechange, il voit bien qu'on veut tous les deux les exhiber. Les tambours, par conséquent, sont pour eux.

Dehors, la bruine a cessé, et des nuages blancs en décousent avec la grisaille. On les pousse à l'arrière d'une jeep, le garde à la carrure de Panzer s'est installé à l'avant. La peau de Baird a la texture de l'argile. Ses yeux regardent droit devant, mais lorsque le véhicule démarre avec une secousse, Shep sent le contact de cette peau. Alfred a fait coulisser ses poignets vers le milieu de la banquette, il cherche la main de son compagnon.

Cet uniforme est comme une barrière à la contagion ; le premier réflexe de Shep consiste à s'écarter de cet homme si visiblement condamné, mais ils prennent un virage qui les ramène épaule contre épaule, le poids de leurs corps pressés l'un contre l'autre et, presque sans le vouloir, Shep trouve les doigts d'Alfred, qu'il serre avec fermeté dans les siens. Le sentiment d'un lien – d'union – le submerge, et il comprend que tel est leur pacte.

Un pacte de force. De dignité. De consolation. Ce qui est sur le point d'arriver ne peut pas briser leur existence humaine commune, et ne la brisera pas. C'est une forme de prière.

Des panoramas familiers défilent en kaléidoscope tandis que la jeep descend à toute vitesse vers le port, puis remonte vers la tour de l'horloge. Les tambours résonnent avec plus de force, puis Claire vient au-devant de Shep, riant à gorge déployée dans la piscine, en tenant dans ses bras un Ty bébé qui s'arc-boute et fouette l'eau comme pour la transformer en or. Le docteur ferme les yeux et voudrait se noyer.

La jeep s'arrête au sommet de la pente et Baird serre sa main encore plus fort avant de la relâcher.

On le tire d'un côté, Shep de l'autre. Les tambours font enfin silence et le Panzer pousse les prisonniers en direction de Buco, petit Napoléon nippon aux bottes impeccablement briquées posté sur les marches du Browning Club. À la droite de Buco, un petit homme à la barbe grise rôde. Shep reconnaît Dipak Patel : il se remémore l'article de journal consacré à sa promotion au poste de chef du renseignement.

La ville entière est là, tout autour de la place, dans un prudent garde-à-vous.

Dès que Buco est satisfait de l'emplacement assigné à Shep et Baird, face à lui, d'un revers de main, il fait signe à son lieutenant, et Abraham s'avance en titubant, entravé par les fers, l'air abattu, et va se ratatiner à côté d'eux. Patel se met à houspiller Abraham, qui hoche la tête, le visage baissé vers le sol. Qui hoche encore la tête. Et hoche de nouveau la tête sous le soleil qui darde sa blancheur à travers la brume.

Son témoignage est d'abord formulé en urdu, destiné à l'assemblée, puis le lieutenant Buco aboie à Abraham l'ordre de traduire en anglais. Ce dernier obtempère, comme s'il récitait un serment appris par cœur.

« Ces Britanniques m'ont forcé à cacher un émetteur radio dans leur cuisine. Oui, ils me font jurer le silence, mais je connais mon devoir et je dis la vérité à Dipak Patel. »

Abraham ment pour avoir la vie sauve, en se frottant la jambe, sans une seule fois regarder les accusés, alors même que ces mensonges les condamnent. Shep fait ses calculs et se réjouit. Si Abraham était au courant pour la véritable radio, il le brail-lerait sur les toits afin de se faire passer pour un héros. Au lieu de quoi, il débite ces affabulations.

Shep risque un coup d'œil vers Baird, dont le demi-sourire impénétrable confirme ses soupçons. Ils n'ont pas été intercep-tés. La localisation de Ty n'est pas tombée entre les mains enne-mies, et si le signal a atteint la cible visée, il pourrait encore y avoir une raison d'espérer.

Lorsque Abraham se tait, Shep scrute les visages des autoch-tones, dont certains sont électrisés par la vengeance, tandis que d'autres tremblent à la perspective d'un surcroît de violence. Un grand gaillard aux yeux ternes et noirs qui possède une ressem-blance troublante avec Patel lève le poing, et les slogans inévi-tables retentissent : *Azad Hind ! Inquilab Zindabad !* Ensuite, Shep remarque son chauffeur, Narinder, et, à côté de lui, le bien-aimé Pati de Baird. Baird repère Pati à son tour, Shep l'entend lâcher un soupir étouffé et la distance entre les deux hommes semble alourdie par le chagrin et le manque.

Il en serait de même pour lui et Claire, si elle faisait son appa-rition devant lui. Mais non, songe-t-il. À cause de Ty, ce serait beaucoup plus brutal, à un degré inimaginable.

Ensuite, Narinder fait un signe à Shep. Il tient entre ses paumes la tige d'une orchidée éléphant blanc.

Et des bribes d'un poème ou peut-être d'une prière mur-

murent maintenant dans son esprit. Un ruisseau au fond d'un vallon. Un arbre possédé par la magie.

Un cri s'élève, et Buco, le visage écarlate, un masque habité par la menace, invoque l'empereur du Japon. Il continue en anglais.

« Vous êtes coupables de trahison et, en vertu des lois, le châtiment sera la mort. »

Dans sa bouche, ce mot – *death* – retentit comme le mot « dette » et, encore accaparé par cette prière qu'il veut extraire de sa mémoire, Shep sursaute quand deux soldats japonais s'avancent et empoignent Baird par les bras, le traînent vers la tour de l'horloge où cinq autres hommes l'entourent. Les mains de Shep palpitent encore du souvenir de leur contact quelques minutes auparavant, et il essaie de croiser le regard d'Alfred avant que la palissade humaine ne l'engloutisse, sans y parvenir.

Et ensuite, comme avec Sunny Ali, la place explose sous un tonnerre de bottes et de coups, d'ahanements épuisés et des cris étouffés de la reddition de son ami. Ces cris étouffés prennent Shep à la gorge, à la tête et au cœur, le saisissent d'une sensation viscérale, écrasante. Aucun des témoins ne pleure ou ne sanglote, mais nombre d'entre eux continuent de contempler la scène, l'air stoïque. Shep voudrait que Pati s'efface et s'éloigne, mais il demeure frappé d'impuissance jusque dans cette prière de désespoir, car le bien-aimé de Baird reste sans broncher, son immobilité devenant une forme de protestation silencieuse.

De nouveau, le souvenir insistant des mots réclame l'attention de Shep. Il ne peut dire d'où vient cette voix, seulement que ces phrases résonnent, aussi pures et aussi claires que si quelqu'un les lui lisait. *Il n'avait pas envie de pleurer – ne s'était jamais de sa vie moins senti envie de pleurer – quand tout à coup de faciles et bêtes larmes ruisselèrent le long de son nez, et il sentit avec un déclenchement presque perceptible les roues de son être remboîtées de nouveau sur le monde extérieur.*

Quand les tortionnaires reculent, hors de souffle, exténués, l'uniforme britannique blanc est noir et rouge, arraché au corps contorsionné d'Alfred. Un bras gît retourné sur les pavés. Ils lui ont laissé la joue gauche béante. Le thorax écrasé du supplicié se soulève à la cadence de ses suppliques qui saignent par le côté de son visage. Il implore un peu d'eau. Shep se rue en avant, se sent comme fendu en deux, on le ramène en arrière d'un geste violent, et une crosse de fusil s'abat sur sa mâchoire. Quand il retrouve la vue, Buco fait dégouliner un filet d'eau le long de la lame de son épée.

Alfred est couché, figé, à présent, conscient ou non, il est impossible de le dire. Ses yeux se sont fermés dans leurs orbites, son souffle se transforme en râle mortel. Buco jette la gourde vide à ses pieds et lève l'épée brandie à deux mains.

Sois témoin, s'ordonne Shep à travers les larmes que sa rage crache soudainement. *Ne détourne pas les yeux.*

La place résonne des beuglements de la furie orgiaque de Buco lorsqu'il abat la lame dans les tendons et les os, et la longue tête grise qui à peine quelques secondes plus tôt appartenait à Alfred Baird roule contre le monument aux héros tombés pour l'Inde.

Un puits de silence s'ouvre, offre d'avaler aussi Shep, mais les mots se mettent à tournoyer, intouchables et fiers. *Sa tête s'abandonna sur le sein de la mère, et ses mains ouvertes se rendirent à sa force. L'arbre aux multiples racines, au-dessus de lui, et jusqu'au bois mort façonné par la main de l'homme, à côté, savaient ce qu'il cherchait, et lui ne le savait pas.*

Le cran. Shep ferme de nouveau les yeux, pour barrer le souvenir de Claire, puis pour pénétrer dedans, dans sa voix, son corps, son cran à elle.

« *Gaijin ! Hannin !* » Le cri perçant de Buco libère une frénésie de fusils qui se braquent et qui s'arment, un coup entre les omoplates de Shep, une voix nippone qui lui rugit en anglais d'ouvrir les yeux, et les derniers spasmes de ses intestins les vident du peu qu'il leur reste. La puanteur de l'officier nippon en rage, de sorte que la conscience déjà vague de Shep se demande si le petit homme ne va pas tout simplement trancher de son épée par le côté et l'achever sur-le-champ, mais non, les cris semblent destinés aux doigts qui se resserrent comme des étaux, soulevant le corps pratiquement intact du supplicié et le projetant brutalement trois mètres plus loin, où il chancelle et s'écroule à côté du cadavre déchiqueté d'Alfred Baird.

Shep observe désormais les yeux écarquillés de ses tueurs, à moins d'un pas de lui. Certains de ces yeux sont couleur jaune d'œuf, d'autres cramoisis de veines aussi épaisses que du fil – hépatite ou uvéite, relève le médecin qui meurt en lui – et d'autres encore avec des pupilles aussi larges que des trous noirs – mais cette pensée, si c'est ainsi qu'on peut la qualifier, est interrompue par un poing de bois qui s'écrase contre son os occipital. Une baïonnette lui écorche le haut du bras droit, et il regarde fixement la stupéfiante infinité de strates de chair ouverte qui s'apprête à recevoir le scalpel – non, ce n'est plus un scalpel. Plus jamais. Jamais ce suintement invalidant de la peur.

Un rire remplit la cuvette qui s'est ouverte dans son cerveau, et ce bruit est comme un soulagement, après tout, soulagement de tout ceci – de ce que toute cette éternité de peur ne se résume qu'à cela, en réalité. Les yeux vieux et gris d'Alfred Baird doivent rire, eux aussi, et cette sensation, quand il lui a touché la main, démange les paumes de Shep quand un talon de botte en plein dans son entrejambe propulse sa conscience au sommet de la tour de l'horloge, où elle reste en suspens. L'anesthésie du choc, pure magie.

La mort savait ce qu'il recherchait alors qu'il ne le savait pas lui-même : Claire souriant des profondeurs du jardin, ouvrant les bras comme pour l'accueillir alors que Ty, entre eux deux, rit. Il rit, oui, tandis que le vacarme de la douleur et des chairs lacérées décolle vers le ciel, et l'immobilité qui est au fond de lui le rabat aussitôt. Cette voix, non pas celle qui rit mais celle qui prononce des mots, c'est la sienne ! La voix du garçon qu'il fut jadis, qui lisait pour s'endormir. *De l'abîme énorme se dressaient devant lui des pics blancs implorant le clair de lune. Le reste n'était que l'obscurité de l'espace interstellaire.*

7
Juin 1942

Naila n'a jamais connu pareille pluie. Cette manière qu'ont les cimes des arbres de prendre le vent, comme s'il finissait piégé à l'intérieur d'une grande urne noire. L'eau se déverse partout – sur le chaume, par les fissures dans la grotte, dans la cuvette au bas de la corniche. Au plus fort des orages, elle gronde et forme une large chute en forme de V qui menace de les balayer.

Devant l'entrée de la maison ronde, Naila s'accroche à Ty et hurle dans le tonnerre.

« Il ne faut pas que tu ailles dans ces eaux en furie, tu comprends, *mitai* ? C'est comme une rivière, un océan… » Elle songe à ses parents. « Tu te souviens de ce jour terrible où la terre a tremblé et la mer a monté, et nous avons vu l'eau emporter ces garçons qui étaient sur les rochers ? » Ty la dévisage en clignant des yeux. « Cette eau t'emportera comme celle qui a emporté ces garçons, et tu ne reviendras jamais, plus jamais. Ty Babu, ce n'est pas un jeu. Tu m'entends ? »

Le garçon penche la tête d'un côté, il observe l'eau, le vent, le bruit et l'obscurité. Quelques jours auparavant, parce que Artam se faisait raser la tête, il a laissé Imulu lui raser la sienne, et il est à peine reconnaissable, le sommet de son crâne se dessine avec une pâleur de champignon au-dessus de son visage et de son corps brunis. Après quoi, Naila a laissé Imulu lui couper tous ses cheveux à elle aussi, et elle sait donc que Ty est plus à l'aise ainsi, affranchi de la sueur, des insectes et des mèches emmêlées, et puis elle n'ignore pas que les cheveux, ça repousse, mais les vrilles noires du garçon lui manquent tout comme la douceur de ses bras et de ses jambes de bébé. Il a si vite grandi, il est si vite devenu solide, fort et rebelle, comme les Biya.

La grande maison ailée grince et gémit au-dessus d'eux, et leur peau se couvre des odeurs de pierre et d'herbe mouillées, et de celles du feu sous l'avant-toit. Artam est allongée devant eux, la tête saillant au-dehors. Elle rit sous la pluie, et Naila craint plus que jamais ce que cette folle pourrait pousser Ty à faire.

Ensuite, un souvenir lui revient de très loin, celui de sa mère fabriquant une poupée de papier – avant de la mettre au feu. Un avertissement qui se passait d'explication.

« Voilà. »

Elle attrape une pile de roseaux qu'ils ont tous les trois débités en lanières afin qu'Obeyo et Ekko en tissent des nattes. Naila noue les bandeaux les plus courts pour fabriquer un bateau rudimentaire.

Ty suit son ouvrage, il est tout sourire, et il tend les mains. Artam veut elle aussi jouer avec ce bateau, mais Naila le tient levé au-dessus de leurs têtes.

Et voici que les femmes regroupées autour de leurs travaux de tissage et de leurs préparatifs culinaires font des claquements de langue, pour marquer leur amusement ou leur désapprobation, Naila ne sait jamais, au juste. Si l'inondation envoyait Artam s'écraser sur les rochers en contrebas, cela leur servirait de leçon, mais elle ne laissera pas Ty subir un tel sort.

« On se tient par la main », dit-elle aux petits, en tendant à Ty les doigts qu'elle a encore libres. Et c'est ainsi qu'ils sortent à pas comptés sous le déluge, pour se diriger vers le sombre canal où le flot des eaux s'accumule depuis l'amont de la colline avant de dévaler par-dessus la corniche.

« Asseyez-vous », hurle-t-elle dans le vent. Il tombe des hallebardes, mais Ty et Artam semblent indifférents à ces trombes d'eau et s'accroupissent, très attentifs.

Naila abrite le petit esquif de ses mains et elle crie à Ty :

« Toi, tu es ce petit bateau, d'accord ? Et tu fais exactement ce que veut cette folle, c'est-à-dire aller dans l'eau. D'accord ? » Le visage de Ty s'illumine et se détache contre l'obscurité du jour. Il hoche la tête. « Bon. Maintenant, regarde ce qui va t'arriver, petit bateau. »

Elle s'avance encore de deux pas vers la corniche et lâche l'esquif dans le flot. Il oscille brièvement sous le martèlement de la pluie, puis il avance en tournoyant et disparaît dans la chute.

« Tu vois… »

Avant qu'elle ait pu se retourner, Artam surgit et bondit vers le rebord de la corniche. Naila se penche pour rattraper l'enfant, mais ses pieds dérapent sur une couche de lichen imbibé d'eau. Elle se retrouve à terre, hurle à Artam de s'arrêter, mais naturellement ses mots n'ont aucun sens pour cet enfant biya, qui est maintenant debout et jette un œil dans le précipice.

Un sifflement strident transperce le rideau de pluie, et Artam recule d'un coup, comme un poisson ferré. Obeyo se tient devant la hutte, les mains sur les hanches et le crâne de son enfant mort pendant à son cordon sur son sein. Alors que la mère d'Artam, Imulu, sort d'une démarche nonchalante en s'essuyant les paumes sur ses cuisses, Obeyo prend sur elle de gronder la fillette et de lui ordonner de rentrer dans la hutte. Pas un regard, pas un son n'émanent d'elle vers Naila.

Pendant tout ce manège, Ty Babu reste accroupi là où Artam l'a laissé, il observe le déferlement de l'eau, les autres « bateaux » en forme de feuilles, de brindilles, de pétales, de limaces, de scarabées les pattes en l'air, et même le fouet jaune vif d'une peau de serpent qui tournoie, emportés dans le flot par la gravité et la force de la pluie. Peut-être que les pouvoirs d'Artam sur lui, songe Naila, ne sont pas aussi grands qu'elle le redoutait.

À cet instant, les aboiements des chiens annoncent le retour des hommes, et Ty semble brusquement arraché à son état de transe. Il se précipite vers l'autre bout de la hutte où les animaux lui sautent dans les bras. Ces bâtards jaunes, qu'il aime encore plus qu'Artam.

Les hommes se laissent glisser et redescendent d'un des sentiers de chasse qui conduisent au sommet de la colline, derrière la corniche. Sempe, le père d'Artam, porte un varan sur ses épaules. Derrière Leyo vient Porubi.

Naila a encore du mal à croire l'histoire que Leyo leur a racontée au sujet de Porubi, mais il semble qu'elle soit véridique. Kuli l'a d'abord envoyé espionner dans Port Blair alors que ce n'était encore qu'un jeune garçon, parce que les Britanniques expédiaient les forçats libérés construire de nouveaux villages dans la forêt des Biya. Bien que Kuli n'ait eu aucun pouvoir pour empêcher la construction de ces colonies de peuplement, en étant ainsi renseigné d'avance sur ces plans, il pouvait faire se déplacer son peuple avant l'arrivée des équipes de forçats ouvriers. S'il n'y veillait pas, ces bandes de bagnards indiens et birmans auraient pris les femmes biya pour proies et se seraient battus avec les hommes. Porubi avait découvert que les Anglais et les Indiens étaient capables de parler de tout à proximité d'un ivrogne silencieux, comme s'il était invisible, et Leyo dit maintenant que les Japonais en feront peut-être autant.

« Viens, dit-elle à Ty. Amène les chiens Bibi à l'intérieur. Je suis sûre qu'ils ont envie de s'abriter de la pluie, même si toi tu ne veux pas. »

Ty répond en se secouant comme le font les chiens.

Porubi va tout droit dans le coin de Kuli, le réveille de sa sieste et ils s'assoient tous deux avec Leyo tandis que les autres se chargent de vider le varan de son sang et de préparer le feu.

Comme une grande part de la parole biya revêt la forme du geste, d'une inclinaison de la tête ou de l'épaule, ou du monologue d'un individu racontant son histoire, il est étrange d'entendre les hommes échanger des phrases. Cela ressemble à une conversation normale, se dit Naila, le ventre noué par la nostalgie.

Comme s'il percevait sa tristesse, Ty lui lèche le bras. Il a pris cette habitude au contact des chiens Bibi, d'autant plus que le maillot de corps de Leyo, qu'elle porte parce que c'est plus frais que sa blouse, n'a pas de manches sur lesquelles l'enfant peut tirer. Elle se penche et fait mine de lui croquer un morceau de son oreille. Il réagit en tapant dans ses mains.

Ensuite, elle forme un cercle avec Ty et Artam, et les occupe avec un jeu où l'on tape justement dans ses mains, que *memsaab* lui a appris dans leur vie d'avant. Naila prononce les mots à mi-voix, dans un souffle, mais c'est l'ordre de succession des gestes qui plaît à Ty, les mains sur les cuisses, les deux mains qu'on frappe l'une contre l'autre, puis que l'on tape dans celles d'Artam :

Purée de pois bien chaude,
Purée de pois bien froide,
Purée de pois dans le pot
Neuf jours…

« Naila. »

Leyo lui fait signe de le rejoindre. L'expression de son visage suffit à l'avertir de laisser Ty avec Artam.

Kuli s'agenouille, les mains sur les cuisses. Porubi incline la tête.

« Qu'y a-t-il ? » demande-t-elle en s'approchant d'eux.

Leyo soutient son regard et attend qu'elle s'installe.

« Le docteur Shep, Naila. Il ne viendra plus jamais. »

Jamais. Ce mot vacille entre eux. Naila voudrait le ramasser, le retourner, trouver la niche secrète à l'intérieur où l'espoir se dissimule, mais le mot refuse de se soulever. Il s'est planté dans le sol comme ces stèles du vieux cimetière de l'île de Ross.

Elle sait et elle refuse de savoir ce que Leyo entend par ce mot. Elle n'ose pas le répéter, même pas à elle-même, et elle combat son désir de retourner auprès de Ty, de le rejoindre en riant, elle combat son désir de rien savoir, de ne rien deviner, que rien ni personne ne lui manque.

Ce combat la vide, elle est incapable de parler, elle se représente les yeux vert clair du docteur Shep, la douleur dans ces yeux-là, ce dernier jour, quand il lui a accroché ses amulettes autour du cou. Elle tâte les pointes de l'étoile d'or, elle sent la surface arrondie et froide de la pierre de lune contre le creux à la base de son cou. *C'est un talisman magique pour vous garder en sécurité*, avait-il dit. Il aurait dû le garder pour lui.

Leyo recueille sa joue dans sa paume.

« Ty Babu est à nous maintenant, Naila. Tu as exaucé ton vœu. »

Il attrape sa main qui soudain s'agite et la presse contre son cœur.

Octobre-décembre 1942

Denis Ward fait son apparition début octobre, en frappant à la porte, pour la forme. Il y a devant le bureau de Claire une seule chaise en bois, mais au lieu de s'asseoir, il reste debout et en agrippe le dossier des deux mains.

« Vous êtes de retour, s'écrie-t-elle, le ton léger. Comment était-ce, à Simla ?

— Le paradis, à côté d'ici. »

Il a un geste vers la fenêtre ouverte et l'air couleur moutarde, au-dehors. Les pluies ont diminué. La chaleur étouffante, pas du tout. Le choix de ce mot – *paradis* – fait à Claire l'effet d'un reproche cruel, bien que Ward n'ait aucun moyen de connaître dans toutes leurs nuances les significations que ce mot-là possédait pour Shep et elle.

« Assez frais pour qu'on ait besoin d'une couverture la nuit, imaginez un peu. » Il ne prend pas la peine de lui demander comment elle sait qu'il est allé à Simla. « Alors parlez-moi de ce code. »

Elle ouvre une nouvelle page du cahier devant elle.

« J'ai presque terminé la partie centrale, mais il me faudra une liste de tous les termes spécifiques à votre mission.

— Qu'aviez-vous en tête, au juste ? »

— Je n'en sais rien. Équipement, noms des gens, logistique. L'idée serait de façonner une langue si spécifique à vos besoins qu'elle deviendrait un code à l'intérieur d'un code.

— Que savez-vous de cette opération ? »

Elle se raidit sous son regard scrutateur.

« Seulement que je dois vous fournir un système qui soit assez sûr tant pour les transmissions quc pour la télégraphie sur le terrain. »

Il fait pivoter le fauteuil qu'il enfourche à l'envers. Il est difficile de se rappeler que Ward est anglais, tant il se donne des airs de vouloir imiter les attitudes bravaches d'un Clark Gable dans *Autant en emporte le vent*. Elle ressent une fois encore l'absence de l'ingénuité de Shep, avec toute la morsure du manque.

« Ce n'est pas une opération de sauvetage, observe-t-il. C'est de la reconnaissance militaire. »

Le coup porte, mais elle ne lui laissera pas entrevoir.

« Ma tâche, c'est de vous aider, quoi que vous fassiez. » Elle hésite. « Où que vous alliez.

— Ce n'est pas de votre tâche que je m'inquiète, madame Durant. »

À cet instant, il l'observe attentivement, alors elle relève le menton.

« Major Ward. » Elle a du mal à empêcher sa voix de trahir son état de demande. « Je suis sûre que cela vous simplifierait la vie si vous aviez affaire à quelqu'un d'autre que moi. À une ethnographe de l'université de Calcutta, peut-être. Ou à une linguiste d'Oxford. Mais si j'étais l'une ou l'autre, je douterais de pouvoir beaucoup vous aider. Et je fais mon maximum.

— J'en suis certain. »

Il a une cicatrice en travers de sa tempe gauche, qu'il masse maintenant avec le dos de sa main fermée. Il s'est étoffé, depuis son périple éprouvant vers la sécurité. Il s'est rétabli.

« Je les aurais emmenés, vous savez, dit-il. Votre mari et Baird, en tout cas. La place était limitée, mais ils étaient en tête de liste. Wilkerson était franchement un triste crétin. »

Elle a soudain une horrible pensée.

« Comment le saviez-vous ? »

Il saisit ce qu'elle veut dire, sans même jouer la perplexité. Il faut lui accorder cela.

« L'instinct, fait-il. Il aurait fallu être nigaud pour ne pas comprendre que nos jours étaient comptés, et franchement, à ce stade, j'avais plus confiance en mes nobles marins que dans le gouvernement britannique. Sincèrement, je ne croyais pas qu'on s'en sortirait. À vrai dire, j'avais tout bonnement trop la trouille pour rester.

— Et maintenant vous y retournez. » La froideur de sa voix s'impose entre eux.

Il plisse les yeux vers la fenêtre. Un homme si désireux de s'échapper qu'il avait tenté sa chance en solo face aux sous-marins ennemis plutôt que de prêter foi aux promesses de son propre gouvernement ; et qui avait si peur qu'il était prêt à retourner sur ce même territoire ennemi après avoir tout risqué pour fuir. « Je ne pouvais pas leur dire.

— Leur dire quoi ?

— Après Pearl Harbor, nous avons mis en place une base de radiogoniométrie près du détroit des Andaman du Centre pour surveiller le trafic radio entre la Birmanie et Sumatra. Deux de mes gars faisaient fonctionner la station. Quand le *Norilla* a été coulé, j'ai reçu des ordres de Calcutta de démanteler et de cacher l'équipement. C'est tout ce que je savais, mais à ce moment-là j'ai compris que les carottes étaient cuites. »

La culpabilité est inscrite si clairement sur son visage, à présent, que c'est comme si elle y lisait ses aveux écrits.

« Et donc vous avez volé une partie de cet équipement pour vous garantir une traversée sans encombre. »

Il palpe de nouveau sa cicatrice. Ce pauvre héros à l'air défait, ce menteur. Qui exploite à fond le mythe de son sextant hydrographique rudimentaire, du « miracle » de sa traversée sain et sauf.

« C'est pour cela que vous ne pouviez dire à personne quelles étaient vos chances véritables de réussir. »

Sans le regarder, elle le sent se ratatiner, elle sent tout ce qui lui reste d'aplomb se déliter. C'est donc fini. Sinon, pourquoi se confesserait-il à elle ? Il veut la prendre au piège de sa culpabilité.

« Je les aurais bien emmenés, répète-t-il d'une voix plus effacée cette fois.

— Mais vous ne l'avez pas fait.

— Si Wilkerson l'avait appris, il aurait ordonné à mes propres hommes de m'arrêter… Vous comprenez pourquoi il faut que j'y retourne. »

Elle s'appuie des deux mains sur l'arête de son bureau.

« Vous venez de me rappeler que ce n'est pas une mission de sauvetage.

— C'est parce que je veux m'assurer que vous compreniez les conditions officielles de cette opération. »

Elle lui lance encore un regard. Il semble l'implorer maintenant, mais sous la corniche de ses sourcils, ses yeux se sont assombris et l'observent avec prudence.

Ce qui se déroule entre eux fait frémir l'après-midi d'un éclat fugace. Shep lève la paume. Un signe ? Un avertissement ? Elle a du mal à le déchiffrer, avant qu'il ne disparaisse à nouveau.

« Ma tâche, répète-t-elle, avec une prudence égalant celle de Ward, c'est de vous aider à mener cette opération à bien. »

*

Ward et son équipe seront quatre au total, et dans leur groupe, le sergent Culman, un jeune opérateur radio du Royal Signals, originaire de Brighton, qui a fui Rangoon, est le seul auquel les Andaman sont complètement étrangères. Les autres sont au moins capables de se représenter le territoire source de la langue qu'ils apprennent, bien qu'aucun ne l'ait encore réellement entendu parler. Hari Khan, un ancien MP de Dehradun, était en poste à Port Blair au début des années trente. Luke Benegal, un ancien ouvrier, a grandi dans une plantation de cocotiers au nord de Mount Harriet.

Plusieurs jours après que les hommes ont fait connaissance, alors que Ward et Culman sont sortis de la pièce, Luke demande à Claire si par hasard elle ne serait pas une parente du docteur Durant de Port Blair. Ward l'a explicitement priée de ne rien révéler de sa situation personnelle, elle ne peut donc qu'opiner à la dérobée, mais son visage la trahit.

Hari et Luke échangent un coup d'œil, puis Luke ajoute qu'il a connu Shep. Il y a de cela plusieurs années, il l'a accompagné en randonnée de cueillette dans l'intérieur des terres.

« Nous avons trouvé une orchidée léopard si énorme qu'une racine a failli faire chavirer notre bateau ! »

Son visage étroit et félin s'élargit en un grand sourire, avant qu'il ne se ressaisisse.

« Je suis désolé, madame Durant. »

Elle fait non de la tête, en esquivant. Elle n'a aucun souvenir de cette orchidée ou de Shep lui parlant de cette excursion, et il vaudrait mieux ne pas montrer trop ouvertement à Luke combien elle lui est reconnaissante de ce souvenir, mais sa gorge se serre.

« Je suis désolé, répète-t-il. C'est le seul moment que nous avons passé ensemble.

— Je vous en prie, réussit-elle à répondre, en s'adressant aux deux hommes. Je vous en prie, appelez-moi Claire. »

À présent, toute journée supplémentaire de délai est un supplice. Les visitations se multiplient, le moment de la confrontation avec Ty, Shep et Naila, elle aussi, lui semble toujours là, presque à sa portée. Mais deux mois s'écouleront avant que l'opération ne reçoive le feu vert final et il s'avère que l'équipe n'aura pas une minute de trop pour apprendre et peaufiner le code.

Luke, qui est capable de glousser comme une mangouste et d'imiter une demi-douzaine d'oiseaux, se révèle le plus rapide dans cet apprentissage, en particulier pour le code vocal que l'équipe utilisera afin d'établir un système de communication mobile entre ses membres. Hari est capable de produire les sons, mais son inaptitude à mémoriser le code la rend perplexe, jusqu'à ce qu'elle apprenne qu'il partage un baraquement avec un joueur de cornemuse qui n'est que trop ravi de tourmenter les « moricauds » en jouant quand les hommes sont endormis. Après que Ward s'est arrangé pour que l'équipe soit cantonnée ensemble, dans un bungalow de Governor's Park, la faculté de mémorisation de Hari s'améliore de façon spectaculaire.

Malheureusement, ses élèves les plus lents sont aussi les plus indispensables. Ni George Culman ni Denis Ward, semble-t-il, n'ont jamais essayé de parler une langue étrangère. George est un génie dans le maniement des câbles et des batteries, et c'était un candidat de choix pour l'équipe olympique de pentathlon britannique peu avant la guerre, mais si ses facilités dans le maniement des équipements s'étendent au chiffrement numérique, dès que cela touche à la langue, il semble buter sur un mur de béton. Sa difficulté, suspecte-t-elle, est d'ordre mécanique – c'était aussi ce qu'elle pensait de celle de Ty. Même en anglais, le débit de George est hésitant, et en fin de compte ils s'accordent pour qu'il se concentre sur les versions écrites ou en morse et qu'il laisse le langage codé aux autres.

Ward ne bénéficie pas d'une telle excuse. Il considère simplement que toute personne qui parle une autre langue que la sienne devrait ou finira par apprendre l'anglais. Le fait que le cours actuel des combats révèle toute la faiblesse de cette arrogance linguistique ne plaît guère au major. « Des conneries ! » éructe-t-il, et il sort de la pièce en trombe, en laissant les autres sourire, les yeux baissés sur leurs mains.

Dès qu'il s'agit de concevoir les derniers mots codés pour indiquer avec précision la composition des formations et le type d'armement, Claire se heurte elle-même à un mur. Si l'opération Balderdash finit par mener à bien sa mission officielle, l'équipe devra transmettre la taille et la composition exactes des installations de l'ennemi, les mouvements de ses troupes et de sa flotte. Malheureusement, les seules armes de l'arsenal biya sont des lances, des arcs, des flèches, des couteaux et des harpons. Comment traduire des outils de l'âge de pierre en de modernes instruments de guerre ?

Hari suggère qu'ils travaillent ensemble au problème.

« Si nous créons ces termes, dit-il, peut-être aurons-nous moins de difficultés à les mémoriser. »

Ainsi, un jour, alors que Ward et Culman sont en réunion avec Hastings et leurs supérieurs pour passer en revue leurs exigences logistiques, le reste de l'équipe étudie de près le glossaire principal de Claire, en quête d'inspiration.

« Et les animaux ? » Luke désigne la longue liste sous l'intitulé *Faune*. « Tortue serpentine. Libellule. Scarabée.

— Cafard ! s'écrie Hari. Ça marcherait.

— Mais qu'est-ce que signifient ces termes ? Nous devons recourir à la logique. Et la sonorité du mot en biya ne doit rien révéler. » Hari se renfrogne devant la page. « *Attangadaang*, par exemple. Cela sonne trop comme une rafale antiaérienne.

— Et qu'est-ce que ça veut dire ? »

Hari vérifie.

« Cul de tortue.

— Si nous pouvions arrêter un principe simple, suggère Claire lorsque les rires se calment. Le bruit que fait l'animal, peut-être, ou sa manière de se déplacer. Un trait essentiel qui ressemble aux caractéristiques de l'arme.

— Les oiseaux devraient désigner les canons, parce qu'ils tirent des rafales de bruits.

— Les poissons devraient désigner les bateaux, parce qu'ils nagent.

— Et les créatures rampantes sur pattes… les lézards et les tortues… pourraient représenter des véhicules de débarquement ! »

Hari est tout sourire.

« Et les Japonais seraient des chiens !

— Vous savez, avant les Anglais, il n'y avait pas de chiens dans les Andaman », observe Luke Benegal avec un regard en coin à Claire. Si Denis et Culman étaient présents, il n'oserait pas.

« Très bien, fait Hari. Alors peut-être que les Britanniques devraient être des chiens et les Japonais se transformer en cafards. Regardez, ici, le petit cafard, c'est un mot facile… *taahu.* »

Suivant cette méthode, ils complètent le livre de code.

Un soir, elle tombe sur Ward et Hastings en conciliabule, penchés sur un formulaire radio de couleur jaune sur le bureau du colonel. Elle s'apprête à tourner les talons, mais Hastings lui fait signe d'entrer.

« Une transmission inhabituelle. Cela a été intercepté par l'un de nos sous-marins, mais tout le monde y perd son latin. Cela ne ressemblait à aucun code connu, et personne n'a été en mesure de trouver un autre message similaire, alors ils ont attribué la chose à une erreur de transcription. Ensuite, l'une de nos craqueuses de code de Bletchley Park repassait le tout au peigne fin quand elle a remarqué ce qui ressemblait à notre indicatif, situé non pas au début, mais en fin de message. Le major pense que le reste ressemblerait à votre code. S'il a raison, le vôtre ne vaut rien et nous allons devoir tout reprendre à zéro. »

Les hommes s'écartent, et le colonel lui propose son siège. Elle s'assied, en retenant son souffle. Sans son code, elle n'aurait plus aucun accès à Ward, et il l'exclurait sans doute complètement de l'opération.

Elle tient le papier sous la lumière de la lampe.

MNTILAKOTANOTIKOON

« C'est passé en morse, sans espaces et sans stops.

— Ce pourrait être un chiffrement. »

Elle refoule son cœur dans sa cage thoracique. Les difficultés des messages chiffrés sont presque infinies, elle l'a déjà compris. Il n'y a aucun moyen de savoir. Il faut peut-être écarter une lettre sur trois ou remplacer chaque lettre par sa lettre correspondante de la fin de l'alphabet, ou bien encore retirer les diphtongues ou combinaisons répétitives, comme IN ou CH, avant d'appliquer la clef. Mais cela suppose d'avoir la bonne clef, qui peut aussi bien être un épigramme ou un cryptage à usage unique. N'importe quoi, en provenance de n'importe où. Shep lui adresse un clin d'œil et hausse les épaules.

Elle cherche les nombres et les préambules qui, en temps normal, encadrent ces messages pour aider les opérateurs à les retransmettre, mais elle n'en repère aucun. Cela suggère qu'il s'agit d'un travail d'amateur.

« Où se situait le sous-marin quand il a intercepté ça ?

— C'est là le problème. » Hastings a un geste en direction de Ward, qui leur répète les coordonnées que l'opérateur a notées dès réception de ce message, puis il indique l'endroit exact sur la carte murale du colonel. « Trente-deux kilomètres au sud de l'île de Neil.

— Vous êtes en train de dire que cela pourrait venir de Port Blair ?

— C'est exactement ce qui nous tracasse. »

La transmission date du 29 avril. Soit plus de sept mois. Afin de reprendre une contenance, elle observe fixement les marges jaunes tachées, puis laisse ses yeux errer jusqu'à ce que les lettres flottent.

Des formes de combinaisons qui pourraient ressembler à du biya, mais comme ils ont affaire à une langue orale, l'orthographe ne peut être certaine. Ward lui tend un carnet et un crayon, et elle se met à séparer, à ajouter et à griffonner des lettres pour composer des mots éventuels.

MiNo/ThILiu/KOTrA/NOThI/KhuN

Patate/nuages/ventre/incontrôlable/apporter

MiNe/dIchaLo/KeTtA/NO/TeI/KON

Cerveau/s'échapper/poisson/faire/endroit/se lever

Ward et Hastings jettent un œil par-dessus son épaule.

« Le deuxième ressemble à un avertissement, marmonne Hastings.

— Qu'est-ce que c'est que cet endroit ? Et qu'est-ce que le cerveau vient faire là ?

— Arrêtez ! » Claire lève les yeux, exaspérée. « Je viens à peine de commencer.

— Et nous pourrions être totalement à côté de la plaque, prévient Ward.

— Nous vous laissons regarder ça, suggère Hastings à Claire. S'il vous vient quoi que ce soit, sonnez-nous. »

Quand ils sont partis, elle enfonce ses phalanges repliées dans le creux de ses orbites, jusqu'à ce qu'elle voie des étincelles, puis elle observe fixement le message jusqu'à ce que les étincelles se dissipent. Cela a pour effet de déplacer les lettres.

Pendant des heures, elle griffonne ligne après ligne d'un sabir. Son livre de code si réputé ne lui révèle rien.

*

Un matin, un gémissement sourd tire Naila de son sommeil, elle se réveille et découvre Mam Golat agenouillée à côté d'Ekko qui gît sur sa natte, recroquevillée.

« Elle est malade ? » demande Naila, mais elle voit Mam Golat sourire en tapotant le ventre d'Ekko, et personne ne semble particulièrement inquiet.

Leyo fait la moue comme cela lui arrive souvent quand il ne peut pas, ou ne veut pas, répondre à ses questions. Après le repas du matin, il part chasser avec les autres hommes.

La mère d'Artam fait signe à Naila de venir récolter avec elle et les enfants. Lorsqu'ils atteignent le bas de la falaise, Artam et Ty se mettent à sonder la terre pour en extraire des larves et des scarabées engendrés par *gumul*, dont les Biya raffolent, mais d'un claquement de langue Imulu les prie de continuer d'avancer. Elle entraîne les doigts de Naila dans la brume, en traçant le contour de longues feuilles effilées, et elle fait le geste de se pincer le nez pour indiquer une odeur capiteuse. Les mots qu'elle emploie – *celmo*, *poramo* et *cainyo* – restent dénués de sens aux oreilles de Naila jusqu'à ce qu'Imulu escalade un muscadier. Puis elle rompt une branche de balata. Elle donne instruction aux autres de ramasser des feuilles encore vertes de laurier et de pandanus qui poussent le long d'un cours d'eau voisin.

À midi, le brouillard s'est dissipé et ils rentrent avec leurs paniers accrochés dans leur dos remplis de feuillages et de brindilles, dont deux que les enfants leur chipent et transforment pour jouer à l'épée. Ty est trempé de sueur, et un nuage de moustiques tourbillonne autour de sa tête, mais il suit Artam d'un pas lourd et fouette l'air de ses bras tendus comme les pales d'une hélice pour empêcher les insectes de le piquer. Artam ne s'attend pas du tout à ce qu'on la porte, et du coup maintenant Ty non plus.

Imulu frappe dans ses mains, un son joyeux qui les soulage de cette monotonie et fait fuir les serpents, mais Naila insiste pour qu'ils marchent en silence.

« *Jeti ke* », chuchote-t-elle, un terme biya qui désigne les chasseurs ennemis. Elle ignore le mot pour désigner le danger, alors elle dit : « *Jirmu.* » Autrement dit, « bête de la forêt ».

« Ja-po-nais. »

Imulu prononce ce mot étranger, puis elle glousse. Elle lève en l'air ses mains carrées pour qu'ils se remettent à taper.

Naila lui empoigne les poignets. Elle se souvient d'une histoire que Kuli lui a racontée quelques semaines auparavant. Faisant de son mieux, elle la répète à voix basse. « "Les ancêtres jouaient dans la forêt et faisaient grand bruit. Ensuite, Bilulu s'est mise en colère parce qu'elle ne pouvait entendre les oiseaux et les cigales. Alors elle a envoyé une grosse tempête et transformé tous les ancêtres en tortues et en poissons." »

Les enfants s'arrêtent pour écouter. Imulu lâche un grognement sourd. Elle attrape les bretelles du maillot de corps de Naila et agite les doigts pour indiquer qu'il est temps de jeter cette loque crasseuse. Mais ils continuent en silence.

Lorsqu'ils atteignent le campement, il tombe une légère averse. En leur absence, Mam Golat et Obeyo ont érigé un nouvel avant-toit devant la maison ronde. On peut s'asseoir à deux sous cet auvent qui est assez bas, mais il n'est pas assez large pour qu'on s'y allonge. Comme l'eau dégouline par les côtés,

Ty et Artam filent vers l'endroit bien au sec situé au centre de l'auvent et s'ébattent avec les chiens. Obeyo les chasse, puis aide Imulu à décharger et trier les feuilles de son panier. Elle s'affaire, et les yeux du petit crâne qui pend dans son dos semblent toiser Naila de la tête aux pieds.

Subitement, les chiens s'approchent et lèchent les cuisses de Naila. Elle les chasse d'un revers de main, mais ils refusent de la laisser tranquille, alors c'est Imulu qui les repousse. Elle se baisse, lâche une exclamation et tire sur la couture du maillot de corps de Naila, sur la culotte qui pend dessous. Sur le tissu imbibé de sang.

*

Ensuite, c'est l'*aka yaba*. Les deux jeunes filles assises se tiennent une compagnie maussade, l'une et l'autre vêtues par leurs aînées d'une sorte de licol composé de lanières de pandanus croisées sur la poitrine et d'une ceinture de feuilles de pandanus qui maintient une espèce de pagne de laurier. Pendant qu'Imulu veille sur Ty et Artam, on invite Naila et Ekko à s'agenouiller sur un lit de feuilles de muscadier, les bras croisés. On leur apporte des souches d'arbre pour qu'elles s'y adossent. On leur présente des morceaux de viande de lézard rôtie enfilés sur des brochettes en bois de balata, qu'elles doivent tenir de la main droite. Elles ont toutes les deux interdiction de parler.

Rien de tout ceci n'a de sens aux yeux de Naila, mais chaque fois qu'elle essaie de se lever ou de s'allonger, Obeyo pèse sur elle avec fermeté pour la rasseoir. Chaque fois que Naila émet un son, elle lui plaque la main sur la bouche. Pour la première fois, Obeyo semble apprécier la compagnie de Naila – comme un garde pourrait apprécier celle de sa prisonnière. Leyo et tous les autres restent invisibles, elle n'a donc personne à qui faire appel. Le ressentiment d'Ekko face à l'obligation où elle est de partager sa cérémonie est la seule récompense de Naila.

Au début, Ty semble s'amuser de la fâcheuse situation où elle se trouve. Il s'enfouit le visage entre ses genoux et renifle sa nouvelle odeur métallique. Il grimpe sur ses épaules, lui tire les oreilles. Elle tente de lui répondre sans violer les règles de son confinement, mais Artam et lui perdent vite tout intérêt, car les filles ne bougent pas tandis que dans la maison ronde tous les autres dansent.

Avec l'obscurité qui vient, Naila prend conscience de nouvelles sensations à l'intérieur de son corps. Ses seins sont gonflés. Au fond de son ventre, un grand poing se serre. Elle tente d'attirer l'attention d'Ekko, mais l'autre fille regarde fixement droit devant elle, et son visage affiche le même masque brut que tout l'après-midi.

Elle se souvient de sa mère lavant des guenilles en sang. Naila lui avait demandé si quelqu'un s'était blessé et sa mère l'avait éloignée, lui disant que non, c'était seulement une affaire de femmes, mais un jour elle comprendrait. Elle se souvient aussi de *memsaab* debout dans la cuisine devant une casserole, faisant bouillir quelque chose qui sentait les algues. C'était la seule fois que *memsaab* avait insisté pour cuisiner elle-même, mais quand Naila avait jeté un coup d'œil à la dérobée, elle n'avait pu voir dans la casserole que des éponges dans une eau d'un brun rougeâtre.

Au cœur de la nuit, la pluie cesse et un croissant doré brille entre les nuages. La lumière lunaire vient effleurer la corniche en créant un sentier jusqu'à la hutte, où Ekko laisse échapper de légers sursauts de ronflements. Son propre corps est trop douloureux pour qu'elle dorme, mais elle ferme les yeux et tâche de se détendre. La silhouette droite et mince de Leyo dessine comme la corde d'un arc sur fond de lune.

Deux soirs plus tard, on les libère. La mère d'Artam a lavé le maillot de corps de Naila et l'étend sur elle avant qu'elles ne retournent à la maison ronde. Naila tente de l'embrasser pour la remercier de cette gentillesse et d'avoir veillé sur Ty, mais Imulu se contente de lui faire tourner les talons et de la pousser devant elle. Leyo se tient si près qu'elle se heurte à son torse.

Il rit, et son nez lui effleure la joue.

« Maintenant tu es Yulu. » Il désigne un bosquet d'arbres à proximité chargés de fleurs blanches odorantes. « Yulu, ton nom de fleur. »

Et elle rougit au souvenir de ce qu'il a dit un jour, quatre ans plus tôt, sur l'île de Ross : *Yulu est très belle*.

Elle se retourne et voit Ekko, qu'on doit désormais appeler Chenra, debout à l'autre extrémité de la corniche. Tika lui a glissé son bras autour de la taille et il sourit au creux de son oreille. Ekko commence par l'écarter d'un haussement d'épaule. Elle lance un regard noir à Leyo, mais ensuite elle se saisit de la main de Tika et l'attire dans la forêt.

*

Kuli s'est tenu à distance de la hutte de pandanus, mais durant les longues heures qu'elle a passées assise là, Naila l'a observé attentivement et s'est rendu compte qu'il ne se contentait pas de fixer le vide devant lui toute la journée. Au contraire, il se tient comme le faisait le vieux Ranjit à la timonerie du ferry *Benbow*, dans la même posture que le docteur Shep et son père lorsqu'ils contemplaient les rangées d'orchidées dans leur ancien jardin ombragé, tout comme elle se tenait elle-même sur le promontoire, scrutant la mer à la recherche de ses parents.

Kuli passe ses journées à chercher. Et quelques jours après que

Naila l'a aidé à abattre la hutte de la jeune fille, il convoque et rassemble le clan pour leur annoncer ce qu'il a trouvé.

Leyo s'assied à côté de Naila avec Ty sur ses genoux et la taquine en l'appelant Yulu.

« Dis-moi ce que Kuli raconte », le réprimande-t-elle.

Elle est capable de suivre une conversation ordinaire, mais celle de ce soir est trop compliquée.

« Kuli dit que la pluie décourage les Japonais de pénétrer dans la forêt, mais pendant *gumul*, le temps sera plus calme. Aujourd'hui, il a vu une nouvelle trouée dans la forêt plus loin au sud. Quelqu'un dégage des arbres près de la côte. »

Porubi a expliqué à Kuli que les Japonais adressent des paroles de miel aux Indiens et aux Birmans, affirmant qu'ils seront autorisés à vivre en paix. Kuli doute que les nouveaux envahisseurs viennent faire la guerre aux Biya, mais il ne se fie pas plus à eux qu'aux colons. Son peuple ne doit pas croiser la route de ces nouveaux envahisseurs ou attirer leur attention. Il répète le récit relatif aux ancêtres que Naila avait fait à Imulu dans la forêt.

À partir de maintenant et durant toute la saison sèche, explique Kuli, il n'y aura plus de chants. Le chef se tourne ensuite vers Ty, qui est occupé à échanger des signaux avec Artam de l'autre côté du feu. Il attend que les enfants lui prêtent attention.

Il y aura encore quelques danses, précise Kuli, car cela sert à empêcher les vipères, les chats sauvages et les mauvais esprits de venir troubler la vie du camp, mais chaque danseur doit chanter en silence.

« Comme chante le soleil », ajoute-t-il en biya.

Et Ty, comprenant parfaitement, lève un doigt vers le ciel et, avec Artam sur ses talons, décrit en silence des cercles autour du feu.

*

Ils se rencontrent au club de golf de Barrackpore, où, selon Vivian, avant Pearl Harbor, quarante pour cent des membres étaient japonais. Viv est venue de Calcutta investiguer ce que ces anciens membres ont pu mijoter et où ils sont allés, mais pour le moment, sa conversation du déjeuner avec Claire est centrée sur Roger.

Viv habite chez lui depuis huit mois maintenant. Dernièrement, elle a remarqué un changement.

« Il pique du nez sur ses papiers et se redresse en sursaut. Je pense qu'il fait des cauchemars à propos d'une possible invasion.

— Nous faisons tous des cauchemars », réussit à répondre Claire sans trahir la moindre inflexion de voix, alors que Ty vient crever la mer fantomatique qui est en elle.

Vivian tend son assiette au serveur en gants blancs. Malgré la guerre, le club s'efforce tout de même de préserver quelques restes d'apparences du Raj.

« Je ne me souviens pas de mes rêves. »

La réponse vient mécaniquement.

« Shep non plus.

— Ayant grandi en Chine… » Vivian hésite. « À certains égards, c'était pire qu'en Inde, surtout l'hiver et pendant les guerres. Je me souviens de bébés morts gelés… des charretées entières. Tu apprenais à refouler ces horreurs. Tu apprenais tout particulièrement à ne pas te laisser emporter par ton imagination. C'est l'une des raisons pour lesquelles Shep s'est attaché à la science et qui m'ont conduite à choisir l'information. Les faits et les chiffres, c'est plus sûr que les histoires qu'invente l'esprit.

— Et qu'arrive-t-il quand les faits et les chiffres sont l'horreur même ? »

Viv regarde fixement un losange de lumière bleue projeté sur la table par un miroir à l'autre bout de la salle. Il menace de les absorber toutes les deux. Puis elle lui répond brusquement.

« Comment va ton major préféré ?

— Toujours aussi charmant. »

Viv lui lance un regard d'espoir.

« Ah oui ? »

Claire hoche la tête, mais elle se passe le doigt sur la bouche, dans un mouvement de fermeture éclair. Le secret est un refuge. Tout comme la conspiration.

« Alors, qu'as-tu appris au sujet des golfeurs du général Tojo ? »

Sa belle-sœur l'observe attentivement.

« Apparemment, les Japonais sont très férus de golf. Si férus que tu aurais pu penser qu'ils préféreraient le parcours de Tolleygunge, mais ce qui manque aux fairways de Barrackpore est plus qu'amplement compensé par sa proximité avec les usines d'armement stratégique et les installations hydrauliques. Un mois avant Pearl Harbor, les membres nippons du club avaient mystérieusement tous été rappelés chez eux. Tels sont les faits. Les caddies me disent qu'ils parlaient exclusivement en japonais et prétendaient ne jamais avoir entendu parler de la notion de bakchich. Apparemment, leur mission ne s'étendait pas à la défense de la Sphère de Co-Prospérité de la Grande Asie orientale.

— Je te suis reconnaissante, fait Claire. Merci. J'aimerais vraiment pouvoir en dire davantage, mais ce que j'ai à dire se résume à pas grand-chose. Crois-moi. »

Elle voit bien que Vivian ne la croit pas.

Le serveur leur apporte leurs thés, et elles boivent en silence tandis que la salle à manger se vide autour d'elles. Claire se sent le besoin de retourner au College, mais Viv l'empêche de se lever.

« Penses-tu que tu pourrais avoir ton prochain dimanche libre ? »

Sa voix prend un ton gêné qui ne lui ressemble pas.

« J'imagine. Si c'est important.

— Ça l'est, pour Roger et moi. Nous allons nous marier. Juste une petite cérémonie, à St. John's. Nous aimerions que tu sois notre témoin. »

Claire est trop surprise pour répliquer.

« Nous aimerions aussi avoir ta bénédiction.

— Oui ! Bien sûr. Simplement, c'est si inattendu.

— Ah oui ? »

Viv fait un grand sourire.

Et finalement, Claire reprend ses esprits.

« J'en serais honorée. »

Elle sourit, malgré la tristesse déchirante qui va de pair. C'est Shep qui devrait être leur témoin.

La sœur de Shep lui tapote la main et se lève.

« Nous avons décidé qu'il était temps d'arrêter les langues qui s'agitent autour du Foreign Office. C'est un monde tellement plus coincé que celui de la presse. »

Claire la serre dans ses bras.

« Je suis si heureuse pour vous deux. Et je sais… je sais que Shep le sera lui aussi. »

*

« C'est réellement ce que vous pensez, ou juste ce que vous avez envie de croire ? » lui demande Ward le dimanche suivant.

Claire reste les yeux rivés sur le bœuf qui bloque le pont devant eux. Ils roulent ensemble en direction de Calcutta, un arrangement judicieux, puisque Roger a prié son cousin d'être l'autre témoin à leur mariage – et il est grand temps que Ward et elle abordent le sujet, et sans aucun témoin.

Le bœuf se retourne et s'écarte de la route à pas lourds, puis une jeep remplie de GI's américains klaxonne et les dépasse à vive allure. Claire ferme les yeux pour se protéger du geyser de poussière que la jeep soulève derrière elle, et elle voit Shep lui sourire, et Ty qui fait le moulin à vent des deux bras.

Notre enfant, sous l'abri d'un ami dans la forêt profonde.
MeNnot/ThIre/meLE/eKOTrA/NO/TImiuKOON

Il lui a fallu quatre semaines. La nuit dernière, elle s'est endormie, puis elle s'est réveillée et elle tenait la solution.

Leur cocher fait claquer son fouet, et le gharry s'ébranle.

« C'est les deux, finit-elle par répondre. Cela signifie qu'ils sont en vie… presque certainement cachés dans le camp des Biya où j'ai effectué mon travail de terrain.

— Ou que les Japs…

—… n'auraient aucun moyen d'inventer ça.

— À moins qu'ils n'aient surpris Shep au moment où il envoyait ce message.

— Non. »

Un soleil rouge croise dans le ciel. Une torpille fonce. Shep qui vole, puis qui tombe. Et ensuite… Shep ravi, brandissant son trophée de fleurs comme un tout autre homme que lui brandirait le corps d'un grand requin blanc. Les fleurs brillent telles de petites étoiles sur un fond d'eau bleue.

« *Eria kurzii* », murmure-t-elle. Interdite.

« Quoi ? »

Comment a-t-elle pu s'aveugler à ce point ?

« Les mots latins dans le message dont vous étiez porteur. *Eria kurzii*, c'était la première orchidée que Shep a découverte quand nous sommes partis ensemble sur le terrain. Il l'a trouvée sur place, à peine sorti du camp des Biya. »

La voix de Ward se durcit, sous un vernis trompeur.

« Et vous venez de vous en souvenir.

— La chose commence tout juste à s'éclaircir. Mon Dieu, bien sûr. Shep avait toujours supposé que Naila et Leyo s'enfuiraient vers la forêt… si les Japonais arrivaient après notre départ. » Elle a du mal à trouver le terme juste, qui corresponde au vocabulaire de Ward. « Leur tanière. Il a dû leur envoyer ce message radio en se rendant là-bas. »

Un bref coup d'œil surpris de son interlocuteur.

« C'est une jolie théorie, Claire. Mais les plans sont une chose… »

Elle l'arrête d'un geste.

« Shep n'a pas pu se faire détecter. S'ils l'avaient capturé, il y aurait eu d'autres messages. Ils auraient essayé de se servir de son code pour nous tendre un traquenard. »

Elle se rend aussitôt compte de son erreur. Shep ne connaît qu'une poignée de mots en biya. Si les Japonais l'avaient capturé, il leur aurait été inutile. Elle s'abstient d'en faire part à Ward.

« Vous misez beaucoup sur le décryptage illusoire d'un message qui aurait pu être envoyé par n'importe qui. »

Sa logique la heurte. Le message est si rudimentaire qu'il n'y a aucun moyen de savoir même de quel camp il émane. Il pourrait juste s'agir d'une tentative maladroite d'appel au secours émanant d'un naufragé japonais.

Ward lance un regard au conducteur. Les roues grincent et les sabots du cheval martèlent la route en terre recuite par le soleil. Pourtant, il baisse tant la voix qu'elle parvient à peine à l'entendre.

« Si vous vous trompez là-dessus, c'est notre opération tout entière qui sera dévoilée. Il y a d'autres codes que nous pourrions… »

Elle se concentre sur les lettres dorées en sanscrit qui s'écaillent, sur le dossier du siège du cocher. L'inflexion de voix de Ward laisse clairement entendre que ce « nous » n'inclut pas Claire dans la solution alternative à laquelle il vient de faire allusion.

« N'importe quel code, n'importe quel chiffre susceptibles d'être traduits dans une langue connue deviennent vulnérables, récite-t-elle en s'inspirant du manuel d'entraînement. Et aucun code, aucun chiffre n'est assez sûr pour les troupes mobiles sur le terrain. »

Il sort une paire de lunettes teintées de sa poche et les ajuste devant les deux cavités qui abritent ses yeux.

« C'est votre mari qui a laissé entendre que votre fils était mort. Avec cette jeune fille. Et ils font ce genre de choses, les Orientaux.

— Quel genre de choses ?

— Les filles d'ici se font brûler vives après que leurs hommes meurent ou les ont rejetées, au lieu de continuer de vivre.

— Vous pensez que Naila aurait intentionnellement tué notre fils ?

— Ils feraient presque n'importe quoi pour échapper au déshonneur.

— Qu'est-ce que vous me racontez là ? »

Un muscle de la mâchoire de Ward tressaille. Les verres de lunettes ne sont pas tout à fait assez sombres pour masquer la vulgarité de ses pensées.

Shep et Naila ? Le soulagement le dispute à la répulsion. Mais naturellement, c'est ce qu'un Ward irait s'imaginer. L'idée que le docteur Durant était obligé d'assommer sa femme à seule fin de se débarrasser d'elle a dû circuler dans tout Port Blair. Que l'*ayah* aurait caché l'enfant pris en otage pour s'assurer que son amant resterait. On a déjà vu des choses encore plus étranges se produire en Asie.

« Si seulement c'était aussi simple. »

Il se rembrunit.

« Croyez-moi, il n'y a rien eu entre Naila et mon époux. En revanche, notre petit garçon était toute la vie de cette jeune fille. S'il arrivait quoi que ce soit à Ty, elle mettrait fin à ses jours. Je n'ai aucun doute à ce sujet. Elle serait incapable de le laisser disparaître.

— Alors pourquoi n'êtes-vous pas tous partis des mois plus tôt, quand vous auriez pu l'emmener avec vous ? »

La vulgarité s'est effacée, remplacée par une authentique perplexité. Il lui tend un mouchoir blanc.

Elle se sèche délicatement les yeux et les joues avec le mouchoir, puis le replie, le côté propre vers l'extérieur. Le gharry oscille en prenant de la vitesse.

« Une sorte d'aveuglement. »

*

Après la brève cérémonie à St. John's, Viv et Roger reçoivent à l'hôtel Great Eastern, où ils ont organisé leur petite fête. Ils ne sont que tous les quatre – « rien que la famille », selon la formule de Roger – mais ils se régalent de curry de crevettes et d'une bouteille de Veuve Clicquot, offerte par le patron de Viv, depuis Sydney.

« Accompagnée d'un télégramme m'affirmant que j'étais bien la dernière fille du monde qu'il se serait attendue à voir convoler en justes noces.

— Pas certain de savoir au juste si je dois boire à sa santé, avoue Roger, ou le p-provoquer en duel.

— J'ai pris cela comme un compliment. »

Viv lève son verre à son nouveau mari. Elle a piqué un gardénia au-dessus de son oreille et troqué son uniforme en drap fin et kaki contre une robe en soie bleue.

« Je m'imagine que s'il pouvait vous voir ce soir, il ravalerait ses paroles », suggère Claire.

Maintenant qu'elle a déchiffré le mot de Shep, elle est incapable d'en dire davantage pour se mettre au diapason. Elle n'aurait qu'une envie, embarquer dans le premier bombardier, sauter en parachute directement au-dessus de Behalla. Elle voudrait alerter le War Office, les informer : elle sait où son mari et son fils se cachent, elle a envie d'exiger un sauvetage immédiat. Mais elle sait aussi que sa découverte ne peut rien changer avant que Ward et ses hommes n'effectuent leur traversée. Elle meurt d'envie, à tout le moins, d'alerter la sœur de Shep. Or, Ward lui a ordonné de tenir sa langue.

« Je le prends tout de même pour un compliment. » Viv secoue la tête et le gardénia s'envole à l'autre bout de la table, atterrit devant Denis, qui le serre entre ses dents. Elle rit. « *Olé !* »

Ward pivote dans son siège, se penche en avant et lâche la fleur tout près de la main de Claire. Les pétales commencent à brunir, et ses dents ont creusé de petites cicatrices claires le long de la tige, mais son parfum monte, encore capiteux. Elle la porte à son visage et ferme les yeux. L'orchestre de ce soir composé de six musiciens attaque *White Christmas*, la chanson de Noël d'Irving Berlin. Shep et elle se sont mariés en été, mais ce souvenir l'envahit malgré tout, cette image d'elle et lui dansant tous les deux dans le salon de ses parents, sa main sur la nuque de Shep, le parfum du gardénia à son revers, le calme posé et la haute taille de son mari, qui lui étaient encore si peu familiers.

Une sirène hurle, faisant vibrer les couverts. La musique hésite, puis elle cesse.

« Un raid aérien ! gémit Roger.

— Oh, allons, s'écrie Viv. Ce n'est pas la fin du monde.
— C'est toi qui le dis. »

Une main saisit Claire par le bras alors qu'elle renverse sa chaise. Elle attrape son châle, son sac à main et se retourne, et c'est seulement maintenant qu'elle perçoit l'inquiétude dans les yeux de Denis Ward.

« Par ici », se borne-t-il à lui dire.

Calcutta prend les raids aériens au sérieux, mais la ville n'a encore jamais essuyé de véritable attaque, et même parmi les officiers, ils sont nombreux à n'avoir encore jamais entendu leur première bombe tomber. Ils suivent le mouvement général en direction du sous-sol de l'hôtel, au milieu des exclamations, *Fausse alarme !* et *Enfin, regardez où vous mettez les pieds !* et *Vous ne me ferez pas descendre dans ce trou à rats !* qui crèvent la surface et replongent comme autant de bouées. Ensuite, le tac-a-tac-a-tac lointain des canons antiaériens pénètre les murs, ce qui accélère le mouvement.

Des rumeurs de gaz commencent à filtrer dans la cohue, suscitant un risque de panique, car personne ne semble savoir s'il y a des masques à gaz disponibles, et où ils seraient stockés. Heureusement, Denis et Roger sont assez grands pour paraître doués d'autorité.

« Par ici, mesdames et messieurs. Nous allons tout régler une fois en bas. »

Claire remarque qu'à présent, lorsque la tension est à son comble, le bégaiement de Roger disparaît.

Dans la bousculade, elle perd Vivian de vue. Ensuite, alors qu'elle descend les marches, l'électricité se coupe, et une noirceur totale s'installe. L'hystérie soudaine de la foule est plus terrifiante que les sirènes et les canons, et pour la première fois Claire comprend ce que les gens veulent dire quand ils parlent de sentir l'odeur de la peur.

« Claire ?

— Oui.

— Bien. Tenez bon. »

Denis à nouveau, sa main sur son épaule. Personne ne peut bouger, pourtant elle est surprise de sa présence. Qu'espère-t-elle ? Qu'il sorte au pas de charge dans la rue et prenne les cieux pour cible afin de chasser les envahisseurs à lui tout seul ? Il a tendance à inspirer ce genre de caricature.

Ensuite, la première bombe frappe, et la déflagration les projette au bas de l'escalier. Claire enraye sa chute en se rattrapant à la rambarde, mais autour d'elle les gémissements et les pleurs gagnent en intensité. Le faisceau d'une lampe-torche qui ricoche entre les murs du sous-sol révèle Denis accroupi à quelques mètres de là, près de Roger et Viv, qui réconfortent une femme gracile, une Eurasienne terrorisée.

Quelques coups sourds supplémentaires retentissent, mais aucun d'eux n'est aussi proche que les premiers. Les blessures semblent mineures, plus psychiques que physiques, mais cette demi-heure d'obscurité paraît interminable à la foule massée dans le sous-sol, qui attend que sonne la fin de l'alerte.

Dès que le signal retentit, une acclamation s'élève. L'électricité ne tarde pas à revenir, mais il est exclu de reprendre les festivités. Au rez-de-chaussée, le sol est jonché de verre et de porcelaine brisés. Personne n'intervient sur les lieux pour balayer. Des clients descendent au bar, mais un seul barman revient trier les bouteilles qui en ont réchappé. Et bien que l'orchestre récupère crânement ses instruments, les rares serveurs visibles se dirigent vers les portes de sortie.

« Sauraient-ils quelque chose que nous ignorons ? » demande Claire.

Viv regarde la jeune femme asiatique qu'elle réconfortait en bas regagner son poste à la réception.

« Ils sont privés de repères. »

Roger dépose un baiser sur la tête de sa jeune épouse.

« Ça, c'est une sacrée bringue de mariage, dis-moi.

— Major ? » Un MP s'approche de Denis. « Il y a un homme à l'entrée, il est blessé. Il dit qu'il pensait vous trouver ici. »

Ils le suivent tous, traversent la réception, franchissent les tentures du black-out jusqu'au cratère qui s'ouvre désormais juste devant l'entrée du Great Eastern. Il est difficile d'y voir dans l'obscurité, mais plusieurs hommes en uniforme sont couchés sur le trottoir d'en face. Une infirmière est agenouillée à côté de l'un d'eux, le pied de cet homme sur ses genoux, et elle appelle un médecin.

« Culman ! » beugle Ward.

8

Janvier 1943

Avant que la bombe ne fracasse la cheville du sergent Culman, Claire ne recevait strictement que les informations qu'il lui fallait absolument connaître. Après avoir décodé le message de Shep, elle s'imaginait que Ward allait faire un grand bond, se dépêcher de traverser la mer pour aller récupérer Shep et Ty, avant d'immédiatement ficher le camp avec eux, mais deux jours après le bombardement de Noël, le major l'emmène faire quelques pas dans Governor's Park et dissipe toute illusion de cet ordre, en lui proposant autre chose, d'encore plus abracadabrant.

« C'est une idée farfelue, admet-il. Et elle ne vient pas de moi, je peux vous l'assurer.

— L'idée vient de qui, alors ? »

Il ne tient aucun compte de sa question.

« Je suis obligé de vous le demander. Mais vous avez le droit de refuser.

— Tout cela compte davantage pour moi que pour qui que ce soit.

— C'est précisément ce qui m'inquiète. Avant toute chose, nos chances de réussite sont minces, et ce à quoi nous serons confrontés risque d'être plus sinistre que nous ne l'imaginons… si nous réussissons même à passer.

— Et moi je suis la femme, l'hystérique, c'est cela ? »

Elle remarque la silhouette familière de Shep qui marche à grandes enjambées à côté d'eux. Il les salue dans la brume matinale.

« La longueur de l'opération devrait suffire à elle seule à vous en exclure.

— Pourquoi cela ?

— Les risques d'une évacuation d'urgence réussie sont nulles, et notre plan consiste à rester là sur place jusqu'en mars. »

Elle parvient à peine à maîtriser son désarroi.

« Pourquoi cela devrait-il m'en exclure ? »

Les joues de Ward virent à l'écarlate. Malgré son caractère fanfaron, il est un seuil qu'il doit encore franchir, semble-t-il.

« L'hygiène. »

Ce mot lui échappe comme un éternuement, au point que, bien malgré elle, elle éclate de rire. Et tout à coup, du moins sur le moment, elle ne se sent franchement pas terrorisée.

« Ne me dites pas que vous êtes gêné.

— Il y a certaines… conditions sanitaires.

— Enfant, je sortais camper dans les Adirondacks tous les étés. Et j'ai sans doute passé autant de temps que vous dans les terres sauvages des Andaman.

— Je veux dire… » Il rougit de nouveau et prononce le mot en l'étirant, comme s'il tentait d'apprendre une langue étrangère à une élève un peu lente d'esprit. « *Sanitaires.*

— Ah. » Elle s'étonne. Comment ont-ils pu si vite s'écarter du sujet ? « Vous ne consacrez pas beaucoup de temps à écouter aux portes des Wrens, n'est-ce pas, major ? Si vous tendiez l'oreille, vous pourriez découvrir que les tropiques fichent la pagaille dans les cycles de la femme blanche moyenne. Et cela même avant de prendre en compte les effets de la guerre. Depuis mon départ de Port Blair, j'ai perdu à peu près dix kilos, ce qui a encore un peu plus compliqué la situation. Si cette conversation intime vous embarrasse, j'en suis navrée, mais puisqu'il semble que le sujet ait un lien avec ce qui nous occupe, je peux vous assurer que je n'ai plus eu une seule fois mes règles depuis plus d'un an, et je ne crois guère devoir en attendre de si tôt. » Elle marque un temps de silence. « Je ne suis pas certaine que cela fasse de moi un homme pour autant, mais cela devrait moins vous créer de souci quant au fait que je sois une femme. Passons-nous à vos autres sujets de préoccupation ? »

A-t-elle réussi à se sortir de cette ornière ? Son cœur cognait contre ses côtes, mais pendant tout ce temps sa voix n'avait pas flanché. Elle arrive à peine à croire que le colonel Hastings se soit mêlé de tout cela… pas plus qu'elle ne pouvait s'imaginer son père lui donnant sa bénédiction. Et pourtant, c'était son père qui lui avait appris à camper, à pêcher, à randonner et à grimper. Après la mort de Robin, Claire avait essayé de devenir à la fois la fille et le fils de ses parents. Cela avait procuré un maigre réconfort à sa mère, mais cela lui avait gagné l'amour de son père et lui avait insufflé une confiance en elle dont elle commence seulement maintenant à mesurer la portée. En fait, elle suppose que son père comprendrait, même s'il ne pourrait approuver ce qu'elle est sur le point de faire.

Hastings sait lui aussi le peu qu'elle a à perdre et combien elle peut avoir à y gagner. S'il était à sa place, il insisterait pour y aller. Claire cherche Shep, le trouve adossé contre un temple antique, à quelque distance. Il lui pointe un pouce levé et tend la main à Ty. Ils disparaissent.

« Mes principaux sujets de préoccupation, lui répond Ward, consistent à lancer cette opération en temps et en heure et à en assurer le succès. Culman étant sur la touche, mes sujets de préoccupation tendent à revêtir un tour quelque peu contradictoire.

— À moins que vous ne tentiez votre chance avec moi.

— Ce n'est pas ma seule option. »

Pourtant, Ward bluffe tout autant qu'elle. La blessure de Culman garantit au sous-officier un poste de bureau pour le reste de la guerre, et personne d'autre au sein de leur équipe ne possède autant de formation en cryptographie ou d'expérience dans le maniement de la radio que Claire. Le temps que cela prendrait de former un autre opérateur au traitement de leur code ésotérique les retarderait des mois. La seule autre option de Denis Ward consisterait à abandonner toute idée de code et à enrôler un opérateur qui recoure au chiffrement, mais il ne dispose pas de candidats qui possèdent une connaissance minime des îles Andaman, et dès lors qu'il leur faudrait parler en code sur le terrain, ce nouveau membre de l'équipe serait inutile.

« Je ne compromettrai pas votre opération, lui assure-t-elle.

— C'est facile à dire. »

Sur son visage, la lumière du matin est sans relief. Il scrute quelques longues secondes une vache blanche qui vient d'apparaître à travers le voile bas de la fumée de bouse.

Quand il revient sur elle, Ward a presque l'air de s'excuser.

« Il me faut me montrer d'une franche brutalité avec vous, Claire. Ce que font les Japs à Port Blair pourrait nous coûter le sous-continent entier. Si nous devions réussir à secourir quelques-uns des nôtres au passage, ce serait formidable, mais l'objectif de cette opération consiste à empêcher l'ennemi de gagner cette foutue guerre. Nous allons réunir des renseignements, et si vous vous joignez à nous, votre seul but sera de transmettre et de recevoir des informations par radio. Ce sera votre unique responsabilité. Je trouverai bien ce qu'il faudra savoir à propos de Shep, de votre fils et de tous ceux que nous avons dû laisser sur place, mais il ne sera pas question de se disperser. Est-ce clair ? »

Rien n'est clair. Si ça l'était, elle ne serait pas ici, n'aurait même jamais songé à courir les risques dans lesquels elle est sur le point de se précipiter. Si c'était clair, ces spectres seraient vivants et ils respireraient.

« Je sais que vous n'avez aucune envie de vous dire qu'ils ont disparu, fait-il. Eu égard aux objectifs qui sont les nôtres, du moins de prime abord, il faut partir de là. Du point de vue du reste de l'équipe, ils ne sont plus là. Ni l'un ni l'autre.

— Je ne leur ai rien dit d'autre.

— Et vous ne leur direz rien d'autre.

— Non », acquiesce-t-elle. Et bien que les deux mots qui suivent résonnent dans son crâne, elle ne les prononcera pas à haute voix : *sauf si.*

Trois jours plus tard, elle rend visite au colonel Hastings pour lui dire au revoir et le remercier.

Il penche la tête d'un côté, lui rappelant Alfred Baird.

« Je donnerais n'importe quoi pour y aller à votre place, Claire.

— Je sais. » Elle se force à sourire. « Mais cette opération est la seule chose qui me maintient en vie. »

Il prend sa main entre ses paumes paternelles.

« Dieu vous bénisse, dit-il. Dieu vous garde. »

Le lendemain matin, à six heures, Roger et Viv viennent lui faire leurs adieux à la gare de Howrah. Ils sont ballottés et bousculés par des hordes de *wallah*, de mendiants, de voyageurs et d'énervés, par des bébés en pleurs et leurs *ayah* distraites, par des balayeurs et des soldats, des pigeons, des chiens parias et des chariots à bagages secoués en tous sens. L'exode de Calcutta s'est mué en une migration en masse de réfugiés, avec des images miroirs de Shep, Ty et Naila se faufilant entre eux à leur gré.

Claire doit voyager seule jusqu'à Madras, où Ward la rejoindra pour le reste du trajet jusqu'à Colombo. Là, ils se formeront auprès de commandos des opérations spéciales pendant deux semaines, dans la jungle de Sinharaja, avant d'appareiller. Le reste de l'équipe voyage séparément.

Naturellement, ils ont interdiction de révéler quoi que ce soit à quiconque de leur destination – ou quant à la date de leur retour.

« Il y a un proverbe indien que j'ai entendu quelque part, fait Viv. Si tu places un sac de poussière de Calcutta sous le lit d'une femme de bien, elle en sera corrompue. Eh bien, nous voici, toi et moi. Corrompues.

— Qui l'eût cru ? »

Claire embrasse sa belle-sœur sur la joue, elle la serre dans ses bras, et elle s'aperçoit qu'elle est incapable de la lâcher.

« Tu nous t-tiens au courant, fait Roger. Dès que tu p-p-ourras, comme tu p-pourras. »

Et soudain elle voit sa pâle silhouette au milieu de cette foule crasseuse exactement comme il lui était apparu sur les quais par cette nuit épouvantable, le soir de l'arrivée de Claire à Port Blair.

« Tu m'as recueillie, dit-elle. Que pourrais-je faire d'autre ? »

Ensuite, il la prend dans ses bras, qui sentent le tweed, le citron vert, le tabac et le tonic, et elle les envie, lui et Viv, avec une ferveur qu'elle croyait avoir perdue pour toujours.

Elle se lève et embrasse Roger sur sa joue rasée de près.

« Prends soin d'elle, tu veux ? »

*

Le matin étend une fine couche d'argent sur la forêt, le jour s'ouvre sur une brume fraîche. Imulu a été malade dans la nuit, aussi Artam est venue jouer avec Ty pendant que Kuli et Obeyo soignent la fièvre de sa mère. Le reste des hommes part chasser, et Ekkon, qui s'appelle maintenant Chenra, fait signe à Naila (qui refuse de penser qu'elle s'appelle elle-même Yulu) d'emmener les enfants chercher des ignames.

Venant d'Ekko-Chenra, cette invitation la désarçonne, mais d'un signe de tête Mam Golat leur fait signe d'y aller. Amies ou non, les deux jeunes filles sont désormais considérées comme des sœurs, et Chenra semble bien s'être muée en une nouvelle version d'elle-même, beaucoup plus engageante. Après la cérémonie de l'*aka yaba*, elle a noué autour de son front un bandeau d'étoffe rouge qui fait ressortir ses yeux marron. Au-dessus du bandeau rouge, sa masse de cheveux noirs, drus et frisés s'élève en un nuage. Et elle se met ensuite en position debout, les mains croisées derrière la nuque, les coudes déployés comme pour mettre en valeur ses seins hauts et ronds et son nouveau pagne en lanières de pandanus que Mam Golat lui a confectionné, avec sa feuille en forme de goutte d'huile.

Alors que les enfants courent devant, Chenra prend son temps, défiant silencieusement Naila d'égaler son allure de reine, mais la jeune fille ne trouve rien à redire à cela. Ty est désormais au moins aussi à l'aise en forêt qu'il l'était dans le passé sur la plage. Il est capable d'escalader un jeune padouk avec encore plus de grâce qu'Artam, et à eux deux ils connaissent toutes les lianes du voisinage qui sont assez solides pour servir de balançoire. Naila et lui ont depuis longtemps renoncé à leurs chaussures déchiquetées, et leurs plantes de pied se sont usées et durcies comme du bambou.

Pourtant, alors qu'il virevolte au milieu des ombres, la fierté qu'il lui inspire livre un duel à sa peur perpétuelle de le perdre. « *Chati !* » Elle appelle doucement les enfants à revenir creuser. Les ignames abondent, dans ce secteur.

Artam arrive dans le sillage de Ty, qui a trouvé deux bouts d'écorce en forme de pelle qui leur serviront de binettes. Une fois qu'ils se sont attelés à la besogne, Chenra attire Naila plusieurs mètres à l'écart et s'accroupit.

L'expression de la jeune fille revêt toute la sincérité d'une confession ou d'une supplique. Elle trace dans l'air avec ses mains des figures grandes et petites, douces et dures, rondes et longues.

Naila regarde, déconcertée.

« *Ekira*, implore-t-elle. *Parle.* »

Chenra fait mine de ne pas entendre ou de ne pas comprendre. Ses lèvres charnues s'entrouvrent, rêveuses, et elle laisse ses paumes courir sur ses bras lisses, s'étreint timidement, puis, sans avertissement, tend la main et caresse la joue et le cou de Naila.

Ce contact la fait tressaillir. Il n'y a rien de sincère dans une telle tendresse, qui semble si excessive. Cela ressemble encore à l'une de ces mises en scène dont Ekko a le secret, comme ses interprétations des histoires de Kuli. Il s'agit peut-être d'un prolongement d'*aka yaba*, d'un rituel d'union ?

S'armant de courage, Naila s'allonge sur le dos, un geste récompensé d'un grand sourire et d'un soupir de plaisir. Sa nouvelle sœur joint les avant-bras, serre les paumes. Puis elle se penche, jette un œil de côté et fait un clin d'œil, avec une expression qui signifie : *Regarde un peu ça.*

Très lentement, elle replie un majeur et, dans un geste de pénétration, le doigt va et vient entre ceux de l'autre main. Pendant tout ce temps, les yeux ronds et noirs de Chenra observent leur cible, comme pour lui souffler : *Tu aimes, tu sais que tu aimes ça.*

Un mélange de dégoût et de honte fait s'écarter Naila. Elle tombe les paumes en avant, et sa persécutrice en gazouille de rire. Cette fille biya ne peut pas savoir à quel point les hommes la narguaient quand elle traversait Port Blair à pied, et pourtant si, elle le sait. Elle le sent. Et Naila n'a nulle part, nulle part où s'échapper.

Ty. Ty lui offre une échappatoire. Il est indemne d'une telle méchanceté.

Il est assis en position accroupie, absorbé dans le travail d'extraction des ignames. Il en a une pile de quatre ou cinq déjà prêts, et Naila attrape un triangle d'écorce, puis se met à genoux à côté de lui. Elle frappe la terre avec violence, jusqu'à ce que sa colère reflue. Puis elle se met au travail, avec l'envie de se plonger dans la même concentration absolue que lui.

Oublie Chenra. Chenra n'est rien. Cette saleté de fille s'appelle Ekko, elle s'appellera toujours Ekko, et elle ne sera jamais sa sœur.

Il n'empêche, tout est trop silencieux.

Elle regarde autour d'elle.

« Ty, où est Artam ? »

Il l'éconduit d'un revers de la main, comme il le fait toujours quand il se sent dans cet état-là. Il refuse de lever les yeux, même pour trouver Artam. Ou pour remarquer à quel moment elle s'est éloignée.

« Ekko ! » Elle murmure par-dessus son épaule. « Chenra ! Artam est partie ! »

L'autre fille, qui s'est couchée sur un oreiller de feuilles, étire les bras et bâille.

« *Aka doi.* »

L'enfant reviendra.

C'est vrai. Artam connaît la forêt comme si c'était sa seconde peau. Cependant, Imulu compte sur eux pour veiller sur la sécurité de sa fille, et tandis qu'elle scrute le sous-bois, Naila se sent de plus en plus inquiète.

Elle repère la trace des empreintes de pas d'Artam et la suit aussi longtemps qu'elle le peut sans perdre Ty de vue. Ensuite, elle rentre, en espérant que l'enfant sera revenue sur ses pas en empruntant un autre chemin. Pourtant, il n'y a toujours aucun signe d'elle.

Naila envisage d'enrôler Ty, mais il n'acceptera pas aisément de l'accompagner, et cela ne serait d'aucune aide de l'alarmer non plus.

« *Mitai.* » Elle s'assied à côté de lui. « Reste ici avec tante Ekko…

— Chenra », la corrige l'intéressée.

Elle s'est à son tour mise à creuser pour déterrer des ignames, non sans réticence. Ekko pourrait aussi bien le laisser ici, il n'en bougera pas.

La trace des empreintes conduit Naila à franchir la piste d'un lézard jusqu'à un cours d'eau où les hommes biya vont souvent pêcher et chasser la tortue. Artam connaît ce cours d'eau. Elle a pu s'y tremper, à la recherche de son père. Naila en suit le bord jusqu'à ce que le lit se scinde et que le flot s'écoule de part et d'autre d'une colline évasée. Au-delà, l'eau devient plus profonde et se fait rivière. Elle est partie depuis peut-être une demi-heure. Cela fait trop longtemps. Mais alors qu'elle est sur le point de faire demi-tour, elle remarque une autre empreinte de pas de l'autre côté du cours d'eau.

Elle traverse le moins profond des deux bras et remonte la déclivité quand les oiseaux autour d'elle criaillent, et une pluie de feuilles s'abat dans l'air chaud et vert. Une petite voix chante de l'autre côté de la colline.

Naila s'immobilise, remercie le ciel, puis continue de monter. Par là, c'est plus raide mais plus rapide que de contourner la colline.

Subitement, le chant d'Artam est avalé par d'autres bruits bien plus forts. Un fracas et un martèlement sourd, comme ceux d'animaux forçant leur passage dans la broussaille. Puis des rires tapageurs. Des hommes.

L'enfant crie.

« *Pho khotewo ! Bayde…* »

Il s'ensuit un son étranglé, sinistre.

L'air semble virer au blanc, puis au rouge. Ensuite, tout ce que Naila réussit à entendre, c'est la violence de son propre cœur.

Elle se laisse tomber à plat ventre et rampe sous les fougères. Elle doit arriver jusqu'à Artam. Il ne faut pas se faire voir. Elle doit sauver l'enfant. Elle ne sait pas comment. Ses pensées sont comme deux étrangères qui se battent, en proie à la fièvre. La sueur lui pique les yeux ; elle a la gorge desséchée ; le battement du sang lui emplit les oreilles.

Du japonais. Ce doit être la langue de ces hommes. Ils beuglent. Deux voix. Seulement deux, mais ils détiennent Artam. Le chant de l'enfant les a attirés, et d'autres vont peut-être arriver. D'une seconde à l'autre, ils vont venir s'emparer de Naila – *Que tu es stupide, mais stupide, ma fille.*

Une explosion déchire l'air au-dessus d'elle. Ensuite, les deux hommes repartent dans une bordée de hurlements. Un perroquet jase. Un rire dur, perçant, insouciant.

« *Kono hentai !* »

« *Damare yo !* »

« *Kuso !* »

Naila regarde une mante religieuse d'un vert pâle opérer de ses mandibules sur un phyllie déjà mourant, sous son nez. Le corps brun et épineux se tortille et se débat, mais il n'est pas à la hauteur de l'autre créature, plus grande et plus forte. Si seulement elle pouvait bouger, elle écraserait la mante entre ses doigts, mais à cet instant le sol se met à trembler sous des bruits de bottes lourds et chancelants. Elle ferme les yeux.

Lentement, les hurlements alcoolisés s'éloignent en titubant. Lentement, les oiseaux se remettent à chanter. Naila attend, attend, attend, puis elle se met à ramper.

Elle découvre l'enfant étendue sur la rive opposée. Les yeux d'Artam sont fixes et grands ouverts. La mousse humide sous son corps est noire. Dans sa poitrine, un trou a remplacé l'étoile rose de sa tache de naissance.

Naila recueille le petit corps sans vie dans ses bras.

Elle chancelle sous le poids de son fardeau et de sa peur. Le trajet du retour semble prendre des années, et quand elle atteint enfin les autres, à sa vue, Ekko a un mouvement de recul.

Ty se jette en avant. Naturellement. Naila a connu d'autres terribles moments.

Tout ce qu'elle est capable de faire, cependant, c'est de resserrer son étreinte autour du corps d'Artam, si froid contre sa poitrine et tellement plus lourd que dans la vie.

Le sentiment de trahison gagne le visage de Ty. Sa gorge frémit d'incompréhension. Ses paupières battent sombrement, et des bruits insensés s'échappent de lui.

Ekko pèse sur son épaule.

« *Liake.* »

Le blanc de ses yeux brille en signe de mise en garde. Quand Ty se retourne à son contact, elle lui attrape la main et crache aux pieds de Naila.

Je n'ai pas fait cela, tente-t-elle de dire. Mais elle reste sans voix.

Ensuite Kuli est là. Sans un mot, il la déleste du corps d'Artam. A-t-il entendu le coup de feu ? Peut-être a-t-il vu ou entendu ces hommes. Il a des pouvoirs de perception. Pourtant, Kuli lui-même ne sait pas comment ramener sa petite-fille à la vie.

Les gémissements d'Imulu les entourent avant qu'ils n'aient atteint le sommet de la corniche. Mam Golat se rue sur eux et enserre Ty dans ses bras. Leyo prend la main de Naila et la conduit à l'écart, hors de la vue des autres, vers l'endroit où se dressait la hutte de pandanus. Il apporte un seau et lui retire ses vêtements, lui lave le corps du sang de l'enfant.

Après quoi, il s'assoit à côté d'elle, avec Ty sur ses genoux. Il chuchote que l'esprit d'Artam est parti vivre avec Biliku.

Kuli, Imulu et Sempe entrent dans la nuit et la désolation en préparant leur fille pour l'enterrement. Ils lui rasent la tête et lavent ses chairs, peignent le devant et le derrière de son corps de lignes d'argile blanche et rouge, comme s'ils la préparaient pour un retour dans la matrice. C'est seulement après qu'ils ont terminé que les autres les appellent pour se joindre à eux.

La famille sanglote en observant fixement Naila. Elle n'a encore dit à personne comment elle a trouvé l'enfant. La blessure à la poitrine raconte une histoire. Tout ce que Kuli a vu ou entendu en raconte une autre. Mais les visages d'Imulu et Sempe l'avertissent que l'histoire d'Artam n'appartiendra jamais à aucun étranger.

Elle ferme les yeux. Au-delà de la culpabilité et du chagrin, au-delà même de l'horreur inexprimable de ce jour, une autre réponse la tenaille. Elle regarde les parents d'Artam caresser le petit corps, l'envelopper dans des feuilles de palmier et se le passer, se le repasser, et elle peine à identifier ce qu'elle ressent.

Leyo caresse les cheveux et le visage de Ty, il essuie les larmes de ses joues, puis il se met debout et il installe le garçon auprès d'elle. Quand elle lève les yeux, à travers la fumée et l'obscurité, elle voit Leyo s'éloigner vers les autres, elle reconnaît enfin ce que recèle sa propre douleur, une jalousie profonde et désolée.

*

L'enterrement a lieu à la lumière des torches, la tombe est creusée dans une parcelle où la terre qui recouvre la corniche est assez épaisse pour protéger le corps des animaux. À l'aplomb de la sépulture, on pend des tiges de palmes aux arbres et aux arbustes pour marquer le site. Dans un an, Imulu et Sempe reviendront récupérer le crâne de leur fille. Ils le porteront comme Obeyo porte celui de son fils.

Personne ne regarde Naila, sauf Ty. Elle pose son front contre lui. Il est tout tremblant de questions qu'il ne peut poser, qu'il ne sera jamais en mesure de poser, mais ces questions elles-mêmes capitulent face à son besoin de sommeil. C'est alors que Kuli les convoque, Leyo et elle, pour un entretien seul à seuls.

Elle raconte tout à Kuli, dans les moindres détails. Ses yeux âgés la regardent sans ciller. Après qu'elle a terminé, il reste assis de longues minutes à frotter l'ongle de son pouce, puis l'autre, sans cesser de la dévisager, comme s'il voulait lui voir les os. Il les congédie sans un mot.

Quand arrive enfin le matin, Kuli appelle les autres à lui, à l'exclusion de Naila, mais leurs voix portent jusqu'à l'autre bout du camp, aussi volatiles que des escarbilles. À la surprise de Naila, Obeyo parle la première. D'une voix sourde et rauque, elle se met à psalmodier la légende d'un étranger qui rendit visite à Dame Tortue et admirait tant son fils qu'il lui demanda de l'emmener. Quand Dame Tortue refusa, l'étranger mordit le bras de son jeune fils. Ensuite l'étranger s'en fut, et ce fils mourut. Obeyo croit que cette légende était véridique et que le fils assassiné était le sien.

Naila connaît la véritable histoire. Le crâne qu'Obeyo porte appartenait à un garçon qui avait un pied malade, et la seule fois où le docteur Shep vint à Behalla, il voulut l'emmener à Port Blair pour le lui réparer. Obeyo refusa de laisser l'enfant partir. Ensuite le fils d'Obeyo mourut. Obeyo veut accabler le docteur Shep, mais Naila pense qu'il doit en être ainsi afin qu'elle s'évite de s'accuser elle-même.

Leyo l'interrompt pour rappeler aux autres la fin de la légende : dans son chagrin, Dame Tortue détruisit tout ce que l'étranger avait touché, et cela déplut tant au dieu Puluga qu'il tua toute la tribu.

Naila écoute, guette un signe de Kuli, un indice que les autres vont respecter l'avertissement de Leyo, mais elle n'entend que des bruissements et des raclements de gorge, puis la plainte flûtée d'Ekko. Dans le récit de la jeune fille, le conte suivant, non moins familier, revêt une nouvelle et terrible signification.

— Dame Serpent grimpa sur un arbre coti pour en voler les fruits. D'autres personnages arrivèrent et la supplièrent de leur lancer des fruits à eux aussi, mais Dame Serpent les pria de déguerpir, sans quoi elle appellerait Jirmu, la bête de la forêt, pour qu'elle les tue. Ces personnages refusèrent de s'en aller, et donc Jirmu les dévora tous. Seule Dame Serpent fut épargnée.

Ekko désigna Naila à distance : *Dame Serpent.*

Deux rudes journées s'écoulent. Naila et Ty sont tous les deux traités par tout le monde, excepté Leyo et Kuli, comme des parias. Mam Golat elle-même les tient à l'écart. Leyo lui dit de ne pas s'inquiéter, que Kuli est équitable et juste, qu'elle n'a rien fait de mal, mais la voix du docteur Shep continue de gronder dans ses oreilles.

Que tu es stupide, mais stupide, ma fille.

Tout ce qu'elle a fait est mal. Tout.

La troisième nuit, Kuli insiste pour que Naila et Ty mâchent un peu de graines de *tabeno* pour les aider à dormir et à oublier.

*

Elle se réveille tard. Le jour est déjà lumineux et chaud. Au début, elle pense que sa vive sensation de vacuité a dû être provoquée par la drogue. Pourtant, à moins qu'elle ne soit encore endormie et en plein rêve, ses yeux lui disent que quelque chose ne va pas. Dehors, dans la fosse, le feu brûle, mais le campement a été dépouillé de ses nattes, de ses seaux, de ses paniers et de ses casseroles. Et de ses occupants.

Elle se redresse, en position assise. Tout le monde a disparu. Ils ont pris Ty Babu, en échange d'Artam. Ils l'ont emmené et laissé Naila mourir.

Elle se met alors à trembler, elle s'étreint, et elle laisse échapper une plainte.

« Naila ! » La voix de Leyo s'élève derrière elle. Il l'attrape par les épaules. « Assez. Ty Babu est ici. Je suis ici. »

Il la contourne, s'accroupit devant elle, et pendant de longues secondes ils se dévisagent comme deux étrangers.

« Lève-toi », dit-il enfin, en retournant prestement les mains comme pour la défaire de sa peur.

Avec son aide, elle se met debout et voit Ty accroupi à l'autre bout, à l'endroit où dormait la famille d'Artam. Occupé, le garçon se tient dos à elle. Mais tous les autres sont vraiment partis – même les chiens.

« C'est la décision de Kuli.

— De nous quitter ? »

Il souffle sur les braises et ajoute du bois pour entretenir le feu. Les autres leur ont laissé une casserole, que Leyo rempli d'eau de la citerne et qu'il pose sur les flammes.

« Pour guérir la tribu.

— Elle me détestait depuis le début, Ekko. »

Pourtant, dès que ce nom franchit ses lèvres, elle ressent son erreur et se prépare à essuyer la réprimande de Leyo.

Au lieu de quoi, il secoue la tête.

« Ce n'est pas toi le problème. »

Son regard glisse à l'autre bout de la hutte, dans la direction de Ty, et il serre les doigts de Naila entre les siens.

« Tous nos ennuis ont commencé avec son peuple. Pour Imulu, Sempe et les autres, les Japonais sont seulement le *Jirmu* de l'homme blanc. Les Japonais, les Européens, les Indiens, ils ne font tous qu'un seul ennemi, ici. Ce sont tous des étrangers venus de loin.

— Mais Porubi disait que les Japonais ont tué le docteur Shep. »

En prononçant le mot, Naila revoit le petit corps d'Artam, pourtant elle ne parvient pas encore à imaginer le docteur *saab* mort.

Leyo soupire.

« Obeyo refusait toujours de parler à *memsaab*, toutes ces fois où elle est venue. Et maintenant Ty a l'âge de son Jodo quand il est mort. Jodo et Artam, tous les deux, et pourtant Ty Babu vit. »

Naila frissonne.

« Nous n'aurions jamais dû venir.

— Cela peut être vrai, mais où aller ?

— Mais Ty aimait Artam.

— C'est pourquoi… *Jirmu* la prend, pour la garder, pour Ty seulement. »

Elle fait non de la tête.

« Je ne peux pas croire que Kuli…

— Kuli choisit ce moyen pour que toi et Ty Babu restiez protégés.

— Protégés ?

— Des autres. Jusqu'à ce qu'ils achèvent leur deuil. »

Sa voix est si tendre, ses mains si sûres, elle veut poser sa tête sur sa poitrine et sangloter comme cela. Leyo la tiendrait et la bercerait comme une petite enfant, et à cet instant elle meurt d'envie d'être bercée de la sorte, plus qu'elle ne saurait le dire.

Cependant, elle n'est pas cette petite enfant. S'il a raison, elle n'était même pas ce qui a motivé le départ des autres.

Ty vient devant la maison ronde en tenant deux bâtons plantés dans de l'argile. La couleur a séché mais il traîne l'argile sur la pierre lisse, dessinant comme il le faisait avec de la craie sur la véranda du bungalow de l'île de Ross ou avec des bâtonnets dans la terre de la maison blanche et à l'intérieur de l'Arbre de la Liberté. Cela fait des mois, Naila s'en rend compte. Artam et les chiens Bibi étaient trop agités pour des activités aussi tranquilles. Maintenant qu'ils sont partis, et que Ty est de nouveau seul avec elle et Leyo, il s'y remet, il renoue avec son ancien être. Cette pensée la fait souffrir.

Les bâtons sont trop longs. Leyo les rompt à la longueur d'un crayon, puis il verse une poignée d'eau dans chaque pot de couleur séchée. Ty s'assied en tailleur et s'immerge aussitôt. Avec la même concentration que celle qu'il accordait à l'extraction des ignames tandis qu'Artam s'aventurait vers la mort, il trace maintenant des lignes qui répliquent celles que ses parents lui dessinaient sur le corps.

« Pourquoi es-tu resté ? demande-t-elle à Leyo. Ekko ne voulait pas de Tika. Elle te voulait, toi. »

Il laisse tomber son regard, puis revient timidement vers elle.

« Mais je te connais. »

Et la simplicité de cette déclaration couplée avec un léger frémissement dans la voix l'emplit de tendresse. C'est vrai. Il la connaît mieux qu'elle ne se connaît elle-même.

Avant qu'elle ait pu réfléchir à quoi lui répondre, il change de position.

« Quand la mousson revient, Kuli ramènera les autres. Tu verras. » L'eau s'est mise à bouillir. Il lui remplit un bol. « Alors tout sera neuf. »

Février 1943

Ward vient chercher Claire dans la berline du général Austin.

« Je croyais que toute cette affaire devait rester discrète, le tance-t-elle.

— Bonsoir, Claire, lui réplique-t-il. Vous avez l'air en pleine forme… et vous sentez divinement bon.

— Qu'est-il arrivé à vos cheveux ? »

Il s'est rasé le crâne, ce qui accentue le lourd plateau de son front et fait paraître ses yeux plus petits, comme deux petits prédateurs féroces. Sa chemise d'uniforme et son short, dans lesquels il semble avoir dormi, n'améliorent pas l'effet de l'ensemble…

Il fait vraiment ressortir la méchanceté en elle. En réalité, elle devrait baiser la terre sur laquelle marche cet homme, mais si par miracle l'opération Balderdash réussit, l'Eastern Command tout entier et elle-même y seront bien obligés, car le major Ward l'exigera.

« Laissez tomber », fait-il, et sa voix soudain plus grave lui rappelle la sensation des lianes et des épines, les vrilles de plantes grimpantes accrocheuses s'agrippant à sa manche, et ces toiles d'araignée envahissantes qui, ces deux dernières semaines, lui ont donné l'impression d'être infestée d'acariens. Ses propres mèches tondues sont plus longues que celles de Ward de quatre ou cinq centimètres, guère plus.

Ensuite, ils roulent en silence. Au loin, les docks bombardés en avril dernier creusent une crevasse noircie sous le coucher de soleil incendiaire, mais des couples et des familles flânent comme toujours sur le Galle Face, en évitant les cratères creusés par les rafales de mitraillage le long de la promenade pour s'offrir en échange un peu de la brise tiède de l'océan. Quelques enfants tiennent même des ballons, et le jaune, le vert et le rose des saris des femmes ressortent dans la lumière oblique.

La guerre a pris un tour nouveau au cours des sept derniers mois, bien qu'elle soit encore loin de basculer.

« Vous hésitez ? lui demande Ward.

— Je ne peux pas me permettre de vous donner cette satisfaction.

— Je m'en fiche.

— Eh bien, c'est trop aimable, venant de vous. Tout compte fait. »

Considérant ce qui est en jeu. Mais elle se garde d'insister. Pas ici, pas maintenant.

Bolger I (le nom de code de leur équipe au sein des opérations spéciales ; dans le futur, l'opération Balderdash, si elle s'achève sur un succès, amènera de nouvelles unités Bolger de débarquement dans les Andaman) fut accueilli à Pembroke voici treize jours par deux saboteurs birmans chevronnés. On leur a distribué des pantalons, des chemises, des chapeaux de brousse camouflage, et on les a conduits dans la jungle de Sinharaja pour leur apprendre l'art du trekking sans laisser de traces. Ils ont grimpé à des lianes jusqu'à des postes de guet dissimulés, fouillé en quête de sources cachées de nourriture et d'eau, et se sont exercés à déballer, à pagayer et à replier leurs kayaks pliables dans des rivières aux eaux démontées. Ils sont restés immobiles dans des sillons sablonneux par des chaleurs torrides de près de 40° et ont remonté au pas de course dans le lit de torrents sur des pentes à quarante-cinq degrés, chargés de paquetages de quinze à vingt-cinq kilos.

Au début, Hari et Luke se montraient respectueux, en offrant à Claire des occasions de se reposer, de boire de l'eau ou de réduire son paquetage, mais Ward n'a pas voulu en entendre parler. Avant même qu'elle ait pu objecter, il leur rappelait : « Le dernier d'entre nous resté sur pieds devra être capable de continuer seul. Et le dernier, ce pourrait être n'importe lequel d'entre nous. » Étant les plus petits des quatre, Claire et Hari Khan avaient un net désavantage dans le portage, mais ils s'étaient révélés bien plus agiles que Ward et Luke dès qu'il s'agissait de grimper et de se laisser tomber.

Un jour, alors qu'ils attendaient les autres sur une crête, Hari confia à Claire qu'il avait grandi en observant les singes de Mussoorie, en apprenant leurs trucs, et avant l'âge de dix ans il était déjà capable d'escalader le flanc d'une maison, de soulever la fenêtre à guillotine et de se faufiler pour aller voler à l'intérieur comme le font les ouistitis. À présent, il ne chapardait plus, mais il aimait encore bien se balancer dans les arbres.

« Comme Hanuman, dit-il.

— Comme Tarzan, répliqua-t-elle.

— C'est un genre de singe ?

— Uniquement en Amérique.

— Souvent, ma maison de Mussoorie me manque. L'Amérique vous manque ? »

Elle dut très fortement réfléchir.

« Je ne m'en souviens plus. »

Ils grimpèrent plus haut dans la forêt tropicale, restèrent une semaine éloignés de leur camp, et pour la première fois depuis très longtemps Claire se sentit de retour en territoire familier.

Le plumage criard des oiseaux, la brume qui se drapait très haut dans la canopée, les papillons d'une beauté à couper le souffle. Des vipères couleur de citrons et de rubis rampaient dans le sous-bois. Les singes d'ici avaient des faciès cramoisis, et les muntjacs aboyaient dès qu'ils étaient apeurés. Et des orchidées fleurissaient apparemment sur presque tous les troncs. Elle tenta de se représenter la joie sur le visage de Shep s'il avait pu les voir, son extase devant une telle découverte, mais il ne cessait de se dissoudre en un mirage pour se muer en Ty et Naila qui dansaient au milieu des fougères en se tenant par la main.

Ensuite, leur formation se transporta dans une baie aux abords de Colombo où l'équipe s'entraîna à entrer dans un sous-marin en surface et à en sortir, et à descendre sous l'eau à la nage pour pénétrer dans le sas d'évacuation au cas où le feu ou la surveillance de l'ennemi empêcheraient le submersible de faire surface. À ce stade, l'idée lui vint à l'esprit qu'il lui faudrait soit se servir de ses sous-vêtements comme maillot de bain, soit l'inverse.

Dans son cantonnement, un hôtel de front de mer qu'elle partageait avec une dizaine d'autres Wrens, elle trouva un exemplaire du magazine *Life* avec une photographie de tenues de bain deux pièces qui, dans sa situation, pourraient remplir les deux fonctions. Heureusement, il ne fallut au *durzi* local que deux heures pour lui confectionner deux de ces maillots en jersey noir.

C'était la seule concession à son sexe qu'elle était disposée à accepter. Aussi, la boue devint son cosmétique, le DDT son parfum, et la pommade aux sulfamides sa crème pour la peau préférée. Son seul bijou, son alliance, finit cousu dans sa poche poitrine. Elle ne fournirait pas un gramme de munition à Denis Ward.

Trois kilomètres à l'intérieur des terres, la voiture prend à gauche, franchit le portail de ferronnerie bien connu et s'engage dans l'allée gravillonnée de Pembroke College. Des Mustang et des Lightning P-38 filent au-dessus de leurs têtes, au décollage ou à l'atterrissage sur le terrain du Racecourse Aerodrome. Sous le ciel argenté les greens du campus réquisitionnés s'étirent en une vision absurde, tel le velours d'une douairière. Ce dernier dîner est aussi une mascarade, mais qu'est-ce qui n'en est pas une, en ces temps-là ? Tous les étrangers et la plupart des autochtones qui travaillent à Colombo sont des perceurs de code, des opérateurs des transmissions, des télégraphistes spécialisés dans l'interception, des cryptographes ou des officiers de renseignement, et tous se font passer pour des secrétaires.

La voiture s'arrête devant l'école de garçons transformée en quartier général d'interception et de cryptanalyse, et le portier cingalais offre sa main gantée de blanc pour aider Claire à descendre du marchepied. L'insulte que constitue ces vestes d'uniforme à manches longues et ces turbans à plumes ridicules par ce climat ne cesse de la mortifier, mais elle répond par un sourire à celui de l'homme et accepte son aide. Ses yeux noirs et juvéniles lui rappellent ceux de Leyo.

Elle suit Ward au bout de la loggia de marbre et dans le salon. Là, derrière les rideaux de black-out tirés et sous les ventilateurs tournant à vitesse maximale au-dessus de leurs têtes, l'équipe achèvera les préparatifs avant d'embarquer demain à l'aube.

Claire se met au travail, procédant aux dernières vérifications de l'émetteur-récepteur TBX-8, qui relèvera principalement de sa responsabilité, et du talkie-walkie SCR-536 que Ward utilisera pour les communications vocales avec le TBX. Denis Ward et Luke étudient des cartes du site de débarquement prévu. Et Hari est accroupi devant tout le matériel étalé au sol, cochant chaque élément sur sa liste de contrôle des fournitures de terrain, qui incluent des approvisionnements en morphine, en acide borique, en tablettes de purification d'eau, de Prontosil, d'Atabrine, de miroirs et de pistolets de signalisation, de fusées, de coutelas, de gourdes, un filet pour attraper les poissons, des rations végétariennes (notamment du ghee, des patates déshydratées, une citrouille, et assez de riz pour leurs huit premiers repas, plus des rations de chocolat), une pelle pour creuser et recouvrir des latrines, trois tentes-abris, deux kayaks pliables, quatre ponchos, des moustiquaires, deux mitraillettes Sten Mark II et un pistolet Welrod équipé d'un silencieux.

À neuf heures, Claire remarque la pendule sur le mur. Cette vision très prosaïque la stupéfie. Dans huit heures, maintenant, ils embarqueront à bord d'un sous-marin hollandais de classe O en partance pour l'île Plate. Les huit prochaines semaines, il ne sera pas question de faire demi-tour. C'est tout ce qu'ils savent de façon certaine.

« C'est votre dernière chance », lui lance Denis Ward alors qu'ils entassent le reste de leur matériel pour le transporter vers le sous-marin.

Elle sourit.

« Vous essayez encore de vous débarrasser de moi ?

— Vous avez réussi à rester vous-même au milieu de tout ceci, malgré la promiscuité et tout le reste.

— Je sais obéir aux ordres.

— Les hommes vous apprécient. » D'un signe de tête, il lui fait signe de le suivre à l'avant, où la nuit sans lune les masque tous les deux. « Vous êtes sur le point de tenter quelque chose de sacrément gonflé.

— Vous me poussiez par-dessus bord, et maintenant vous me débitez vos flatteries. Ce serait une bonne chose de décider dans quel camp vous vous rangez.

— La première fois que nous nous sommes rencontrés, vos cheveux courts auraient dû me mettre la puce à l'oreille, mais je ne sais trop pourquoi, jamais je n'aurais pu vous prendre pour une dame américaine comme il faut.

— Nous aurions intérêt à clarifier un point, lui répond-elle. Observer et écouter les autres, j'en ai fait mon métier, mais ce que les autres observent chez moi ne m'intéresse absolument pas Surtout pas maintenant. Si vous me donnez un ordre, allez-y franchement, je vous prie. Est-ce un ordre que vous me donnez, major ? »

L'Austin du général est repartie depuis longtemps, et tout le long de l'avenue plongée dans l'obscurité les lampes noix de coco des rickshaws luisent comme autant de lucioles défiant le black-out. Elle sera obligée de héler l'un de ces pousse-pousse pour qu'il la ramène à son cantonnement.

Ward recule d'un pas et claque des doigts. Une ombre filiforme se détache d'un arbre tout proche et marche vers une jeep garée en face des rickshaws. Le chauffeur ouvre la porte côté passager.

« Oui. Mon ordre, le voici. » Ward la salue en s'inclinant avec élégance. « Allez dormir un peu. »

Il attend que le chauffeur s'éloigne.

« Je vous revois demain à la première heure. »

*

Les marins qui assureront la traversée de Bolger I forment un équipage hétéroclite. Tous des hommes, bien sûr. Une vingtaine, à peu près, avec des mâchoires prognathes et des cous épais, des sourcils laineux et des moustaches taillées, des biceps comme ceux de Popeye et un teint à se nourrir de flocons d'avoine. Malgré la promiscuité, Claire se tient à distance – avec l'aide du capitaine Maikel van Dulm. « Les hommes, lui glisse van Dulm, il vous faut leur pardonner, la beauté n'est pas un passager très fréquent à bord d'un sous-marin en guerre. »

Le capitaine est trop grand pour son bateau, déjà voûté bien malgré lui, à trente-quatre ans (le deuxième soir en mer, ils fêtent son anniversaire en même temps que les vingt-huit ans de Claire). Son atout le plus frappant, ce sont ses cheveux, comme du cuivre poli, qui ondoient en vagues, coiffés en arrière sur le sommet du crâne. Offrant un mélange rare de distinction et de virilité, van Dulm se gagne le respect de presque la totalité de Bolger I dès que l'équipe apprend qu'il a réussi à débarquer en toute sécurité un autre commando des opérations spéciales à Sumatra en décembre dernier.

Seul Ward est plus long à franchir ce pas. Il se plaint de ce que la mère du capitaine était autrichienne, et que van Dulm n'ait pas fui en Grande-Bretagne avant l'occupation de la Hollande par l'Allemagne en 40. Leur rivalité participe d'une de ces réactions de méfiance bien connues en temps de guerre, alimentées par les clivages de classe coloniaux et par les circonstances. Si van Dulm était originaire des Indes néerlandaises, le major éprouverait sans doute davantage d'affinités à son égard, Ward ayant grandi à Lahore, en fils d'un fabricant de jute. Mais le capitaine s'y entend pour flatter l'ego des hommes, même de personnages aussi agressifs que Denis Ward. Les deux chefs nouent assez vite un lien autour de l'obsession du major pour la stratégie et les cartes – et pour la bouteille de Macallan single malt que le capitaine garde dans son carré.

Les deux premiers jours, le submersible croisant à vitesse de surface, Claire se tient sur le pont et observe des bancs de dauphins qui sautent dans l'eau, ainsi que des requins qui tracent des cercles. La guerre semble se muer en métaphore. À partir du troisième jour, ils doivent rester en immersion durant les heures diurnes, mais le comportement posé du capitaine entretient un climat de sérénité qui s'avère contagieux.

Dans le carré, le dernier soir, il a ce commentaire :

« Le plus difficile, c'est de se souvenir que l'ennemi est humain, mais c'est aussi cela le plus important.

— J'espère que nous n'aurons pas l'occasion de nous remémorer cette sage réflexion, réagit Ward.

— Je constate que je me dois de constamment me la remémorer, lui réplique le capitaine. Surtout quand je deviens mon pire ennemi.

— Cela vous arrive souvent ? » demande Claire.

Van Dulm sourit et baisse la tête.

« C'est un soliloque de tous les jours. »

Cette nuit-là, le sous-marin fait surface au large de l'île Plate, puis se faufile en direction des Andaman du Centre sous une lune pleine. Leur objectif est un bandeau de plage sauvage proche d'un cours d'eau qui s'insinue dans la forêt, et l'espace d'un court instant, tandis qu'elle respire dans l'obscurité, Claire se souvient de son tout premier aperçu de ces rivages – de sa terreur inattendue face à leur sombre immensité, et du mot puéril de Shep : *Pas un arabis en vue*.

Elle secoue ce souvenir comme de l'eau de ses oreilles et se met au travail. Le sous-marin est partiellement protégé par un îlot couvert d'une épaisse mangrove de palétuviers, et le grondement du ressac avale les bruits du chargement et du déchargement des dinghys et des matériels qu'ils traînent sur la plage. En moins d'une demi-heure, ils ont tout débarqué sur le rivage, puis l'équipage hollandais leur adresse un salut silencieux et s'en va.

Avant minuit, Bolger I a dressé un camp d'étape, aussi invisible du rivage que de l'anse, mais à distance commode d'un point d'eau potable. Les autres plaisantent au sujet de cette conquête d'un territoire vierge, mais Claire s'en garde bien.

Denis Ward se fonde sur l'hypothèse que les Japonais s'intéressent plus au littoral oriental, d'où ils peuvent surveiller et défendre leurs voies de ravitaillement vers la Birmanie.

« Espérons simplement qu'ils ne contournent pas la pointe au-delà de Chittagong. »

Le lendemain, une brève escalade depuis le camp dissipe cette crainte. Le promontoire le plus proche leur offre une vue dégagée sur le golfe du Bengale, avec Calcutta derrière l'horizon au nord et Madras plein ouest. Depuis un point bien en retrait de cette colline, ils orientent une antenne à longue portée sans que rien ne vienne faire obstacle à leurs transmissions vers les avions et les vaisseaux alliés qui dominent encore cet espace maritime et aérien. Pour les Japonais, la valeur stratégique de cette façade côtière croîtrait de manière exponentielle si leur offensive sur le continent réussissait à enfoncer le territoire birman et leur permettait de pénétrer en Inde.

« Donc, notre mission consiste, souligne Ward, à tellement occuper les Japs à l'est qu'ils en oublieront l'existence de l'ouest. »

La subtilité n'est pas le fort de cet homme. Il ne remarque pas le regard que s'échangent ses subordonnés indiens, mais Claire, si. Ils suivront le major Ward parce qu'à l'inverse de leurs compatriotes, ils se méfient des Japonais plus encore que des Anglais. Ils le suivront parce que ses calculs, son énergie et ses capacités leur inspirent du respect. Ils pourraient même finir par l'apprécier, dans une certaine mesure, en revanche jamais ils ne l'admireront ou ne se fieront pleinement à lui. Pas comme ils ont pu finir par admirer van Dulm, en quatre jours de temps. Pas de la manière dont Leyo, Som et le docteur Ratna admiraient Shep.

« Comment suggérez-vous que nous parvenions à ce résultat,

au juste ? » demande-t-elle, puis elle change de ton. À elle aussi, il lui arrive d'être sa pire ennemie. « Je veux dire, au juste. »

C'est une question pertinente, qu'aucun des autres n'oserait formuler. La chaîne de commandement leur impose de ne recevoir des informations que si, comme et quand leur commandant choisit de les leur distribuer, aussi s'attend-elle à se faire remettre à sa place. Au lieu de quoi, Denis Ward met un genou au sol et sort de sa poche une carte des îles.

« Nous sommes ici. » Il pointe le doigt. « Six kilomètres au sud de l'île Plate, seize au nord du détroit d'Andaman et à peu près cent dix à vol d'oiseau de Ferrargunj.

— Ferrargunj, répète Luke.

— Notre informateur, Pandu, est le chef là-bas, reprend Ward. Du moins, j'espère qu'il l'est encore. Nous fréquentions le même boui-boui à vin de palme, quand je suis passé par là. »

Claire jette un œil à l'endroit de la carte où il a mis le doigt, au nord-ouest de Mount Harriet, à environ vingt-cinq kilomètres de Port Blair. Ferrargunj se situe au confluent de deux rivières – à une trentaine de kilomètres au sud-ouest de Behalla. *Eu égard aux objectifs qui sont les nôtres, votre mari et votre fils ont disparu.*

« Dommage que nous ne soyons pas des oiseaux, continue Ward. Cent dix kilomètres pour eux, c'est comme deux cents pour nous. »

Son plan consiste à franchir le détroit en kayak, puis à se diriger vers le sud par voie de terre. Mais il n'existe pas de routes ou de rivières marquées dans toutes ces élévations en vert, en jaune et en brun qui occupent l'intérieur de la carte. La plupart des distances relèvent de l'estimation, car aucun géomètre-arpenteur britannique n'a jamais pénétré dans ces forêts du centre. La combinaison d'un terrain difficile et de tribus primitives à la réputation fausse mais très répandue de chasseuses de têtes a confiné les

Occidentaux dans la sécurité des zones côtières pendant plus de deux siècles. Si le capitaine van Dulm a raison, alors les Japonais répugneront tout autant à se confronter au croquemitaine primitif. Ce qui signifie que les routes les plus sûres qui s'ouvrent à Bolger I conduisent directement en territoire jarawa.

Mais Ward est fermement arrêté sur sa destination.

« Selon ce que nous trouverons à Ferrargunj – il insiste sur le mot à l'intention de Claire –, nous établirons une base radio sur la côte ouest, aussi près de notre source que possible. Plus vraisemblablement ici, sur Constance Bay. »

Tapotant du doigt sur un mouillage en forme de long crochet, du côté opposé de l'île par rapport à Behalla, il aurait aussi bien pu lui dire : *Je vous mets au défi.* Mais elle n'ose pas relever le défi. Pas encore.

Ward replie la carte et se retire sous sa tente. Luke s'approche de Claire, il est seul.

« Ferrargunj, c'est là que j'ai rencontré votre mari, lui dit-il. Il y avait une clinique, là-bas. Il a d'abord examiné les enfants et traité ceux qui étaient malades. Ensuite, il est allé dans la forêt à la chasse aux orchidées. Je l'aimais beaucoup. »

Elle ne peut se retenir. Elle laisse échapper un flot de larmes. Elles dégoulinent sur son visage, ses mains, ses bras, et bien qu'elle n'émette aucun son, le pauvre Luke n'a aucune idée de ce qu'il doit faire avec cette femme blanche en sanglots qui ne devrait même pas se trouver ici, alors elle lui pose la main sur le bras, comme si c'était lui qui avait besoin d'être réconforté.

« Moi aussi », réussit-elle enfin à répondre.

*

Ils longent la côte sous une lune décroissante en remontant contre le courant. Depuis le premier kayak, équipé d'un moteur hors-bord silencieux, Ward et Luke se servent d'une ligne de pêche pour remorquer Claire et Hari à bord du second. L'allure est lente, le premier équipage se chargeant de naviguer, le second de veiller au grain. Aucun des hommes choisis par Ward ne porte de lunettes, et Claire en mesure à présent toute l'importance. La vision est capitale, et un reflet sur des verres de lunettes peut se révéler mortel. Les bateaux sont revêtus de noir, et Ward et elle se sont appliqués du henné pour s'assombrir les bras et le visage. Les deux autres disparaissent plus naturellement dans la nuit, en particulier Hari.

Même avec un demi-chargement de rations et d'eau, le kayak de tête est si bas sur l'eau qu'il est presque impossible de préserver un franc-bord, aussi transbordent-ils les éléments les plus lourds de leur cargaison avec les « poids plume », ainsi que Ward finit par appeler Hari et Claire.

Il pâtit d'un tel désavantage naturel, ce major Ward, en offrant une longue cible blanche et disgracieuse, et pourtant, même le visage noirci, il trouve encore peut-être inconsciemment de ces petits moyens de rabaisser ceux dont sa vie dépend.

Elle scrute les vagues pâles qui se brisent sur le littoral plongé dans l'obscurité. Aucune lumière visible n'émane de la terre, mais un feu de camp pourrait brûler à moins de dix mètres dans la profondeur de la jungle sans que personne ne s'en rende compte. Ty et Shep pourraient se tenir sur un promontoire dans ce coin de ténèbres. Ils pourraient tenter de lancer un signal depuis l'abri de cette anse, ou depuis le sommet de cette éminence. Ils pourraient être couchés aux pieds d'une escouade de recherche japonaise, juste derrière cette plage. Ces îles ont dévoré des tribus entières, peut-être des races entières d'êtres humains, sans en laisser de traces.

Mais non, elle se secoue sans pitié. Les îles proprement dites ne sont nullement les coupables. Les pires assassins ont toujours été les envahisseurs arrivés par bateau.

Vers cinq heures du matin, alors que le ciel commence à griser, ils accostent sur Spike Island, à l'embouchure du détroit de Homfrey. Ward a trouvé là une hutte abandonnée, quand il est allé explorer les Andaman du Centre deux ans plus tôt. Depuis lors le toit et les murs ont été emportés par les moussons, mais un carré de bûches entrecroisées et un cercle de pierres marquent encore son histoire de campement jarawa. Une rangée de cocotiers masque le site depuis le littoral principal, qui est à peu près aussi loin qu'Aberdeen l'est de l'île de Ross.

Une image traverse l'esprit de Claire, à laquelle elle résiste depuis des mois, celle de Bathana, la jeune mère jarawa, et de sa fille emprisonnées à Port Blair, et derrière cette vision une autre, celle de toute leur famille plongeant et mourant sous une grêle de balles – le tout grâce à l'ignorance brutale de ce major Ward.

Admettre l'humanité de l'ennemi est quelquefois très difficile. Elle s'agenouille à côté du carré de bûches et ferme brièvement les yeux.

Avant que la couche marine ne se lève, Hari a allumé un feu, préparé un thé et fait griller un petit barracuda, pêché par Luke sur un lit de coraux à la pointe occidentale de l'île. Ils éteignent le feu avant de manger, puis, chacun leur tour, deux par deux, pendant que les autres montent la garde, ils dorment dans la chaleur et la lumière du jour. À six heures, le soleil se couche, et ils font l'inverse, cette fois en mangeant une anguille que Ward a attrapée pendant son tour de guet.

« J'espère que vous aimez le poisson, lâche-t-il à Claire.

— Hari sait y faire, dit-elle à son équipier de kayak, qui sourit comme si elle venait de lui décerner un prix digne de l'école du Cordon Bleu.

— Peux pas cuisiner un poisson, sauf si quelqu'un me le

pêche, ironise Luke, et Hari ici présent serait incapable de faire la différence entre un hameçon et un plomb.

— C'est bien ce que je craignais. »

Ward scrute une noire cohorte de nuages qui arrive par l'ouest.

La pluie commence alors qu'ils se sortent du courant océanique et pénètrent dans l'embouchure du détroit à la force de leurs pagaies. Elle s'abat en fines aiguilles dans leurs cous et dans leurs dos et menace de remplir leurs kayaks déjà bas sur l'eau, mais elle leur fournit aussi une couverture. Le bras d'eau est ici large de moins de deux kilomètres, et taille entre des palissades calcaires qui s'élèvent de part et d'autre à trente mètres ou davantage avant de disparaître dans la brume.

Au bout d'une vingtaine de minutes de navigation dans le détroit, le niveau de l'eau descend, les aspire dans un tourbillon, et quand ils en sortent, une lumière jaune et dure perce la pluie. Ils ont été happés à proximité dangereuse d'un ancien poste de police avancé sur une île proche de la rive nord.

Le faisceau se déplace, un projecteur qui frôle l'eau.

Ward leur fait signe d'arrêter de pagayer et de laisser le courant les pousser vers le rivage. Leurs exercices d'entraînement leur auraient permis de porter les embarcations bien au-delà du rayon de lumière, mais le mur de palétuviers au sud rend la manœuvre impossible. Heureusement, un étroit canal court entre la première rangée d'arbres et le rivage. Avec des bateaux plus larges, il serait infranchissable, mais ils peuvent se servir des racines de part et d'autre pour se propulser à la main. Le problème, c'est qu'ils ne sont pas tout à fait hors de portée de la lumière, le feuillage est clairsemé, et ils doivent donc opérer en position allongée, en avançant centimètre par centimètre.

Quelques minutes après l'entrée des kayaks dans le chenal, les gardes du poste sortent en direction de leur embarcadère. Leurs silhouettes se découpant dans le faisceau du phare qui tournoie, ils lancent des pierres dans le courant et marmonnent en japonais. L'un d'eux lâche une plaisanterie, et les autres hurlent de rire. Soudain pleins d'entrain, ils dégainent leurs pistolets et tirent sur quelque chose dans l'eau. Une tortue. Un serpent. À moins de cinq mètres. L'un des hommes saute de l'embarcadère pour récupérer leur cible. Un autre se met à chanter.

C'est un air mélancolique, et le conseil du capitaine van Dulm revient à Claire : elle s'imprègne du chagrin de cette voix claire, efféminée, qui se répercute entre les parois du chenal. Ces trois gardes loin de tout ont été arrachés à leur famille, eux aussi. Ils n'ont probablement aucune envie d'être ici, pas plus qu'elle-même.

L'homme au milieu du groupe aide celui qui a sauté à remonter sur la terre ferme et lui flanque une tape dans le dos. Ils examinent leur trophée lorsque Bolger I arrive au bout du chenal, où les dix derniers mètres vont les remettre en plein dans le faisceau du projecteur.

Pendant les dix minutes qui suivent, ils restent immobiles, assiégés par les moustiques, jusqu'à ce que le trio sur l'embarcadère retourne enfin à l'intérieur. Ward leur fait signe de laisser le flot les pousser. Pourtant, ils ont à peine dépassé la lumière quand le courant s'inverse. Ils n'ont pas d'autre choix que de reprendre leurs pagaies, en risquant à la fois de faire du bruit et de troubler la surface de l'eau.

Une heure plus tard, à la jonction des détroits de Homfrey et d'Andaman, une vedette blanche à moteur danse sur son ancre. À partir de là, le chenal sera plus large, plus navigable, et probablement plus fréquenté.

Ils se couchent à plat ventre et laissent leurs kayaks dériver. Des nuages masquent la lune et les étoiles, mais les parois rocheuses du chenal sont assez lumineuses pour révéler des filets d'eau noire là où des cascades dévalent de rivières situées plus en hauteur. Claire devine plus qu'elle ne peut réellement voir Denis Ward rechercher le filet d'eau qui révélera une pente susceptible d'être escaladée.

Il connaît les sifflements des oiseaux. Il leur a raconté que son père l'emmenait loin de l'école à Lahore pour suivre les migrations annuelles au-dessus des terrains de chasse du maharadjah de la région. Luke est aussi un connaisseur des cris d'oiseaux, que son frère et lui utilisaient comme un code secret lorsqu'ils voulaient s'affranchir de leurs devoirs pour aller pêcher. Hari et Claire ne possèdent pas de tels talents, mais les deux autres leur ont appris à reconnaître le chant nasillard du bulbul, le hululement de la huppe, et le cri hoquetant si caractéristique du coucou. À cet instant, Ward émet justement le son du coucou, leur signal pour l'accostage.

La boue au pied des racines des palétuviers géants les aspirent jusqu'à hauteur des genoux, mais Claire le remarque à peine à cause des moustiques. Le DDT qu'ils se sont appliqué avant de partir de Spike Island n'est ici d'aucun effet, et Ward et elle sont saisis d'une danse de Saint-Guy à force de se gifler la tête et la nuque tout en tirant les bateaux sur le rivage. Luke et Hari regardent leurs compagnons au visage noirci se gifler et lâcher des jurons pendant plusieurs minutes avant que Luke n'ait pitié de Claire. Il place dans sa main une boîte en fer contenant une émulsion noire et huileuse. L'odeur la ramène dans la cuisine de l'île de Ross et à la première d'une série de conversations animées entre Shep et Jina au sujet des contenus de ses placards d'ingrédients de cuisine et de médicaments. Jina soutenait que l'huile de neem était garantie contre les piqûres de moustiques. L'air un peu honteux, elle avait ajouté que, malheureusement, cela faisait aussi rougir la peau. À présent, Claire et Ward se maculent avidement le visage et la nuque, s'en imprègnent le cuir chevelu et s'en couvrent les bras. Ils sentent une odeur de cacahuètes et d'ail mais le soulagement est instantané.

Pendant l'heure qui suit, ils travaillent en silence à démonter et à cacher leurs bateaux pliables et à répartir leurs approvisionnements dans leurs sacs à dos. Ensuite, Ward se plante devant eux avec une barre de chocolat et sa gourde.

Claire boit juste assez de cette eau précieuse pour effacer le goût du chocolat qui ne fond pas, et Hari l'aide à charger son paquetage à l'épaule. Si elle se tenait debout, le chargement la ferait basculer en arrière, mais celui de Hari est deux fois plus gros que le sien, et il ne pèse pas beaucoup plus qu'elle. Luke et Ward portent les tentes et l'équipement radio. Et ils entament l'ascension, Ward le premier, puis Claire avec Hari, et Luke fermant la marche.

La roche est glissante de boue et de brume, et les plantes d'ici n'ont pas de racines profondes. Après que le premier arbrisseau s'est arraché et lui est resté dans le poing, Ward le lâche et le laisse retomber derrière lui, en guise d'avertissement pour les autres. Ils doivent miser sur de rares prises dans la pierre, vérifier chaque arbre avant de s'y fier. Claire avait peur d'être celle qui les ralentirait, mais la progression du major s'avère laborieuse. Au bout d'une heure, elle sent qu'ils sont à moins de la moitié de la distance qui les sépare du sommet, et elle est contente qu'il fasse noir. Si elle pouvait voir au bas de la falaise, le vertige la glacerait.

Quelques minutes plus tard, lorsque le ciel commence à s'éclaircir, elle découvre le plus grand péril auquel ils sont exposés. S'ils continuent, ils seront bientôt visibles depuis l'autre versant de la gorge.

Ward atteint une profonde corniche envahie de bambous et de ficus et attend, debout, que les autres le rejoignent. Un bassin naturel s'est formé au pied de la chute d'eau, et un affleurement en surplomb se combine avec les bambous pour former une grotte peu profonde, une sorte de salle d'eau.

« Reposons-nous », décrète Ward.

Leur pause dure vingt-deux heures, durant lesquelles Ward et Luke effectuent une reconnaissance vers le sommet et décident de continuer leur périple à la lumière du jour. Quand Claire se hisse par-dessus le rebord, elle comprend pourquoi. Cette partie des Andaman éclipse toutes les forêts dont elle garde le souvenir autour de Behalla. Cela fait ressembler leur terrain d'entraînement de Ceylan à une variante de Central Park.

Les arbres d'ici sont si hauts que leurs branches faîtières évoquent des filaments gravés dans un ferrotype, alors que la partie basse de leur tronc est enfouie dans un enchevêtrement de lianes, de buissons épineux et d'orties jusqu'à hauteur de la taille. D'ordinaire, les gardes forestiers se servaient d'un *dha* ou d'une machette pour abattre ce qui les empêchait de se frayer un chemin à travers le sous-bois. Ils se taillaient un sentier, non seulement pour les aider à avancer, mais aussi pour les guider au retour. Ici, une telle piste scellerait leur mort certaine si une patrouille japonaise la découvrait.

Luke règle sa boussole afin de s'assurer qu'ils se dirigent plein nord, puis il s'enfonce de quelques pas au milieu des plantes grimpantes. Il taille verticalement dans la végétation, puis Ward et lui écartent l'entaille ainsi ouverte pour les autres qui la referment ensuite derrière eux. Ils ne voient même pas à un mètre à la ronde, et chaque pas est instable, comme s'ils foulaient un matelas vivant – au milieu d'un bain de vapeur. Souvent, ils sont forcés de ramper.

De temps à autre, un grognement à quelque distance signale la présence d'un cochon sauvage, et il est tentant de suivre la piste de l'animal, mais Luke y oppose son veto, en pointant ses doigts depuis son nez et en mimant un sanglier qui charge.

Ward tire sur les coins de ses yeux et s'accroupit au sol dans une caricature de soldat japonais.

Au bout de deux heures de progression dans la forêt, un glapissement devant eux oblige Hari à faire se baisser Claire. Avant qu'elle puisse attraper sa mitraillette Sten, Ward leur fait signe de se lever avec des gestes frénétiques. D'une chiquenaude, il chasse de sa manche ce qui ressemble à plusieurs grosses limaces, puis il relève la jambe gauche de son pantalon, sortie de sa botte anti-moustiques. Claire refoule un haut-le-cœur nauséeux à la vue des traînées de sang et d'une dizaine de sangsues ou davantage, de la taille d'un poing, qui se gorgent du sang de la jambe de Ward. Elle détourne le regard et voit Luke et Hari qui s'inspectent les chairs à leur tour. Puis elle s'examine elle aussi.

Les bestioles s'agrippent à ses bottes, à son pantalon, à son col, à ses manches. Et dans son cou.

« Comme ça, murmure Luke, et il se sert de ses ongles pour détacher les bêtes suceuses.

— Pourquoi j'ai pas senti ces saletés ? »

Ward a sorti une cigarette de son paquet et il quémande une allumette.

« Elles sécrètent un anesthésique naturel pour engourdir la victime. Non, n'essayez pas de les brûler.

— Et pourquoi pas, nom de Dieu ? »

Le major a le visage livide de répulsion. Claire ne l'a jamais vu baisser la garde à ce point.

« En état de choc, elles régurgitent dans la blessure. Encore plus de risques d'infection, très mauvais. »

Luke s'agenouille près de Ward et, en usant de sa technique des ongles, retire les sangsues une à une. Avant qu'il ne soit arrivé à en arracher la moitié, la jambe de Ward baigne dans le sang, comme la gorge de Claire.

« Pas de souci, les assure Luke. C'est un anticoagulant naturel. Il permet au sang de couler de sorte que les créatures peuvent se nourrir plus vite. »

Malgré l'horreur qu'elle ressent, Claire est fascinée. Elle tend à Ward une compresse stérile et une pommade à base de sulfamides qu'elle a sorties de leur trousse de premiers secours.

« Comment savez-vous tout cela ? » demande-t-elle à Luke.

Il baisse la tête.

« Ce jour-là, à la clinique de Ferrargunj, j'écoute le docteur Durant qui retirait beaucoup, beaucoup de sangsues d'un tout petit enfant. Après, le garçon demande d'emporter les bestioles chez lui dans un flacon.

— Seigneur, s'écrie le major. C'est des suceuses de sang, pas des coccinelles. Tirons-nous d'ici. »

*

Ils vont se lancer dans un trek – si tant est qu'une progression de quelques dizaines de mètres à l'heure puisse être qualifiée de trek – qui, durant plus d'une semaine, leur fera longer l'arête centrale de l'île Andaman du Sud. Aux rares moments où Claire s'arrête pour lever les yeux, un arbre sur deux lui semble porter une fontaine d'orchidées que Shep donnerait tout pour monter cueillir. Mais enfin, se dit-elle, à Behalla, il doit en cueillir des quantités, et pour sa part elle ne peut guère se permettre de regarder ailleurs que droit devant elle. La menace des mille-pattes et araignées venimeux est permanente. Les vipères préfèrent garder leurs distances, mais leur masse enroulée autour des branches à droite, à gauche et au-dessus d'eux est telle que cela donne à réfléchir. Il en est de même de ces énormes reptiles préhistoriques, les varans, jusqu'à ce que Luke se serve du Welrod afin d'en abattre un pour le dîner, un jour où ils sont tous affamés.

« Les Malais prétendent que sa chair est aphrodisiaque », lui murmure Ward à l'oreille, et la vision et l'odeur du major la répugnent, alors même qu'elle tend la main pour se servir encore de viande. Hari a réussi à le griller assez pour que l'animal ait le goût du poulet fumé.

L'astuce consiste à boire et à manger suffisamment pour satisfaire les sangsues qui, une fois rassasiées, tombent d'elles-mêmes, mais Ward ne supporte pas la vision de ces parasites se gonflant de son sang, et il insiste pour s'arrêter toutes les deux ou trois heures afin de les retirer en les faisant sauter avec ses ongles. Claire se confectionne une moustiquaire en guise de voile, comme un casque d'apicultrice, manière d'empêcher ces bestioles de lui tomber sur la tête ou dans sa chemise. Sinon, elle les laisse exister. L'histoire de Luke au sujet de Shep convertissant la peur des sangsues chez les enfants en sujet de fascination l'aide à dompter sa propre horreur. S'il est possible de vivre en paix avec les sangsues, alors il doit subsister un espoir pour Shep et Ty face aux Japonais.

La nuit, aucune paix n'est possible. Elle s'allonge dans le cocon étouffant de sa moustiquaire tandis que des créatures non identifiées se cognent et glissent contre l'enveloppe extérieure de sa tente. Sous son tapis de sol, la terre palpite à l'œuvre de son inlassable pourrissement. Claire s'imagine elle-même et ses compagnons, telles des puces sur le dos d'un chien malodorant dont la peau est tellement à vif et douloureuse que l'animal proteste en haletant. Il n'est pas difficile de voir comment sont apparues les légendes des Biya.

Un jour, Leyo lui a appris que son peuple croyait que la nuit avait été créée comme une punition. Avant la création de la nuit, les ancêtres ne connaissaient que la lumière diurne. Puis, un jour, un ancêtre nommé Sir Lizard partit dans la jungle déterrer des ignames, et il découvrit une cigale qu'il rapporta au camp et pétrit à mort. La cigale poussa des cris perçants et le monde s'obscurcit. Ensuite, les ancêtres confectionnèrent des torches, dansèrent et chantèrent pour ramener la lumière, mais le jour ne reviendrait pas tant qu'ils n'auraient pas affronté le bulbul et finalement la fourmi. Rétablir le jour après la nuit exigea le zèle et la coopération de toutes ces créatures.

Alors que le souvenir de la voix douce de Leyo la berce, elle prend Ty dans ses bras, et ils sont allongés à l'ombre contre la poitrine de Shep, les vagues se brisant sur le sable. Enfin, elle s'endort.

*

Les chrétiens, leur apprend Leyo, ont l'histoire d'Adam et Ève. Les Biya ont une histoire similaire, celle de Biliku et de son époux Tarai. Comme Adam et Ève, Biliku et Tarai vivaient seuls dans la forêt et formaient une famille avec leur fils Perjido, sans avoir besoin de personne d'autre. Ces premières familles vivaient comme Naila, Ty et lui devaient vivre à présent, en créant leurs règles et leurs rythmes propres. De la sorte, Leyo montre que leur situation n'est pas aussi étrange, pas aussi triste ou difficile qu'elle pourrait le paraître.

Ils s'accordent à estimer que Ty devrait commencer à chasser avec Leyo, car le garçon aura besoin d'apprendre à tirer et à tenir une lance. Naila restera près du camp et cherchera de la nourriture, rassemblera du bois et entretiendra le feu. La nuit, Ty se couche entre eux.

Ce n'est qu'au début qu'il sanglote pour Artam. Assez vite, il trouve un sommeil profond, la présence de Leyo étant un baume pour son chagrin. Pour sa part, Naila sent que Leyo devient pour elle autre chose.

Elle lui est vraiment reconnaissante d'être là, elle en est heureuse et soulagée, mais tout comme elle n'aime pas se tenir trop près du bord de la corniche, elle n'ose croiser le regard de Leyo ou s'asseoir trop près de son corps. Est-ce à dire qu'elle ne peut se fier à lui ? Certaines nuits, elle reste allongée les yeux ouverts, si consciente de sa proximité qu'elle réussit à l'entendre cligner des yeux dans l'obscurité. Elle le sent dormir. Jamais auparavant elle n'avait reniflé son odeur, mais cette essence semble maintenant la suivre même quand il est parti, et cette nouvelle perception de son vieil ami la trouble.

Elle tente de repousser de telles pensées, parce que la chose qu'elle sait avec certitude, c'est qu'elle et Ty dépendent tous deux de lui, mais elle remet les vêtements que les Biya l'avaient forcée à abandonner en lui faisant honte. Elle déchire sa vieille jupe verte pour la transformer en un sarong court, et bien que le chemisier jaune que sa mère lui a cousu craque aux coutures, à l'intérieur de cette enveloppe elle se sent plus proche de sa véritable personne.

Et plus courageuse. En effet, plus longtemps elle reste éloignée des autres Biya, plus il semble vraisemblable que le monde hors de la forêt l'accueille un jour en son sein.

Comme s'il le sentait lui aussi, Ty Babu renoue peu à peu avec ses anciennes façons de faire. Leyo lui a remplacé ses bâtons d'argile par des pierres comme de la craie, plus maniables pour les petites mains de l'enfant, et le sol ne tarde pas à fleurir de ses souvenirs. Un troupeau d'éléphanteaux. L'araignée blanche qui sentait un si beau parfum. Le tigre rayé au museau ouvert, et le petit singe jaune que docteur Shep faisait chanter. Ty s'est imprégné de tout, songe Naila. Tout ce qu'il a choisi de retenir.

Elle fouille dans sa propre mémoire, et ensuite, un jour, elle attrape une pierre, écrit au-dessus de la fleur éléphant : *Aerides*…

Ty l'observe, il veut voir ce qu'elle trace, et elle lui fait signe de continuer à sa place. Il pose soigneusement sa pierre rouge et accepte sa pierre blanche. Sans hésitation, il complète le nom : *Aerides odorata*. Tout comme le docteur Shep donnait instruction à Naila de l'écrire, à Port Blair.

« *Yche* », dit Leyo. Dieu.

Mais Naila sourit et fait non de la tête.

« *Atota* ». Fils.

Plus tard, un soir, alors que Ty est endormi, elle se réveille et découvre Leyo agenouillé à côté d'elle. Elle se redresse, alarmée, mais il la rassure en passant légèrement sa paume sur sa joue et sur son épaule. Il lui prend les mains et lui fait signe de le suivre.

Dehors, une lune pleine s'est levée. Il sort la natte où il dort sous sa lumière et s'assied les jambes étendues, puis l'attire doucement en la prenant par les hanches jusqu'à ce qu'elle soit assise sur ses genoux. Il presse son visage contre son cou et l'encercle. Comme si c'étaient les siens à elle, les bras de Leyo se croisent devant ses seins, ses mains posées sur ses épaules. Ils restent là sans bouger de longues minutes alors que la lumière de la lune et la pulsation de la forêt les entourent. Elle a conscience de sa peau contre la sienne et de sa respiration qui va et vient, de son corps sous elle, de la forêt et de la lune et d'elle-même, et ils ne tardent pas à devenir inséparables. Et ce sentiment de lien libère une sensation que personne n'a jamais pu lui décrire.

Leyo rit alors qu'elle se retourne lentement dans ses bras, mais il cesse quand il la sent trembler. Il prend sa paume et la retient contre sa poitrine afin qu'elle puisse sentir le rythme régulier de son cœur. Telle est sa promesse, elle le comprend.

*

Au bout de quelques heures, le sixième matin de marche, Ward, qui est en tête, s'arrête brusquement et fait signe aux autres de ne plus bouger. À travers l'enchevêtrement des lianes, il a repéré une mosaïque d'abris.

La clairière est déserte, mais de la fumée s'élève encore d'un foyer creusé au centre. À proximité du feu, des ustensiles de cuisine épars et un tas de légumes. Près des légumes, des empreintes de petits pieds nus marquent la terre. Des fibres rouges comme celles dont Bathana et sa fille se ceignent le front pendent et sèchent au soleil.

À Ward, Claire forme muettement un mot : *Jarawa.*

Le plus sage serait de battre en retraite et de contourner le campement, mais les approvisionnements de Bolger I s'amoindrissent, et aucun membre de l'équipe n'est assez familier de cette partie de la forêt pour savoir quelles plantes sont comestibles. Ils se retournent lentement, tous les quatre, scrutent le mur d'arbres qui se dresse devant eux, mais les oiseaux continuent de gazouiller et la sueur de couler, et personne ne semble les menacer.

Tenant sa mitraillette Sten prête, d'un signe, Ward invite Hari à ramasser les aliments, mais Claire chuchote.

« Voler fait de nous leur ennemi. Ils nous observent sans doute. »

Elle s'avance.

« Hari, viens, suis-moi, mais tu observes et c'est tout.

— Ça ressemble à des ignames, du manioc, du jaquier, des œufs de dugong, du taro. » Il énumère les aliments qu'il connaît et qui ressemblent à ceux qu'il a devant lui. « Mais ces baies et ces noix, je ne connais pas. » Il lève les yeux et en repère certains dans les branches environnantes. « Et cette canne. » Il observe de plus près pour en mémoriser les marques dans le bois.

Claire plonge la main dans sa poche et en sort une poignée de bonbons Charms, les secoue comme des dés, et se ravise. Elle se souvient que Bathana et sa fille refusaient de toucher toute nourriture qui leur était inconnue.

« Qu'est-ce que tu as que tu peux leur laisser ? » souffle-t-elle à Hari.

Il fouille sa poche.

« Juste une amulette.

— Ils n'en voudront pas.

— Non. » Il ouvre sa paume et révèle une pointe de flèche en fer avec un dessin en forme de spirale gravé dessus. « Ça vient de chez moi.

— Bien. Dépose-la ici. »

Elle désigne une pierre qui sert de mortier à côté du feu. Hari hésite, puis il y dépose l'amulette en gage, à contrecœur.

« Quand ils vous planteront ça dans le cou, vous le regretterez, avertit Ward.

— Si ce sont ceux que vous appeliez vos Topsy, c'est plutôt chez vous qu'ils le planteront, rétorque-t-elle.

— Vous et votre cœur si sensible. »

Mais alors qu'il reprennent leur marche, l'abondance de nourriture au milieu des feuillages tout autour d'eux devient manifeste, et la canne des Jarawa se révèle être une liane boisée remplie d'eau, comme la noix de coco. Ward lui-même doit admettre que le camp des Jarawa était une heureuse découverte et, que ce soit grâce à l'amulette de Hari ou non, ils poursuivent sans être inquiétés.

*

Ce soir-là, ils atteignent une colline d'où ils peuvent voir la silhouette caractéristique en profil de crâne du mont Koiob se découper sur un fond de ciel lavande vers le sud. Ferrargunj n'est maintenant plus qu'à quelques heures. Et, Claire le calcule, depuis l'endroit où elle se tient à cet instant, Behalla est situé plein est.

Ward expose son plan.

« Il nous faut nous assurer que Pandu est encore là-bas, et que la clique de Tojo n'y est pas. Quatre, pour une reconnaissance, c'est trop. En plus, cette colline devrait vous fournir une qualité de réception acceptable. »

Ce sont donc les ordres. C'est davantage qu'un rôle qu'elle est venue jouer ici, quoiqu'elle l'oublie trop souvent. La tentation de foncer et de tout risquer la submerge presque, en particulier maintenant, si près du but. Pourtant, à part s'emplir les bras et le cœur – et très certainement se faire tuer –, que parviendrait-elle à accomplir, seule ? Elle le perçoit bien entre les phrases de ses instructions laconiques, Ward ne cesse de l'avertir : Shep et Ty ne sont que deux des cinq personnes qui comptent désormais sur elle – et vice versa.

Aussi, pendant que Ward et Luke se glissent dans l'obscurité en direction de Ferrargunj, Hari et elle installent l'émetteur-récepteur TBX. Hari fait tourner le générateur en pédalant avec ses mains, et elle se concentre sur les parasites qu'elle capte dans les écouteurs en localisant des fréquences et en réglant l'antenne portative. Les signaux sont presque tous en Morse, mais au cours de leur deuxième heure de veille la voix d'un homme perce au milieu des impulsions suraiguës. La main de Claire file vers le potentiomètre de réglage de fréquence, alors que les aboiements aux tonalités caractéristiques de la langue japonaise retentissent dans les écouteurs. Plus le signal est clair, plus l'opérateur est proche.

Affolé, Hari s'arrête de pédaler.

Le plus difficile, c'est de se souvenir que l'ennemi est humain. Elle se ressaisit et lui fait signe de redémarrer.

La voix est trop indistincte pour représenter une menace directe. Elle doit venir de Port Blair, mais elle n'appartient qu'à un opérateur radio, pas à un individu qui serait en contact direct avec des prisonniers alliés. Elle écoute, absorbée, les inflexions de voix entrecoupées de silence qui cessent de transmettre et se représente ce soldat nippon dans le siège laissé vacant par le jeune Tom Lutty. Pas au sens littéral, naturellement. Le colonel Hastings disait que la station de transmission de North Point avait été détruite, en application du protocole, à la veille de l'occupation, il y avait de cela dix mois.

Mais son partenaire de jitterbug, où donc était-il passé ? Dix mois. Une éternité.

Hari et elle ne montent pas de campement. Ils ne discutent pas non plus de leurs ordres de battre en retraite dans l'éventualité où Ward et Luke ne reviendraient pas. Toutefois, Hari lui propose l'un de ses fruits des Jarawa, qu'il lui a pelé. La chair est gélatineuse et amère. Naila dirait que ce fruit a un goût de vert. Ty ferait la moue, comme un poisson.

Pour se garder des embuscades de la mémoire, elle concentre ses pensées sur Hari qui est en position accroupie, les coudes sur les genoux, le regard plongé derrière elle, au loin dans l'obscurité. Il est là, à quelques dizaines de centimètres, elle le sent plus qu'elle ne le voit ou ne l'entend. Son odeur se fond presque entièrement avec l'âpreté de la terre, mais elle a constamment conscience du parfum âcre de sa transpiration, différente de l'odeur poissonneuse de Ward et de celle plus sombre, plus capiteuse de Luke – et de sa propre puanteur, celle de la pourriture de la jungle. Plus encore que cela, elle a conscience de l'équilibre intérieur de Hari, comme une pièce de monnaie sur sa tranche, réglé à parts égales sur le passé et le futur, le présent lui tenant lieu de pivot.

Un jour, au cours de leur entraînement à Colombo, elle lui a posé des questions au sujet de sa famille. Pas encore d'enfants, lui avait-il avoué, mais ensuite, rayonnant de fierté, il lui avait décrit sa femme, une jeune fille d'une beauté exquise d'après sa description qui, à dix-huit ans, avait accepté de l'épouser, de son plein gré, mais à la seule condition qu'elle achève d'abord ses études à l'université de Calcutta, afin de devenir oculiste. *Elle a l'intention de rendre la vue aux autres. C'est une chose rare et c'est merveilleux, je trouve.* Claire lui a répondu que sa femme était une fille sacrément chanceuse.

Et en cet instant un bandeau de la galaxie scintille à travers la cime penchée des arbres, ponctué d'une lune en forme de cuticule. *Notre enfant*, se récite-t-elle. *Sous l'abri d'un ami dans la forêt profonde. Men thire mele ing nola timiukoon.*

Hari place ses mains jointes contre sa joue. Il retourne son poignet, la luminescence de sa montre affiche trois heures. Elle est sur le point de lui dire d'aller dormir, lorsque les écouteurs émettent un raclement : *Bobulu*.

Ce mot biya qui désigne le fantôme est leur mot de code pour indiquer qu'ils reviennent sains et saufs, le signal dans le talkie-walkie de Ward, une assurance contre tout risque de méprise qui leur ferait prendre le retour des deux hommes pour une patrouille ennemie. Quelques minutes plus tard, le major se fraye un passage en jouant des coudes pour écarter le rideau d'épineux. Luke le suit, et il respire comme s'il venait de réaliser l'ascension de l'Anapurna. Un orage qui menaçait et l'ondoiement de la forêt leur ont offert une couverture.

Il fait trop sombre pour y voir, et plus encore pour déchiffrer le visage du major. Avant qu'il puisse leur expliquer s'ils ont établi un contact, le vent vif qui les suit à la trace déverse ses pluies torrentielles. Il pointe du doigt une cuvette où ils pourront bivouaquer, dissimulés aux yeux de quiconque gravirait la colline, et ils entreprennent tous de déplacer leur matériel.

La pluie diluvienne liquéfie vite la terre. Claire doit se battre pour arriver à plaquer son tapis de sol à plat en même temps qu'elle plante les piquets, à tirer d'un coup sec la toile de tente par-dessus et à la fixer. Quand elle balance son paquetage à l'intérieur, Luke et Hari en sont encore à se battre contre le vent. De son côté, Ward en a rapidement terminé avec sa propre tente et a disparu dedans.

Elle relève les rabats de la tente et le découvre sur le dos. Dans l'obscurité, elle discerne à peine son avant-bras posé en travers de son visage. Il refuse de bouger, elle se laisse donc tomber et son genou heurte sa hanche. Les doigts de Ward trouvent sa cuisse, et elle manque la rejeter, mais elle en est empêchée par la complète mollesse de cette main dénuée de vie.

Ward se redresse et sa respiration se fait plus profonde.

« Ils sont morts. » La voix s'affaisse sous le poids que porte le major. « Shep et Alfred, tous les deux. » Ces mots-là, désincarnés. « Devant le Browning Club. » Dans l'absence de lumière. « Le frère de Pandu a tout vu. Claire, je… »

Non ! Ce mot cogne, s'abat violemment dans sa nuque, puis se répète. *Non. Non. Non. Non.* Elle s'extrait, s'écarte de la tente et s'éloigne en titubant dans le vent.

L'eau envahit immédiatement ses oreilles, ses yeux, ses bottes. La pluie colle ses vêtements et ses cheveux à sa peau. La nuit, remarque-t-elle avec un détachement soudain, possède la texture du plastique, elle plie, puis elle casse en deux, puis elle éclate en miettes.

Shep se dresse dans les ténèbres, par une nuit sans lune sur Ferar Beach, et une phosphorescence joue dans les vagues. Plus d'une fois, dit-il, son père l'a emmené voir comment les barbares administraient la justice. *Quel âge as-tu ?* Cinq, six ans. Assez grand pour retenir la leçon. Là, près de la porte de la vieille ville, un billot de bourreau. *Ne détourne pas le regard, mon bonhomme, ne t'avise pas de détourner le regard.* Les yeux avaient blanchi en basculant dans le crâne qui avait roulé à terre, mais la tête tranchée était encore celle d'un homme. *Je ne savais pas ce qui était le plus innommable, l'exécution, ou le père qui avait emmené son fils sur le lieu de l'exécution.*

Innommable.

Ward est derrière elle, Claire fait volte-face et lui demande.

« Et Ty ? »

Une cigale grince et le monde noircit. Une lumière sur l'île brûle. La mère qui laisserait son fils sur les lieux de l'exécution.

*

Luke l'attire dans le silence. Il est venu sous sa tente, l'a prise par les épaules, et quand elle ouvre les yeux, l'expression de son visage menace de la noyer.

« Désolé », dit-il, et il la relâche aussitôt.

Elle s'allonge sur le dos, elle se sent encore plus épuisée que la nuit précédente.

« Le docteur Durant, fait Luke. C'était l'un des meilleurs.

— Vous y croyez.

— Je suis tellement désolé. »

Il baisse les yeux.

Mais quand elle lui attrape le poignet, il tressaille.

« Vous étiez là ? Vous avez entendu Pandu le dire ? »

Luke regarde fixement la main de Claire.

« Je montais la garde à l'entrée du village.

— Alors je suis désolée. Je n'y crois pas. »

Il détache doucement sa main de son poignet et murmure quelque chose au sujet de Dieu. Puis il s'en va.

Dehors, la forêt crie, la chaleur du jour palpite déjà. Ward l'a laissée dormir, une dangereuse concession, car elle voit à présent ce qu'elle ne pouvait distinguer la nuit dernière. C'est l'œuvre de Ward, rien que sa parole. Il a refusé de la laisser venir avec eux, rencontrer son informateur, refusé de mentionner Behalla.

Il l'a même obligée à lui rendre sa gélule de cyanure. Comme si elle allait se donner la mort, à cause des mensonges du major.

C'est une affaire de volonté, désormais, et non plus de foi. Avec ou sans Ward, elle ira à Behalla. Partout, il la surveillera. Elle doit se montrer prudente, jouer les bons soldats, les agents secrets. Oui.

Quand elle sort de sa tente, Ward lève les yeux avec un air résigné et d'un geste l'invite à finir les noix et le poisson séché qui leur tiennent lieu de petit déjeuner. Il expose les étapes suivantes.

Pandu a promis de reconnaître les installations de l'ennemi autour du port. Il a suggéré le tronc creux d'un arbre à pluie au nord de Ferrargunj en guise de « boîte à lettres ». Ward et Luke reviendront dans une semaine les chercher. Entretemps, Bolger I progressera vers le nord-ouest à la recherche d'une colline qui leur servira de poste de vigie, sur la côte.

Pour Claire, la côte ouest n'est pas la bonne direction. Elle ne sait atteindre Behalla que par l'est, par des eaux grouillant très probablement de bateaux de patrouille ennemis.

Mais Ward et Luke sont des pisteurs. Ils ont trouvé le moyen de rejoindre Ferrargunj, et jusqu'à présent les seuls signes de la présence de Japonais qu'ils aient détectés sur cette voie sont ceux de ces trois soldats isolés dans le détroit. Pas un seul à l'intérieur des terres. Ce qui signifie que là où ils sont, Ty – et Shep, elle insiste – devraient être sains et saufs. Plus en sûreté qu'ils ne pourraient l'être avec elle, en attendant le retour de l'O-boat dans six semaines.

Ils sont à Behalla. Ils y sont forcément. Et lorsque le moment sera venu, Luke saura comment y arriver, avec ou sans la bénédiction de Ward.

*

Leyo insiste pour l'appeler Yulu, et cela ne la contrarie plus. Elle a autant changé que si elle avait vécu une seconde naissance, et ce nom semble convenir à sa nouvelle silhouette, à ses nouveaux mouvements et à ses nouveaux désirs. Avant, elle ne comprenait pas cette logique consistant à prendre le nom d'un arbre en fleur. À présent, elle se sent fleurir chaque fois que Leyo la touche ou même respire à côté d'elle.

Ty Babu remarque lui aussi ce changement et il veille jalousement à garder sa place entre eux deux, avec un sourire satisfait face à leur air stupéfait. Pour la première fois, elle se sent pudique en présence du garçon, ce qui est ridicule après qu'ils ont circulé nus depuis des mois, mais tout semble s'être inversé. Elle considère même le fait qu'on les ait abandonnés sous un jour neuf. Si les autres étaient encore là, oserait-elle coucher avec Leyo toutes les nuits ? Rêverait-elle de le prendre en elle ? Elle songe avec dégoût aux mouvements de doigts salaces d'Ekko, et pourtant le souvenir de ce jour épouvantable ne réussit pas à anéantir le bonheur qu'elle ressent maintenant.

Ces changements lui rappellent les lunettes de l'instituteur Sen. Un jour, elle était arrivée à l'école en avance, *saar* Sen était à la fenêtre, il se frottait les yeux, alors elle avait pris les lunettes posées sur son bureau et les avait essayées. Elle est incapable de se souvenir de ce qu'elle espérait, elle ne se remémore que le choc éprouvé devant la soudaine transformation du monde lorsqu'elle l'avait regardé à travers ces verres. Les contours très nets de la salle de classe lui étaient soudain apparus brouillés, et la vue depuis la fenêtre s'était effondrée en un kaléidoscope de couleur et de lumière. L'instituteur Sen avait ri en la voyant, puis il lui avait dispensé un cours particulier d'optique et d'anatomie de l'œil humain.

Sans elles, lui avait-il dit en tapotant ses lunettes, *je suis pra-*

tiquement aveugle. Et pourtant, avec elles, il était capable de voir les mêmes choses que Naila, mais d'une manière tout à fait différente.

À présent, en remuant entre Ty et Leyo, elle a l'impression de mettre et de retirer constamment d'autres sortes de lunettes. Ils lui semblent être devenus tous les deux aussi familiers que deux frères, et l'instant d'après ils lui apparaissent comme un père et un fils. Ensuite, un nuage passe devant le soleil, ou une lueur allume le vert dans les yeux de Ty, et tout ce qu'elle voit, c'est un jeune garçon blanc à côté d'un homme noir avec lequel il n'a rien d'autre en commun que la nudité. Dans ces moments-là, elle se sent à la fois confondue et profondément reconnaissante de ne pas pouvoir découvrir sa propre silhouette ou son visage.

*

Derrière un rideau de camouflage sur un promontoire dominant Constance Bay, Claire pointe son antenne plein ouest. Ward et Luke ont terminé leur premier voyage jusqu'à la boîte à lettres.

Okojumu, signale-t-elle. *Homme médecine*, ce qui veut dire qu'ils sont passés à l'action.

Et c'est désormais un test bien réel. Le glossaire qu'elle a consacré cinq années à élaborer est posé devant Culman, à Barrackpore, afin qu'il puisse s'y référer – et son contenu frémit dans la tête de Claire. Jamais de clefs écrites sur le terrain. Assez dangereux comme cela de les avoir consignées dans sa mémoire. Plus dangereux encore maintenant si sa mémoire lui fait défaut. *Des oiseaux désignent des canons. Des poissons désignent des bateaux. Des animaux dotés de pieds désignent des véhicules de débarquement*. Traductions sur traductions.

Elle se crée une tablette de terreau sablonneux où elle peut dessiner ses rébus et ses casse-tête à rebours, en remontant du renseignement vers un code transmissible.

Destroyer ancré au large de la côte occidentale de Bluff Island : requin + Bluff Island + littoral côté océan = LAYE LURUA OTLE

Trois grosses batteries d'artillerie au sommet au-dessus de Mayabunder Bay : arbre + gros + faucons + sommet + baie des bambous = ONDAFOL ELEOFO CETEL MUKHU RETFER

Troupes japonaises nagent tous les matins à Rangachang Beach : petits cafards + nagent + matin + longue plage de sable + Port Blair = TAAHU LILE AMBIKHIR TOREBURONO DIUTEMEC

Après chaque transmission, elle efface son ardoise de sable en se représentant les mots comme des pigeons voyageurs et en leur souhaitant de parvenir sans encombre jusqu'à Culman. Elle garde les nouvelles les plus importantes pour la fin, quand elle aura pris confiance en elle. Selon leur informateur, la 3e escadre de destroyers de l'empereur doit arriver à Port Blair dans une semaine.

Elle actionne son manipulateur télégraphique, en tapant *ITARAIN JERO DULOTHIRE : troisième dugong arrive prochaine nouvelle lune.*

De temps à autre, un grondement retentit très haut dans leur plafond de feuillages ou un éclair d'argent file au-dessus de leurs têtes. Les jours de ciel couvert, il est impossible de dire si l'appareil est allié ou nippon, s'il se fera prendre en chasse par les batteries antiaériennes ou s'il sera accueilli sur l'aérodrome qui avait été une première fois bombardé quand Shep et Claire s'étaient montrés assez sots pour croire à ce qu'on leur racontait.

Elle se représente son mari, à genoux tout près du tarmac intact, un arbrisseau meurtri dans ses bras. *Qu'est-ce que ce petit bonhomme a bien pu faire à Tojo ?* C'était son style d'humour, toujours augmenté d'une note de sérieux. Elle se disait quelquefois qu'il aimait davantage ses plantes qu'il ne les aimait, Ty et elle.

En revanche, quand le ciel est dégagé, ils réussissent à apercevoir les cocardes rouge, blanc et bleu de la RAF. Ward affirme que les pilotes du quartier général mettent « les Japs sur la brèche, ils sondent leur comportement ».

Ils fournissent aussi une couverture à Balderdash. Si et quand les renseignements fournis par Bolger I se traduisent en actes, l'historique de ces survols pourrait conduire les Japonais de Port Blair à se figurer que les espions ne se situent que dans le ciel.

Un matin, Hari agrippe le bras de Claire et lui désigne à travers leur filet de camouflage trois Forteresses volantes qui surgissent de l'est au-dessus de l'océan. Les énormes quadrimoteurs passent au-dessus d'eux en direction du sud. Quelques minutes plus tard, alors qu'elle retient son souffle, elle décèle à peine une secousse cadencée, comme la chute d'une volée de noix de coco au loin.

Moins d'une heure après, les trois Forteresses volantes repassent en sens inverse, indemnes, en direction de Ceylan. Hari et elle s'étreignent comme des enfants, en contemplant émerveillés ces sillages chatoyants de nuages.

*

Le lendemain, ils repèrent leur premier bateau de patrouille nippon qui tourne dans la baie. Il fonce et dépasse leur promontoire sans revenir, mais cela les met en alerte. Ils vont devoir déplacer leur radio afin de s'éviter tout risque de détection.

Claire veut aider Luke à aller reconnaître d'autres positions possibles, mais Ward l'en empêche. Leurs rôles respectifs se sont figés. Elle est l'opératrice radio et cryptographe, Hari est le cuisinier, le responsable du générateur et le gardien du camp.

« Nous jouons sur nos points forts, explique le major. Ce qui fait de lui et Luke l'équipe de chasse et de reconnaissance. Point à la ligne. »

Elle tente de miser sur l'amour-propre de Ward, en lui demandant de lui montrer sur la carte où ils ont découvert exactement des preuves tangibles de nouvelles routes, de bunkers, de plantations en fonctionnement et de bâtiments. Elle n'a pas besoin d'encoder ces informations pour transmission, mais ce faisant, elle compte bien aussi relever tous les obstacles entre sa localisation actuelle et Behalla.

Il serait plus facile d'obtenir ces précisions de Luke, mais Ward veille à ce qu'elle n'ait jamais accès seule à seul à son équipier de reconnaissance. Alors elle habille ses questions. Quelle est l'ampleur de la présence japonaise autour des colonies de peuplement ? Des signes de réfugiés fuyant Port Blair ? D'autres rencontres avec des natifs ?

Sans se donner l'air d'insister, elle fait promettre à Luke de ne laisser Ward ouvrir le feu que sur des Japonais.

L'exception, s'excuse le pisteur, concerne Ward et lui seul, car ils ont conclu un pacte, celui de se donner mutuellement la mort plutôt que d'être faits prisonniers.

Plus tard dans la soirée, elle affronte Ward.

« J'ai failli y rester, admet-il.

— Quand ?

— Le premier soir, avec Pandu. Avant que je ne sorte, une escouade de Japs est arrivée dans le village.

— Pourquoi n'avez-vous rien dit ?

— Je me suis figuré qu'il était trop tôt dans l'opération pour vous flanquer la frousse. »

Et, aurait-il pu ajouter, m'auriez-vous écouté après ce que je vous ai annoncé pour Shep ?

« Que s'est-il passé ?

— Ils étaient saouls et libidineux, de vrais crapauds visqueux. Pandu m'a caché dans un silo de riz et a recouvert le tout avec des sacs en toile de jute. Il a envoyé sa femme et sa fille se cacher dans la forêt, mais les Japs avaient entendu raconter que sa femme était birmane, elles ont la réputation d'être chaudes, et ils étaient déchaînés, ils l'ont cherchée partout. Je les ai entendus tout fracasser, j'ai cru que j'étais foutu, s'ils renversaient le silo. Au lieu de quoi, ils se sont contentés de le sonder à coups de baïonnette. » Il remonte sa manche gauche et révèle une auréole de peau lisse près de son poignet. « La lame m'est passée dessus comme le fil d'un rasoir. Après cela, j'ai fait promettre à Luke de me tuer et je lui ai promis d'en faire autant pour lui.

— Vous devez avoir de l'eau glacée dans les veines. »

Il sourit.

« Si seulement c'était du bon scotch… du Dewar's.

— Il doit bien exister une chose à laquelle vous tenez, Denis.

— Oh, oui. Pour l'heure, je tiens énormément à nous sortir d'ici en vie. Mais nous avons encore un mois devant nous pour abattre le plus de Japs possible, avant de repartir. Et ça aussi, j'y tiens énormément. »

*

Lorsque Ward et Luke sortent en reconnaissance, ils réduisent leurs communications au minimum, mais tout contact manqué avec Claire à l'horaire convenu doit être considéré comme un signal suffisant pour annuler la totalité de l'opération : en théorie, Hari et elle reprendront le même itinéraire jusqu'aux kayaks pliables, retourneront sur la zone de débarquement initiale et lanceront un appel radio pour se faire évacuer. En réalité, si Ward devait disparaître, son plan de secours consiste à se diriger droit dans la direction de Shep et Ty.

Mais Denis Ward n'est jamais en retard. Et une semaine après qu'ils ont aperçu les trois Forteresses volantes, Luke et lui sont de retour, avec une bonne heure d'avance et un long message récupéré dans leur boîte aux lettres.

« Ils ont arrêté tous les suspects d'espionnage. » La voix de Ward se brise. « Ils ont rouvert la Cellular Jail. »

Pour une fois, Luke se doit de dire ce qui s'impose. L'ancien adjoint du major, Naryayan Rao, depuis l'invasion, est devenu le superintendant de police de Port Blair, à titre formel, mais après qu'une escadre entière de destroyers a été coulée sans sommation, le colonel Buco s'est laissé convaincre de la présence d'une taupe dans les services de police. Les Japonais ont intercepté certaines transmissions radio de Bolger I, mais ils sont incapables de les décoder ou d'en localiser la source. En représailles, Rao et ses acolytes – tous les hommes qui travaillaient en étroite collaboration avec Ward – ont été accusés, torturés et exécutés.

Ward pleure comme si ses propres enfants comptaient parmi les morts.

Des appareils alliés ont aussi bombardé plusieurs villages où des troupes japonaises étaient cantonnées au sud de Port Blair, et par une matinée ensoleillée, selon le rapport de Pandu, un sous-marin a fait surface devant Rangachang Beach et fauché plusieurs centaines de soldats de Tojo qui s'y baignaient.

Ward redoute maintenant que leurs informateurs ne soient compromis, en particulier depuis que les Japonais ont chargé un ancien forçat, un dénommé Dipak Patel – un menteur et combinard notoire –, d'organiser ces rafles. L'ancien instituteur de Naila, Sen, serait parmi ceux qui ont été arrêtés, ses accusateurs étant de jeunes voyous qu'il avait exclus de sa classe et qui servent désormais d'informateurs à la police. Ils ont aussi mis sous les verrous le directeur des écoles, le professeur Diwan

Singh, un poète pendjabi qui était tenu en haute estime par les indigènes et les Européens.

Ensuite, ils apprennent que le beau-frère de Luke, un garde forestier, le dénommé Prasad, a aussi été placé en détention. Ce n'est pas un informateur, il ne pourrait absolument pas savoir que Luke est de retour dans l'île. Mais pour Luke, ce n'est guère une consolation.

« Quelle différence, si nous pressons nous-mêmes sur la détente, ou si nous appelons à ce qu'on passe le relais ? »

Hari oser suggérer que Pandu a trop à perdre et rien à gagner en avouant. Hari, l'optimiste du groupe.

« Qui te dit qu'il doit avouer ? » lui rétorque Ward.

À travers la cime des arbres, le vent tambourine dans la nuit.

« Il nous faut des sources que personne ne remarquera, et même que personne ne suspectera », intervient Claire.

Pour une fois, Ward l'écoute.

*

De nouvelles routes en construction au nord de Mount Harriet les forcent à emprunter une route de l'intérieur des terres qui impose un détour et ajoute deux jours de marche. Ayant calculé la localisation de Behalla d'après la description que lui a faite Claire de la piste qu'elle avait l'habitude de prendre, Luke guide la colonne, mais elle le suit de si près, en dressant la tête par-dessus son épaule pour guetter des signes de patrouille ou une colonne de fumée révélatrice, que dès le troisième jour elle a le cou engourdi d'un torticolis permanent.

Ensuite, vers la sixième journée de sortie, elle hume cette odeur. Les Biya appellent cela l'arbre à feu de bois, une espèce de padouk qui produit une fumée sucrée, qu'elle n'a jamais senti qu'autour de Behalla.

Une heure encore, et ils y sont.

Les huttes ont été récemment recouvertes de chaume, et Claire aperçoit des nattes et des ustensiles de cuisine, mais seul Kuli vient vers eux. Il a l'air identique à lui-même, mais il semble être ici tout seul.

« *Maia* », dit-elle en respirant à peine tant elle pleure, et elle le salue en s'étreignant.

Malgré tout, Kuli est souriant, bien droit, fort et stable. Souriant. Et, alors qu'il la regarde en hochant la tête, il ne paraît même pas surpris de sa présence.

Elle balaie encore une fois du regard le campement désert. Et puis elle comprend. *Ami dans la forêt.* Bien sûr, il n'est pas surpris. Souriant. Il est souriant.

Mais où sont-ils ?

Kuli se tapote le cœur. Où qu'ils soient, ils sont en sécurité.

Elle reprend ses esprits et plonge la main dans son sac à dos, en s'imposant le respect des règles. La première chose que les Biya font en saluant un vieil ami consiste à échanger des cadeaux. Elle a prévu la chose et sort un canif Pendjabstick indien qui lui a bien servi.

Sous les regards des hommes de Bolger I, le chef biya porte le couteau à son nez comme s'il s'agissait d'un bon cigare. Puis il lance un regard sur sa gauche.

Une petite silhouette se détache de la hutte principale, et Claire se précipite. Elle ouvre grands les bras, prise de sanglots, mais après une fraction de seconde de suspens, elle se ressaisit.

La silhouette qui approche n'est pas celle de Shep ou de Ty, mais un personnage filiforme aux yeux injectés de sang : le vagabond du port, Porubi.

Kuli troque le canif contre un objet que Porubi tient au creux de ses paumes. Puis il met le cadeau dans les mains de Claire : la chaîne en or de Naila avec son globe en pierre de lune.

Son regard plein de confusion s'arrête sur l'objet. Le fermoir est cassé. Une autre amulette s'y est ajoutée, une étoile si encrassée qu'elle ne peut voir ce qui est gravé dans le métal.

D'un hochement de tête, Kuli l'invite à regarder de plus près, alors elle le frotte contre son pantalon jusqu'à ce que la surface apparaisse. Un anneau dans le cercle porte l'inscription SHANGHAI VOLUNTEER CORPS.

Elle scrute le visage de Kuli jusqu'à ce qu'il lève les bras et lui pose les mains sur les épaules.

« Ty Babu », dit-il, et il sourit avec un air rassurant, proprement inimitable. « Naila. »

Vivants, voilà ce que signifie son sourire, et avec insistance. Ty et Naila. *Vivants.*

Submergée de gratitude et de terreur, elle touche l'étoile et se raffermit. Elle doit prononcer ces mots. Elle doit poser la question.

« *Bo eboe tiko ?* »

Et mon mari ?

Le vieil homme détourne le regard vers Porubi. Ils baissent tous deux les yeux.

Au cours de l'heure qui suit, s'entretenant séparément et ensemble, Kuli et Porubi relancent l'opération Balderdash et forcent Claire à refermer une moitié de son cœur afin de lui permettre d'aller de l'avant. Le camp où Naila, Leyo et Ty se cachent – pour leur sécurité, suppose-t-elle – est au nord. Kuli leur fournit des indications précises et Luke repère le site sur sa carte géologique. Peut-être à une semaine de marche.

Conduis les enfants de l'autre côté de l'eau. C'est l'instruction de Kuli, comme s'ils étaient des divinités ayant le pouvoir d'aller et venir ainsi que bon leur semble. Sans poser de questions. Sans le moindre doute.

Claire veut se jeter à ses pieds comme une solliciteuse. Au lieu de quoi, elle enserre ses mains burinées et incline la tête.

Pendant ce temps, Porubi fournit à Ward et Hari une manne d'informations nouvelles – formulées dans un anglais parfait – au sujet des bases navales nippones, des casernes, des emplacements des canons et des caches d'armes sur tout le pourtour des îles du Sud.

À un certain stade, Ward lève les yeux vers Claire avec une expression que Shep qualifierait très certainement d'*estomaquée*.

Shep…

Elle referme la main sur la pierre et l'étoile, pour s'arrêter là. Le chagrin est un luxe qu'elle ne peut se permettre.

Ty est vivant. Elle doit continuer.

« Tu es le parfait espion », s'écrie Ward.

Porubi écarquille les yeux et salive en signe d'approbation. Et il rit.

Le monde s'est inversé, songe Claire avec l'espoir du désespoir. Dans douze jours, l'O-24 doit venir les récupérer à l'autre bout de Constance Bay, et ils l'accueilleront avec un trésor.

9
Mars 1943

L'aube frémit derrière un mur de nuages violacés. Naila bâille et se retourne, sans aucune envie de quitter la fraîcheur à ciel ouvert de la corniche, mais elle sent la menace de la pluie. Elle ouvre les yeux. Leyo est déjà levé.

« Yulu ! » Il lui fait signe depuis l'entrée de la maison ronde. « Ty Babu », dit-il.

C'est seulement à cet instant qu'elle entend le gémissement.

Leyo lui explique qu'il essuyait la transpiration du visage de Ty quand l'enfant a vomi. Naila s'agenouille à côté du garçon. Il a les yeux ouverts, mais ils sont vides. Sa peau est brûlante et moite, sa respiration courte. Elle le couvre de son sarong, roule sa chemise en boule pour lui en faire un oreiller. Quand Leyo lui apporte la trousse de médicaments, elle trouve le sérum que le docteur *saab* lui a demandé d'utiliser contre la fièvre.

Elle lui administre une dose de remède sur la langue, fait goutter de l'eau dans sa bouche. Ty ne réagit pas, mais une minute après il s'étrangle. Son corps se raidit, puis il est pris de tremblements.

Leyo maintient la tête de l'enfant et indique à Naila d'ajouter une goutte de l'huile d'ambre qui arrête les convulsions.

Au lieu de la lumière du jour, c'est un éclair qui éclate au-dessus de la forêt. Le tonnerre se soulève par vagues. Les yeux de l'enfant se révulsent, ses bras et ses jambes deviennent flasques. Il nage dans les vêtements de Naila, et la natte sur laquelle il dormait est trempée.

« La fièvre va tomber », assure Leyo, et leur veille commence.

Au cours des jours et des nuits qui suivent, l'un baigne la tête et le corps de Ty tandis que l'autre se repose et se nourrit de leurs provisions qui maigrissent. Le ciel se dégage, mais Naila et Leyo ne partent pas chasser ou récolter de la nourriture. Ils ne se touchent pas.

Le troisième matin, Leyo secoue Naila pour la réveiller. Une éruption cutanée formant une croûte, comme une mer rouge ponctuée d'îles blanches, recouvre la partie supérieure du corps de Ty. Il s'est mis à saigner du nez et de la bouche, et profère des sons qui semblent complètement incohérents – pas tout à fait des mots, mais comme si un esprit tentait de parler à travers lui.

Cette quasi-parole effraie Naila plus encore que la maladie. Le docteur Shep ne l'a pas avertie de tels symptômes, et elle a peur de tenter des expériences avec les quelques remèdes restant dans sa trousse.

« Dépêche-toi, prépare-le, lui dit Leyo. Kuli saura quoi faire. »

La moitié du ciel est encore bleu-noir. Il remplit son panier de cueillette avec leurs outils et leur reste de nourriture.

« Mais et les Japonais ? Behalla sera trop dangereux pour Ty.

— Alors nous irons ailleurs. » Il désigne la direction de l'ouest, au-delà de la corniche. Une vrille de fumée blanche s'élève de la forêt à un peu plus d'un kilomètre de distance. « C'est peut-être les Jarawa. Peut-être des Japonais. Mais nous ne pouvons pas rester ici. »

*

Tandis que Bolger I s'enfonce vers le centre de l'île, Claire se concentre sur le haut du paquetage de Luke, qui danse comme un bouchon devant elle. *Tirer le meilleur parti*, lui conseille Shep. *Une situation terrible, oui, mais…*

Sa voix s'élève par bribes, lui emplit la gorge. *Le culot est-il ton point fort ?*

Elle lui enveloppe le cœur comme une main. *Tout doux, ma vieille. Un garçon a besoin de sa maman.*

Tu as raison, songe-t-elle. Nous n'avons plus que Ty, maintenant. Cependant, une année entière s'est écoulée.

Tu penses qu'il a grandi de combien ?

Et combien a-t-il souffert ? Kuli affirme que Ty est heureux et qu'il va bien. Elle doit croire que cela reste vrai.

Si c'est le cas, jamais nous ne pourrons assez remercier Naila et Leyo.

Une pensée troublante lui vient, et elle se passe la main dans ses cheveux coupés court. Sa peau est couleur de brique. Jusqu'à ce jour, son apparence extérieure s'était comme évaporée, elle ne présentait pas plus d'intérêt que la puanteur de son corps ou que les barbes broussailleuses des hommes – c'était comme le chagrin : moins elle y prêtait attention, mieux c'était. Pourtant, cette fois, cela lui semble une obligation d'un autre ordre.

Sois calme, mon âme, insiste la voix de Shep, si bien que Claire sursaute presque bruyamment. Mais Ty me reconnaîtra-t-il ?

Elle trébuche, s'appuie d'une main dans le dos de Luke, et ils tressaillent tous les deux de peur. Luke se retourne à demi et croise son regard. Elle fait non de la tête.

Une fraction de seconde, et ils continuent.

Le criaillement perçant d'un serpentaire des Andaman s'adoucit ensuite avec l'accent de voix de Shep. *Si Viv a raison, et si Ty peut parler, quelle langue parlera-t-il ?* Et Claire tente de refouler les questions qui prendraient le pas sur celles de son époux. Quels mots pourrait trouver un fils pour accueillir une mère qu'il ne connaît plus ? Pour se défendre d'une mère qui, pour autant qu'il sache, l'a abandonné ?

Naila et Leyo sont la famille de Ty, maintenant. *Conduis les enfants de l'autre côté de l'eau.* Il n'y a pas de mots pour la distance qui les sépare. Tous autant qu'ils sont.

Ward lâche un petit cri de huppe étouffé, et tout le monde s'immobilise. Ils se baissent dans le sous-bois.

En contrebas, à peut-être soixante mètres de là, une petite rivière serpente vers l'est. Claire scrute les berges, les arbres pourrissants, la tapisserie de la végétation. Chaque éclair de luminosité se lit comme une menace, les broméliacées jaune et orange les plus courantes sont tout à coup empreintes de danger. Au-dessus d'eux, la canopée bouge et balance. Ce doit être ainsi qu'apparaît un lit de varech à un petit poisson qui se cache au passage d'un requin, pense-t-elle.

Pourtant, lorsqu'elle repère enfin leur requin, il a déjà sa proie. De l'autre côté de la rivière, quatre Japonais en tenue de combat encadrent quatre indigènes en sarongs crasseux qui portent deux gros cochons morts sur des perches de bambou. L'officier à la tête du détachement retire son képi et chasse d'un revers un brouillard de moustiques au-dessus d'une eau qui coule lentement. Ensuite, il plonge la main dans sa poche et l'approche du museau de deux beagles. Pris de frénésie, les chiens se mettent à aboyer et à tirer sur leurs laisses.

Le corps de Claire dégage une forte odeur. Des jours et des jours sans se laver, le battement de son sang, son nez qui coule et ses plaies qui suppurent, chaque pore de sa peau la trahit. *Les cochons,* pousse-t-elle ce Japonais à se dire. *La frénésie canine, c'est à cause des cochons.*

Elle s'enfonce plus profondément dans la vase, puis elle jette un œil sur sa droite et cesse de respirer.

Plus un geste, l'avertit Shep alors que la tête aplatie oscille à moins d'un mètre. La vipère est enroulée sur elle-même. Peut-être longue d'un mètre, elle est marbrée, et ses écailles brun clair et noir sont aussi nettement dessinées que les carreaux d'une mosaïque. Luke leur a appris à rechercher la fossette entre l'œil et la bouche, un organe sensible à la chaleur qui aide le reptile venimeux à repérer sa proie à sang chaud.

Reste calme. Laisse ton pouls ralentir. C'est bien, ma fille, tu n'as pas remué un muscle.

Les chiens qui jappent et leurs maîtres, les ennemis, excluent toute fuite précipitée, mais de sa main gauche elle cherche à tâtons le couteau dans sa ceinture.

Tu l'as donné à Kuli, tu te souviens ? Ne bouge pas. Si elle sent…

La vipère se détend comme un fouet et plante ses crocs dans son avant-bras.

Elle serre les dents. *Ne bouge pas. Ne bouge pas.* Mais la douleur est insoutenable, une injection d'acide. Un spasme volcanique jaillit de son cœur jusque dans sa gorge, et son corps tout entier se cabre pour s'efforcer de rester silencieux.

À un certain stade, ses yeux se ferment. Quand elle réussit à les rouvrir, la vipère s'est retirée vers une basse branche et, enroulée là-haut, elle va patienter, attendre que Claire meure. Ses pupilles verticales se dilatent et les bruits des chasseurs gagnent en intensité, assez proches maintenant pour qu'elle les entende lâcher des plaisanteries suivies de hurlements de rire masculins et de piaulements exaspérés des chiens.

Le cœur de Claire bat à tout rompre et la morsure est cuisante. Sa bouche se remplit d'un goût étranger, à la fois de métal et de menthol.

Respire. Respire lentement, inspire, expire, inspire, expire…

Sa chemise est trempée, et elle sent plus qu'elle ne voit le sang qui s'écoule de son bras. Son pouls pleure et couvre la voix de Shep, et sa chair commence à la brûler. Le temps s'accélère et s'arrête en même temps, et elle perd assez vite tout jugement.

Seule la vipère reste dans son champ de perception. La vipère et les échos des voix des Japonais, qui refluent enfin.

Ward fait son apparition au milieu des ronces.

« Imaginez si nous avions votre garçon avec…

— Serpent », marmonne-t-elle, et elle incline la tête, vers la gauche du major.

Luke, qui a l'ouïe la plus fine de l'équipe, bondit sur la vipère avant que Ward ait même intégré ce qu'elle lui a dit. D'un seul tranchant de son *dha*, il sectionne la tête du reptile et l'envoie voler dans les buissons.

« Merde », s'exclame le major quand il découvre le bras de Claire, mais aussitôt il tente maladroitement d'ouvrir sa trousse de premiers secours.

Hari s'agenouille à côté d'elle et lui fait un garrot de ses mains jointes, juste au-dessous du coude, pendant que Luke place le barrage de l'élastique sur les marques de crocs. Ensuite, Ward s'applique à sucer et à pétrir la région de la morsure avec ses dents.

Claire referme les yeux et tente de se représenter Ty. Des flammes lui avalent le bras, mais il leur faut arriver jusqu'à lui, aujourd'hui, puis traverser l'île.

« Arrêtez. Je pense que c'était une morsure sèche. »

Elle ment.

« Et la douleur ? »

La voix de Luke est creusée par l'inquiétude.

« Ça enfle. » Ward crache le résidu de caoutchouc de sa bouche et retourne le garrot. « Comment différencier le venin du sang ?

— Il vaut mieux laisser suppurer un jour ou deux, fait Hari. Si vous pouvez supporter la douleur.

— Vous avez un bandage, là-dedans ? demande-t-elle. Faites-moi juste un pansement, et allons-y.

— Vous risquez de mourir. »

Doucement, ma chérie.

« Jc ne me suis jamais sentie plus en vie. »

Un rai de lumière joue sur le visage de Ward, allumant le bleu acide de ses yeux. Il a un mouvement incrédule de la tête, mais il épaule son fusil. Tandis que Luke et Hari bandent le bras de Claire et le lui mettent en écharpe, la forêt gronde audessus d'eux.

*

Ainsi que l'a promis Kuli, ils approchent du camp par un passage étroit, escarpé. D'en bas, le versant de la pente les masque à la vue, mais les laisse à la merci de quiconque serait posté au sommet. La coulée d'huile bouillante a justement été conçue pour ce type d'approche, aussi grimpent-ils avec prudence, le visage tourné vers le ciel, bien que Claire, dans ses hallucinations, n'imagine nullement l'horreur mais plutôt une petite silhouette ronde rivalisant là-haut avec les nuages. Pourtant, chaque clignement d'yeux ne lui procure que déception.

Quand ils finissent par poser le pied sur la corniche où Kuli leur a promis qu'ils trouveraient Ty, le ciel est strié d'écarlate et d'or tardifs, mais la pierre sous leurs pas est noire. Son pied se tord sur le sol fangeux, des fragments de charbon craquent sous son talon. Son bras est en feu. Sa bouche a un goût de chrome. Les hommes autour d'elle projettent leurs ombre sur de l'ombre.

Terre brûlée, lui crache Shep à l'oreille.

Mais il parlait de la guerre en Chine. Les pièces à conviction qu'elle voit, sent et goûte ici ne correspondent en rien. Cendre. Scories. Ces branches d'arbres calcinées qui se tendent comme en imploration. Est-ce l'œuvre du venin ? Elle tourne en rond, en cercle, ses sens donnent de la gîte.

Où sont-ils tous ? La voix n'est pas la sienne, et ce n'est pas celle de Shep.

Est-ce Ty ? Non.

Sortez, sortez, où que vous soyez !

Robin.

« Claire. » Ward la saisit par les épaules. « Venez voir ça. »

Il la dirige vers une citerne découverte. Des larves de moustiques grouillent dans l'eau de pluie. Robin est mort, mais Ty était ici. Il a fait cette ascension, il a regardé ce ciel et écouté ces mêmes arbres gémir.

Et ensuite ?

« Par ici. »

Il désigne Luke, qui tient levée une natte noircie. Hari et lui se penchent pour inspecter la roche au-dessous.

Elle remarque une ardoise enluminée de diagrammes de fleurs. Des dessins complexes, dans les roses, les blancs, les jaunes et les verts, des couleurs passées mais encore reconnaissables. Un entrelacs de fleurs en forme d'éléphants, de chiens, de trompettes et d'étoiles, et au-dessus de chaque image, dans une écriture bâton enfantine, les noms que Shep et Som lui ont appris. *Aerides odorata. Jumellea fragrans. Acampe praemorsa. Eria Kurzii.*

Je t'aime, chuchote Shep. *Que Dieu nous protège.*

« Luke. Hari. »

Les hommes passent devant elle comme des fantômes alors qu'elle sombre. De sa main valide, elle caresse chaque ligne, fait rouler les petits grains de craie entre ses doigts, les place sur sa langue. Elle s'agenouille, se penche jusqu'au sol, embrasse ces couleurs, la douceur entêtée de la main de son fils. Elle trouve un fragment de terre d'ombre, de la couleur de ses cheveux.

Elle serre son bras blessé contre ses côtes jusqu'à ce que la douleur promette d'éviscérer tout le reste. Au retour des hommes, elle refuse de lever les yeux.

« Nous ne pouvons en avoir la certitude, lui explique Ward, mais je pense que nous l'avons trouvé. »

Il s'agenouille près d'elle. Et, pour la première fois, elle se remémore la seringue dans le poing de Shep, le véritable choc de l'aiguille, au ralenti, la paralysie et la confusion alors que les gardes la maintenaient pour que son mari puisse l'étourdir. Et la lumière. Une lumière aveuglante, désespérée. La force de son amour. La monstruosité de sa terreur.

« Montrez-moi », dit-elle avec ce qui semble être sa dernière parcelle de force.

Hari et Luke baissent la tête, mais Ward se lève et l'aide, en la tenant par le bras.

Elle ne le repousse pas. Si elle le repoussait, elle tomberait. Elle ne pense donc à rien d'autre qu'à l'effort de maintenir son corps en position debout et de placer un pied devant l'autre.

Le terrain se situe à une vingtaine de mètres après les ruines du campement, au bas d'une déclivité encadrée de deux falaises à pic. Des lianes et des débris de palmiers en surplomb forment une tonnelle naturelle. Des centellas, de la mousse et des amanites tapissent le sol, jusqu'à la tranchée ovale que les hommes ont creusée.

« Nous avons constaté que la végétation était plus récente », explique Ward, comme s'il avait besoin de se justifier.

Elle se retourne avant de réussir à voir ce qu'ils ont mis à nu.

« Récente comment ?

— Par ce climat, c'est difficile à dire. Des semaines, peut-être quelques mois, mais pas plus.

— Très bien. »

Il la retient encore par l'épaule. Les hommes étaient méticuleux, ils avaient retourné la terre comme une lèvre tout autour de la tombe. À l'intérieur, le petit squelette gît sur le côté, les bras entre les genoux comme s'il jouait avec ses orteils. Les fibres têtues de la matière végétale dans laquelle le corps a été enveloppé forment un cocon fendu en deux.

Le corps. Les os, quoique nettoyés, ont encore la densité de la vie. Et les cheveux…

Claire se reprend. Elle n'avait encore jamais vu de squelette humain, certainement pas un squelette appartenant à l'un des siens. Et ce n'est que cela ?

Non. Elle regarde plus attentivement. La lumière déclinante vacille et bascule. Elle se couvre le nez, bien que l'odeur de décomposition ne soit guère plus qu'un soupir – l'odeur de la terre retournée est plus prenante. Elle s'accroupit pour voir si ce qu'elle suspecte est vrai.

Le dôme du crâne semble trop large, le menton trop rentré, mais la tête d'un enfant change constamment. Au bout de dix, onze mois de séparation, est-il possible qu'elle ne puisse reconnaître la forme du crâne de son propre petit ?

Oui, se met-elle en garde. C'est tout aussi possible que de le croire encore en vie. Pourtant, les cheveux, c'est une autre affaire. Noirs, courts, raides et aussi crépus que de la laine d'acier. Même dans la mort, cela ne pourrait pas être ceux de Ty.

Des scénarios bourdonnent dans son crâne, à présent, en guerre avec l'espoir. Il se pourrait qu'on l'ait d'abord rasé, et que ses cheveux aient servi à une sorte d'échange rituel. Mais le squelette est intact, inviolé, et quelque chose dans le bassin et les jambes lui soufflent aussi que rien de tout cela n'est cohérent.

Ward l'a lâchée, l'a libérée, alors elle se laisse glisser en avant, à genoux, et se saisit du fémur le plus à sa portée.

« Claire ! »

Il est de nouveau près d'elle, mais elle le repousse du coude.

« Ce n'est pas Ty, dit-elle. Ce n'est pas mon fils. C'est… »

Le visage malicieux d'Artam apparaît, et la jambe repliée lui retombe des mains. Claire ferme les yeux et dit en claquant des dents :

« Je connaissais cette enfant. »

Je l'aimais.

« Claire », répète Ward, plus doucement cette fois.

Elle repose le fémur dans sa position initiale et, de sa main valide, se met en devoir de restaurer la sépulture d'Artam. Avec l'aide de Hari et de Luke, elle replace le lit de terre, puis elle murmure dans ses larmes une prière de chagrin.

« *Molen thi ekjirake.* » Je t'en prie, pardonne-moi.

Quand elle relève les yeux, Ward et Hari forment deux silhouettes noires sur un fond de ciel violet. Ward a sorti ses cartes de l'île. Ils n'ont que cinq jours pour atteindre le site d'où ils doivent embarquer, sur la rive opposée. Elle tâte son bras. Le gonflement se résorbe et la brûlure s'apaise, la douleur commence à engourdir le pourtour. Si ce n'est pas une morsure sèche, elle n'est du moins pas mortelle.

Elle inspecte les ruines calcinées du campement. Combien de temps la cendre reste-t-elle ? Combien de temps pour que les pluies lavent la pierre ? Un nouveau frisson s'empare d'elle quand elle se rend compte que ce feu a dû se déclarer très récemment. Certainement longtemps après qu'Artam a été inhumée dans sa tombe.

Luke devrait le savoir. Elle se redresse et le voit qui sonde le sous-bois au-dessus du campement. Quand elle s'approche, il lui tend un lambeau de tissu vert de la taille d'un gecko.

Elle l'examine.

« Naila avait une jupe exactement de cette couleur et de cette étoffe.

— Où l'avez-vous trouvé ? demande Ward à Luke.

— Il y a un sentier par là. Un moyen de s'échapper par-derrière. » D'un geste, Luke indique la direction opposée à la voie d'accès exposée aux coulées d'huile bouillante. « Il fallait bien. »

Claire palpe l'étoffe.

« C'est récent, selon vous ? »

Le pisteur se lisse la barbe et lève les yeux, croise le regard de Ward.

« Trois jours. Peut-être quatre. »

Trois jours.

« Pouvez-vous dire s'ils ont été poursuivis ? demande-t-elle.

— Pas par les Japonais.

— Mais… ?

— Les Jarawa masquent leurs traces encore mieux que nous.

— Je ne vais pas faire ça, tranche fermement Ward. Je suis désolé, Claire. Le temps nous est compté. Il n'y a aucun moyen de dire jusqu'où cela peut nous mener… ou ce que nous trouverions même si nous les rattrapions.

— Ils ont pu être faits prisonniers, dit-elle. Il a quatre ans, et c'est mon fils, et nous savons qu'il était en vie quand Kuli l'a vu.

— Vous n'êtes pas en condition…, reprend Denis Ward, mais Luke l'interrompt.

— Major, ce sentier nous met dans la direction que nous devons prendre. Il reste encore assez de lumière pour progresser un peu. Si nous constatons que le garçon et ceux qui l'accompagnent ont fini par prendre au sud, alors nous déciderons, mais pour le moment nous n'avons aucune raison de nous y opposer. »

C'est la première fois que l'un des hommes du major s'oppose à lui, mais à présent Luke et Hari sont épaule contre épaule comme deux petits hommes des montagnes grisonnants. Claire observe Ward qui pèse le pour et le contre.

Luke a raison. *Le garçon et ceux qui l'accompagnent.* Ces mots brûlent en elle.

*

Leyo porte Ty, avec son arc et ses flèches. Naila le suit avec le reste de leurs médicaments et de leurs aliments. Ils restent à l'écart des pistes balisées, et pourtant, même ainsi, ils entendent de temps à autre des voix et des moteurs au loin, le martèlement des bottes, le cognement des haches. Chaque fois, ils changent de direction, rallongeant leur trajet. Ils sont muets d'épuisement.

La nuit, ils dorment sous des fougères géantes. Leyo cueille les frondes les plus jeunes, qu'ils mangent crues avec leurs derniers morceaux de viande séchée. Quand ils passent devant une bambouseraie encore verte, il remplit leurs gourdes d'eau potable prélevée dans les cannes gigantesques, mais Ty est à peine capable de se redresser pour boire, à moins que Naila ne le convainque en le chatouillant délicatement sous le menton avec ses doigts, là où la peau est très sensible. Pour soulager la douleur et les démangeaisons de ses éruptions cutanées, ils lui enveloppent le torse dans les feuilles plissées de l'orchidée que le docteur Shep appelait *Spathoglottis*. Leyo dit que cela guérira les plaies, et peut-être cela réduit-il l'état d'agitation du jeune garçon, mais les yeux de l'enfant ont encore ce regard éteint, la bouche s'est relâchée, et la fièvre, avec ses poussées épisodiques, flétrit son corps. Si terrorisée qu'elle était de retourner à Behalla, Naila l'est encore plus à l'idée que son garçon meure avant qu'ils n'arrivent là-bas.

« Nous devons lui donner le Dernier Recours », dit-elle à

Leyo. Ces gouttes que le docteur Shep lui a dit de n'utiliser que si la fièvre durait plus de cinq jours. Cette teinture claire et amère, disait-il, pourrait amener Ty à voir et à agir étrangement.

Leyo connaît la plante que le docteur Shep utilisait pour distiller ce remède ; les Biya l'appellent la Feuille de l'Esprit, à cause des visions qu'elle provoque. *Psychose*, c'était le mot dont usait le docteur pour les avertir. Mais la fièvre de Ty entre maintenant dans son sixième jour. Leyo admet que quelques visions sont un petit prix à payer pour empêcher l'enfant de se consumer à mort.

Ce soir-là, Ty se débat dans son sommeil, mais au matin la fièvre a baissé et il cesse de gratter ses plaies. Ils doivent continuer les gouttes pendant trois jours. Leyo masse le dos de Naila, pour l'encourager.

Le lendemain, ils atteignent un marais. Les eaux ont l'aspect d'une vitre noire entrecroisée de bermes moussues. Des palétuviers trempent leurs racines-échasses le long d'un des bords, des pandanus le long de l'autre. Derrière eux, des troncs de bois de fer et de padouk en décomposition dessinent une paroi inclinée. L'odeur de pourriture flotte au-dessus de l'eau comme une brume, pourtant, malgré cela, des libellules aux couleurs vives filent à travers des nuages de moustiques. Un héron blanc est perché, immobile, sur un rondin dressé que fleurit une orchidée d'un rose et d'un jaune éclatants comme Naila n'en a encore jamais vu auparavant. Les branches alentour abritent aussi des taches de couleur vive, et des tortues et grenouilles à l'allure préhistorique clignent des yeux depuis l'écume des algues vertes qui en ourlent les pourtours. Des serpents d'eau fouettent cette noirceur.

« Il y a des crocodiles ? » souffle Naila. Bien qu'elle n'ait jamais vu de saurien, elle a entendu dire que les marécages de ce genre en sont infestés.

Leyo la prend par le bras.

« Nous sommes trop à l'intérieur des terres. Tiens. » Il fouille dans la poche latérale de son sac à dos et lui tend son sachet rempli d'argile et de graisse de tortue. « Pour toi et Ty Babu. Si nous franchissons le marécage, Behalla ne sera plus qu'à une journée… et aucun Japonais ne viendra par ici. »

Ellc n'a ni le courage ni la force de s'opposer à lui, mais la peur freine ses mains alors qu'elles enduisent la peau nue de Ty avec cette substance cireuse. La sienne est déjà couverte de plaies, l'exercice semble donc inutile.

« Les yeux, lui indique Leyo. Les oreilles. L'essaim va te rendre folle, et tu ne seras plus capable de garder ton équilibre. »

Elle comprend alors qu'il a l'intention de leur faire traverser ce marécage en marchant sur ces bermes, qui ne mesurent pas plus d'un pied de large. Et même s'il n'y a pas de crocodiles, quantité d'autres périls sont tapis dans cette eau noire.

Cette densité verte et la puanteur semblent subitement converger en une pulsation suraiguë, et une vague de nausée la plie en deux, la forçant presque à lâcher le sachet.

Leyo la prend par le bras et la remet en position debout. Il appuie de l'index sur le sachet et lui explique qu'elle doit s'en peindre le visage. Ty est mollement suspendu dans son dos. L'arc de Leyo repose contre sa jambe. Le marais menace de les avaler dans un autre monde trop terrifiant à imaginer, et pourtant, sous le regard des yeux marron de Leyo qui la scrutent, alors que ses doigts suivent le contour des os de ses joues et encerclent son front, elle s'imprègne de sa confiance et de sa sérénité. La respiration de Leyo, ses longs et lents clignements, les muscles fermes sous sa peau sombre, son refus de détourner le regard, tout cela l'endurcit.

« *Acha.* » Elle le libère.

Ils sont à mi-parcours de la première berme quand un éclair

blanc venu de la rive opposée se reflète dans l'eau. Le mouvement est si rapide et si bref qu'il rappelle à Naila le cerf tacheté dont son père lui avait dit qu'il vivait jadis dans les îles. Aucune personne de sa connaissance n'en avait jamais vu, et peut-être s'agissait-il d'un animal mythique, mais il lui avait montré des dessins de ces animaux et lui avait confié qu'enfant il les avait recherchés. À présent, ce souvenir lui offre une bouffée d'espoir. Elle lève les yeux.

Pourtant, cette blancheur n'appartient pas à un cerf. Elle est peinte sur un visage. Et pas seulement un. Ce sont au moins cinq hommes qui se dressent au milieu des pandanus de l'autre côté du plan d'eau. Elle ne peut entrevoir leurs corps, mais elle distingue le rouge de leurs arcs, le scintillement de leurs flèches dardées.

Devant elle, Leyo s'est immobilisé.

« Les Jarawa », souffle-t-il.

La berme n'offre aucun couvert. Un pas dans l'une ou l'autre direction les plongera dans cette encre mortelle. Naila prie pour qu'intervienne une forme ou une autre de diversion, mais bien qu'un calao pique au-dessus de leurs têtes et qu'au loin des cochons qui creusent grognent, ces flèches restent pointées sur leurs cibles.

Subitement, elle se rend compte que Leyo veut s'emparer de son arc.

« Non ! » s'écrie-t-elle. À un contre cinq, c'est de la folie. »

À son cri répond un éclair si proche de son épaule que Leyo et elle reculent en sursaut. Le mouvement réveille Ty et il lève le visage – il n'est lui-même qu'un masque d'un blanc spectral.

Et une voix s'échappe de lui, une voix impossible, si forte qu'on dirait un haut-parleur beuglant sur le marais.

*

« DONNE-NOUS UN BAISER, MON BONHOMME ! »

La voix cueille Claire, elle l'arrête dans ses pas, avant même qu'elle ait saisi ce bruit irréel. À la fois humains et non humains, familiers et étrangers, ces mots tremblent haut et clair dans la canopée, puis s'estompent sans laisser aucun écho.

Elle doit délirer. C'était le cri d'un animal, l'appel d'un martin triste ou d'un hibou, comme déformé par le venin dans ses veines. Une autre visitation de Shep.

Devant elle, Ward et Luke ont aussi fait halte, le premier scrutant à travers le feuillage une portion d'obscurité plus lumineuse. Et dans son dos, la respiration âpre, heurtée de Hari.

« Vous avez entendu ? chuchote-t-il. C'est un *bhut.* »

Claire se maintient le bras. Un fantôme.

« Reculez. » Ward se retourne, l'air de l'avoir bel et bien vu, ce fantôme. Même sous les couches de crasse, sous deux mois de barbe, son visage est blême. Ce qu'il a vu inonde ses yeux de larmes.

« Qu'est-ce que c'est ? demande-t-elle.

— Claire, non… »

Mais la voix du major le trahit, alors que Luke tend une main qu'il passe autour du bras de Claire. Des doigts aux lèvres, il l'attire vers l'endroit où Ward se trouvait quand il s'est arrêté.

Ils sont au bord d'un marais. Scrutant à travers l'écran de feuillage, les yeux de Claire mettent de longues secondes à s'adapter aux rubans de lumière filtrant de la vaste étendue qui s'ouvre devant elle. Au début, elle ne réussit à discerner que des souches difformes dressées au milieu de l'eau, peut-être à sept cents mètres de distance. C'est seulement petit à petit que les silhouettes immobiles se détachent et dessinent des épaules et deux têtes rasées de près.

Elle attrape les jumelles de Luke et cherche de nouveau les

silhouettes. Elle voit des jambes nues, une tache de rouge sale, et ensuite, porté en bandoulière…

Luke plaque sa paume sur la bouche de Claire avant qu'elle puisse lâcher un cri, et le choc de ce contact suffit à faire son effet. Bien trop vite, malgré elle, elle arrache son regard aux yeux creusés de son fils – à son visage vivant… – et laisse Luke lui tourner le siens vers les silhouettes qui émergent d'entre les pandanus, leurs flèches braquées droit sur Leyo et Naila. Et sur Ty.

Les chasseurs sont aussi petits que des Pygmées, nus, hormis leurs ceintures rouges, des cheveux comme de la paille de fer et la peau couleur de l'eau du marais. La peinture blanche, les ornements rouges et leur posture hostile désignent clairement des Jarawa. Pourtant, ils avancent lentement, ce qui suggère une intention de capturer, pas de tuer.

Claire jette un regard derrière elle, voit Ward brandir un pistolet et Hari mitraillette Sten au poing. Ils s'avancent à pas de loup derrière les palétuviers en direction de l'embuscade, et elle lit dans leur progression furtive l'intention du major.

Elle se rue derrière eux. Une attaque ne peut mener qu'à un massacre, et très certainement à la mort de son fils.

« Vous ne savez pas combien ils sont », siffle-t-elle.

Puis elle agite ses jumelles d'un geste impérieux.

« La pointe de flèche du chef, c'est l'amulette de Hari. »

C'est un stratagème. Dans cette lumière et à cette distance, même avec des jumelles, il est impossible d'entrevoir une chose pareille, mais il ne faut pas permettre à Ward de tirer. Ce qui a déclenché cette voix a aussi effarouché les chasseurs, sans quoi ils auraient déjà enlevé les enfants. Pourtant, ils tiennent encore Ty en joue.

Ward continue d'avancer, sans larmes désormais. Il a son propre compte à régler avec les Jarawa.

« Vous voulez votre fils ou non ? »

Claire lance un coup d'œil à travers le feuillage, procède à un calcul froid et se précipite, toute seule. Elle libère son bras droit de son écharpe et de l'autre elle pousse de tronc en tronc. Cette course d'obstacle la fait aboutir dans un lit de boue où des racines-échasses de palétuviers transpercent les semelles de ses bottes, et elle s'agrippe à une branche au-dessus d'elle pour garder l'équilibre, mais le bruit qu'elle provoque remplit son office.

Les Jarawa, qui sont maintenant à découvert, pointent leurs flèches vers elle.

Sachant leur vision et leur concentration bien plus aiguës que la sienne, elle ouvre grands les bras, puis elle s'étreint.

« *Eneengeeya* », éructe-t-elle en soulevant une nuée de moustiques, comme une poussière d'étoiles.

La surprise du chasseur le plus proche d'elle est inaudible, mais elle croit voir son arc tressaillir.

S'avançant encore d'un pas entravé, elle place sa main droite fermée contre son cœur. Puis elle invoque Bathana, cette mère au cœur brisé dont le seul souhait était de s'échapper et de reconduire son enfant dans la sécurité du foyer.

Plus fort maintenant, elle hurle. « *Eneengeeya.* » Puis « *Eykwota* ». Sa voix retentit à travers le marais tandis qu'un grand geste lent de son bras en direction des silhouettes sur la berme est censé traduire le lien maternel. Ensuite elle frappe de nouveau de son poing contre sa poitrine, incline la tête et prie.

Les cinq personnages peints hésitent brièvement. Durant ces secondes interminables, puis au cours des suivantes, quand les chasseurs reculent, Claire doit gâcher de précieuses cellules cérébrales pour empêcher Ward d'ouvrir le feu. *Ils s'en vont.* Ils partent. *Ne tirez pas.*

Ensuite, les Jarawa ont disparu et, vision invraisemblable, Leyo se met à traverser l'eau en courant. En lui ramenant Ty.

Les yeux de son fils la fixent, vides, vitreux et sans regard, du puits rétréci de son visage. Quand Leyo le lui tend pour le confier à ses bras, il n'y a pas de cri de protestation, pas même un murmure de douleur, et à l'idée qu'elle ait atteint son petit garçon juste à temps pour le voir mourir, Claire en défaillerait presque.

Pourtant, elle berce tout le poids et toute la longueur du corps de son fils, la sensation physique de sa peau. Son visage est humide, la moiteur perle dans son cou et autour de sa bouche. Ses cheveux noirs et taillés sont ras sur son crâne, et ses lèvres se retroussent en une grimace inconsciente. Le blanc de ses yeux mi-clos est veiné et aussi jaune que de l'ivoire ancien. Elle presse son visage contre sa maladie, comme pour l'extraire et l'aspirer en elle, mais excepté le râle de sa respiration, à vous serrer le cœur, Ty ne réagit pas.

Claire relève la tête et cligne des yeux comme si cela devait suffire à l'éveiller et à la faire entrer dans un autre rêve, mais la chaleur, l'épuisement, les essaims inlassables d'insectes et la brûlure persistante du venin dans son bras n'appartiennent pas à un état rêvé. La clairière où on les conduit offre un sol ferme et elle est protégée de l'eau par des entrelacs de lianes.

Ward et Hari sont dos à elle, en alerte, fusils levés, tandis que Luke fouille dans son paquetage. Naila et Leyo sont accroupis à quelques pas de là.

Ils ont emmailloté le torse de Ty dans des feuilles vertes et tendres. Ils ont graissé sa peau qui suppure. Ils ont maintenu son fils en vie.

« Depuis combien de temps est-il ainsi ? » souffle-t-elle enfin.

Leyo s'approche et caresse le front du petit garçon. Les paupières papillonnent et le soupçon d'un sourire détend la bouche de Ty.

« Huit jours. La fièvre est seulement tombée depuis deux jours. Et maintenant, il y a ça. »

Il laisse flotter sa paume au-dessus de la partie visible de l'éruption cutanée et du cataplasme qui lui recouvre vaguement la poitrine.

« La dengue, lâche Hari par-dessus son épaule, mais Luke le devance, et il s'approche avec un tube de Prontosil et sa gourde.

— Si la fièvre tombe, alors l'infection sera le prochain motif d'inquiétude. Cette plaque rouge. Peut-on lui faire avaler quelque chose ? » demande Luke.

Leyo fait signe de la tête à Naila, qui vient près d'eux comme si elle marchait sur des charbons ardents.

« Naila. »

L'effort de ces deux syllabes, la confusion qu'elles engendrent, suffisent à endolorir la gorge de Claire, mais leur sonorité rompt la barrière entre elles, et l'instant d'après la jeune fille soulève sa moitié du poids de Ty et ses doigts le chatouillent dans le cou jusqu'à ce que les dents du petit garçon se desserrent et que sa langue s'agite.

Elle fait signe à Luke de lui administrer d'abord de l'eau, puis les comprimés.

« Que lui avez-vous donné ? » veut savoir Luke.

Un muscle de la joue de Naila se contracte.

« Le docteur Shep nous avait laissé un remède.

Claire la dévisage.

« Shep ? »

Naila se penche sur son sac à dos en toile – le même que Claire avait vu pour la dernière fois sous l'auvent de Marine Hill – et tend à Luke un petit flacon pour qu'il l'examine.

« Vous avez eu de ses nouvelles ? »

Claire pose cette question d'une voix tremblante.

Ty respire avec âpreté, avec un frisson, et sa mère manque

le lâcher, mais à sa respiration suivante, quand il bâille, le rose charnu de sa langue, ces petites dents blanches, l'innocence si familière de ce réflexe inconscient la désarment et la revigorent.

Elle lui caresse le lobe de l'oreille et le sent s'abandonner.

« Écoutez-le, répète-t-elle.

— Ty Babu. » Le jeune visage las de la fille s'illumine de respect. « "*Donne-nous un baiser, mon bonhomme.*" »

Ward se retourne vers eux.

« C'était lui, le garçon ? »

Naila et Leyo opinent tous les deux.

« Ce remède. » Leyo regarde le flacon que Luke examine. « Il crée des rêves pour parler. »

*

Naila s'agenouille les paumes contre son cœur et se prosterne.

« S'il te plaît. Non. Lève-toi. »

Les mots tombent de la bouche de *memsaab* comme des perles de verre.

Mais c'est le policier, le major Ward, qui insiste. Avec une tape sur son cou gonflé. Le même policier que Naila a vu frapper des forçats dans les rues de Port Blair. Maintenant, c'est elle qu'il battrait.

« Nous allons tous attraper la dengue, dit-il, si nous ne nous sortons pas de cet enfer. »

Mais il ne la touche pas.

Elle se redresse en s'appuyant d'une main sur le genou de Leyo. La chaleur de midi a transformé le marais en un chaudron bourdonnant, et rien ne lui fait plus envie que d'en sortir, mais subitement elle se rend compte que ce n'est pas d'elle que parle le policier. Ou de Leyo. *Memsaab* vient de lui en dire autant.

Le major Ward et *memsaab* ont tous deux quitté Port Blair, puis sont revenus s'exposer à tous ces dangers pour se mettre à la recherche du docteur Shep et de Ty Babu. Quelque chose a blessé *memsaab* sous ce bandage. Et maintenant ils ne se soucient que de Ty.

Que tu es stupide, mais stupide, ma fille. Le docteur Shep est mort à cause de sa stupidité. Ty Babu pourrait encore mourir. Peut-être *memsaab*, elle aussi. Et tout est la faute de Naila.

L'homme maigre, celui qui s'appelle Luke, traite maintenant l'éruption de peau de Ty, alors que *memsaab* berce le talon de son fils dans sa main. Sa plante de pied est si calleuse que Naila sait que le garçon ne peut sentir ce contact, mais elle voit aussi que *memsaab* ne peut pas s'empêcher de le toucher.

« Vous venez tous avec nous », chuchote *memsaab*. Puis elle se tourne vers Leyo et répète. « Un bateau va venir. Pour nous emmener en sécurité. Nous tous. »

Les yeux de Naila débordent d'espoir, mais ceux de Leyo s'allument. Il lance un coup d'œil à *memsaab*, puis à Naila, puis vers la forêt.

Memsaab se tourne brusquement vers le major Ward, qui discute avec le petit homme, celui qui s'appelle Hari.

« Nous pouvons les emmener », lui dit-elle.

Mais le major lui répond comme si Naila et Leyo n'étaient pas là.

« Vous n'avez pas idée de ce que vous demandez. Même s'il y avait de la place.

— Le capitaine van Dulm m'a expliqué qu'il ne transporte jamais sa pleine capacité de passagers, au cas où il aurait besoin de récupérer des naufragés. C'est exactement ce que nous avons là.

— Vous n'avez pas les pensées claires.

— Je dois la vie de mon fils à ces gens. »

Mal à l'aise, Leyo change de position et fait un geste du menton. Ty a les yeux ouverts. Il a tourné la tête. Le garçon étudie Naila comme s'il essayait de se rappeler son nom.

Le corps de la jeune fille se tend, partagé entre le désir de le tenir contre elle et un effort égal, celui de se tenir à l'écart.

« Désolée. »

Sa voix se brise, et ses jouent se couvrent de larmes. Elle ne sait même pas à qui elle veut adresser ces mots.

« Non, fait *memsaab*. Ce n'est pas nécessaire. Tu viendras avec nous. »

Le major Ward plisse les yeux devant le marécage étincelant. « Cela ne dépend pas de moi. Si vous voulez soumettre la chose au capitaine, je vous en prie. Mais d'abord, il faut arriver jusqu'à lui. » Il se retourne. « Leyo… c'est ton nom, n'est-ce pas ? »

L'expression stupéfaite de Leyo ne s'est pas effacée de son visage, et Naila se rend compte maintenant à quel point l'ordre de *memsaab* relève pour lui de l'impossible, alors qu'il continue de dévisager le policier, qui continue.

« Tu connais la route de l'intérieur ? Comment contourner les marais et les crêtes et arriver à la côte au-dessus de Constance Bay ? La route la plus rapide ? Tu nous guideras ? » Le major lance un regard vers Ty Babu. « Pour que nous puissions le conduire en lieu sûr. »

Leyo grimace aux derniers mots du *firenghi*, mais il hoche la tête en signe d'assentiment, et quelques minutes plus tard, après une brève discussion au-dessus de la carte, ils se relèvent. Ty est remonté sur le dos de Leyo, ils se glissent plus loin dans la profondeur de la forêt vers le nord, loin du marais, loin de Behalla désormais et du danger des Japonais. Ensemble et loin.

*

Leur marche du retour à travers l'île se déroule sans encombre, à telle enseigne que, Claire en a la certitude, les Jarawa doivent veiller sur eux. De jour en jour, Ty et elle reprennent des forces. Toutefois, la guérison comporte d'autres défis.

Le retour de l'enfant à l'état conscient le rend méfiant envers les étrangers – y compris sa mère. Il s'agrippe à Leyo comme une bernique, ou se love dans les bras de Naila. Si Claire essaie de l'embrasser, il se recroqueville. Si elle lui passe les doigts dans les cheveux, il l'éloigne d'un sursaut.

Il est encore trop faible pour marcher, et il n'y a plus eu d'éclat, ni de sa voix ni de celle de personne, mais de temps à autre elle entend un grommellement à peine perceptible au fond de sa gorge, comme s'il se parlait. Quand elle se penche tout près et fredonne à son oreille – une berceuse de Mozart, *The Eensy Weensy Spider*, *The Grand Old Duke of York*, ou même *Goody Goody* –, il ne la chasse pas d'un revers de main.

« Il viendra, *memsaab* », promet Naila.

La jeune fille la stupéfie. Une année a suffi à la transformer d'une enfant en une jeune femme, d'une Indienne en une Biya, d'une victime en une survivante. À présent, aux heures engourdissantes de cette lutte qui les mène au-delà de l'épine dorsale de l'île et dans la descente vers la mer promise, alors qu'elle regarde Naila tantôt s'attarder et tantôt précéder Leyo et Ty, sans jamais s'éloigner d'eux, Claire a du mal à se réconcilier avec ces nouvelles impressions.

Le troisième jour, Hari s'arrête devant elle.

« Ahh. » Il renverse la tête en arrière. « Tu sens ? »

Vingt minutes plus tard, elle sent. L'océan miroite entre les arbres. Le grondement feutré des rouleaux ajoute sa note de basse à la symphonie de la forêt, et ils peuvent presque boire les senteurs des eaux libres et de l'air pur et frais.

Au lever de la lune, Claire et Ward surveillent la plage en priant tous deux pour qu'elle soit le site de leur dernier campement ensemble. Contenue à ses deux extrémités par des promontoires rochers, l'anse blanche s'étire en un croissant peu profond sur un peu moins de deux kilomètres. Ici, le ressac est calme, tel un pouls rassurant. Le sable semble inexploré. Pas de bunkers en vue, pas de dinghys au mouillage ou de vedettes qui croisent. Si tout se déroule selon les plans, le sous-marin évacuera Bolger I vers l'aurore.

Sur la plus grande hauteur dominant la plage, Claire et Hari installent la radio et lancent le signal indiquant qu'ils sont prêts : *kada*. Luke et le major grimpent à la pointe et ils étendent deux carrés de signalisation en toile blanche à un endroit d'où on pourra les apercevoir par un périscope.

Entretemps, Leyo et Naila distraient Ty avec un festin de prunes maritimes, de noix de coco et de palme sucrée. Quand Claire les rejoint, elle est stupéfaite de voir son fils, qui semblait proche de la mort quarante-huit heures plus tôt, mâchonner sa canne avec plaisir. Et pour la première fois, dans cette lumière volatile et poudrée, elle peut entrevoir le nouvel être qu'il est devenu en son absence.

Sa peau pèle et elle est marbrée, son énergie est encore diminuée, mais par instants il se trémousse et il étire les bras et les jambes, et elle s'émerveille de sa taille. Sa respiration à l'entame tendre et sourde et le bourdonnement à peine audible de sa gorge lui rappellent encore, comme dans sa petite enfance, la voix d'une conque, mais son odeur s'est étoffée, elle s'est fondue avec celle de Leyo au cours des longues heures qu'ils ont passées peau contre peau. Tous deux ne portent que des pagnes. Noir et hâlé, on pourrait les prendre pour le père et le fils, Naila étant désormais plus une jeune mère qu'une sœur.

Claire s'assied, les mains sous les cuisses, pour se retenir de les tendre vers eux trois.

Quand Naila et elle se regardent dans l'obscurité, leurs yeux se remplissent de questions, mais il faut toujours faire le minimum de bruit. Il y aura amplement le temps de se parler, se dit Claire, quand ils seront enfin en sécurité.

Après que tout le monde a fini de manger, ils enfouissent les restes dans le sable et passent de la lisière de la forêt vers un bosquet de palmiers-dattiers juste au pied de la pointe. S'exposer ainsi sous la demi-lune est dangereux, mais ils ne peuvent courir le risque d'attendre plus en retrait, au cas où le sous-marin arriverait en avance. Pour éviter les profils trop visibles des tentes, ils creusent des cuvettes où dormir sur la plage.

Dès qu'elle relève les yeux après avoir achevé de creuser la sienne, Claire s'aperçoit que Ty s'est endormi dans les bras de Leyo. Elle lui fait signe d'allonger l'enfant sur son sac de couchage, puis d'un geste elle invite Naila à s'étendre près de lui, prenant Ty en sandwich entre elles deux.

Elle attrape la main de Naila, en formant un pont au-dessus de la silhouette endormie de son fils.

« Merci », dit-elle.

Au-dessus d'elles, les palmiers tirent comme de noirs feux d'artifice dans le ciel étoilé. Naila serre sa main dans la sienne et la retient fermement, et Claire se souvient de Ty nageant dans la piscine sur l'île de Ross, fouettant l'eau de ses bras, battant des pieds et fonçant vers eux en riant. Et de Shep qui le rattrapait toujours dans ses mains confiantes.

Les tempêtes de ravissement. Le miracle de la paix. Un homme, une femme. Leur garçon magnifique.

*

Le soleil se lève derrière la forêt, parsemant le ciel de magenta et d'or, et transformant la plage du blanc au noir. Devant un petit déjeuner de chair de noix de coco avalé à la hâte, ils s'agenouillent dans la palmeraie et scrutent la mer. Le jour s'éclaire. La brume se consume et s'évapore. Les rouleaux grondent plus fort avec la marée montante, mais il n'y a aucun signe de l'O-boat.

Ty s'éveille lentement mais, une fois réveillé, il s'agite. La température qui grimpe vite rend les vagues attirantes. Ty donne de petits coups à l'épaule de Naila et lance des regards méfiants à Claire. Quand la jeune fille le met sur ses pieds, il penche et va tomber. Leyo le rattrape.

Ils lui apprennent à marcher de nouveau. Claire tend les bras mais il se détourne et préfère se rattraper aux genoux de Leyo. Sans un bruit, ce dernier rouvre les mains du petit garçon, le stabilise et le fait pivoter. Claire ne détourne pas les yeux. Elle le soutient avec son regard, faute d'autre chose. Pourtant, alors qu'elle perçoit son intelligence, elle est incapable de lire dans ses pensées.

Brusquement, Ty file par le travers, bien décidé maintenant à entrer dans l'eau. Leyo le rattrape, et le garçon les surprend tous avec une trille parfaite qui rompt la tension et sonne comme une trille d'oiseau plus authentique que tous les appels que peuvent se lancer les hommes de Bolger I.

Luke sifflote et chuchote.

« Nous devrions organiser un concours pour voir combien d'oiseaux il connaît.

— Beaucoup, répond Naila avec un sourire.

— Absolument pas. »

La réprimande de Ward est pétrie d'épuisement.

Claire remarque que tout le monde parle de Ty, plutôt que de lui parler. Cela n'a pas beaucoup changé. Mais à présent Naila reste le visage détourné du garçon, et Claire se demande si c'est pour éviter les échanges silencieux qui, auparavant, excluaient tous les autres.

« Ty, chuchote-t-elle. Tu sais encore nager ? Tu n'as pas oublié ? »

Il la questionne avec un froncement de sourcils interrogateur et ses bras nagent dans l'air.

« Bien, dit-elle. Quand le bateau va venir, nous aurons peut-être besoin de nager dans sa direction. »

Leyo hoche la tête comme si son affirmation réclamait une confirmation. Le regard de Ty revient aux rouleaux, mais subitement il lève la tête. Alors qu'il regarde au bout de la plage, son visage s'illumine.

Regarde ! Claire entend son excitation, son innocence. Elle l'entend, lui, bien qu'il n'ait pas parlé fort. *Chiens Bibi !*

Mais elle n'a pas le temps de réagir. Les autres ont suivi son bras pointé et se sont déjà redressés, en position accroupie. De l'extrémité de la plage, deux petits animaux noirs filent en longeant le bord de l'eau, et aussitôt derrière eux retentit le claquement des haches depuis l'extrémité sud de l'anse. Moins d'un kilomètre sans aucune couverture, c'est trop près.

Claire et Naila attrapent toutes les deux Ty et se replient plus en profondeur dans la palmeraie. Le garçon se tortille et gigote en direction de Naila, Claire le lâche et se tourne vers Ward pour entendre ses instructions.

Il a ses jumelles braquées sur la forêt. Elle place sa paume de manière à protéger les lentilles de tout reflet.

« Des bûcherons, dit-il en scrutant encore. Des locaux. »

Puis il retient sa respiration.

« Des Japs. »

Il sont sous le vent, dans leur dos, et les chiens se mettent à aboyer.

« Tout le monde, restez immobiles », ordonne Ward, mais les animaux continuent d'avancer. Il lance un coup d'œil à Claire, au garçon, et son visage se déforme pour exprimer une sensation entièrement nouvelle, et terrible.

Luke effleure le poignet de Ward.

« Major. »

Du canon de sa mitraillette Sten, il désigne l'autre Sten qui pend à la hanche de Ward.

Ce dernier comprend son intention.

« D'accord. Vous autres, attrapez les paquetages et préparez-vous à vous replier dans la forêt. Baissez-vous, mais foncez. »

Il jette un œil à Ty, de retour dans les bras de Leyo et conscient de cette tension.

« Pas un bruit. S'ils viennent par ici, nous créerons une diversion. Maintenant, filez. »

Les chiens ont déjà réduit la distance de moitié, et une dizaine de silhouettes en treillis couleur moutarde trottent maintenant dans leur sillage. Leyo bascule Ty sur son dos et détale en crabe d'un pilier d'ombre incliné à un autre. Naila et Claire suivent, avec Hari qui ferme la marche d'une allure hésitante.

Le major les laisse prendre une vingtaine de mètres d'avance, presque jusqu'à l'intervalle entre les palmiers et la forêt. Ensuite, alors qu'ils marquent un temps d'arrêt pour reprendre courage, Claire entend un coup de fusil au bout de la plage. Un autre, et elle tourne brièvement la tête, aperçoit Ward qui se lève d'un bond et se rue à découvert en direction de l'eau, en hurlant des mots incohérents et en soulevant des nuages de poussière blanche avec ses pieds.

« Viens donc, espèce de fils de pute ! hurle-t-il. Ramène ton cul par ici et qu'on en finisse une bonne fois pour toutes ! »

Luke lâche un sanglot et bondit après lui, et les deux hommes se tiennent au bord des vagues, leurs armes braquées, mais l'une contre l'autre.

Apparemment, cette scène déconcerte même les chiens, qui ne sont plus qu'à quelques centaines de mètres, car les animaux font demi-tour vers les soldats. Pendant que la comédie de Ward et Luke dégénère, Claire se place de manière à créer un bouclier pour Ty et Leyo, qui sont prêts à foncer vers la forêt. Ensuite, une nouvelle salve de coups de feu retentit… provenant cette fois de la mer.

Une volée de fortes détonations, puis le staccato d'un fusil-mitrailleur Bren.

« Attendez ! crie Hari derrière Claire. Revenez ! Vite ! Vite ! »

Naila jette un regard derrière elle et voit Hari courbé sous le poids de son paquetage qui a des gestes déchaînés, effrénés en direction des rouleaux, où une sombre créature surgit, comme un crapaud géant perché sur le dos d'une tortue.

« Venez ! crie-t-il encore. Tout de suite ! »

Il pointe le doigt vers les cordons de fumée qui zèbrent subitement les vagues, et Naila regarde, interdite, le soleil et un léger tac-a-tac-a-tac ricocher sur l'eau. Le crapaud arrose autour de lui dans un fracas de pop-pop et d'explosions, et une dizaine de soldats courent et retombent sur le dos au milieu des chiens le long de la plage. Elle ne peut voir distinctement ces hommes à cette distance, mais elle partage leur stupéfaction et leur peur. *Quelle est cette chose bestiale ?*

Les jappements des animaux mourants les plus proches se brouillent et se mêlent au crachotement des coups de feu tout près d'eux. Luke et le policier Ward se sont arrêtés au bord de la mer et ils tirent au-dessus des chiens en criant à Hari d'amener tout le monde près de l'eau. Ensuite, le ciel se met à palpiter. Le visage de Ty Babu passe à la vitesse de l'éclair, une lame de lumière dans une tempête de sable, et Naila se rend compte, comme envoûtée, que Leyo court avec Ty en direction de l'eau. C'est seulement alors qu'enfin, elle aussi, elle se réveille et se met en mouvement.

Quand elle atteint les rouleaux, le choc de l'eau la ressaisit.

Suivant Leyo, elle plonge au creux des vagues, et sa tête s'embrase avec la sensation ammoniaquée de l'eau salée, la piqûre du sel dans ses yeux et sur sa peau. La lame la submerge, l'entraîne vers le fond et la roule, c'est la force de Biliku en colère. La coupe du bois met la déesse biya en fureur. Tout comme ce bruit incessant, des cigales d'acier frappant l'eau. Naila est emportée, secouée, le souffle en elle pétri comme une pâte, et quand elle remonte, Leyo est agenouillé à la surface, Ty agrippé à son cou.

Levant les yeux, elle voit que la tortue est en réalité une immense coque de métal, le crapaud une tourelle d'où un gros canon continue de tirer, de tirer vers la plage. Ses pieds trouvent le banc de sable où Leyo et Ty, et maintenant *memsaab* attendent, mais avant qu'elle puisse marquer un temps d'arrêt, une voix hurle : « Nagez ! » Une grande lame s'abat vers eux.

Ils plongent ensemble, Naila restant proche de Leyo, au cas où il perdrait Ty. L'eau bleu-vert bouillonne si fort que son seul indice sur la direction où nager reste le pop-pop-pop des tirs. Ils doivent nager vers le marsouin.

Puis subitement Ty est tout seul, nageotant devant elle. Comme un chiot aux longs membres, il donne ses coups de patte dans le courant, lance des coups de pied devant son visage et se hisse vers l'avant et vers le haut. Elle pousse sur ses plantes de pied pour le soulever, et il tourne la tête. Sous cet angle, elle voit l'anneau de ses dents, éclairées par les rayons de soleil dans l'eau. Il croit qu'elle joue. Il monte en riant, ses cheveux forment une auréole sombre, comme des algues encerclant son visage.

Le marsouin est un fantôme gris à présent, le crapaud se profile au-dessus d'eux.

« Baissez la tête ! »

Le policier Ward nage sur place. Le long de la plage, les tirs continuent de soulever des geysers de sable autour des corps des soldats et des chiens.

« Par là ! » hurle quelqu'un. L'épaule de Leyo scintille, et les vagues les soulèvent dans leur houle, ensuite ils sont de nouveau dans le creux, là où Biliku offre sa clémence.

Ty glisse entre Leyo et *memsaab*, ils lui tiennent chacun une main, et Naila nage derrière eux. Elle a l'impression d'observer un souvenir d'elle-même déjà ancien.

Lorsqu'ils font surface, un homme aux cheveux orange et à la peau marquée tend le bras vers eux depuis la trappe du crapaud. Leyo soulève Ty Babu, et le garçon disparaît dans l'instant. Lorsque l'homme à la peau marquée réapparaît, il fait signe à *memsaab*.

« Tu es la suivante ! » crie *memsaab* à Naila. Ensuite, elle agrippe les bras qui se tendent, et elle a disparu elle aussi.

Un cri se loge dans la gorge de Naila. Elle jette un œil derrière elle et s'aperçoit que Leyo s'est éloigné, comme pour laisser le policier, Luke et Hari passer les premiers, mais Naila n'est pas dupe. Elle sait la vérité. Elle connaît Leyo comme il la connaît.

Elle fait signe à Hari de passer devant tandis qu'elle repart à la nage en direction de Leyo. La vibration du sous-marin les entoure. Dans les yeux de Leyo, elle lit à la fois du chagrin et une offrande, mais le temps presse. Le policier Ward et le canonnier là-haut sur le marsouin sont les derniers à disparaître.

Pas le temps de réfléchir. Seulement celui de ressentir, et c'est ce qu'elle ressent qui tranche pour elle.

Toi. Son cœur parle à Leyo. *Tu es mon seul foyer*.

Mha tumhare picche aye. Je te suis, crie-t-elle très fort.

Dong abilak. Je te porte, lui crie Leyo en réponse.

Leurs voix se font écho par-dessus les vagues et d'une détente de pied ils s'écartent de la bête de métal et nagent seuls, ensemble.

*

Une fois au bas de l'échelle, Claire s'accroupit avec Ty blotti contre elle qui observe, attendant d'abord que Hari puis que Luke dévalent après eux. En attendant les autres et que le flux d'adrénaline retombe. La cloche est de la taille d'une jeep et, avec l'équipage hollandais, ils le remplissent vite, mais maintenant le danger est loin. Il leur faut juste se serrer un peu plus, faire quelques centimètres de place supplémentaires. Sains et sauf. Tous. *Sains et saufs.*

Le regard de Ty reste rivé au sommet de l'échelle, où Ward est le suivant à apparaître, puis les mollets nus du canonnier.

« Votre bras », fait Luke, et Claire baisse les yeux. Le bandage est parti, sa chair forme comme un goudron de cloques rouges et de plaies purulentes, mais avant qu'elle ne puisse éprouver la moindre douleur, une exclamation de Ty accapare de nouveau son attention vers le haut de l'échelle.

Le canonnier est entré et il rabat l'écoutille.

« Attendez ! crie-t-elle. Encore deux… »

Ty est brusquement entraîné loin d'elle, il vacille alors que le submersible bascule en plongée. Les yeux levés, il tente d'écarter Ward, de monter, mais le canonnier continue de faire tourner la roue qui verrouille l'écoutille.

« Arrêtez ! » Claire élève la voix. « Nous ne pouvons pas les laisser ! »

Ward pivote en position accroupie, en barrant l'accès de l'enfant à l'échelle.

« Ils sont repartis à la nage, dit-il. Ils ne voulaient pas venir avec nous.

— C'est un mensonge ! »

Elle le repousse si violemment que le major tombe en arrière, et Ty lui escalade le torse, grimpe les barreaux, mais déjà le navire descend. Le canonnier rattrape l'enfant par la taille.

La bouche de Ty forme un O, et le bruit qui en sort est

comme un battement de fureur, comme les ailes d'un papillon pris au piège sous une cloche de verre.

Ensuite le verre se rompt, et il hurle, il cogne, il cogne contre la porte hermétiquement fermée.

« Naila ! » Il crie à pleins poumons. « *Naila ! Naila ! Naila !* »

10

Mars-octobre 1943

Ils se sont éloignés, ils sont repartis à la nage de leur plein gré. Denis Ward le lui jure, et Claire est obligée de le croire. Elle serre Ty contre elle après que ses forces l'ont abandonné et murmure à son oreille. « *Molen thi ekjirake.* » Toutefois, sa demande de pardon n'est d'aucun effet pour le consoler.

Puis, moins d'une heure plus tard, une sorte de miracle s'opère. Ty est encore en sanglots dans les bras de sa mère lorsque le capitaine van Dulm les reçoit.

« Alors, voilà, fait-il. Tu dois être le garçon pour lequel on s'est tant agités. »

Et le garçon cesse de pleurer.

Le capitaine possède la grâce imperturbable d'un moine. Dès qu'il lève les yeux, Claire y lit une douleur et une joie sans fard. Si Ty voulait, en dépit des exigences liées à la navigation dans des eaux ennemies, elle sait que cet homme le prendrait sous son aile.

Mais Ty refuse de lâcher prise.

Malgré toutes les luttes qu'elle perçoit dans les yeux de son fils, toute sa terreur et la perte qu'il vient de subir, et bien qu'il la connaisse à peine après tout ce temps, elle est maintenant tout ce qu'il connaît. Alors s'il refuse de la laisser le baigner, quand le timonier tatoué lui propose un biscuit, il se blottit néanmoins contre sa hanche. Il ne la laisse pas l'étreindre mais, la tête contre le coude de sa mère, il observe le taciturne médecin du sous-marin désinfecter et bander l'avant-bras de Claire et lui injecter une pleine dose d'antibiotique. Ty refuse de la laisser l'embrasser, mais il s'agrippe à sa manche tandis que le même médecin l'examine alors que Ward et Luke s'échangent des cris d'oiseaux.

Claire se souvient combien Naila était paisible et silencieuse avec son fils, accueillante et protectrice comme l'ombre d'un arbre qui finissait toujours par le rasséréner. Le soir, quand il était l'heure de se coucher, elle passait son pouce sur son front et tendait son bras, en agitant les doigts, comme le fait Claire à cet instant.

Ty lève ses yeux empreints de chagrin, son regard silencieux, et en un moment qui lui semble vibrant de grâce, il glisse ses doigts dans sa poche. Elle mémorise la sensation de ses phalanges qui pressent sa cuisse à travers le kaki. *Dong abilak*.

Les jours se déroulent dans l'attente de refaire surface. Ty vient, s'approche d'elle, il est à hauteur de sa taille et se rembrunit comme un petit homme, il est encore son fils mais il a déjà tant changé, et elle lui est si étrangère qu'une toute nouvelle distance se creuse entre eux. La différence, à présent, c'est qu'elle se garde bien de fuir cet écart.

Puisse la chaleur de la douche suffire à l'attirer. En l'absence à bord du sous-marin de vêtements assez petits pour lui aller, que Hari lui apprenne comment confectionner un dhoti avec une demi-longueur de mousseline. Que la faim du garçon s'annonce, que sa curiosité le distraie. Qu'on le laisse aller mais qu'on se fie à lui pour avoir besoin d'elle. Et que l'on ait la conviction envers et contre tout qu'elle sera dorénavant présente quand il manifestera ce besoin.

Le soir, dans leur couchette, elle le laisse lui prendre la main. Le capitaine leur a cédé ses quartiers, son lit d'une place, et Ty se recroqueville loin d'elle, en étreignant le rebord de métal et en détournant le corps malgré cette proximité. Il frissonne sous l'impulsion de mille crises de colère mais semble comprendre d'instinct qu'elles ne lui procureront plus aucun soulagement.

Et doucement elle se met à chanter. Les mêmes comptines de l'enfance qu'il acceptait dans la forêt. Il refuse de se retourner, mais il s'apaise.

Ensuite, elle lui rappelle des histoires. Des fragments, en réalité. Tu te souviens du jour où Babar est allé à la plage et portait de petits crabes en boucles d'oreilles ? Ce vilain Peter Rabbit, qui creusait dans le jardin de M. McGregor ! Tu ne trouves pas que c'est drôle cette manière qu'a Ganesh de monter une souris ?

Chaque scène les ramène à l'île de Ross, à sa chambre d'enfant, à la véranda, au petit salon où Naila lui lisait ces contes au moins aussi souvent que Claire elle-même. À mesure que les mots pénètrent dans l'esprit de Ty, elle sent sa respiration se calmer, la résistance refluer de ses épaules.

En quelques secondes, son corps assoupi lui dérobe sa volonté, et il gigote contre elle. Elle s'endort à la fois sur ses gardes et plus profondément que jamais depuis des années. Ce qui signifie que dès qu'elle l'entend elle est incapable de dire si elle est endormie et lui éveillé, ou vice versa.

Il s'avère que cela se situe quelque part entre les deux.

« *Bol, Artam ! Bol ! Kha debe, julului bidoteclao !* »

Il court dans son sommeil et agrippe les draps. Les syllabes se culbutent, des demi-murmures, des demi-cris, et il faut à Claire plusieurs minutes pour se rendre compte que ce sont des mots et des suppliques en bonne et due forme.

Il supplie Artam de se dépêcher. Le monstre fantôme arrive. Il rêve – et il parle – en biya.

Quand il est éveillé, Ty reste toujours aussi muet et si Claire tente de parler biya, il se met en colère. Pourtant, un soir, dans le carré des officiers, après le dîner, quand ils découvrent le capitaine occupé à dessiner des croquis dans un grand carnet blanc, Ty se faufile pour aller s'asseoir là où il pourra lui aussi attraper les crayons de couleur.

Un signal presque imperceptible s'échange entre Claire et le commandant, et en quelques minutes Ty dessine des scènes comme celles que Bolger I a trouvées le jour où ils l'avaient cru mort. Des visages aux pétales aussi larges que des oreilles d'éléphant, des défenses recourbées et des gueules béantes. Des fleurs ailées, semblables à des papillons. Des dragons fleurs bleus.

Ty ne lâche jamais le bras de sa mère, auquel il se tient de sa main droite. Il dessine de la gauche.

Pourrait-elle avoir réellement oublié qu'il est gaucher ? L'a-t-elle jamais remarqué ?

Dans le journal de bord que tient le capitaine van Dulm, elle conserve les moments qui la saisissent.

Le miracle de sa voix dans l'obscurité, aussi vive que le mercure. Un petit garçon qui parle dans son sommeil, qui certaines nuits se met à franchement bavarder, alors que d'autres il est près de pleurer. Je l'entoure de mes bras et je presse mon oreille contre sa gorge. Je n'ai pas envie qu'il s'arrête, mais quand il devient trop agité, je caresse ses lobes d'oreilles comme le faisait souvent Naila, et cela le console.

« Nous sommes tes oncles, lui disent Hari et Luke. Tu peux nous appeler Chacha. »

Ty les toise brièvement, solennellement, de leurs ongles récurés à leurs moustaches fraîchement taillées jusqu'aux maquis noirs et brillants de leurs chevelures. Et il opine.

Surface. Une écoutille ouverte. Un ciel gris tourterelle et des nuages vif argent. Sur le pont nous sommes à hauteur d'yeux avec les lames qui s'allongent. J'entoure Ty de mes bras, et il ne proteste pas, mais certains de ces hommes sortent gambader sur le pont aussi librement que des lézards grimpant en rampant sur un mur d'argile. À New York, ils appellent les Mohawks qui construisent les gratte-ciel des Skywalkers, des marcheurs de ciel. J'ai dit au capitaine qu'il devrait appeler ses hommes des Seawalkers, des marcheurs de mer. Il a ri et m'a répondu que jusqu'à présent il s'estimait heureux d'avoir pu les qualifier tous de Lucky. Chanceux.

Curry de tortue au souper. Ty l'a goûté le premier et il a regardé fixement son bol comme s'il pouvait parler. Le cuisinier tamil s'en est alarmé. J'en ai pris une bouchée et je l'ai rassuré, mais il m'a fallu presque autant de temps qu'il en a fallu à Ty pour continuer de manger. La dernière fois que nous avions goûté à ces saveurs particulières, nous vivions encore sur l'île de Ross et Jina avait préparé ce plat comme un mets de choix en pleine saison de mousson.

C'est aujourd'hui ton anniversaire. Je ne l'ai dit à personne. Même pas à Ty. J'ai envie. J'ai envie de chialer, de crier, de pleurer pour toi, mais je ne peux pas prononcer les mots. Tu me manques, Shep, plus que je ne saurais le dire. Tu aurais eu trente-cinq ans aujourd'hui. Comment peux-tu avoir disparu ?

*

Depuis la passerelle, aux côtés du capitaine van Dulm, ils regardent Ceylan ourler l'horizon. Les cieux sont maussades, mais libres de la présence des bombardiers ennemis, comme ils l'ont été sur toute la traversée. Les contours de leur avenir sont brumeux, mais affranchis de tout péril imminent. L'océan que brasse l'O-boat les trempe d'embruns, et Ty s'y penche.

Il porte un gilet de sauvetage, un dhoti, pas de chaussures. Les leçons de Hari sur la manière de draper le dhoti l'intriguaient, mais les ciseaux de coiffeur du steward, pas du tout, et ses cheveux mouillés tombent donc en vrac.

« Mowgli en haute mer », fait le capitaine en plaçant une main en conque contre l'oreille de Claire pour couvrir le rugissement ambiant.

La sensation de respiration à l'intérieur de sa tête, renforcée par les vibrations du moteur et par le ressac, lui donne l'impression de plusieurs voix qui parlent. Elle agrippe les bretelles du gilet de sauvetage de Ty, alors que le bastingage lui monte jusqu'aux épaules.

« Vous aussi ? » demande-t-elle au capitaine.

Il secoue la tête, déconcerté.

« Kipling. »

Il écarquille ses yeux gris.

« Je plaide coupable ». Un temps de silence. « Pourquoi, *aussi* ?

— Mon mari. »

Il lance un regard vers la terre promise, les ondoiements de lumière qui s'échappent des nuages. Des marins surgissent des écoutilles avant. L'air de la mer frémit de vie.

« Et je plaide coupable », répète Maikel van Dulm en baissant à la fois la main et la voix, comme pour défier le vent. Elle l'entend, néanmoins. « Et honoré. »

Pas de roulements de tambour. Pas de fanfare. Pas de foule agitant des drapeaux qui se rassemble sur le débarcadère.

« Souvenez-vous. »

Denis Ward se penche à proximité dangereuse alors que l'on arrime les cordages.

Elle ne l'a guère aperçu ces deux derniers jours, et à cet instant son teint blanc et pâteux lui signifie pourquoi. La transpiration fait luire sa peau jaunie.

Elle se replace pour agrandir la distance entre lui et Ty, qui observe le quai avec les jumelles du capitaine.

« Qu'y a-t-il ? demande-t-elle en désignant son visage et son état de faiblesse avec un geste sincèrement préoccupé.

— Peu importe. » Sa voix vacille. « Pas un mot au sujet de Balderdash à quiconque en dehors de la hiérarchie. Nous allons sans doute passer par un débriefing, ici, et ensuite de nouveau à Calcutta. Mais à part cela…

— Je sais, Denis.

— Oui, mais maintenant… »

Le navire tangue dans une lame et il trébuche contre le bastingage.

Claire se retourne, pour le cas où Ty aurait perdu l'équilibre, bien que le garçon soit aussi agile que les matelots. On installe la passerelle en position, et il suit chaque étape de la manœuvre.

« … pour une civile, cela ne doit faire aucune différence, reprend Ward. Tout ce que nous avons fait là-bas, tous les endroits où nous sommes allés restent ultrasecrets. »

Une civile. Comme cela semble banal et simple. Sa poitrine se serre à cette perspective, et elle se tourne vers Ward avec un soudain élan de gratitude. Il a les yeux injectés de sang, les lèvres gercées, son corps ploie sous l'action des parasites, ce qu'il a dû dissimuler depuis des jours, tout en les sauvant, elle et Ty.

Voici un homme qui a toujours été plus humain qu'il ne voulait le reconnaître, qui n'a jamais été son ennemi.

« Denis, dit-elle, et elle pose la main sur son épaule tremblante. J'ai prêté le même serment que vous. »

Malgré cela, ce n'est pas simple. Le capitaine van Dulm avait raison de considérer que Ty était un Mowgli moderne, et cela fait d'eux un spectacle. Des MP aux tireurs de pousse-pousse, des lieutenants britanniques aux dockers ceylanais, tous ceux qui les aperçoivent en restent bouche bée.

Et plus ils restent bouche bée, plus Ty fait la grimace et se replie sur lui-même.

Laissons-le comprendre ce qui se passe, entend-elle Shep lui conseiller. *Il est désorienté, pas stupide.*

Van Dulm les intercepte avant qu'ils ne descendent la passerelle. Il désigne une jeep au bout du quai. Ward reste en arrière avec Luke et Hari, comme si de nouvelles limites avaient été tracées. Le capitaine va les accompagner, son uniforme blanc donnant le change.

Droit sur ses jambes, van Dulm prend la main de Ty et place une paume dans le dos de Claire, afin de les prémunir contre l'impression de bascule après leur séjour en mer. Lorsqu'ils posent le pied sur le quai, les badauds s'écartent. D'un signe, Claire adresse un dernier remerciement à Denis, Luke et Hari, et la douleur du chagrin qui suit la brûle.

« Galle Face Hotel », indique van Dulm au chauffeur.

Il ouvre la portière côté passager pour que Claire monte la première, puis Ty, et la referme avant de se pencher par la fenêtre ouverte.

« J'ai quelque chose pour toi », annonce-t-il à Ty, qui a relevé ses genoux sous son menton.

Le garçon lève les yeux vers lui, l'air renfrogné.

Le capitaine tire de sa poche les jumelles que Ty lui avait sagement rendues à bord.

« Il te reste encore bien des choses du monde à voir, Ty. La prochaine fois que nous nous verrons, j'espère que tu me raconteras quelle allure tu lui trouves. »

Sans un son, Ty prend les jumelles, par le côté de l'objectif, et non des oculaires, et se les plaque sur les yeux.

« Je vous remercie, fait Claire.

— Cela vous ennuie ? » Il pose la main sur l'encadrement de la fenêtre. « Je veux dire. Suis-je trop outrecuidant ? »

Elle se mord la lèvre, réprime un sourire.

« Capitaine, vous m'avez dit un jour que vous pouviez être votre pire ennemi. Sincèrement, je n'arrive pas à l'imaginer.

— Maikel », dit-il, et il lui tend la main en passant devant Ty pour prendre la sienne en guise d'adieu.

Lorsque le véhicule démarre, Ty abaisse les jumelles et se tourne vers la rue. Juste assez grand pour voir par la fenêtre sans se dresser sur ses genoux, il s'imprègne du défilé des chars à bœufs, des bicyclettes, des ambulances et des écoliers en uniforme, des caténaires de tramway tendus au-dessus de lui comme des lignes obliques de cerfs-volants. Ils dépassent une église en brique, un édifice trapu dont les fenêtres ont la même forme en arche que les arceaux des bâches qui couvrent les chariots. Certains hommes portent des turbans, d'autres des chapeaux à large bord. Tout le monde semble vêtu de tenues en khādī blanc et tenir en main un parapluie noir. Ces parapluies flottent au-dessus de la foule de midi comme des chauves-souris circulaires.

Aucune de ces images n'existe dans le monde où Ty a vécu ces douze derniers mois. Même s'il pouvait parler, les mots lui feraient défaut.

Toutes ces heures où il était petit, ces journées passées à pointer du doigt, à nommer, à modeler des sons qu'apparemment il ignorait. Referait-elle cette erreur ? Était-ce une erreur ? À tant d'égards, ils reprennent tout depuis le début.

Mais pas à tous égards. Lorsque la jeep approche de sa destination, l'édifice palatial du Galle Face Hotel est éclipsé par la vision de deux silhouettes familières, une grande et une petite, assises sur un banc de marbre près de l'entrée. Avec un chien à leurs pieds.

« Ty ! s'écrie-t-elle. C'est ton oncle Roger et ta tante Viv. »

Dès que la jeeps s'immobilise, Ty va tout droit vers le petit Jack Russell terrier. Œil contre œil cerclé d'une tache de poils couleur fauve, le garçon et le chien grognent, piaulent et jappent avec une affection immédiate.

« Viv est tout sourire. »

« C'est Milly, dit-elle.

— Non. » Ty articule avec une insistance farouche et lève les yeux comme si sa tante et lui avaient cette dispute depuis des années. « Bibi. »

La voix de Ty s'affirme, basse et ferme. Comment diable Vivian a-t-elle fait ? s'étonne Claire.

Se prenant au jeu, Viv fait la moue, sortant la lèvre inférieure, feignant la consternation, puis jette un regard de conspiratrice à Claire et Roger en disant d'une voix plaintive :

« Très bien. Je suppose que comme elle est à toi, tu peux l'appeler du nom qui te plaît. »

Ty presse la joue contre le pelage lisse du chiot, qui lui lèche l'épaule.

Est-ce le chien ? Plus vraisemblablement, c'est le ton terre à terre sur lequel Viv s'adresse au garçon, le met au défi, le touche – ou le fait sortir de ses gonds. Tout comme le faisait Naila, mais sur un tout autre plan. Mais enfin, le moment est peut-être venu pour ce pauvre enfant de s'affirmer, après tout ce qu'il a traversé.

Ou peut-être ne comprendra-t-elle jamais, songe Claire. Sois reconnaissante, se morigène-t-elle. Apprends simplement à être reconnaissante.

« Un coup de maître », fait-elle en remuant juste les lèvres.

Viv ne prend même pas la peine de baisser la voix.

« Un pari, après ce que tu m'as dit de Wilkie.

— Wilkie ? »

Une fois encore, Ty parle sans le moindre soupçon de difficulté.

Et de nouveau, Viv répond comme si converser avec son neveu était la chose la plus naturelle du monde.

« J'ai entendu dire que vous vous étiez beaucoup amusés avec votre vieil ami Wilkie, alors je me suis dit que ça vous plairait d'avoir… euh… Bibi avec vous. »

Ils attendent tous avec impatience, toutefois Ty semble s'en satisfaire pour le moment, et il retourne à sa conversation dans la langue canine.

« Tant pis pour l'aspect top secret. » Claire rit, et Roger l'attire à elle. « Vous êtes toujours disponibles pour ramasser les morceaux, vous deux. »

Mais lorsque Vivian l'étreint, elle se sent se désagréger.

Doucement, ma chérie. Shep s'invite en elle. *Pas d'excuses, pas de regrets. Voilà, tu peux y aller.*

*

Make Believe Cottage, Kalimpong
25 mai 1943

Très chère maman très cher papa,

Ty a finalement capitulé. La promesse d'un refuge appelé « Make Believe Cottage » a aidé, mais en réalité ces températures quotidiennes à Calcutta qui dépassent les trente degrés étaient insupportables, même pour lui. Alors nous avons enfin battu en retraite dans les collines, comme tant d'« Ingrezi » ou l'Empire avant nous.

Roger et Viv voulaient que nous venions avec eux à Simla, où la plus grande partie du gouvernement décampe durant les « mois infects », mais quand j'ai dit à Ty que nous pourrions prendre un train pour aller dans les montagnes, il m'a immédiatement demandé, très excité : « Kalimpong ? »

Comme vous pouvez imaginer, chaque mot qui tombe de sa bouche est un joyau, alors je me suis assise et j'ai pris note. Comment cet endroit a-t-il pu finir par lui entrer dans le cerveau ?

Il a insisté :

« À Kalimpong, il neige. »

Comment savait-il même ce que signifie le mot « neige » ? Il a croisé les bras et pointé le menton. « Naila a dit. »

Voilà qui était donc réglé.

Le colonel Hastings, qui est devenu une sorte de parrain pour nous deux, a appris l'existence de ce cottage au nom magique et a pris des dispositions auprès du vétéran indien qui le possède. Il a aussi pris des dispositions pour que Nebu, mon gentil porteur de Barrackpore, et son épouse, Prana, nous accompagnent. Et notre bien-aimée Bibi, bien sûr.

Vous aimeriez cet endroit, tous les deux. Les odeurs de pin et de feu de bois le soir, les plantations de thé en espaliers et les torrents glaciaux aux eaux rapides. Les singes sauvages fascinent Ty et perturbent la pauvre chienne ! Mais le plus beau de tout c'est l'Himalaya qui trône à distance neigeuse. Ty ne cesse de contempler, de contempler.

Notre cottage est une création victorienne avec ses boiseries pain d'épice et son toit en tôle rouge, sa tuyauterie rudimentaire mais ses meubles si massifs et si anciens qu'ils créent l'illusion que le temps n'a exercé ici aucun effet. S'il pouvait en être ainsi. Lorsque cette lettre vous parviendra, cet endroit pourrait être un lointain souvenir, mais je fais comme si nous allions rester ici pour toujours.

Pendant ce temps, naturellement, la guerre se poursuit, et en Inde elle s'enchevêtre de plus en plus avec la lutte pour l'indépendance. Viv dit qu'à moins que nous ne finissions tous sous le joug des Japonais, l'Inde est appelée à devenir une démocratie quelques mois après la fin de la guerre. Il semble que le bouclier de l'Empire vole finalement en éclats, ou du moins qu'il soit trop marqué par la bataille pour garder son lustre. Viv et Roger ont à l'évidence accès à des informations dont le reste d'entre nous, pauvres mortels, ne dispose pas. J'espère simplement que la séparation se déroulera pacifiquement.

Sur une note plus légère, l'un de nos plaisirs inattendus vient de ce que la relative proximité de Kalimpong avec Calcutta puisse permettre à Maikel de venir nous rendre visite. Ses permissions en Inde ont beau être rares, elles comptent énormément pour Ty et moi. D'une manière ou d'une autre, nous construisons une nouvelle atmosphère familiale avec Viv et Roger, Nebu et Prana, Bibi, Maikel et le colonel Hastings.

Rien ni personne ne peut remplacer tout ce que nous avons perdu, et la mémoire et les humeurs exigeantes de Ty me donnent l'assurance qu'ils ne se laisse pas abuser par le calme superficiel de notre vie plus que je ne le suis. Mais nous nous rétablissons. Petit à petit.

*

Il reste tapi derrière ses jumelles. Dans le jardin. Sous la véranda. De l'autre côté de la route et le long de la rivière. Des milans et des faucons, ses cibles.

Il les regarde prendre leur envol et flotter sur les courants ascendants, cercler dans le ciel, attendre le bon moment et parfois planer sur place telles des étoiles maléfiques, puis piquer à des vitesses approchant les deux cents kilomètres à l'heure pour se saisir de la proie qu'ils traquaient depuis là-haut. Un serpent. Un rat. Un lézard. Un macaque nouveau-né ou un chien paria. Une proie toujours petite, ne se doutant de rien, et faible.

Il ne peut voir la mise à mort, mais il attend l'envol maladroit qui lui succède, le supplément de muscles mobilisé dans les ailes, la silhouette d'une queue ou d'une patte sans vie qui se balance en frôlant la cime des arbres. Quand il abaisse enfin les jumelles, son visage est calme et solennel, comme s'il disait : *Voilà pourquoi.*

Et en pareil moment elle a envie de le prendre dans ses bras, de lui fermer ses yeux verts sous une pluie de baisers, de glisser délicatement la paume fraîche de sa main sur son front qui ne s'y attend pas. Au lieu de quoi, elle sourit, hoche la tête et tend la main. Et, de plus en plus souvent, il la lui prend.

Bien qu'il passe encore des journées entières ou davantage sans prononcer un mot, elle comprend à présent que Ty est en constante communication, que sa voix est à l'œuvre même quand elle est inaudible. Le soir, il la bat aux échecs en fredonnant au son des vieux disques qui étaient là, avec l'électrophone Victrola du cottage. Isham Jones et son orchestre, Eddie Cantor, Al Jolson qui sifflote *Toot, Toot, Tootsie (Goo' Bye !)* et Fanny Brice qui roucoule *My Man*. Son oreille absolue ne s'est pas évanouie, pas plus que son parfait souvenir de toutes les mélodies qu'il ait pu entendre.

Des chiffres nourrissent aussi son langage. Ils ont apporté avec eux un paquet de racines d'orchidées et de pseudobulbes du trésor de spécimens de Shep pour essayer de les faire pousser à cette altitude, et Nebu et Bibi aident Ty à les mettre en pot et à s'en occuper dans un appentis à ciel ouvert sur le côté de la maison. Chaque jour, Ty compte les pousses, les nœuds et les feuilles. Il consigne le décompte dans un petit calendrier relié que Maikel lui a donné. Il consigne aussi ses signalements de lézards, le temps qu'il faut à un escargot pour traverser le jardin – toute progression mesurable.

Quand Claire se joint à lui dans ses inspections, il la récompense quelquefois d'une remarque énigmatique.

« Cinq faucons, un nid. Pluie. »

« Demain Bibi mange lézard pour petit déjeuner. »

« Cet arbre est trop seul. »

Un matin sur le bazar, alors qu'elle choisit des mangues, Ty tire brutalement sur son bras. Il désigne une file composée peut-être d'une dizaine de petits garçons et petites filles qui avancent péniblement en silence dans la brume vers la gare terminus. Une femme, une Européenne fringante aux cheveux gris, marche en tête de cette file, et un jeune Indien à l'air morose en livrée blanche ferme leur colonne. Les enfants sont vêtus d'uniformes marron et gris, et ils se tiennent par la main, brune elle aussi. Aucun d'eux n'est plus âgé que Ty.

Sur un ton pressant, rare de sa part, il demande :

« Où sont leur maman et leur papa ? »

Claire pose les mains sur ses petites épaules carrées.

« Je ne sais pas. »

Elle doit lutter pour garder une voix ferme.

« Ils attendent peut-être à la maison. »

Durant toutes ces semaines, comme les années qui ont précédé, il ne l'appelle d'aucun nom. Il connaît les divers mots. *Maman. Amimi. Mère*. Pour Claire, aucun ne semble convenir. Pas encore, en tout cas.

Pour le moment, cela doit suffire qu'il lui prenne la main ou même qu'il lui parle. La confiance grandit entre eux comme la soie de l'araignée, par sursauts microscopiques. Et avec le flot de la mousson elle craint que le confinement ne soumette ces tendres filaments à des tensions.

Heureusement, la plupart de ses livres ont survécu à l'évacuation, et Ty n'a rien perdu de son affection pour eux. L'après-midi, quand cette gorge de montagne se remplit de brouillard, ils se pelotonnent à l'intérieur avec Bibi et cheminent dans leurs lectures avec *Babar* et *L'histoire de Ping. Casquettes à vendre. Le vent dans les saules. Maintenant nous avons six ans. Peter Pan. Mary Poppins.*

Au début, Ty lit en même temps qu'elle à mi-voix, et elle fait semblant de ne rien remarquer. Puis, un jour, il lève la main et pose sa paume sur la bouche de sa mère.

Une fois qu'elle est muette, il reprend exactement à l'endroit où elle s'est arrêtée.

À partir de ce jour, c'est lui qui se charge de toute la lecture, sa nouvelle voix est pour moitié un grommellement, pour moitié un chant. Les consonnes ne lui viennent toujours pas facilement, mais elle se garde bien de le corriger. Il a son propre calendrier, ses manières singulières et mystérieuses d'apprendre.

*

En septembre, ils se voient accorder une journée de répit sans ces pluies qui se sont abattues sur eux depuis presque trois mois, et Ty sort tout droit dans le jardin. Claire le trouve seul, les bras autour de la palissade et regardant vers le bout de la gorge, au-delà de la vallée de Teesta et des plaines jaunes.

Il bascule le torse dans le sens des aiguilles d'une montre jusqu'à ce qu'il puisse voir entre les poteaux de la clôture, la tête renversée. Quand elle lui demande ce qu'il fait, il répond :

« Comme ça le ciel c'est la mer. »

Il tend un bras à travers la palissade. Sa paume s'élève et retombe.

« Je vois Naila. »

Il fait encore signe de la main.

« Je la vois. Je dis bonjour. »

*

Ni l'un ni l'autre n'a envie de quitter les collines, mais à la mi-octobre les pluies ont cessé, les températures chutent, et les plus fortes coulées de boue ont été dégagées des cols. La circulation des trains est redevenue normale, mais dans un mois ils pourraient être enneigés.

En outre, le colonel Hastings a promis à Claire un bungalow en bordure de rivière et une place dans l'école primaire locale pour Ty, si elle retourne au centre de transmission. Une autre équipe Bolger est sur le départ – en l'absence de Ward, qui enchaîne les séjours à l'hôpital et les convalescences à cause de la maladie parasitaire qu'il a contractée au cours de la première expédition – et le travail de codage de Claire a été une telle réussite que Hastings veut que la nouvelle équipe, ainsi que les autres en Birmanie, s'en servent.

Et puis, songe Claire, elle commence à avoir l'impression que Ty et elle jouent en réalité à faire semblant. *La guerre n'a pas cessé simplement parce que j'ai perdu un mari et récupéré mon fils*, écrit-elle à Viv. *Je peux encore apporter ma contribution. Nous vous avons, toi et Roger, à Calcutta. Et Ty a maintenant six ans, il a besoin de fréquenter une école avec d'autres enfants.*

Sa belle-sœur lui répond simplement : *Viens.*

Cependant, pour Ty, l'étape suivante n'a rien de simple. Il vacille encore sur un seuil, entre expression verbale et intuition. La peur de Claire, c'est qu'à l'école il soit poussé à plusieurs reprises du haut de ce précipice, et brutalement. Mais quelle autre solution a-t-elle ?

Leur entretien avec le directeur de l'école a lieu dans un

bureau dont les rayonnages sont chargés de volumes d'observations géologiques de Darwin et de traités de botanique. M. Holcomb, un Gallois a l'air famélique, croise ses mains aux doigts jaunis et penche la tête comme un héron tandis que la jeune veuve américaine s'efforce d'expliquer l'intellect, les passions, les habitudes et l'histoire imprévisibles de son fils.

« Ty n'est pas différent de son père, dit-elle, comme si cette révélation allait avoir la moindre signification pour un homme qui ne sait rien de son mari.

— Peux-tu me dire, jeune homme, demande M. Holcomb, ce que tu aimerais apprendre à l'école ? »

Le regard de Ty glisse sur le côté vers un grand pot en céramique noir d'où une plante vert chartreuse grimpe à un tuteur en bambou jusqu'au plafond. Un trapèze de lumière orange entre dans le bureau par l'ouest, et les larges feuilles de philodendron en forme de cœur se cambrent comme si elles essayaient de boire cette couleur. Ty tend un bras vers le feuillage implorant, et l'autre vers la lumière.

Puis il fait se rejoindre ses deux index qu'il pointe ensemble et fait simplement : « Pourquoi ? »

M. Holcomb pose le menton sur ses doigts repliés et étudie son futur élève pendant de longues secondes. Quand il se tourne enfin vers la mère inquiète du garçon, les yeux du directeur sont vitreux.

« C'est très bien, dit-il doucement. Il y aura forcément quelques anicroches avec les autres, mais je veillerai sur lui. »

Décembre 1943

Il est maintenant trois heures. Des heures mesurées. Bientôt, il y aura de la compagnie. Des rameaux de cèdre encadrent l'entrée. Des poinsettias rouges et blancs semblent amplifier les essences de cardamome, de macis et de cannelle qui flottent de la cuisine, et une petite branche vivante de casuarina frémit dans l'angle.

Le médaillon militaire de Shep, une étoile de Birmanie polie à la perfection, couronne le petit arbre. Les branches tendues de guirlandes sont parsemées de minuscules cônes ornementaux, et des photos d'orchidées sont suspendues à des rubans rouges et verts, chacune d'elle dessinées et étiquetée de la main précise de Ty.

Claire fait son apparition dans le flot de lumière safran par la fenêtre et repère Ty près du banyan qui fait une canopée au-dessus de leur nouveau portail. Sa silhouette fluette se tient dressée, jumelles braquées sur un monomoteur de reconnaissance Lysander argenté qui prend son envol de l'aérodrome voisin. Ses lentilles, Claire le sait, écrasent la distance. Il est capable de compter les mâts de la voilure du Lysander et de lire l'expression du pilote, de reconnaître dans son entière concentration un aspect de son père, ou de lui-même.

Ty a étudié les principes du vol. Il sait lire le tremblement des ailes, qui ressemblent à des oreilles, lorsque l'appareil serpente vers le haut dans les rayons obliques du soleil. L'avion sillonne paresseusement les nuages, grimpe et flotte sur les courants ascendants comme dans un rêve aviaire.

La bascule intervient sans avertissement, le piqué égale presque celui du faucon. Un plongeon vertigineux, et Ty attend, si immobile dans son silence que sa mère peut sentir jusque dans son propre cœur sa respiration en suspens.

Ensuite, l'aviateur se reprend et remonte sans encombre.

Le numéro 3, dans Riverside, est leur troisième lieu de résidence en huit mois, si l'on compte leurs premières semaines au Fairhaven, et la quatrième si la suite qu'ils ont partagée avec Viv et Roger au Galle Face entre en ligne de compte. Mais ces temps-ci, tout le monde est nomade. Dès sa première semaine d'école, Ty a dépassé son rang de petit nouveau. En un mois, il n'était plus le seul garçon qui ait survécu à l'évacuation dans la jungle. Deux frères jumeaux sont arrivés, devenus orphelins au cours de la marche dans les montagnes depuis la vallée de Hukaung.

Après la mort de leurs parents français, les jumeaux avaient été pris en charge par des voisins anglo-indiens, puis confiés à une tante parsi. Leur supplice avait rendu les deux enfants de sept ans muets et renfermés, et au début le reste de la classe les rejetait, tout comme elle avait rejeté Ty – comme s'ils étaient contagieux. M. Holcomb disait qu'il était le seul enfant à avoir même envie de s'approcher des jumeaux, et il le faisait très silencieusement, en signant de ses mains un message secret qui lui avait valu un hochement de tête approbateur. Assez vite, le trio s'était créé son propre langage gestuel, ce qui avait donné aux autres garçons l'envie d'en être. Les jumeaux et Ty s'étaient alors tous les trois mis à parler, au lieu de révéler leur secret. Malheureusement, la tante parsi avait décidé que Marc et Jean-Louis seraient mieux lotis chez leurs cousins français à Pondichéry. Ils étaient partis la veille au soir.

Claire allume le Philips et tourne le bouton de réglage des fréquences jusqu'à ce que les parasites se dissipent. « La 1re division canadienne a encerclé Ortona, coupé toute retraite aux Allemands et se livre en ce moment à une bataille acharnée, en combattant de maison en maison. »

Elle tourne encore, comme si elle jouait, et atterrit sur un trombone à coulisse. Tommy Dorsey. Un moment plus tard, c'est une coupure de courant.

Elle n'est que trop prête. La table est mise avec des bols de nénuphars blancs. Prana met la dernière touche à son meilleur mouton bindhiwala. Nebu a briqué les couverts en étain comme si c'était de l'argent précieux. Ty a même accepté de passer un pantalon et un gilet en tricot, et Claire s'est elle-même mise en grande tenue, avec une robe ajustée en soie sauvage verte, coiffée et maquillée de rouge, et a enfilé des escarpins telle une adolescente pour sa première sortie.

Qui veut-elle abuser ? Les cicatrices plissées qui lui strient l'avant-bras, les diamants de Shep qui scintillent à ses oreilles suffisent à lui faire voir la vérité en face. Elle a beau n'avoir que vingt-huit ans, à partir de ces vingt-huit années, elle va droit sur ses quatre-vingts.

C'est seulement quand elle revient à la fenêtre et regarde Ty se baisser pour se frotter le front contre celui de Bibi que les chiffres la réjouissent vraiment. Une dizaine d'années de plus et la guerre l'aurait de nouveau pris dans sa ligne de mire. Viv a écrit des articles sur ces garçons, à peine débarqués de navires de sauvetage arrivés de Singapour et affublés d'un uniforme à la veille de leur dix-septième anniversaire. Et tous n'étaient pas si réticents.

Ce ne sera pas le cas de Ty. Si Dieu le veut, Ty, jamais.

Les aboiements de Bibi vont crescendo et les merles s'égaillent dans le ciel lorsque l'Austin verte brinquebalante de Roger s'engage dans l'allée. Claire sort de la maison juste à l'instant où Viv et lui et leur terrier Billy saluent Ty sous la porte cochère. Les chiens, qui ont déjà fait connaissance, détalent en cercle, et le conducteur se dirige vers l'espace de parking voisin en crachant de la fumée de diesel et de la poussière. Roger agite comiquement les bras comme s'il se noyait dans tout ce chambard.

Comme d'habitude, Viv se baisse à hauteur de Ty avant de lui demander si elle a le droit de l'embrasser. Il opine avec gravité, puis la serre à son tour dans ses bras, et quand elle le relâche, il sourit à ce qu'elle lui a chuchoté à l'oreille. Il appelle Viv et Roger *Chachi* et *Chacha*, comme il le fait avec tous ses oncles et tantes honoraires.

Claire se livre à sa propre récolte d'embrassades quand le colonel Hastings et M. Holcomb arrivent, leurs bicyclettes étirant de longues ombres en travers de l'allée baignée de soleil. Ils ont l'air de deux frères vieillissants, tous deux efflanqués et un peu rougeauds. Shep et Ty les ont rapprochés. Bien qu'ils soient l'un et l'autre très occupés, ils ont malgré tout réussi à ménager quelques heures par semaine où Ty étudie les cahiers de Shep, identifie les plantes qu'il avait cataloguées et transcrit ses découvertes et ses formules afin qu'elles puissent être soumises à vérification au Medical College.

À l'instant, M. Holcomb tire d'une poche une poignée de bonbons à la menthe et deux lanières de chèvre séchée de l'autre. Les chiens sont surexcités par la viande séchée, mais il la tient au-dessus de leurs têtes et tend les friandises à Ty avant de montrer comment on doit éduquer les jeunes Bibi et Billy à s'asseoir et à se coucher avant de recevoir leur récompense.

Les adultes applaudissent, mais Ty reste avec ses bonbons à la menthe, l'air fâché.

« Qu'y a-t-il, Ty ? s'enquiert le colonel Hastings.

— Ce n'est pas juste.

— Qu'est-ce qui n'est pas juste ? »

Ty lève ses mains en conque, en tenant les bonbons rouges et blancs.

« Vous ne me faites pas faire de tours. »

M. Holcomb se penche.

« Je te demande pardon, Ty, mais je te vois réaliser les tours les plus extraordinaires chaque fois que nous sommes ensemble. »

Ty n'est pas convaincu, mais Roger lui serre l'épaule, les chiens obtiennent leurs friandises, et la tension de l'injustice se relâche alors que tout le monde passe à l'intérieur.

Claire affecte de prendre une voix de maîtresse de maison.

« Quand tout le monde aura eu un verre, que diriez-vous de passer directement aux cadeaux ? Ty, voudrais-tu faire la distribution ? »

Elle en pointe un du doigt.

« Commence par celui-ci. Le petit carton t'indiquera pour qui il est. »

Il se lève et s'éloigne des chiens, un peu grognon. Deux années sans Noël, et il a perdu toute appétence pour cette fête.

« Mais c'est écrit Ty. »

Les rires font le tour de la pièce. Il observe le paquet avec suspicion, et Claire lit dans ses pensées. Il voit bien que ce n'est pas un livre, ce qui lui plairait, et la taille et le poids du colis correspondent à peu près à une nouvelle paire de chaussures en cuir, qu'il refusera de porter.

« Oh, mais au nom du ciel ! s'écrie Viv, exaspérée. Ouvre-le, Ty ! »

Subitement, les chiens lèvent leurs deux têtes et bondissent vers la porte d'entrée. Une seconde plus tard, Maikel van Dulm fait son apparition, casquette à la main.

« Il y a de la place dans cette auberge ? » plaisante-t-il.

Claire pose son verre.

« Mais comment…

— Top secret ! »

Le capitaine se tourne et s'incline pour saluer les autres invités. Quant à Ty, il lui tend la main.

Au lieu de la serrer, Ty lui donne son cadeau.

« Et si on l'ouvrait ensemble ? »

Le capitaine se baisse et se pose sur un tabouret tandis que Ty vient s'asseoir en tailleur à côté de lui.

« Tu n'as pas fait ça ! s'exclame Viv lorsque le papier de soie retombe et qu'apparaît l'emblème circulaire rouge et blanc de la boîte. Espèce de mère extravagante ! »

Viv est toutefois la seule à reconnaître le logo.

« Leitz, n'est-ce pas un nom allemand ? » s'interroge, songeur, le colonel Hastings.

Ty n'a pas encore réagi. Il étudie le logo à l'écriture penchée, l'orbe élancée à la base du L, qui serpente à l'intérieur du cercle blanc. Chez Ty, rien ne se produit dans la précipitation. Pas s'il peut l'éviter.

« C'est un modèle 1937, fait Claire pour rassurer les officiers présents dans la pièce. Qui vient de chez Biswas, à Crawford's Market. Vous savez comment sont les articles vendus là-bas, jamais d'occasion et jamais neufs.

— Tout va bien, Claire, la rassure Roger. Même s'il avait été passé en contrebande hier, si ça sort d'Allemagne, ce n'est pas à strictement p-parler de la c-c-contrebande.

— Et que cela vous plaise ou non, fait Viv, en matière d'appareils photo, les Allemands n'ont pas de rivaux. »

Ty fait volte-face et dévisage sa tante. Viv plaque la main contre sa boche.

« Oups ! » Elle hausse le sourcil comme une star du muet. « J'ai vendu la mèche ? »

Ty s'affaire maintenant avec beaucoup plus d'enthousiasme. Claire l'a vu regarder sa tante armer son Rolleiflex d'un tour de manivelle, tourner les roues crantées de réglage et appuyer sur le déclencheur. L'expression de son visage le mois dernier, la première fois qu'il a baissé la tête et plongé le regard dans les images aqueuses qui bougeaient dans le viseur, lui rappelait sa manière de graviter autour du lion et de l'agneau dans la bibliothèque de l'île de Ross, comme si cela remontait à des siècles.

Malheureusement, s'était excusée Viv, le coût prohibitif des pellicules et du développement excluait la photographie du royaume des jeux d'enfants. Pourtant, dès ce moment, Claire s'était décidée, et au diable le rationnement.

Ty sort le boîtier épuré du Leica de la boîte et soupèse dans sa main l'objet de cuir et de métal, examine l'œilleton du télémètre.

« Il est plus à ta taille qu'un Rollei, observe sa mère. Il entrera dans ta poche. Tu peux l'emporter avec toi.

— Il est chargé ? demande Viv. Il y a encore assez de lumière dehors, si nous allons vite.

— Un portrait de groupe !

— Une idée en or !

— Ta première photo, Ty ! Pense un peu ! »

Ces gens inondent son fils de leur gentillesse.

L'œilleton collé à l'œil maintenant, Ty laisse Maikel le soulever et Roger le guider par la porte d'entrée comme un garçon qui fêterait son anniversaire et que l'on pousserait les yeux bandés vers son cadeau. Pendant tout ce temps, il ne quitte pas sa proie des yeux : les nuages roses marbrés au-dessus du faîte des arbres, la pelouse zébrée d'ombres. Une pleine lune, comme une hostie faite d'os, suspendue très haut dans un ciel d'un bleu de porcelaine.

« Nebu et Prana, appelle-t-il, soudain plein d'autorité. Vous aussi. »

Viv rappelle au garçon les réglages de vitesse et de résolution, l'aide à corriger la focale et à régler son objectif pendant que les autres se placent à l'ouest.

« Mais il ne sera pas sur la photo », se rend soudain compte Roger, et Viv le prie de se taire.

Le capitaine s'éloigne de Ty vers Claire. Il sent une odeur de savon à barbe et de laine, et elle se penche vers lui.

« C'est parfait, ce que vous lui avez choisi, murmure Maikel. Vous le connaissez si bien. »

Elle fait non de la tête.

« Si seulement. »

En même temps, elle sourit.

Ty est là, bien droit, l'œil contre l'appareil, les coudes sortis comme deux ailes. Sa bouche s'ouvre, sa langue tâte inconsciemment ses incisives tandis que le groupe des adultes se met en place, et les chiens viennent se coucher devant.

« Très bien, Ty, s'exclame Viv. Vite maintenant, la lumière s'en va. »

Mais à cet instant un nuage s'efface, comme un rideau que l'on tire. Le jardin est soudain baigné dans des ors incandescents. L'air se ravive, s'électrise d'une telle concentration mystique de vie qu'ils lèvent tous les yeux, éblouis.

Et c'est ainsi que Ty les saisit, tout sourire vers le metteur en scène invisible au-dessus de sa tête.

11
Octobre 1945

Le nom de code « Popcorn » prête une étiquette trompeusement optimiste à la réoccupation, comme une allusion d'après guerre à des plaisirs inoffensifs : une mission à l'intérieur habillée d'un souhait. Malheureusement, le départ du navire amiral, le *SS Dilawara*, a été retardé de presque deux mois après l'armistice, suivant de deux pleines semaines le navire de secours envoyé à Port Blair en septembre. Claire a beau être contrariée de ce report, que les responsables officiels imputent aux conditions de mousson et à la priorité accordée à la récupération de la Birmanie, de l'Indonésie et de la péninsule malaise, Roger et Maikel lui attribuent néanmoins, ainsi qu'à l'influence visible du colonel Hastings, d'avoir réussi à glisser Claire et Ty sur la liste des passagers.

D'emblée, l'opération Popcorn incluait Roger dans la délégation du gouvernement et la hiérarchie militaire devait assister à la restitution officielle de Port Blair. Le bateau transporterait aussi des forces de réoccupation, plus un groupe de journalistes et de photographes d'actualités, dont Viv, pour couvrir la cérémonie retardée. En fait, c'était Viv qui avait su formuler l'argument décisif que le colonel Hastings avait fait remonter dans la chaîne de commandement : le pouvoir de la presse dépend de la puissance du récit, et quelle meilleure histoire pour transformer en récit tragique le bilan humain de la guerre – et la supériorité morale des vainqueurs – que le retour des derniers civils à s'être échappés des îles, une veuve de guerre et son fils incarnant la paix restaurée.

« Nous avons un peu forcé le trait, admet Viv alors que Claire et elle, sur le pont, regardent le continent indien rétrécir. Tu me pardonneras. »

Claire passe le pouce sur son alliance en or, qu'elle s'est remise à porter pour toutes sortes de raisons entremêlées, et un rêve récurrent dans lequel Shep se tient sur le quai de Phoenix Bay pour accueillir son retour n'est pas la moindre.

« Claire ?

— Je sais que c'est la meilleure décision possible. Je le dois à Ty et à Shep, et peut-être tout particulièrement à Naila. Mais je suis terrorisée. »

Cela semble idiot même à ses oreilles, après tout ce qu'ils ont traversé, mais la sœur de Shep semble comprendre.

« C'est pour cela que nous le faisons ensemble.

— Et voilà ! »

Roger et Ty viennent vers eux, ils arrivent en courant par le pont arrière. Roger a l'avantage de la foulée, mais Ty le bat avec sa rapidité, ses bras moulinant comme si l'appareil constamment attaché à son bras gauche le tirait en avant.

« Ouah ! » Roger fait mine d'essuyer la sueur de son front. « Tu as h-humilié un vieil homme, mon gars.

— Il y a une chambre noire à bord ! Viens voir maman. Ils m'ont dit que je pouvais les aider.

— Si tu joues finement, fait Viv en se penchant sur lui avec un air de conspiratrice, je parie qu'ils te laisseront faire certains de tes tirages. »

Claire se rappelle l'émerveillement de son fils la première

fois qu'ils se sont trouvés ensemble dans la chambre noire de Barrackpore, en regardant son visage se révéler sous la surface de la solution de développement. *C'est toi, maman, regarde !* Et une nouvelle barrière était tombée, aussi simplement que cela.

« Excuse-nous. » Claire se redresse et embrasse Viv sur la joue. « Oui, je te pardonne. »

Ils étaient aussi dans la chambre noire sept semaines plus tôt, leur troisième été à Make Believe, quand Nebu a hurlé la nouvelle du dehors.

« *Memsaab* ! Ty Babu ! La guerre est finie ! La guerre est finie ! »

Elle resta dans ce halo martien, incapable de bouger. Ils s'y attendaient, évidemment. Ils l'espéraient. Hitler était mort depuis avril, la guerre en Europe terminée depuis mai, mais en Asie, les combats semblaient avoir échappé à toute maîtrise, d'île en île, de mer en mer, et la géographie de la bataille devenait incalculable. Pourtant, Nebu n'arrêtait pas de hurler, bientôt rejoint par les questions de Prana, et leur excitation se mua en un tourbillon en langue hindi.

Imperturbable, Ty sortit du fixateur le dernier tirage d'une série de photos qu'il avait prises de la lumière et de vols d'oiseaux au lever et au coucher du soleil au-dessus de la vallée de Teesta. Lorsqu'elle passa en revue ces images majestueuses, Claire en eut le visage baigné de larmes.

La guerre est finie ! La guerre est finie ! Ty ne se laisserait ni bousculer ni distraire, mais quand ils eurent fini d'accrocher les tirages à leur cordon pour les faire sécher, les premiers mots qui sortirent de sa bouche furent : « On peut rentrer à la maison, maintenant que la guerre est finie ? »

Les journées qui suivirent les confrontèrent à toute l'horreur des détails. Incinération. Vaporisation. Effacement. Des êtres humains réduits à l'état de négatifs anonymes contre le dallage et dans la pierre.

En Inde, la défaite japonaise calamiteuse ne fit qu'intensifier les roulements de tambour de l'indépendance, l'emploi par la race blanche de la « bombe cruelle » contre leurs frères asiatiques ajoutant une gravité morale à l'héroïsme présumé des dirigeants de l'armée nationale indienne qui s'étaient rangés dans le camp du Japon et croupissaient maintenant en prison sous l'autorité des Britanniques à Delhi.

Inquilab Zindabad ! Marche ou crève ! Quittez l'Inde ! Alors que les tempêtes de feu du ressentiment s'aggravaient dans tout le pays, des civils étrangers et des personnels militaires intriguaient, combattaient et soudoyaient des gens pour obtenir une place à bord d'un navire apte à prendre la mer.

Rentrez à la maison, imploraient les parents de Claire dans leurs lettres désormais fréquentes et que rien n'arrêtait. Mais l'Amérique n'avait jamais été le foyer de Ty.

*

Les caméras se mettent à tourner dès qu'ils aperçoivent la terre. Le soleil vient de se lever, et ses puits de lumière pommelée frappent la côte orientale des Andaman dans le sens de la longueur, prêtant aux plages et aux forêts l'apparence d'une longue toile peinte déserte.

Pourtant, le littoral ne reste pas désert longtemps. Des villages misérables au toit de chaume et des campements apparaissent tous les deux ou trois kilomètres, et bien qu'ils semblent pour la plupart abandonnés, Ty pointe son objectif sur chaque nouveau hameau et demande : « C'est là ? »

Claire fait non de la tête. Ce n'est pas Behalla. Ce n'est pas

Port Blair non plus. Toutes ces constructions sont sorties de terre au cours de ces deux dernières années, depuis leur départ.

Elle doit se remémorer sans relâche que Ty n'a aucun souvenir de ce panorama. L'O-boat n'a fait surface que lorsque les îles étaient depuis longtemps hors de vue. C'est cette approche d'aujourd'hui qu'il se rappellera tout le reste de sa vie – une succession d'impressions gravées comme des cicatrices indubitables, irrévocables, par la guerre.

La lumière du matin cogne sur les casemates basses et carrées qui montent la garde à l'entrée de chaque port important. Tout autour de ces anses, presque tout le terrain a été dénudé, rasé de ses arbres ou percé de cratères par les bombes alliées, ou les deux. Ils passent aussi devant les épaves drossées de dragueurs de mines et de vedettes rapides, et lorsqu'ils approchent de Port Blair, ils commencent à apercevoir les silhouettes fantomatiques de survivants errant sur la grève.

La proue de Mount Harriet vient juste de se dresser au loin quand le *Dilawara* est accueilli par de petites barques à rames bleues, et les rameurs sont des hommes cadavériques vêtus de guenilles. Ils ont la poitrine et les joues creusées, les bras comme des cannes.

« Comment ont-ils pu se laisser affamer ? demande Viv. Ces eaux doivent regorger de poisson.

— Des mines, fait Roger. Pas d'essence pour les hors-bord. Et je p-parierais que les Japonais appliquaient une politique draconienne contre tout autochtone qui conservait ses prises pour lui.

— Mais les Japonais ont été vaincus il y a deux mois.

— Tu crois que ces gaillards sont au courant ? »

Les visages hagards se lèvent vers eux, les doigts se portent aux lèvres, le geste universel de la faim. Ils sont récompensés par une pluie de confiseries sous cellophane et de rations de combat balancées depuis la poupe du navire. Les hommes se ruent dessus comme un essaim et plongent, en jouant des coudes pour repousser le voisin, dans une compétition effrénée.

Ty rit à ce spectacle. Bien sûr. Pour lui, cela ressemble à un jeu.

« Ce sont des gens du continent, commente Claire. D'anciens forçats. Ils ne savent absolument pas chasser ou récupérer de la nourriture, ou même pêcher, en l'occurrence, sans des équipements fabriqués pour cela. »

Sa réflexion recèle une prière silencieuse : que les natifs andamanais aient échappé au sort de ces villageois.

Sous ses mains, les épaules de Ty tressaillent d'impatience, mais les nuages au sud s'assombrissent. L'air se fait plus épais et plus lourd, et un éclair sillonne le ciel au loin.

La côte commence elle aussi à changer. Les plages, grises de corail mort, ont l'air d'avoir supporté l'assaut de plusieurs pluies de météorites successives. Les bunkers se multiplient et de plus imposantes fortifications de béton marquent les falaises stratégiques. Le phare de North Point paraît intact, quoique sans lampe, mais la quasi-totalité des autres constructions visibles semblent avoir été détruites. Des toitures éventrées sont béantes. Des murs penchent de travers. D'épais panaches d'une fumée noire s'élèvent de bûchers sur la grève.

Puis l'île de Ross apparaît côté tribord, verte et sauvage à marée montante, et sans une âme en vue. Claire détourne le regard, soulagée que Ty ait pointé son appareil sur le port devant eux.

Le *Dilawara* approche de Phoenix Bay et un silence s'abat. La couronne de la prison a conservé sa forme au-dessus d'Atlanta Point, mais comme les villageois dans leurs barques, la populace qui se masse sur le quai et sur le front de mer n'a guère allure humaine. La lumière grise blanchâtre ne fait qu'ajouter à l'effet macabre des yeux creusés dans leurs orbites. Des bras et des jambes saillent comme des brindilles à travers des vêtements en loques et délavés. Quelques enfants font des signes de la main, mais eux aussi ont l'air en état de choc, comme après un bombardement, leur peau tendue comme celle d'un tambour sur des ossatures chétives.

Claire attire Ty contre elle.

« Quoi ? » demande-t-il en levant les yeux vers elle et en regardant devant lui, mais pour elle cette scène défie toute description.

Le tonnerre crépite et la lumière se fait électrique alors que la place devant le quai de Phoenix Bay se remplit d'hommes en uniforme, en une formation irréelle. Ils portent soit une tenue en toile kaki, soit l'uniforme bleu foncé des marins et regardent fixement droit devant eux avec une discipline de robots. Sur le quai, à l'écart des autres, deux officiers japonais se tiennent au garde-à-vous, le bras levé en position de salut, leurs gants blancs aussi éclatants que des drapeaux.

Claire fait tourner, tourner son alliance à son doigt. Ty tient les commandants ennemis dans son viseur. Sa première impulsion, celle de l'en empêcher, combat son clair désir de leur tirer dessus et de les capturer. Enfin, elle détache ses bras du cou de son fils et recule.

Les hommes sur le quai représentent l'ennemi, mais selon Roger ces commandants ne sont là que depuis 1944.

Le brigadier-général Salomons, dans sa grande tenue d'apparat, reçoit le salut des officiers de la proue du *SS Dilawara*. En tant que commandant de l'opération Popcorn, Salomons est chargé de procéder à la reddition officielle et, plus largement, de rassembler les troupes et les collaborateurs nippons qui restent dans toutes les îles Andaman et Nicobar. Les objectifs des appareils photo et des caméras suivent son pas martial quand il descend sur le quai pour recevoir ses prisonniers.

Les civils du bord, dont le général a fait de son mieux pour ignorer la présence, ont reçu instruction d'attendre avant de débarquer que ses hommes et lui aient interné les Japonais hors de la ville. Lorsque Roger aide Claire et Ty à descendre de la chaloupe, c'est déjà le milieu de l'après-midi et il pleut à verse.

Instantanément, ils sont noyés par la foule. Des mains se tendent pour serrer les leurs et les toucher. Des voix crient leur reconnaissance.

« Docteur *memsaab* ! »

Des visages rendus étrangers par le choc et les privations apparaissent et disparaissent, beaucoup en larmes. *Mister Dass Pati Pandit Ali Nabi Bux Appalswamy Mister Chengappa Dahwood Jan*… Les noms coulent à flot, des yeux et des bouches viennent et s'éloignent, brouillés, grisés par le déluge, dégoulinants de privation, insistants et d'une désespérante étrangeté.

Claire agrippe la main de Ty et l'attire près d'elle sous le parapluie. Viv est déjà parmi les survivants, elle parle, elle écoute, elle respire leurs histoires.

Pour Claire, c'est trop, trop vite, mais l'excitation de Ty égale celle de sa tante. À huit ans, maintenant, il est fort, et elle le sent qui la tire avec une férocité qu'elle ne lui avait plus sentie depuis ses quatre ans.

Elle songe à Kim, dont ils ont lu l'histoire ensemble à deux reprises au cours de l'année écoulée, l'histoire que Shep adorait petit garçon. Si elle lâche Ty à cet instant, il s'envolera comme Kim au milieu de ces gens, dans ce monde, et il trouvera son chemin. Elle sait cela de son fils, maintenant, mais ce qu'il ne peut savoir, ce qu'il n'a aucun moyen de comprendre, même avec son esprit extraordinaire, c'est que ces gens ne sont pas en condition de le recevoir.

« Reste près de moi, Ty, dit-elle. Nous devons nous abriter de la pluie. Dès qu'elle s'arrêtera, nous sortirons explorer. »

Elle serre sa main dans la sienne, leur signe pour un vœu.

Il lève les yeux, et elle perçoit son impatience.

Elle serre de nouveau sa main dans la sienne. *Crois-moi.*

À cet instant, il a le regard posé de son père. Il hoche la tête, et alors qu'ils continuent d'avancer au milieu de cette foule en loques à l'odeur fétide elle tente d'imaginer ce que doit être pour lui l'expérience de ce retour au foyer. Ces odeurs d'extrême pauvreté et de désespoir sont nouvelles par ici. Des monceaux de déchets s'entassent dans les rues et la puanteur des ordures pourrissantes se mélange à l'odeur envahissante de la maladie et de la mort. Elle recule devant cette infection, mais Ty renifle l'air comme si ce n'était qu'une source mineure d'irritation.

Et ensuite elle sent à son tour ce qu'il recherche, cette brume si familière d'eau salée et de forêt, la vie irrépressible qui recouvre et surmonte la décomposition. Il inhale et ferme les yeux.

Une jeep qui vient de s'éloigner du navire s'arrête, Viv est déjà dedans, et ils s'y entassent pour faire le trajet à vous secouer les os qui mène à Aberdeen Bazaar, devenu une caricature misérable de ce qu'il était. Plus de la moitié des pavés des rues ont disparu. Les façades des boutiques s'affaissent, s'effritent, se décolorent, des fenêtres brisées des édifices voisins ne sont même pas protégées par des feuilles de papier – où quiconque pourrait trouver une denrée aussi luxueuse que du papier ?

Mais ensuite, juste devant eux, l'édifice ample et élégant du Browning Club se dessine à travers la brume, et la jeep fonce droit dessus en cahotant.

Les Japonais ont dû se servir de cette enceinte pour leurs officiers. Les murs jadis de couleur rose ont été blanchis à la chaux, sont marqués d'auréoles et le jardin laissé à l'abandon, mais les vastes couloirs s'ouvrent à eux tout comme avant le tremblement de terre quatre ans plus tôt. Quelques serviteurs d'origine sont encore visibles. Ils saluent Claire et Ty à leur entrée – *salaam.*

Ty les dévisage. Puis, sans avertissement, il s'exclame.

« *Naila ! Naila !* NAILA *!* »

Ces cris remplissent les cours intérieures, s'élèvent sous la pluie. Avec de grands yeux pleins d'espoir, le corps tendu, en attente, il scrute l'autre bout du couloir, dans la salle à manger, en direction de l'escalier.

Claire perçoit sa méprise. Cette maison représente la réunification. Il se souvient d'avoir séjourné ici avec Naila. Il croit que sa voix peut hâter la réalisation de son vœu. Toutefois, avant qu'elle ne puisse le consoler, il lit dans les pensées de sa mère.

« Elle est où ?

— Je ne sais pas, dit-elle. Avec Leyo et Kuli, j'espère. Souviens-toi, Ty, elle ne sait pas du tout que nous sommes revenus la retrouver.

— Dans la forêt ?

— Je ne sais pas. Nous irons la chercher là-bas dès que ce sera sans danger. Mais nous devons d'abord demander si quelqu'un l'a vue ici en ville. » Elle réfléchit. « C'est comme une énigme, Ty. Nous devons réunir des indices avant de pouvoir la trouver.

— Comme Kim et son lama. »

Elle lui répond, malgré le nœud qu'elle a dans la gorge.

« Oui, Ty. Comme Kim et sa recherche du saint homme. Exactement. »

Il accepte alors les règles de ce jeu, comme il a toujours accepté les règles des jeux que Naila lui édictait, et ils suivent les autres dans la salle qui a longtemps été la bibliothèque du club.

Les rayonnages ont été dénudés, le mobilier confortable, les fauteuils club trop rembourrés et l'armoire en teck qui l'agrémentaient ont été remplacés par des chaises pliantes fendillées sur lesquelles on les invite de façon insistante à s'asseoir. Roger a invité un groupe de citoyens à leur exposer leurs histoires, et ils se serrent les uns contre les autres, créant des nuages de vapeur autour de leurs corps mouillés, tout le monde se pressant de parler au point que Roger lève la paume.

« Parlez lentement, un seul à la fois. »

Ce sont des hommes, des femmes et quelques enfants déjà grands, éprouvés, mais aussi enflammés de fureur. Claire scrute leurs visages, n'en reconnaît aucun.

Tant d'horreurs, tant de morts, mais le pire, disent-ils, est survenu quelques mois plus tôt seulement. Personne ne le savait, mais c'était quelques jours avant la défaite nippone.

Tout le monde à Port Blair mourait de faim. Des hommes avaient été brûlés vifs pour avoir volé une cuiller à café de sucre ou de riz. La pêche – le simple fait de poser le pied sur la plage – était interdite, sauf en compagnie de gardes armés qui confisquaient la moindre prise. Tous les bœufs et tous les buffles domestiques, même des éléphants avaient été abattus pour leur viande. Les Hindous avaient été contraints de tuer leurs dernières vaches, et toute culture avait cessé. Aussi, quand on leur avait proposé de relocaliser leurs familles et de les laisser organiser seuls leur survie sur Havelock Island, plus de sept cents hommes, femmes et enfants s'étaient portés volontaires.

Ils avaient rempli trois bateaux et appareillé un soir, mais avant qu'ils n'aient atteint le rivage, les gardes s'étaient jetés sur les passagers avec leurs *lathis* et leurs *dhas* et les avaient balancés à la mer. Ensuite, ils avaient ouvert le feu. Ceux qui ne savaient pas nager s'étaient noyés. Ceux qui savaient nager avaient été transpercés de balles ou broyés par les hélices des navires. À leur retour, les marins japonais avaient regagné leur casernement en se pavanant et en se vantant de ce que personne n'ait survécu.

La tension de l'indignation fait monter la température de la pièce sous une pluie qui mitraille les vitres. Personne ne savait que la guette était finie ! Les Japonais n'avaient rien admis ! Les voix s'élèvent à nouveau, hors de tout contrôle.

Roger promet que le général Salomons enverra une escouade de recherche à Havelock dès demain. Ensuite, il demande les noms des disparus.

Cacophonie.

Ty ne devrait pas entendre tout cela, songe Claire, et pourtant elle est incapable de bouger. Les autres enfants présents dans la salle ont vécu ces cauchemars. Naila a fort bien pu y succomber. Autrement, comment le lui expliquer ? Quelles sont les règles ?

Pour sa part, Ty ignore cette hystérie. À sa manière concentrée, il approche chacun de ces inconnus, un par un, en quête d'indices. Personne ici ne connaît ou n'a entendu parler de Naila.

*

Il reste à peu près une heure de jour lorsque la pluie se calme. L'air s'est adouci, d'une couleur de melon pâle, la puanteur humaine a été rincée par les trombes d'eau. La distribution de nourriture s'effectue dans un dépôt proche du quai principal, ce qui fait qu'ils disposent de ce côté-ci de la crête pour eux-mêmes, à l'exception de la nouvelle garde composée de MP indiens, postés à tous les principaux carrefours.

Le capitaine du premier navire de secours a dit à Roger que Shep et Alfred Baird avaient été incinérés, leurs cendres enfouies dans le Gymkhana Cemetery. Il leur faudra quelques minutes à peine pour marcher jusque-là. La décision d'y aller est prise sans discussion, cette destination s'impose d'elle-même, et pourtant Claire semble incapable de s'y préparer. Son chapeau. Ses chaussures. Son cahier. A-t-elle besoin de son cahier pour se rendre sur la tombe de son mari ? Et que va-t-elle dire à son fils ?

Voici ce qu'elle lui dit :

« Nous allons voir l'endroit où papa est enterré. »

Et Ty, étant l'enfant qu'il est, lui répond :

« Oui, je sais. Allons-y, maman. »

Roger marche devant avec lui à grands pas, laissant Viv et Claire avancer à leur allure. Des banyans et des mangoustaniers épais poussent le long des hauteurs autour du terrain qu'occupe le Gymkhana Cemetery, et l'herbe non coupée semble à Claire plus vivante que tout ce qu'elle a pu voir depuis leur descente à terre. Un parterre de cannes d'eau penche sa multitude de têtes rouges sous des pétales blancs, tels des parasols. Les Biya se servaient des rhizomes de cette plante pour soigner la fièvre, les éruptions cutanées, l'asthme et les morsures de serpent, mais les premières recherches de Shep avaient montré que le Kama Sutra le recommandait aussi pour embellir les cils. Un soir, alors que Claire était encore enceinte, il avait rapporté un bouquet de ces fleurs chatoyantes dans la chambre à l'étage sur l'île de Ross et s'était enduit l'index d'un peu de leur sève, puis il lui en avait délicatement, délicatement peint les cils. Elle ressent cette sensation à l'instant et le regarde se redresser, nu dans la lumière de la lune, pour examiner le résultat. *Ravissant*. Elle avait pouffé de rire devant son numéro de coqueluche de ces dames, mais ensuite cela avait été son tour. De se moquer de son ventre aussi gros qu'un ballon. Il l'avait ravie.

« Ça va ? demande Vivian. Nous pourrions faire cela demain.

— Non. Ça va. » Elle tapote la main de sa belle-sœur, posée sur son épaule, la serre dans la sienne. « Je ne pourrais plus me regarder en face, si je ne le faisais pas.

— Moi non plus. »

Devant eux, Roger et Ty ont trouvé le portail, où un garçon à peine plus âgé que Ty et un vieil homme sont assis. Ils portent des sarongs gris déchirés et semblent rester creux devant les questions que leur pose Ty. Claire déchiffre leurs réponses dans leurs mentons baissés et leurs gestes de la main. Peut-être se souviennent-ils d'avoir vu voici très longtemps deux personnes qui correspondent aux descriptions de Naila et Leyo, mais plus depuis les Japonais. Tant d'habitants ont disparu.

Ty semble prendre leurs réponses sans ciller et formule sa demande suivante. Le petit-fils du gardien a un œil paresseux qui ne cesse de partir vers le soleil couchant, mais il sourit poliment.

Quand Claire et Viv les rejoignent, Ty l'a pris en portrait et il abaisse son appareil. Le garçon aide son grand-père à se lever et ils inclinent tous les deux la tête pour saluer Claire.

« Docteur *memsaab.* »

Elle les salue et cherche ses mots. Ces deux-là ont survécu. Des fossoyeurs ? Des gardiens ? Qu'ont-ils fait – ou pas fait – pour être encore là ?

Tout doux, ma vieille. La prudence de Shep lui fait reprendre ses esprits. *Depuis quand la survie est-elle un crime ?*

Depuis que tu es mort, pense-t-elle avec sauvagerie.

Et qu'en est-il de Ty ?

Il l'a, elle. Il l'aura toujours.

Le visage du vieil homme est grêlé par la variole, son corps est meurtri par autre chose que l'âge, mais il se redresse avec autorité et conduit leur procession dans le cimetière, qui d'une manière ou d'une autre est devenu sa fierté. Ils passent devant les tombes d'avant guerre et arrivent devant un carré de terre et d'herbe sous un grand banyan. Chaque parcelle ici est marquée d'un piquet en bois rudimentaire, avec des initiales et des dates gravées. Pas de croix. Pas de pierres tombales. Pas d'épitaphes.

Le garçon traduit les paroles d'excuses de son grand-père, il explique que les Japonais n'ont autorisé ni funérailles ni recueillement pour les morts chrétiens. Un simple enterrement requérait déjà un bakchich et devait être tenu secret.

Ils se tiennent devant deux piquets et lisent : SD 5-5-1942 and AB 5-5-1942.

Claire se demande à quoi elle s'attendait. Le cendres de son mari gisent dans la terre devant elle. Shep et Alfred ont souffert ensemble une épreuve qui, avant même de les tuer, les aurait conduits dans un royaume situé hors de portée de son imagination. Comme toutes les victimes de cette guerre, ils ont disparu, et elle ne se sent pas plus proche d'eux en étant ici qu'elle ne l'était lorsqu'elle contemplait, à Make Believe, l'océan inversé de Ty.

Et pourtant, il émane de cet endroit qui s'assombrit une bonté dont elle est reconnaissante.

Ty et Viv sont aux prises avec les réglages de lumière de l'appareil photo. Vivian pleure en le manipulant, prie Roger de s'agenouiller pour lui servir de trépied humain, de sorte que Ty puisse stabiliser le Leica sur sa tête et choisir un temps d'exposition plus long. Le garçon à l'œil paresseux les observe, captivé.

Claire se tourne vers le vieil homme et lui demande, en urdu.

« Qui a apporté les cendres de mon mari ici ? »

S'appuyant sur sa canne, il sursaute visiblement en entendant sa langue dans sa voix, mais il ne lui faut guère de temps pour se souvenir.

« Abraham Chakraborty.

— Abraham ! » Le dernier homme auquel elle se serait attendue. « Vous êtes sûr ? »

La barbe grise oscille de droite et de gauche.

Libéré de ses obligations de servir de trépied, Roger s'approche en s'époussetant les genoux.

« Qu'y a-t-il ?

— Nous devons l'enterrement de Shep à notre cuisinier, Abraham. Le fait est que c'était un ardent partisan de l'Indian National Army. Je l'avais toujours suspecté de nous haïr. Et ce geste ne lui aurait guère valu les faveurs des Japonais. »

Elle reprend, en urdu :

« Savez-vous si Abraham est encore en vie ? »

L'homme baisse les yeux et désigne une rangée de tumulus si récents que la terre est encore brute.

*

Tôt le lendemain, ils rejoignent la ville entière sur le maidan du Gymkhana pour la cérémonie de capitulation. Dans la lumière limpide du matin, les gens paraissent moins tristes et un peu plus vivants. Beaucoup de femmes portent des saris de couleur jaune et vert vifs, et quelques hommes arborent des chemises blanches et des sarongs bleus, des turbans orange impeccables – des nouvelles tenues qu'on vient de leur procurer. Ils ont tous les joues creusées et des jambes grêles, et la procédure est dénuée d'apparat, à l'exception des notes insistantes du clairon du *Dilawara* et de l'Union Jack qui claque dans la brise, mais l'air porte une odeur de frais, et les frondes des palmiers étincellent.

Une longue table en bois a été dressée sur la pelouse pelée. Viv est très occupée, elle remplit des lignes de son cahier, et les équipes de tournage d'actualités ont aligné leurs caméras. Claire, Roger et Ty sont conduits vers une rangée de chaises réservées aux invités de marque.

Ty n'a pas parlé de toute la matinée. À présent, en se servant de son appareil photo comme d'un télescope, il scrute la foule quand deux véhicules bien reconnaissables s'engagent dans le virage depuis la route du front de mer. L'un est moucheté de jaune avec un long nez et une capote grise abîmée, l'autre est plus compact, en forme de bouton, d'une couleur rosâtre terne, d'un ancien rouge décoloré, en réalité. Sur le capot de chaque automobile flotte un petit drapeau britannique.

« Narinder ! » Claire prononce ce nom avec ferveur, comme une prière, mais il s'avère que les deux véhicules sont conduits par des soldats indiens en uniforme.

Le général Salomons descend de la vieille berline de Wilkerson. Les deux Japonais en uniforme blanc sortent de l'arrière de la Morris de Shep.

Les journalistes et les photographes se précipitent, et quelques instants après la capitulation officielle est en cours. Le général Salomons lit la déclaration qui met formellement un terme à l'occupation nippone et reprend l'autorité sur ces îles sous l'égide du gouvernement de l'Inde. Les commandants japonais sont assis, immobiles, le visage impassible, leurs mains gantées de blanc posées sur les cuisses.

Quand la lecture des clauses est terminée, chacun d'eux signe le document à son tour. Ensuite les Japonais remettent leurs épées, saluent et sont raccompagnés sous les huées et les quolibets des spectateurs vers le vieux coupé décoloré. On les renvoie.

La cérémonie ne prend qu'un quart d'heure, mais l'aide de camp du général fait signe aux cameramans de continuer de tourner. Ensuite, il invite la foule à l'autre bout du terrain de parade à s'écarter.

« Non. »

Claire se lève. Elle porte une main à son front, pour s'en faire une visière.

« Je n'arrive pas à y croire… Ty, regarde. Là-bas… »

Elle pointe le doigt à l'autre bout de l'esplanade vers quelques érythrines au-delà de la foule, où un groupe de petites silhouettes sombres s'est rassemblé.

Ty laisse échapper une trille stridente et bondit de sa chaise. Heureusement, le garde du général est en position de repos, sans quoi il aurait pu risquer de se faire tirer dessus. Au lieu de quoi son éclat de voix est mis sur le compte, et à juste titre, de la joie du moment.

Il court à fond, évite des adultes et pousse des enfants, Claire se ruant à sa suite.

C'est Leyo. *Leyo !* Tout sourire, exubérant, leur ami bien-aimé lève les deux bras dès qu'il repère Ty qui rue au milieu de la foule. À côté de lui, Kuli s'appuie sur son bâton, et Porubi est accroupi là-bas, lui aussi, avec ses joues toujours aussi rondes que celles d'un crapaud-buffle.

Claire discerne maintenant les silhouettes d'Imulu et de Sempe, de Mam Golat, d'Ekko et même du très maussade Obeyo. Mais où, où est Naila ?

Elle est lente à remarquer l'émoi du côté officiel, tandis que le général Salomons en personne convie Kuli à s'avancer. Quand Claire se retourne brièvement vers la table où s'est signée la capitulation, elle perçoit des conversations étonnées et des commentaires soupçonneux à mi-voix parmi les autochtones, mais le général attend, dans une posture respectueuse. C'est alors seulement qu'elle comprend que les Biya vont être reconnus pour les services rendus.

Et ils le méritent. Au cours des missions Balderdash successives, Kuli et Porubi sont devenus indispensables. Si seulement ces missions avaient pu fournir des renseignements sur la personne qui comptait le plus pour Claire et Ty.

Alors, Leyo soulève le garçon dans ses bras. Il prend le visage du petit bonhomme entre ses mains, et Ty se serre contre ses épaules. Leurs deux fronts se touchent, ils rient et ils gazouillent, se balancent sous l'effet de l'émotion. Durant de longues secondes, ils restent inséparables.

Puis Leyo se retourne. Il tend la main vers la pénombre derrière lui.

Claire s'arrête net, et un enfant fait son apparition en marchotant. Pendant une fraction de seconde, elle prend cette toute petite fille pour Artam, mais non, cette enfant est à peine en âge de marcher.

Leyo s'agenouille pour la recevoir dans ses bras et lève son visage pour échanger un regard avec Claire.

« Anya, notre fille.

— Où est Naila ? » demande Ty en écartant presque l'enfant de la main.

Le clairon sonne de nouveau. Leyo porte le regard au-delà de Claire, comme vers les nuages, mais son visage est rayonnant. Elle sent une main contre son coude.

Mem. S'il te plaît. Elle sent ces mots sans les entendre. *Pas d'arabis.* Elle ouvre grands les bras et se retourne.

Et là, enfin, c'est Naila. Ces mêmes yeux noirs et luisants. Ce même nez épaté et ces joues, mais argentées de larmes dans le soleil.

Naila a grandi, c'est une femme. Une mère et une épouse à part entière. Elle porte le vieux sarong couleur corail de Leyo et ses cheveux sont coupés court, à ras. Une étoile composée de minuscules cicatrices claires fleurit sur son épaule gauche.

Claire croise les bras sur sa poitrine douloureuse, mais avant que Naila puisse lui rendre ce geste, Ty déboule entre elles, de tout son être électrique.

Naila bascule avec lui dans le vide, et Ty pousse des cris d'exultation qui fusent dans le ciel.

ÉPILOGUE

1967

La tour de l'horloge a rapetissé. C'est du moins ce qu'il semble. Je me souviens d'avoir dû renverser la tête en arrière pour discerner ces deux aiguilles noires dans leur cercle blanc. Je ne pense pas avoir appris à lire l'heure avant la guerre, et à notre retour, l'horloge était arrêtée. Elle l'est encore, et le plâtre qui l'entoure est fendillé et délavé.

Les arbres autour de la tour ont pourtant continué de croître. Ils ont grandi de vingt-deux années et Aberdeen Bazaar a aussi grossi, en se rapprochant de vieux sites comme le Browning Club. La place de la tour est désormais peuplée de nouveaux venus, surtout des réfugiés bangladais qui fuient le Pakistan oriental. Avec eux sont apparues des affiches en couleur pour Fanta, les montres Titan, les glaces Kwality et l'huile de cuisson Dalda. La musique de Bollywood gémit et se trémousse au milieu du vacarme des motocyclettes à moteur deux-temps qui foncent autour du monument aux morts.

De petits garçons s'écrient : « *Oncle !* » et viennent à moi en ouvrant grand les mains. Quand je leur demande de les prendre en photo, ils s'entassent les uns sur les autres comme des chiots. Le résultat est tellement réussi, comme semblent l'être toutes les photos de l'Inde, mais c'est l'Inde d'aujourd'hui qui attire mon objectif, pas le lieu de ma naissance dont je garde le souvenir – ce lieu de naissance que je suis venu retrouver, si je le puis.

Il pourrait aussi s'agir d'une mission impossible. Comment espérer me ressaisir du passé de ce lieu alors que j'ai moi-même tant changé ? Les cloques de piqûres d'insectes qui me couvrent les coudes et les genoux me dérangent comme jamais quand j'avais l'âge de ces enfants. Les relents ammoniaqués de l'urine me répugnent, ainsi que cette brume d'essence de moteur omniprésente, et je me baisse pour croiser les yeux d'adultes qui devraient me regarder de haut. La désorientation ne fait que croître quand j'essaie de trouver quelqu'un, n'importe qui, susceptible de se souvenir de mes parents.

Il me faut une heure ou davantage pour que l'on me fasse faire tout le tour de la place, aller d'ancien en aïeul jusqu'à ce qu'une matrone qui vend des chips sur l'un des étals m'apprenne que le docteur Durant a guéri son fils du typhus en 1940. Ce garçon est à présent devenu lui-même médecin, à Nairobi.

« Afrique », souligne-t-elle, comme si son fils vivait sur Mars.

Quand je lui annonce que le docteur Durant était mon père, elle me salue d'un *salaam* et marmonne une prière. Quand elle relève les yeux, les rides de son large visage luisent.

« J'étais là-bas, *saar*. J'ai vu, ce jour horrible, terrible. »

Elle désigne un char à bœufs où s'empilent des pommes jacques jaunes, parqué au pied de la tour. Elle baisse la tête.

Je recule d'un pas et je lève mon Leica, celui que ma mère m'a donné il y a tant d'années, préservé et révisé tout spécialement pour ce voyage. Je ne photographie pas l'endroit qu'elle m'a indiqué mais la femme elle-même, sa pitié et son horreur soulagées par les images jaune banane et rouge cerise des publicités qui ornent son étal. Quelles contradictions.

Je m'interroge encore, dois-je demander des détails sur l'exécution de mon père, et comment faire, quand la mémoire de la femme remplit les vides.

« Le petit garçon, c'est vous ! Je me souviens. Ils vous appelaient le Garçon de la Jungle. » Elle serre les paupières et tapote le bindi écarlate entre nous. « Vous êtes revenu, et nous avons tous vu votre photo dans le journal.

— C'est exact. » Je parle en continuant de prendre des photos des facettes changeantes de son visage. « Quand les Japonais ont capitulé. Nous sommes restés plusieurs semaines pour retrouver nos amis et participer aux missions humanitaires.

— Et votre maman. Elle n'était pas comme les autres *memsaab*. »

Je ris et j'abaisse mon appareil.

« Non, en effet, pas du tout. Quel souvenir gardez-vous d'elle ?

— Ils disent qu'elle avait aussi vécu avec le peuple nu. Toute seule… même avant la guerre ? »

Sa question, qu'elle pose avec lenteur, signifie : pour un garçon courir nu dans la nature, ça va, mais une *memsaab* américaine ?

« Mon père et elle avaient étudié et aimé la forêt. »

J'ai envie de la soulager de son embarras. Dans les Andaman, le travail dans la forêt a une histoire longue et respectable. La conservation des orchidées et la médecine botanique se sont elles aussi diffusées, ces dernières années. Le respect du « peuple nu » apparemment pas.

Mon explication lui permet d'esquiver ma question en posant la sienne.

« Est-elle en vie ?

— Et comment ! » Je me représente maman et Maikel marchant d'un bon pas dans la lumière de Central Park le matin de mon départ. « À New York.

— *Accha !* »

Cette pensée la réjouit visiblement, et je m'apprête à entendre les clichés habituels au sujet de Times Square et de l'Empire State Building.

Au lieu de quoi, elle me réprimande. Les mains levées, ses doigts volètent, et sa voix garde les tonalités musicales de son enfance.

« Pourquoi vous ne l'avez pas amenée avec vous ? »

Je ris.

« Croyez-moi, je l'ai suppliée. Mais je suis ici pour travailler, du moins en partie, et elle a jugé préférable que je vienne seul. »

« Tu es plus âgé maintenant que je ne l'étais à l'époque, voilà ce qu'elle m'a répondu. Tu n'auras aucune envie de sentir mes souvenirs s'interposer. » J'ai essayé de lui expliquer qu'il était bien trop tard pour cela, mais Maikel s'est rangé à son avis. « Ce reportage t'appartient, m'a-t-il fait. La réconciliation ne fait plus partie de notre histoire. C'est la tienne. »

Sans me quitter des yeux, mon inquisitrice rajuste les plis violets de son sari comme si elle maniait un violon.

« Quel travail vous faites ? »

Je désigne l'appareil photo avec lequel je viens de capturer ses gestes de la main.

« Je prends des photos pour un magazine en Amérique. »

Elle glousse, révèle timidement des dents maculées de paan.

« Ma photo en Amérique ? »

Mais elle vaut mieux que cette minauderie, et je lui explique que je m'intéresse surtout à la forêt, moi aussi. Je suis venu explorer ce qu'est devenue une tribu en particulier, que j'ai connue enfant, le peuple qui a pris soin de moi pendant la guerre après la mort de mon père.

Soudain, je répugne à en ajouter davantage. C'est trop personnel et trop compliqué, et il y a bien trop d'inconnues, alors je paie un sachet de chips, je remercie la femme et je continue.

Au bout de la place, le Browning Club semble s'être figé dans la moisissure. Une plaque à côté de la porte désigne désormais ce bâtiment comme « l'Association des Natifs ».

Je suis tenté de déposer ma candidature pour devenir membre, mais la porte est fermée à clef, alors je m'assois sur les marches et j'attends. Si ma dernière lettre a atteint la destination voulue, la fille de Naila viendra me chercher ici et me guidera jusqu'à Behalla. Vingt-deux années. Je n'ai aucune idée de ce à quoi je dois m'attendre.

Nous avons bel et bien parlé de revenir ensemble. Surtout après que maman a publié son livre sur les Biya. Cela n'a pas été précisément un best-seller, mais elle a envoyé le peu que cela lui a rapporté à Naila et Leyo. Maman a créé une bourse pour Anya et elle était si fière quand Naila lui a écrit que sa fille s'était inscrite à l'université de Calcutta et prévoyait de devenir médecin, *tout comme le docteur Shep*.

Pas moi. Je soupèse le Leica dans la paume de ma main, je mesure l'ironie de la chose, que cette sœur fantôme puisse à présent avoir davantage de points communs avec mon père que je n'en ai. Est-ce une affaire de chance, ou lié à l'influence de Naila ? Maman dit que c'est Naila qui aurait dû aller à l'université à Calcutta. Le rêve de ses parents, l'offre de ma mère. Au lieu de quoi, elle y a envoyé sa fille.

Maman insiste aussi sur un point : mon père n'aurait pas voulu que je devienne médecin. Il a toujours su, me dit-elle, que la lumière était mon premier amour. Je trouve cela touchant et c'est probablement fidèle à ce que je suis. Je voudrais juste avoir des souvenirs plus clairs de lui. Mon espoir, c'est que cette visite le fasse revenir – et que l'article qui en sortira rende hommage à lui et à maman, ainsi qu'à Leyo et à Naila.

Un appel du muezzin à la prière s'élève sur Jama Masjid. Je n'ai aucun souvenir de ce chant dans mon enfance, bien que j'aie dû l'entendre souvent. Musulmans, bouddhistes, hindous et chrétiens ont vécu depuis des lustres dans ces îles, ensemble, leur héritage commun de la lutte contre les Britanniques prenant l'ascendant sur les rivalités sectaires même quand la partition de l'Inde provoquait le carnage partout ailleurs. Nous étions partis depuis longtemps, à cette période – en 1947, j'avais dix ans, je poursuivais le pauvre vieux Bibi dans le jardin de mes grands-parents, dans le Connecticut – mais quand les photographies de Margaret Bourke-White étaient parues dans *Life*… des vautours et des cadavres, des trains dégoulinant de sang, une main noire surgie d'une tombe improvisée, maman n'aurait de cesse d'apprendre de quatre sources différentes que rien de tel ne s'était produit dans les Andaman.

Les pleurs abondent, miséricordieux et impérieux. Pourquoi ne sommes-nous pas venus ? Il y avait l'école, naturellement. Ensuite, les années de déclin de mes grands-parents, suivies des allers et retours en Europe après le divorce de Maikel d'avec sa première femme. Lorsque maman et lui se sont mariés, j'entrais à l'université et elle, quoique tardivement, en licence, où elle a suivi les pas de Ruth Benedict, sans voyager plus loin pour son dernier travail de terrain que sur la terre de la nation algonquine.

Ensuite, mon stage au *Milwaukee Journal*, et le galop d'essai qui m'a permis d'intégrer le *National Geographic*, et me voilà parti pour l'Alaska, puis l'Amazone, puis le Yémen. J'aurais pu prétendre à ce reportage des années plus tôt, mais je n'en ai rien fait. Ce que j'ai toujours aimé dans la photographie, c'est son éloquence paradoxale, chaque image racontant une histoire silencieuse. Je me montrais avec mon appareil sans dire un mot. « Disparais, me disait maman, rends-toi aussi invisible qu'un ethnographe. » La vérité, c'est que je m'inspire de ma mère. Mais comment pourrais-je rendre justice à l'histoire des Biya avec mes seules images ? Ou me rendre invisible avec Naila et

Leyo ? Je leur dois la vie, et pourtant nous ne sommes jamais revenus. Comment photographier cette histoire ?

L'*adhan* cesse. Les fidèles prient. Nous nous sommes tous séparés de notre plein gré. Nous n'avions pas le choix. Nous nous pensions tous sincères.

Mon père a été décapité à moins de cent pas de l'endroit où je suis assis à cette minute, et aucune plaque ne marque le lieu. Je sors son médaillon de ma poche et le retourne entre mes doigts comme un rosaire. C'est le souvenir le plus direct que je garde de lui. Je ne peux le voir, mais je parviens à sentir son souffle dans mon cou, sa paume dans mon dos, sa taille quand il s'agenouille tout mouillé à côté de moi dans le soleil, sur le sable, entre la forêt et la mer.

Je n'ai jamais repensé à cette journée non plus. Je n'en avais pas besoin. J'avais Naila et Leyo. Et ensuite j'avais Artam et Kuli. J'avais tous ceux dont j'avais besoin, jusqu'à ce qu'ils aient tous disparu, un par un.

Et ensuite j'ai eu ma mère.

Quand nous avons retrouvé Naila et Leyo, après la guerre, nous avons ri, dansé, pleuré, nous nous sommes étreints. Mais ils s'étaient créé une nouvelle vie, et j'avais beau être très jeune, je savais que cela changeait tout.

Avant notre départ, Naila avait insisté pour que je garde le globe en pierre de lune qu'elle avait porté pendant notre aventure dans la forêt. Je l'ai aussi rapporté, sa surface froide, verte est aussi lisse que du marbre, après toutes ces années, les lignes gravées des longitudes et des latitudes se sont depuis longtemps estompées. Quand je le lève dans ma main, le centre pâlc de la pierre luit encore comme s'il était magique.

« Ty Baba ? »

Je glisse mes amulettes de l'enfance dans ma poche et me lève pour accueillir une femme jeune et mince qui s'avance à grands pas vers moi. Elle porte un sarong couleur corail et un chemisier d'un blanc éclatant, deux spirales noires et souples encadrant un visage en cœur. Sa peau est couleur de thé orange pekoe, ses grands yeux noirs ont une lueur amusée. Elle s'arrête à quelques pas de moi, en équilibre sur une jambe alors que l'autre pied glisse de sa chappal et que ses orteils libérés expédient un gravier. Je m'avance, et une main se porte au clou d'or qui orne son oreille.

Je la domine de ma grande taille.

Pendant de longue secondes, je suis incapable de parler. J'ai un sentiment de déjà-vu, comme si le petit garçon muet que j'ai été jadis venait me réhabiter. Je détourne brièvement le regard, refoulant des larmes inexplicables, puis, aussi vite que j'ai été pris d'envoûtement, cela s'évanouit, m'incitant à rire.

« Baba ! protesté-je. Suis-je si vieux ?

— Plus que je ne m'y attendais ! » Elle est d'une telle effronterie, nullement intimidée. « Il semble que l'on m'ait envoyée t'accueillir à la maison.

— Tu dois être Anya ». Je la salue d'un *salaam*.

Elle s'illumine d'un sourire et me retourne le geste.

« Mais tu peux m'appeler Yulu. »

UN MOT DE L'AUTEUR

Ce roman est le fruit de nombreuses années de travail, et j'éprouve une immense gratitude envers ceux qui m'ont guidée, soutenue et acceptée tout au long de ce parcours. Pour l'étincelle qui a allumé ma fascination initiale pour les îles Andaman, je dois remercier Sharon et Ed Jay, qui m'ont présenté notre ami bien-aimé, malheureusement disparu, Bandana Sen, son fils Akash Premsen et son épouse Himani Dalmia. Ils ont été des sources précieuses tout au long de mes recherches.

Je suis tout particulièrement reconnaissante envers l'équipe de Port Blair réunie par Sunshine India, en particulier Sunny, qui m'a procuré l'arsenal de publications sur l'île de Ross qui m'a alertée sur l'histoire des Andaman et de leurs tribus indigènes pendant la Seconde Guerre mondiale. J'aimerais aussi remercier Pankaj Sekhsaria, Madhusree Mukerjee et Survival International pour leur travail en faveur des populations indigènes des îles Andaman et Nicobar.

Je dois aussi mentionner ces îles extraordinaires en soi, et les événements véridiques qui ont inspiré ce roman. L'archipel d'Asie du Sud que l'on appelle les îles Andaman est en fait le lieu de vie de quantité de tribus qui ont 60 000 années d'existence et remontent à la première grande migration côtière venue d'Afrique. Après avoir vécu une existence prospère dans l'isolement pendant des millénaires, ces tribus ont commencé de s'éteindre après l'arrivée des Britanniques au milieu du XIXe siècle, venus y bâtir une colonie pénitentiaire dans l'île Andaman du Sud, et en 1936 nombre d'entre elles avaient déjà disparu. Le peuple biya de cette histoire se fonde sur une tribu réelle, celle des Aka-Bea, qui vivait une existence prospère dans la forêt proche de Port Blair. Le peuple jarawa survit encore dans l'île Andaman du

Sud, bien que leur réserve dans la forêt soit assaillie par les braconniers, les touristes et d'autres présences extérieures qui menacent la tribu de toutes sortes de violences, de maladies et de pression visant à « l'intégrer » dans la société indienne. Comme dans le roman, les indigènes andamanais survécurent au tremblement de terre de 1941 sans avoir à déplorer de victimes, tout comme leurs descendants au tsunami de 2004.

Il est important de souligner que ce roman est une œuvre de fiction, comme chacun des personnages de cette histoire. Toutefois, plusieurs de ces personnages sont librement inspirés de figures historiques. Le portrait du professeur Ruth Benedict, par exemple, est tiré de ses propres écrits et de sa relation abondamment documentée avec le professeur Margaret Mead. Plusieurs personnages situés à Port Blair sont aussi inspirés d'individus évoqués dans le livre de Rabin Roychowdhury *Black Days in Andaman and Nicobar Islands* (Manas Publications), ainsi que d'autres récits historiques de l'occupation japonaise de l'archipel.

Les forçats de Port Blair étaient presque tous des prisonniers politiques – des Indiens luttant pour l'indépendance face à la domination britannique – et, de prime abord, beaucoup d'habitants accueillirent l'occupation japonaise de 1942 à bras ouverts. À l'époque, le haut-commissaire britannique, C. F. Waterfall, et son adjoint, le major Alfred G. Bird, attendaient une dernière évacuation qui n'arriva jamais. Les exécutions publiques décrites dans le roman, ainsi que les justifications fournies par les officiers japonais, sont basées sur les mises à mort bien réelles du major Bird et d'un homme qui résidait là, Zulfiquer (Sunny) Ali.

Les histoires de la résistance dans ces îles sont aussi fondées sur un fait historique. En 1942, le superintendant de police britannique de Port Blair, Denis McCarthy, s'échappa en bateau à moteur en traversant le golfe du Bengale et revint moins d'un an après prendre la tête de ce qui serait la première d'une série de missions secrètes de renseignement sous le nom de code d'opération Baldhead. Il y avait parmi les informateurs de l'opération dans l'île un homme sur lequel se fonde le personnage de Porubi.

Quant au garçon qui est au cœur de cette histoire, son personnage est une création de pure fiction, mais pas son syndrome. Le syndrome d'Einstein est un type de développement comportemental très documenté que vécurent, avec les tensions familiales et les malentendus qui allaient de pair, des personnalités comme Albert Einstein, Richard Feynman, Arthur Rubinstein, Edward Teller, Clara Schumann et d'innombrables autres enfants brillants qui ne parlèrent que très tard.

Mes propres fils, Graham et Dan, ont inspiré nombre de moments dans ces pages, mais je leur suis surtout reconnaissante du soutien qu'ils m'ont apporté au cours de toutes ces années, lorsque je disparaissais dans un tourbillon créatif pour mener mes recherches et écrire mes livres. Une famille qui vous soutient est le plus beau des bienfaits qu'un écrivain puisse espérer, et la mienne est à la fois vaste et merveilleuse. Jane, Marc, Mary, Rachel, Christina et Emily, merci à tous. Et à Marty, le seul, l'unique.

Mes remerciements vont également à ma famille de Goddard College, en particulier à mes collègues Elena Georgiou, Darrah Cloud, Micheline Marcom, Victoria Nelson, Rahna Reiko Rizzuto et Beatrix Gates. À Deborah Jones, Deborah Keehn, Florence Phillips et aux membres bien-aimés de mon atelier d'écriture de l'YWLA, parmi lesquels Laura Brennan, Deborah Cohen, Nan Cohen, Debbie Ezer, Danelle Davenport, Dominique Dibbell, Shari Ellis, Margaret Grundstein, Kellen Hertz, Charity Hume, Melissa Johnson, Robinne Lee, Amy Ludwig, Swati Pandey, et Colette et Lisanne Sartor, je vous serai éternellement reconnaissante pour les réactions cruciales que vous m'avez procurées sur les versions successives de mon manuscrit. Ma famille en écriture comprend aussi mon agent Richard Pine, d'une patience infinie, et tout le monde au sein d'Inkwell, l'infatigable Megan Beatie, et naturellement Kate Gale et Mark Cull ainsi que leur brillante équipe chez Red Hen, avec un petit salut supplémentaire à Natasha McClellan et Monica Fernandez pour avoir su accompagner *Le garçon magnifique* dans les derniers obstacles, jusqu'à sa venue au monde. Je vous exprime ma gratitude.

L'auteur manifeste aussi toute sa reconnaissance aux sources désormais dans le domaine public qui lui ont fourni les citations reprises dans ce livre :

Kim, de Rudyard Kipling, publié en feuilleton dans *McClure's Magazine* de décembre 1900 à octobre 1901 et dans *Cassell's Magazine* de janvier à novembre 1901, puis sous la forme d'un livre en version anglaise en octobre 1901. Et, pour la présente édition française, par le Mercure de France en 1902.

« The Lost Legion », de Rudyard Kipling, publié par *The National Observer*, le 13 mai 1893, sous le titre « A Banjo Song ». Et en français par Pocket en édition bilingue.

DANS LA MÊME COLLECTION

FRED D'AGUIAR, *Les cris de l'océan*

SAMINA ALI, *Jours de pluie à Madras*

CHLOE ARIDJIS, *Le livre des nuages*

CHLOE ARIDJIS, *Déchirures*

HOMERO ARIDJIS, *La zone du silence*

CHLOE ARIDJIS, *Fugue mexicaine*

SAWAKO ARIYOSHI, *Kaé ou les deux rivales*

SAWAKO ARIYOSHI, *Les dames de Kimoto*

SAWAKO ARIYOSHI, *Le crépuscule de Shigezo*

ELIZABETH VON ARNIM, *Mr. Skeffington*

LUKAS BARFUSS, *Les hommes morts*

JULIAN BARNES, *L'homme en rouge*

JULIAN BARNES, *La seule histoire*

JULIAN BARNES, *Un homme dans sa cuisine*

JULIAN BARNES, *La table citron*

JULIAN BARNES, *England, England*

JULIAN BARNES, *Dix ans après*

JULIAN BARNES, *Quelque chose à déclarer*

JULIAN BARNES, *Arthur et George*

JULIAN BARNES, *Rien à craindre*

JULIAN BARNES, *Pulsations*

JULIAN BARNES, *Une histoire du monde en dix chapitres ½*

JULIAN BARNES, *Une fille, qui danse*

JULIAN BARNES, *Quand tout est déjà arrivé*

JULIAN BARNES, *Par la fenêtre*

JULIAN BARNES, *Le fracas du temps*

JULIAN BARNES, *Ouvrez l'oeil !*

DIKSHA BASU, *Pauvres millionnaires*

LOUIS DE BERNIERES, *Des oiseaux sans ailes*

LOUIS DE BERNIERES, *La fille du partisan*

LOUIS DE BERNIERES, *Un immense asile de fous*

TONY BIRCH, *Du même sang*

MARLENA DE BLASI, *Mille jours à Venise*

MARLENA DE BLASI, *Mille jours en Toscane*

MARLENA DE BLASI, *Un palais à Orvieto*

DENNIS BOCK, *Le docteur rouge*

ANIRBAN BOSE, *La Mort de Mitali Dotto*

ALAIN DE BOTTON, *Les Consolations de la philosophie*

ALAIN DE BOTTON, *L'Art du voyage*

ALAIN DE BOTTON, *Du statut social*

ALAIN DE BOTTON, *L'architecture du bonheur*

ALAIN DE BOTTON, *Splendeurs et misères du travail*

IVAN BOUNINE, *L'amour de Mitia*

SYLVIA BROWNRIGG, *Quelques pages pour toi*

SYLVIA BROWNRIGG, *Un amour de plus*

THOMAS BUERGENTHAL, *L'enfant de la chance*

DOROTHY BUSSY, *Olivia*

BELLA CHAGALL, *Lumières allumées*

JEROME CHARYN, *Mort d'un roi du tango*

JEROME CHARYN, *Rue du Petit-Ange*

JEROME CHARYN, *La lanterne verte*

JEROME CHARYN, *Dans la tête du frelon*

JEROME CHARYN, *Sténo sauvage, la vie et la mort d'Isaac Babel*

JEROME CHARYN, *El Bronx*

JEROME CHARYN, *Citizen Sidel*

JEROME CHARYN, *Sous l'oeil de Dieu*

JEROME CHARYN, *Bronx amer*

JEROME CHARYN, *Cris de guerre avenue C*

TERRENCE CHENG, *L'étudiant chinois*

ANNE CHERIAN, *Une bonne épouse indienne*

JULIE COHEN, *Les inséparables*

JULIE COHEN, *Louise et Louis*

JUSTIN CRONIN, *Huit saisons*

JUSTIN CRONIN, *Quand revient l'été*

JOSE DALISAY, *La soeur de Soledad*

ACHMAT DANGOR, *La malédiction de Kafka*

ACHMAT DANGOR, *Fruit amer*
ANITA DESAI, *Le jeûne et le festin*
ANITA DESAI, *Poussière de diamant*
ANITA DESAI, *Un parcours en zigzag*
ANITA DESAI, *L'art de l'effacement*
ROBERT DESSAIX, *L'amour de toute une vie*
ROBERT DESSAIX, *Arabesques*
ELLEN DOUGLAS, *Le brasier d'une vie*
HELEN DUNMORE, *Le mensonge de Daniel Branwell*
HELEN DUNMORE, *Trahir*
MIRCEA ELIADE, *Minuit à Serampore*
STANLEY ELKIN, *Mrs. Ted Bliss*
ASHOK FERREY, *L'incessant bavardage des démons*
ANA GARCIA BERGUA, *L'île aux fous*
MAXIME GORKI, *Veilleur de nuit*
ELIZABETH GOUDGE, *Le domaine enchanté*
ELIZABETH GOUDGE, *L'auberge du pèlerin*
ELIZABETH GOUDGE, *La maison des sources*
SHILPI SOMAYA GOWDA, *La fille secrète*
SHILPI SOMAYA GOWDA, *Un fils en or*
HAN SUYIN, *Multiple splendeur*
ASHLEY HAY, *La femme du chef de train*
CRAIG HIGGINSON, *Maison de rêve*
CRAIG HIGGINSON, *L'été de « La Tempête »*
ANDREA HIRATA, *Les Guerriers de l'arc-en-ciel*
A. E. HOTCHNER, *Les étonnantes aventures d'Aaron Broom*
SUE HUBBARD, *Le chant de la pluie*
GAIL JONES, *Pardon*
GAIL JONES, *Cinq carillons*
MIREILLE JUCHAU, *Le révélateur*
MARGARET KENNEDY, *Tessa*
JHUMPA LAHIRI, *L'interprète des maladies*
PENELOPE LIVELY, *Un paquet de cartes*
PENELOPE LIVELY, *Le tissu du temps*

PENELOPE LIVELY, *La photographie*

PENELOPE LIVELY, *Des vies multiples*

AIMEE LIU, *Un garçon magnifique*

AMANDA LOHREY, *Un certain vertige*

JOAN LONDON, *Elsa et Frank*

PING LU, *Le dernier amour de Sun Yat-Sen*

DAVID MICHAEL LUKAS, *Le dernier veilleur du vieux Caire*

LING MA, *Les enfiévrés*

HEMA MACHERLA, *La brise qui monte du fleuve*

MIRA MAGUEN, *Des papillons sous la pluie*

MIRA MAGUEN, *L'avenir nous le dira, Anna*

MIRA MAGUEN, *La soeur du menuisier*

AMULYA MALLADI, *Une bouffée d'air pur*

AMULYA MALLADI, *Le foyer des mères heureuses*

MARGARET MASCARENHAS, *La couleur de la peau*

ELLEN MATTSON, *Le rivage de la joie*

SUSAN MINOT, *Trente filles*

LUANA MONTEIRO, *L'extase de São Mercúrio*

TIMERI N. MURARI, *Les arrangements de l'amour*

TIMERI N. MURARI, *Le Cricket Club des talibans*

SHOBA NARAYAN, *La laitière de Bangalore*

CHRIS OFFUTT, *Les hommes ne sont pas des héros*

EDITH OLIVIER, *Une enfant de l'amour*

KAROLY PAP, *Azarel*

JILL PATON WALSH, *La grotte serpentine*

I. L. PERETZ, *Contes hassidiques*

MEHER PESTONJI, *Dans les rues de Bombay*

CARYL PHILLIPS, *La nature humaine*

SOLEDAD PUERTOLAS, *Une vie inattendue*

SOLEDAD PUERTOLAS, *Ils étaient tous à mon mariage*

SOLEDAD PUERTOLAS, *Adieu aux petites fiancées*

MICHAEL PYE, *L'antiquaire de Zurich*

SARAH QUIGLEY, *La symphonie de Leningrad*

REBECCA RASMUSSEN, *Evergreen*

TORE RENBERG, *Charlotte Isabel Hansen*

TORE RENBERG, *Pixley Mapogo*

JOSE MIGUEL ROIG, *Souviens-toi, Schopenhauer*

JOSE MIGUEL ROIG, *Le rendez-vous de Berlin*

JOSE MIGUEL ROIG, *Le voyage qui ne finit jamais*

JOSE MIGUEL ROIG, *Soleil coupable*

ADINA ROSETTI, *Deadline*

ELIZABETH ROSNER, *Des démons sur les épaules*

MADELEINE ST JOHN, *Rupture et conséquences*

CAROLA SAAVEDRA, *Paysage avec dromadaires*

MAMEN SÁNCHEZ, *La gitane aux yeux bleus*

DAVID SANDES, *La méthode miraculeuse de Félix Bubka*

LAVANYA SANKARAN, *Le tapis rouge*

CATHLEEN SCHINE, *Rencontres à Manhattan*

MIHAIL SEBASTIAN, *L'accident*

MIHAIL SEBASTIAN, *La ville aux acacias*

SUSAN SELLERS, *Un oiseau de feu*

ISAAC BASHEVIS SINGER, *Ombres sur l'Hudson*

ISAAC BASHEVIS SINGER, *Au tribunal de mon père*

ISAAC BASHEVIS SINGER, *De nouveau au tribunal de mon père*

JOSEPH SKIBELL, *Bénédiction sur la lune*

SIMONE SOMEKH, *Grand angle*

VIDOSAV STEVANOVIC, *La même chose*

JAN STRUTHER, *Mrs. Miniver*

LARS SUND, *Une petite île heureuse*

MADELEINE THIEN, *Une recette toute simple*

MADELEINE THIEN, *Lâcher les chiens*

HITONARI TSUJI, *Le bouddha blanc*

HITONARI TSUJI, *La lumière du détroit*

HITONARI TSUJI, *L'arbre du voyageur*

SAMRAT UPADHYAY, *Dieu en prison à Katmandou*

SAMRAT UPADHYAY, *Le maître de l'amour*

ANNELIES VERBEKE, *Dors !*

PALOMA VIDAL, *Mar azul*

DAVID VOGEL, *Le sanatorium*

EDITH WHARTON, *La France en automobile*

ZOE WICOMB, *Octobre*

VIGINIA WOOLF, *Les années*

VIRGINIA WOOLF, *La maison de Carlyle*

VIRGINIA WOOLF, *Journal de Hyde Park Gate*

URSULA WERNER, *Cet été-là à Blumental*

KENICHI YAMAMOTO, *Le secret du maître de thé*

JIANG YUN, *Délit de fuite*

LAJOS ZILAHY, *L'ange de la colère*

LAJOS ZILAHY, *Le siècle écarlate*

Composition : Nord Compo
Achevé d'imprimer par Normandie Roto Impression s.a.s.
En juin 2021.
Dépôt légal : juin 2021.
Numéro d'imprimeur : 2102643

ISBN : 978-2-7152-5574-6/ Imprimé en France.

373965